DIE GALAKTISCHE WELLE

ARGANUS

MAIN Verlag

Printausgabe, erschienen 2020
1. Auflage

ISBN: 978-3-95949-384-0

www.main-verlag.de
www.facebook.com/MAIN.Verlag
order@main-verlag.de

Druck: Eisermann Media GmbH

Bibliografische Information der Deutschen Nationalbibliothek:
Die Deutsche Nationalbibliothek verzeichnet diese Publikation in der Deutschen Nationalbibliografie; detaillierte bibliografische Daten sind im Internet über http://dnb.d-nb.de abrufbar.

Die Handlung entspringt der Fantasie des Autors. Er ließ sich durch tatsächliche Orte, Personen, Organisationen, Raumfahrtkonzepte und astronomische Erkenntnisse inspirieren. Dennoch sind alle in diesem Roman vorkommenden Charaktere, Orte, Organisationen, Institutionen und Ereignisse als rein fiktiv zu sehen. Konstruierte Dialoge und andere Elemente der Fiktion wurden zu dramaturgischen Zwecken eingesetzt. Kein Dialog hat je so stattgefunden oder wurde von realen Personen oder Institutionen je autorisiert.

ROLAND BRODBECK

DIE GALAKTISCHE WELLE

ARGANUS

QUEER

INHALT

ARGANUS

PROLOG

DAS JAHR 9976

25 ARGANISCHE JAHRE SPÄTER

ARGANUS

ASTRONOMISCHER HINTERGRUND

Das 86 Lichtjahre entfernte Sonnensystem »Arganus« im Sternbild Löwe existiert unter der wissenschaftlichen Bezeichnung HD 96064 tatsächlich und ist mit einem normalen Fernglas als Sternchen zu erkennen. Das System umfasst drei Sonnen. Die Hauptkomponente A ist fast so groß wie die Sonne der Erde, die beiden anderen Sonnen B und C bilden ein Paar aus Roten Zwergen, die je nur ein Viertel so schwer sind wie diejenige der Erde und zusammen die Hauptsonne einmal in dreitausend Jahren umlaufen. B und C umkreisen einander wie ein Tanzpaar alle zwanzig Jahre einmal.

* * * *

Allerdings sind der Planet Derana und sein Mond Arganus die Erfindungen des Autors. Bei vielen anderen Sonnen wurden aber tatsächlich Planeten entdeckt.

Der Mond Arganus ist der zweitinnerste Mond des Gasriesen Derana und benötigt 38 unserer Stunden für einen Umlauf um Derana. Da die Drehung um die eigene Achse von Arganus wie diejenige des Erdenmondes durch Gezeitenkräfte gebunden wurde, zeigt er seinem Mutterplaneten immer dieselbe Hemisphäre. Deshalb beträgt die Länge eines Tag-Nacht-Zyklus nur wenig mehr als 38 Stunden. Diese Zeitspanne nennt man einen arganischen (Sonnen-)Tag. Derana läuft zusammen mit seinen vier Monden einmal in 256 solchen arganischen Tagen auf einer elliptischen Umlaufbahn um seine Sonne A. Dies nennt dieser Roman ein arganisches Jahr, das in acht Monate zu je 32 Tagen aufgeteilt wird. Im Laufe eines Jahres ändert sich der Abstand von Arganus zu seiner Hauptsonne so wesentlich, dass dies den Ablauf der Jahreszeiten dominiert. Im Gegensatz zur Erde spielt die Neigung der Rotationsachse nur eine untergeordnete Rolle.

Unter einer Meile verstehen die Arganer die nautische Meile ihrer im Durchmesser 9980 Kilometer großen Heimatwelt; also 1,45 km. Teilt man die arganische Meile durch zweitausend, erhält man die Länge eines Schrittes. In diesem Roman ist unter dem Begriff »Meile« immer eine Strecke von 1,45 Kilometer Länge zu verstehen.

* * * *

Würde jemand von der Erde seine Badezimmerwaage mit nach Arganus bringen, so würde die Waage auf Arganus nur noch zwei Drittel das Körpergewicht anzeigen. Doch leider hat diese Person in Wahrheit kein einziges Gramm abgenommen, da die Masse seines Körpers nach wie vor dieselbe ist.

* * * *

Das Dodekaeder (von altgriechisch Zwölfflächner; in Deutsch auch das Zwölfflach genannt) ist ein Körper mit zwölf Flächen. In der Regel – und auch hier in diesem Roman – ist damit ein platonischer Körper gemeint, nämlich das regelmäßige Pentagondodekaeder. Dieser geometrische Körper besitzt als Oberfläche zwölf deckungsgleiche regelmäßige Fünfecke (siehe Grafik unterhalb). Auf Altgriechisch heißt das Fünfeck Pentágōnon.

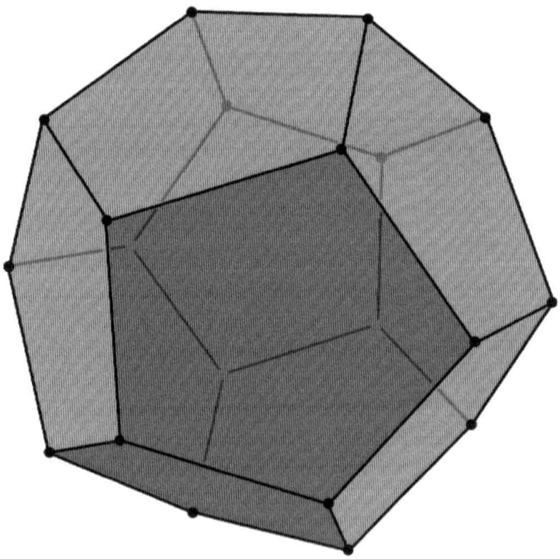

DIE GESCHICHTE DES MONDES ARGANUS

Mit einem Rückblick, was bisher geschah.

* * * *

Vor hunderttausend arganischen Jahren traf den Mond Arganus ein verheerender Asteroideneinschlag, der in seiner nördlichen Hemisphäre ein tausend Kilometer breites Becken aushob. Nur wenige Arten des ursprünglichen Lebens in den Ozeanen wurden dabei nicht ausgelöscht.

* * * *

Zwanzigtausend arganische Jahre später wollten die fortschrittlichen Treasianer mittels Terraforming den Mond auf ihre zivilisationswissenschaftlichen Experimente vorbereiten. Doch das Umwandeln des verwüsteten Himmelskörpers in eine blühende Welt scheiterte beinahe. Eines der beiden Ozeanbecken trocknete aus und sein Wasser sammelte sich als gigantische Eiskappen in den polnahen Regionen des Planeten. Nur einige durch Wüsten und Gebirge voneinander getrennte Oasen boten gute Lebensbedingungen.

* * * *

Vor dreißigtausend arganischen Jahren begann der treasianische Wissenschaftler Argan, der in aller Unbescheidenheit den Mond nach sich selbst benannt hatte, diese Oasen zu nutzen. Er siedelte darin intelligente Wesen an, die auf ihrer natürlichen Heimat kurz davor waren, eine Zivilisation zu entwickeln: Die vierarmigen *Echsianer* und die froschartigen, gutmütigen *Knatsche*.

* * * *

Im arganischen Jahr eins brachte Argan als letzte Spezies tausend Menschen von der Erde in das ehemalige Einschlagbecken auf Arganus. Diese Kolonialisten stammten aus den von Mammuts durchstreiften Ebenen der späteren Nordsee. Argan transportierte nicht nur die Menschen nach Arganus, sondern auch die Vegetation und die Tiere des späteiszeitlichen Europas. Mit der Zeit entwickelten sich aus der Stammesgesellschaft der Steinzeitmenschen einige wenige Königreiche. Damit begann auf Arganus eine der Bronzezeit ähnliche Epoche.

..*.*

3000 Jahre später regierte über all diese Königreiche erstmals ein Kaiser. Inzwischen hatten die Menschen von den Echsianern eine Schrift und die Bürokratie gelernt und den vierarmigen Wesen abgeschaut, wie man Eisen verhüttet. Erstmals wurden größere Städte gebaut und Seefahrt auf dem zweiten, nicht ausgetrockneten Ozean und auf der echsianischen See betrieben.

Der treasianische Wissenschaftler Argan beobachtete neugierig die Entwicklung der Menschen auf Arganus und verglich sie mit der Entwicklung der Bewohner der Erde. Er konnte mit sogenannten Quanten-Toren mühelos und ohne zeitraubende Weltraumreisen von seiner Welt nach Arganus oder auf den Mond der Erde wechseln. Zuvor mussten jedoch Raumfahrer für ihn dort jeweils ein solches Tor hin transportieren.

..*.*

Um das arganische Jahr 5000 herum wandelte sich auf der Erde die Sahara von einer bewohnbaren Savannenregion in ein reines Wüstengebiet. Das führte zu Hochkulturen entlang der großen Flüsse.

Auf Arganus schenkte der später heiliggesprochene Prediger *Berexeris* den Arganern ein eigenes Alphabet. Er reformierte den Paar-Glauben, der davon ausgeht, der Doppelstern aus Roten Zwergen sei ein himmlisches Ehepaar. Zunächst wurde er aufgrund seines Alphabets berühmt. Seine Religion bleibt lange eine unter mehreren.

..*.*

Im arganischen Jahr 7840 lehrte auf der Erde Jesus von Nazareth. Auf Arganus entwickelte sich der Glaube des Berexeris zu einer immer fanatischer und homophober werdenden Religion, die nach und nach mehr Macht gewann. Ihre Erzpriester setzten die Versklavung der Knatsche und die Hinrichtung Homosexueller durch. Der Orden der *Märtyrer des Heiligen Berexeris* wurde gegründet, deren fanatische Brüder als »*Todeskutten*« von nun an Angst und Schrecken verbreiteten.

Die Menschenkolonie *Jerilania* war ein Volk von Seefahrern, berühmt für ihre freie und liberale Hafenstadt *Kap Jarussant*. Sie verbot den berexerischen Glauben und konnte dadurch weiterhin langsam, aber stetig Buchdruck, Wissenschaft und Technik entwickeln. Das Kaiserreich hingegen versank in bigotter Finsternis.

Selbst die Treasianer, die bisher selbstgefällig beobachteten, wie sich die – aus ihrer Sicht nur – halb intelligenten Wesen auf Arganus stritten und schreckliche Dinge antaten, gerieten nun selbst in Bedrängnis. Ein Heer aus sich selbst reproduzierenden Robotern tauchte aus den Tiefen des intergalaktischen Raums auf. Es durchquerte die Galaxis wie eine Welle, die sich mit einem Fünfzehntel der Lichtgeschwindigkeit unerbittlich vorwärts fraß. Auf ihrem Weg zerstörte diese *Galaktische Welle* von intelligenten Wesen bewohnte Welten und näherte sich unerbittlich Treasia.

* * * *

Im arganischen Jahr 9260 veröffentlichte auf der Erde Galileo Galilei als erster Mensch seine Himmelsbeobachtungen mit einem Fernrohr. Die Galaktische Welle stand kurz davor, die Heimatwelt der Treasianer zu erreichen. Der Wissenschaftler Argan verließ deshalb seine Rolle des reinen Beobachters. Er stand auf Arganus dem kaiserlichen Kronprinzen Aron gegen die Intrigen des Klerus bei.

* * * *

Im folgenden Jahr 9261 ließ sich der naive und brutale Kaiser Parion vom hinterlistigen berexerischen Klerus zu einem aussichtslosen Krieg gegen Echsian überreden und fiel in der Schlacht. Sein vermeintlich einziger Sohn Aron konnte auf eine abgelegene Alp fliehen. Argan half dem nun formal zum Kaiser gewordenen Aron im Machtkampf gegen die Kleriker und verlieh ihm und seinem Geliebten Peran sowie seinen wenigen weiteren Gefährten wie Prinz Erian von Thermus, König Ergus von Zarn und Arons vorher unerkanntem Bruder Niron körperliche Unsterblichkeit. Doch als Gegenleistung mussten Aron und Peran den Treasianern helfen, auf einem der Basisschiffe der Galaktischen Welle die Bordcomputermodule – sogenannte Computerkerne – zu entwenden. Sie versprachen sich davon, langfristig eine Waffe gegen die Galaktische Welle entwickeln zu können. Zwei solcher Computerkerne durfte Aron behalten. Nachdem Treasia evakuiert wurde, versuchten Aron und seine Gefährten auf dem fortschrittlichen Planeten für sie interessante Technologien wie beispielsweise Waffen zu bergen. Aron und Peran wurden dabei vom Angriff der Galaktischen Welle überrascht und von ihrer Heimat Arganus abgeschnitten. Sie konnten nur entkommen, indem sie ein verlassenes Raumschiff benutzten. Aron taufte es auf den Namen *Regulus* und machte sich auf die voraussichtlich mehr als sieben Jahrhunderte dauernde Heimreise. Auf Arganus nannte sich sein Bruder Niron von nun an Vizekaiser, der Stellvertreter des zwischen den Sternen reisenden Kaisers Aron.

* * * *

Im arganischen Jahr 9567 starb auf der Erde der Diktator Stalin, sein Planet lebte fortan unter dem Damoklesschwert der Nuklearwaffen. Auf Arganus wurde in diesem Jahr das alte Vizekaiserreich in den Machtkämpfen zwischen fanatischen Berexerikern und einer Arbeiterbewegung aufgerieben. Nur das als einzige Macht auf dem Mond Arganus über Atomwaffen verfügende Militär des Kaiserreichs stand noch unter der Kontrolle des ehemaligen Vizekaisers Niron und des Königs Ergus von Zarn. Doch ein Nuklearschlag gegen die Feinde des Kaiserreichs hätte das fragile Ökosystem des Mondes Arganus für immer zerstört. Unter dem Namen *Internationale Zaronenbasis IZB* erklärten sich die Militärs für unabhängig und beanspruchten für sich eine Enklave innerhalb des in einen Gottesstaat und eine totalitäre Arbeiterrepublik zerfallenden Kaiserreichs. Gleichzeitig gründeten sie eine Kolonie viele Tausend Meilen entfernt auf einem kargen Kontinent auf der Vorderseite des Mondes Arganus.

Im Einschlagbecken des ehemaligen Kaiserreichs hingegen begann abermals eine finstere Zeit: Unter dem Nuntius des Heiligen Staats wurden Knatsche versklavt, Frauen unterdrückt, Homosexuelle und Dissidenten gnadenlos verfolgt.

* * * *

Im arganischen Jahr 9620 fand auf der Erde der junge Schweizer Simon Brunner den Schlüssel der Edaner. Er nahm an einer von seiner Mutter geleiteten archäologischen Ausgrabung teil.

* * * *

Im arganischen Jahr 9644 war das ehemalige Kaiserreich nach wie vor in den Gottesstaat namens »Nuntianisches Reich« und die sogenannte »Werkrepublik« aufgeteilt. Aron unterbrach seinen Jahrhunderte langen Flug nach Hause und machte einen Abstecher zur Erde, die er im irdischen Jahr 2038 erreichte. Er analysierte dort gemeinsam mit dem Astronauten Jan Ettenberger und dem mittlerweile zum Physiker avancierten Simon Brunner die von Treasia mitgebrachten Computerkerne eines Basisschiffs. Er warnte die Menschen vor der Galaktischen Welle und dass ihnen wohl nur noch Jahrzehnte blieben, bis diese Vernichtungsmaschinen sie erreichen würden. Eine Prophezeiung des geheimnisvollen Wesens Galara verlangte von Aron, er möge den mit übernatürlichen Kräften ausgestatteten Schlüssel der Edaner auf der Erde finden und nach Arganus bringen, um seine Heimat vor der Galaktischen Welle zu retten. Nur dort und nicht auf der Erde bestehe eine kleine Hoffnung, die letzten noch übrig gebliebenen intelligenten Wesen der Galaxis zu retten. Aron fand dank des Schweizers Simon Brunner und des deutschen Astronauten Ettenberger dieses Artefakt und es gelang ihm, damit nach Arganus aufzubrechen.

* * * *

Im arganischen Jahr 9722 endet die Teilung des ehemaligen Kaiserreichs mit einer militärischen Intervention der IZB. Es begann die Zeit der Militärdiktatur unter Niron. Diese wurde aber nur in ihren ersten Jahren als Befreiung von den Schrecken des Gottesstaates empfunden. Immer mehr Widerstand regte sich gegen Niron und die IZB.

* * * *

34 arganische Jahre später schließen verschiedene Parteien des Widerstands mit Niron einen Friedensvertrag, der die Gründung der sogenannten Reichsrepublik festlegte, die sich als Rechtsnachfolger des alten Kaiserreichs verstehen musste. Ihr vom Parlament gewähltes Staatsoberhaupt trug den Titel Vizekaiser als der Stellvertreter des mystischen, unter den Sternen reisenden Kaisers Aron.

* * * *

Zur Jahrzehntausendwende im Jahr 10.001 erreicht Aron nach langer Odyssee wieder seine Heimat. Doch kurz vor seiner Ankunft legt sich ein Basisschiff der Galaktischen Welle am Rand des Sonnensystems von Arganus auf die Lauer und wartet nun auf den besten Moment für einen Angriff.

* * * *

Abgesehen vom Prolog spielt der Roman im 25. Jahrhundert nach irdischem Kalender.

PROLOG

DIE SPHÄRE

In grauer Vorzeit auf dem Planeten Erde

****

Lang ist es her, dass Thorian den Schlüssel der Edaner entwendet hatte. Er konnte sich nur noch schemenhaft daran erinnern, wie und weshalb es geschehen war.

Nach dem Diebstahl umgab er sich mit einem Schutzschild aus purer Energie, um sich vor dem Zorn der mächtigen Edaner zu verschanzen. Als diese merkten, dass sie an Thorian nicht herankamen, errichteten sie ihrerseits eine für Geist und Materie undurchdringliche Kristallsphäre um den Schild, sodass er nicht mehr hinauskam – eine Pattsituation.

Die Zeiten vergingen und die Belagerer verschwanden. Um Thorian wurde es still und dunkel. Sein Körper zerfiel, doch sein Geist schwebte nach wie vor gefangen von der mächtigen edanischen Technologie.

Zwar konnte er durch das Kristallmuster hindurch zunächst noch die Außenwelt fühlen und beeinflussen, aber langsam versank die Sphäre im Schlamm, der im Laufe der Zeitalter versteinerte. Je tiefer er unter der Oberfläche begraben wurde, desto weniger konnte Thorian die Entwicklung des Planeten verfolgen. Sein beklemmendes Gefühl, bis ans Ende der Zeit einsam eingesperrt zu bleiben, verstärkte sich bis zur Unerträglichkeit.

Doch allmählich gewann die Erosion die Oberhand und begann, die Felsen über ihm abzutragen. Sechsundsechzig Millionen Jahre mussten vergehen, bis er endlich wieder etwas von der Planetenoberfläche wahrnehmen konnte. Zuerst fühlte er nur niedere Lebewesen um sich herum, aber bald folgte die Präsenz intelligenter Primaten, der ersten Menschen. Es gelang ihm, diese dazu zu bringen, einen Stollen bis hinab zu seiner Sphäre zu graben. Leider konnten die Primaten die Kugelschale der Edaner nicht öffnen, sie verstanden Thorians Gedanken und Anweisungen falsch und deuteten sie in einen Götterglauben um. Viele Generationen dieser Primaten huldigten der Sphäre, aber ihr Verständnis für die Gesetze der Natur entwickelte sich kaum. Auf einmal endeten die Kulthandlungen um diesen Glauben. Aus dem Stollen wurde eine heilige Grabkammer und die Hoffnung des Eingeschlossenen auf baldige Erlösung erlitt einen herben Rückschlag.

Schließlich jedoch geschah etwas Überraschendes. Ein Mensch erschien, dessen Gedanken sich nicht um Götter drehten, sondern um technische Dinge wie zum Beispiel Elektrizität. Das könnte die erste echte Chance auf Befreiung sein, wurde Thorian bewusst.

Er lenkte den Menschen zur Notsteuerung an der Oberfläche der äußeren Kugelschale. Diese Steuerung musste von außen mit elektrischer Energie versorgt werden. Er brachte den Menschen telepathisch dazu, eine aus Kupferdrähten bestehende Energieleitung in seinem Kommunikationsgerät aufzutrennen und die beiden Pole mit den Rezeptoren der Notfalltür zu verbinden.

Die elektrischen Reize ließen die Kristalle der edanischen Kugelschale fließen, bis sie aufbrachen. Aber die Energiequelle war zu schwach, sein Fluchtweg begann sich schon wieder zu schließen, bevor er ausreichend offen stand. Zudem fühlte er zum ersten Mal seit Äonen wieder die Präsenz eines womöglich feindlichen Edaners. Er konzentrierte sich auf den jungen Primaten und befahl ihm, einen der Speere zu ergreifen, die bei einem der etlichen Sarkophage lagen, und dessen Spitze mit aller Kraft in den sich rasch schließenden Spalt zu rammen.

Mit Erfolg! Die Metalllegierung störte den Kristallisationsprozess, Thorian konnte entfliehen. Und das keine Sekunde zu früh, der Edaner musste schon ganz nahe sein! Er sah nur eine Möglichkeit: Er musste sich im Geist des Primaten verstecken. Der Feind würde gleich hier sein und die Vorstellung, für weitere Äonen eingeschlossen zu werden, war zu grausam! Thorian durfte nicht länger zögern und drang in den Primaten ein.

Homo sapiens, blond, Europäer, ein Lausbub in aufreizend engen Jeans, Homosexuellen-Aktivist, Archäologiestudent der Mutter zuliebe. Simon Brunner. Gedanken, Gefühle und Eindrücke einer völlig neuen Welt prasselten wie ein Hagelsturm durch den nun gemeinsamen Kopf von Thorian und Simon. Das neuronale Netzwerk, das Gehirn des intelligenten Wesens, hatte genügend Kapazität, um sie beide aufzunehmen. Thorian fand hier auch ein Gefühl von Neugier. Darauf konnte er aufbauen. Er fühlte, wie Simon sich der fremden Präsenz bewusst wurde. Der junge Mensch hatte zuerst nicht wenig Angst, doch bald er wurde mehr und mehr neugierig auf den Gast in seinem Hirn.

Thorian fand in Simons Fantasien die Idealvorstellung eines Liebhabers, in der er sich selbst wiedererkennen konnte. Thorian zeigte sich in dessen Gedanken als verwegener, aber anmutiger Jüngling, als Musketier d'Artagnan, der ohne Furcht seine überlegenen Degenkünste für die Gerechtigkeit einsetzte. Sie fühlten sich wie zwei Verliebte, die tanzen und schmusen – immer schneller, immer heftiger und leidenschaftlicher …

Doch halt! Der Schlüssel der Edaner, er musste geborgen werden, bevor Thorian das Wissen verlor, wie das ging. Die Sphäre musste nochmals geöffnet werden. Die Batterie eines Automobils versorgte ja ein technisches Gerät, eine Energiequelle, die er vorher übersehen hatte. Ihr starker Gleichstrom würde die Sphäre dauerhafter öffnen. Mit einer Zange riss er ein Verlängerungskabel auf, das für die Beleuchtung verwendet wurde, löste die Kupferstränge darin heraus. Damit konnte er die Pole der Batterie mit den spannungsempfindlichen Stellen der Sphäre verbinden. Er konnte das Gemisch aus Neugier und Verwunderung des jungen Mannes Simon, dessen Körper er benutzte, über diese MacGyver-Nummer, wie er sich ausdrückte, fühlen. Thorian wusste nicht, was dieser Name bedeutete, aber das war jetzt auch nicht wichtig. Es half beträchtlich, dass Simon auch neugierig war und nicht in Panik verfiel.

Sie hielten die anderen Enden der Kabelsehnen eine Unterarmlänge rechts und links von der Speerspitze an den Kristall. Die Kupferdrähte sanken in die Sphäre ein. Eine kreisrunde Öffnung bildete sich an der Stelle, wo einen Moment zuvor noch die alte Speerspitze gesteckt hatte. Die Spitze war auf den Boden gefallen. Die Öffnung wunde schnell groß genug, dass er bequem hätte durchkriechen können, aber eine Handbreit dahinter versperrte eine schwarze Fläche das Weiterkommen. Sie erinnerte Simon an die Hitzeschild-Kacheln des amerikanischen Space-Shuttles, nur dass die leicht gekrümmte Fläche hier wie aus einem Guss gemacht schien. Die intelligenten Wesen hier auf dieser Welt konnten also ihre Welt verlassen, das würde später interessant sein, dachte Thorian. Doch erst musste er Simon dazu bringen, das Artefakt zu bergen.

Simon tastete an dem schwarzen Material entlang, drückte mit der Hand darauf. Thorian konzentrierte sich, aber nichts geschah. Der Mensch zog seine Hand zurück und ging mit geballten Fäusten nervös im Kreis. Thorians Frustration und Simons jugendliche Ungeduld verstärkten sich gegenseitig.

»Gopf! Blöde Chlapf![1]«, platzten sie dann auf Schweizerdeutsch heraus und Simon trat mit einer Art Kung-Fu-Bewegung kräftig gegen die Stelle, die er zuvor mit der Hand berührt hatte. Das schwarze Material zersplitterte, als wäre es aus Glas.

Durch Simons Augen betrachtete Thorian einen Moment lang staunend das entstandene Loch. Er hatte nicht erwartet, dass der Tritt eine so durchschlagende Wirkung haben würde. Dann setzte er zweimal an, ins Innere vorzudringen. Sechsundsechzig Millionen Jahre lang war Thorian dort drinnen eingesperrt gewesen und eigentlich wollte er auf keinen Fall dahin zurück, doch er musste den Schlüssel holen, bevor es andere, bösere Menschen als Simon taten, insbesondere solche, die Simon für seine gleichgeschlechtlichen Gefühle rasend hassten. Diese tiefe Verletzung in der Seele des jungen Menschen betrübte Thorian, aber er hatte nun Besseres zu tun.

Also versuchte er sich mehr auf Simons Neugier denn auf seine Ängste zu konzentrieren. Er ließ den jungen Menschen aus seinem Rucksack eine Stablampe holen und wollte eigentlich nun mit ihr ins finstere Innere der Sphäre zurückkriechen, aber nun war er es, der sich vor der beklemmenden Enge fürchtete. Zu lange hatte er in dieser Finsternis festgesteckt. Aber der Schlüssel der Edaner durfte nicht in der Sphäre bleiben. Simon rutschte mit der Stablampe in der Hand hinein in die finstere Sphäre und landete bäuchlings auf einem Boden, der sich anfühlte wie Plastik. Thorian erkannte kaum etwas wieder von seiner einstigen Rettungskapsel. Armaturen, Monitore und dergleichen alles schien zerflossen oder zu Staub zerfallen zu sein, bis auf die stützenden Wände und die Böden. Eine Scherbe der Außenhülle knirschte unter Simons Turnschuhen. Wenigstens war der Schlüssel der Edaner kein Teil dieser Raumzeit und konnte deshalb nicht altern. Aber die Außenhülle dieser Rettungskapsel stellte offensichtlich kein Hindernis dar, weder für Lebensformen aus Fleisch und Blut noch für irgendwelche Geisterwesen, meinte Simon. Auch Thorian hielt es jetzt für möglich, dass sein Schutzschild längst zusammengebrochen war und die Edaner aus anderen Gründen nicht mehr in der Lage waren, den Schlüssel zurückzuholen. Wenn er sich doch nur besser erinnern könnte! Vor ihnen ließen ihn nur noch ein paar Metallverankerungen die einstigen Sessel in diesem Weltraum-Rettungsboot erahnen. Bei den vordersten Sitz-Resten lag weißer Staub, der so etwas wie ein Skelett nachzeichnete. Das musste Thorians einstiger Körper sein.

---

1 Verflucht! Blöde alte Maschine!

Daneben stand ein verschlossener Metallzylinder. Er war ziemlich groß, aufgestellt reichte er Simon bis ans Brustbein. Griffe gab es keine und die Hände des knapp erwachsenen Menschen rutschten an der glatten Oberfläche ab. Zudem war Simon zwar sehr gelenkig, aber im Vergleich zum Durchschnitt seiner Spezies dünn und nicht sehr kräftig. Tragen konnte er den Behälter somit auch nicht, aber er konnte ihn immerhin bis zur Öffnung schieben und mit viel Anstrengung hinaus stoßen. Das Loch im äußeren Schild hatte sich schon wieder verengt, die Autobatterie entleerte sich. Thorian zwängte sie hinaus durch das inzwischen beklemmend kleine Loch. Den Moment der Erleichterung, es geschafft zu haben, wollten sie beide genießen, doch da fühlte Thorian wieder die Präsenz eines Edaners, der sie wohl beobachtete.

Thorian fuhr mit Simons flacher Hand über die Seiten des Behälters. Er musste nun ein Kind des Schlüssels zeugen, das für die tiefen Frequenzen des Homo sapiens geeignet war. Dazu hieß es, die Schutzverkleidung zu öffnen. Das war gefährlich für den jungen Menschen. Trotzdem konzentrierte er seinen Geist nur auf das, was sich im Inneren befand. Der Zylinder wurde schlagartig durchsichtig. Eine lange Hantel lag darin, die nur aus Licht zu bestehen schien, und Simon glaubte im Verbindungsstück zwischen den »Gewichten« der Hantel einen dunklen Spalt zu erkennen, dessen Tiefe unergründlich schien. Thorian ließ nur noch die Gedanken im Kopf seines Gastgebers zu: »Mittelfrequenz, Transformator, Kind«. Etwas materialisierte sich in seiner rechten Hand, aber gleichzeitig leuchtete der Schlüssel unerträglich grell, es breiteten sich Kopfschmerzen aus. Ein Geräusch, als ob man mit tausend Nägeln über Schieferplatten schrammen würde, ließ Simon fast wahnsinnig werden und gipfelte in einer Art heftigem Stromschlag. Thorian wurde dadurch aus dem Körper des jungen, dünnen Mannes herausgeschleudert.

»Heilige Siech!«[2], brummte der Blonde, am Boden liegend, aber er hielt nun eine kleinere Hantel in den Händen, die mit glitzernden Punkten besetzt war und in deren kristallartigem Material sich immer wieder neue verspielte Energiemuster bildeten. Es hatte also geklappt. Der Behälter mit dem Originalschlüssel war wieder undurchsichtig geworden.

Eine Frau in kakifarbenem Expeditionsanzug trat auf ihn zu und Simon rappelte sich hoch.

---

[2] Schweizerdeutsch, „heilige Siech“ drückt gleichzeitig Ärger und Erstaunen aus. Ein „Siech“ bedeutete ursprünglich ein Aussätziger, also „heiliger Aussätziger“. „Verflucht noch eins!“, kommt dem Ausruf nahe.

»Mami?«

Doch das war nicht seine Mutter, die Leiterin der Ausgrabung.

»Fürchtet euch nicht! Ich bin Galara! Wisse, junger Mensch, dies ist der Schlüssel zu allem. Er ist nicht für diese Welt bestimmt. Der blonde Kaiser sucht seine verlorene Heimat. Er wird hier auf der Erde rasten und dabei ein großes Leid erdulden müssen. Doch nur wenn er den Schlüssel in seine Heimat bringt, wird die Menschheit vielleicht gerettet werden vor den Seelenlosen. Nun wirf ein Tuch über das, was deine Mutter, die Professorin, nicht sehen soll.«

»Was wird aus Thorian?«, traute sich Simon zu fragen.

»Er wird mit mir kommen und auf einer anderen Welt einen eigenen Körper erhalten, der die hohen Frequenzen erträgt, die dich fast getötet haben. Dort wird er die Ankunft des Kaisers und des Schlüssels erwarten. Galara hat dir weisgesagt!«

»Galara hat dir weisgesagt!«

Die Edanerin machte sich für den Jungen unsichtbar, aber Thorian fühlte nach wie vor ihre Präsenz. Simon warf verwirrt, aber geschäftig eine Plane über den Schlüssel.

Gerne wäre Thorian wieder zurück in Simon geschlüpft. Das Leben als hübscher junger Mann dieser intelligenten Spezies könnte ihm durchaus gefallen, doch die Edanerin Galara hinderte ihn daran. Sie zog ihn mit in die Ewigkeit und Unermesslichkeit des Jenseits. Somit blieben Simon wie auch der Schlüssel der Edaner in der Höhle auf dem Planeten Erde zurück.

* * * *

»Du hast vor langer Zeit Schuld auf dich geladen«, hörte er Galaras Gedanken. »Trage sie ab, indem du eine verantwortungsvolle Aufgabe übernimmst. Der Androgyne erwartet dich an einem anderen Punkt in Raum und Zeit.«

Die Weite des Nichts fühlte sich entspannend an. Thorian trieb darin eine Weile umher und konnte nicht sagen, ob für einen Augenblick oder für ein Äon. Das schien auch gar keine Rolle zu spielen, hier jenseits von Raum und Zeit.

Irgendwann wurde er von etwas hinweggezogen, fiel wie durch einen Trichter auf einen Punkt zu. Er sammelte seine Konzentration, er wollte dabei keinesfalls das Bewusstsein verlieren.

IM JAHRE 2407 AUF DEM MOND ARGANUS

DER SCHLÜPFLING

Auf dem Mond Arganus im Jahr 9976, nach irdischem Kalender schreibt man das Jahr 2407, nach arganischer Zeitrechnung den 32. und letzten Tag im Hitzemonat des Jahres 9976. In einer Villa oberhalb der nördlichsten Stadt der Reichsrepublik.

* * * *

Thorian sog seinen ersten Atemzug tief ein und blicke etwas an, was für ihn lediglich ein Durcheinander aus Farben und Linien war. Noch fühlte er sich leer und desorientiert, doch schnell begannen sich in seinem Kopf Gedanken und Begriffe zu kristallisieren. Er wurde sich bewusst, dass er in einem Bett lag und auf bündig zusammengeschobene Holzbretter über sich blickte. Seine Gliedmaßen, seine Hände griffen etwas angenehm Weiches, das auf ihm lag.

»Das ist eine Decke!«, stellte er laut fest. Er konnte sich verbal verständlich machen! Die Umgebung schien immer klarer und klarer zu werden. Er fühlte eine Mischung aus Anspannung und Neugier, aber noch verstand er nicht, was geschehen war.

»Ich bin Arzt und das Gerät in meiner Hand beobachtet deinen Herzschlag und die Atmung«, erklärte ihm eine jüngere männliche Stimme. Er konnte das erkennen und die Stimme verstehen, doch die Begriffe nur halb einordnen. Ein Arzt ist jemand, der sich kümmert, der gesund macht. Hatte er den Sturz durch Raum und Zeit überlebt? Er war in einem Grab gewesen, nein, in einer abgestürzten Rettungskapsel. Ein wunderhübscher Jüngling hatte ihn befreit und den Schlüssel der Edaner geborgen. Aber dann hatte es so etwas wie einen Stromschlag gegeben. War er daran gestorben? War er jetzt ebenso hübsch wie der Jüngling? Worum ging es hier überhaupt? Ein Wirbel aus Fragen! Er versuchte sich auf das Hier und Jetzt zu konzentrieren.

Mehrere Gesichter blickten ihn gespannt an. Der Arzt war wohl derjenige mit den langen, schwarzen Haaren, der ihm gerade eine Art Armband abnahm und es gemeinsam mit einem Gerät in einen Koffer legte. Es waren wohl die genannten Instrumente.

»Hast du dich doch noch entschlossen, zu leben?«, lachte er. »Willkommen auf der Welt, rothaariges Kerlchen!« Er wuschelte ihm durch die Haare, klappte den Koffer zu und stand auf.

»Ich bin Thorian«, sagte er, »wer bist du?«

»Thorian? Eigentlich wollten wir dich Erian junior nennen, also dir meinen Namen geben«, antwortete ein anderer, etwas skeptisch dreinblickender, rothaariger jüngerer Mann, der sich bislang im Hintergrund gehalten hatte.

»Erian, er ist eben zu einem Drittel ein Amoén und die sind Nestflüchter«, erklärte eine Frau, die den rothaarigen jungen Mann nun bei der Hand nahm. »Lass es gut sein!«

»Genau! Amoénen sind eben Nestflüchter«, bestätigte der schwarzhaarige Arzt. »Hey, du hast berühmte Eltern, Thorian: die Alphas Erian und Mara! Sie sehen aus wie frisch verheiratete jüngere Menschen, aber in Wirklichkeit sind die beiden schon viele Jahrhunderte alt.«

»Was sind denn Amoénen?«, fragte Thorian, »Und Alphas? Und wer bist du?«

»Mein Name ist Xenus! Die Amoénen sind eine von mir genetisch designte, eingeschlechtliche Spezies. Sie besitzen das äußere Erscheinungsbild und das Liebesleben von gerade erwachsen gewordenen, hübschen, schwulen Burschen. Genau genommen bist du sogar ein Rotamoén, wegen deiner roten Haare. Komm erst einmal ganz auf Arganus an, du neugieriger Süßer!«, lachte der Langhaarige. »Mit deinem Sommersprossen-Lausbubengesicht nach wirst du bald eine Menge anstellen!«

Xenus' sanfte Gesichtszüge ließen offen, welches Geschlecht er hatte. Vielleicht war das auch gar nicht so wichtig, dachte sich Thorian. Hauptsache, er mochte diesen Arzt und jetzt freute sich dieser über das erste Lächeln des »Schlüpflings«, wie er sich ausdrückte. War das der Androgyne, von dem Galara gesprochen hatte?

Immer wenn Thorian etwas anblickte, war ihm sogleich klar, was er sah, doch er wusste nicht, was es außerhalb dieses Raumes sonst noch geben könnte. Dies war ein Schlafzimmer mit leicht abgeschrägter getäfelter Decke, so nannte man diese Bretterstruktur. Diese Begriffe schienen in seinem Hirn wie vorprogrammiert zu sein. Die Wände waren weiß, ein Büchergestell stand auf einer Seite, auf der anderen Seite ein Pult mit einem Computer – was genau das auch immer sein mochte –, darüber ein

Poster einer Musikgruppe, die eher an eine Räuberbande erinnerte. Dieses Durcheinander aus Erkennen, aber nur halb Verstehen machte Thorian sehr neugierig. Er wollte mehr erfahren: Wer oder was war ein Rotamoén? Der Begriff klang frech, aber einordnen konnte er ihn nicht.

Jetzt wollte er sich bewegen, er schlug die Decke weg. Sein Körper war schlank und sah aus wie der eines gerade erwachsen gewordenen Menschen. Thorian fielen die feinen roten Haare an seinem Unterarm auf. Der Arzt Xenus lächelte ihn nochmals kurz an, dann legte er so etwas wie die beiden Hälften einer mannsgroßen, ausgehöhlten, braungrünlichen Frucht auf die untere Ebene eines großen stählernen Handwagens. *Bin ich aus dieser Frucht geschlüpft?*, fragte sich Thorian.

Mara winkte kurz, um seine Aufmerksamkeit auf sich zu ziehen. »Hallo, Thorian, ich bin Mara«, sagte sie und strahlte dabei eine ruhige Wärme aus, die ihm Halt gab in seiner Verwirrung. Er fasste sofort Vertrauen zu der Frau.

»Wo bin ich?«, fragte er.

»Du befindest dich auf Arganus. Das ist der zweite Mond des Planeten Derana. Der wiederum ist der zweite Planet unserer Sonne.«

»Und wo sind wir genau auf dem Mond Arganus?«, wollte er wissen.

»Mein Haus steht im Norden der Reichsrepublik Arganus«, erklärte ihm sachlich der Mann neben Mara.

»Also heißt der Mond genau gleich wie dein Land?«

»Das stimmt!« Erian schaute auf ein kleines Gerät an seinem Handgelenk. »Wir schreiben seit ein paar Minuten den Erntemonat im Jahr 9976. Es sind also 9976 Jahre vergangen, seit unsere Vorfahren von der Ursprungswelt Erde durch den Himmelsfährmann hier angesiedelt wurden. Wir haben aber keinen Kontakt zu den Menschen auf der Erde oder anderen Planeten.«

Thorian konnte mit den Begriffen »Erde« und »Arganus« wenig anfangen. Meinte Erian mit »Erde« den Planeten, auf den er vor so unvorstellbar langer Zeit mit einer Rettungskapsel abgestürzt war? Hatte ihn die Edanerin getötet und dies war nun seine Wiedergeburt? Aber diese seltsame Frau hatte doch etwas von einem blonden Kaiser und einem Schlüssel gefaselt. Thorian verstand nun all die Gedanken und Erinnerungsfetzen nicht mehr, die in seinem Kopf spukten.

»Erian, bitte nicht so technisch!«, tadelte Mara. »Thorian, du bist bei deiner Mutter und alles ist gut!«, sagte sie sanft und nahm seine Hand. Ihre Worte und ihre Berührung taten ihm gut und der Begriff »Mutter«

bedeutete ihm Wärme, Geborgenheit und Schutz vor bösen Geistern wie den Edanern.

Doch je wacher er wurde, desto mehr wollte er wissen – nicht nur, wer seine Mutter war, obwohl ihm das sehr wichtig war. Er stand auf, doch nun schien alles zu schwanken. Der im Vergleich zu ihm selbst kleinere Mann, der noch immer die Hand seiner Mutter hielt und ihn beobachtete, war sein Vater Erian, das hatte Thorian inzwischen mitbekommen. Der Vater verfolgte nun kritisch und sorgenvoll die ersten Schritte seines Sohnes. Thorians Gleichgewichtssinn passte sich schnell an und er konnte sich bald genauer im Raum umsehen.

Neben dem Computerpult stand ein Kleiderschrank mit Spiegel – zum ersten Mal konnte Thorian nun sich selbst betrachten. Er hatte rotes, etwas längeres Haar und in der Tat ein freches Sommersprossengesicht. Der nur mit einer kurzen Turnhose bekleidete Bursche da im Spiegel gefiel ihm. Das passte: Er war schlank und langbeinig, genau so, wie er sich das wünschte. So ganz klar war Thorian nicht, warum er das überhaupt beurteilen konnte. Dieses Wissen und diese Wünsche waren einfach in seinem Kopf. In diesem Moment würde es aber wohl zu nichts führen, wenn er grübelte. Er überlegte weiter, warum er überhaupt wusste, was hübsch sei und was nicht, und ließ diese Fragen fallen. Nachdem er sich einen Moment lang im Spiegel betrachtet hatte, wollte er schon wieder mehr wissen:

»Was ist passiert, Erian? Wie bin ich denn hierhergekommen?«, fragte er seinen Vater, der ihn noch immer kritisch beobachtete.

»Wir Alphas können uns nicht natürlich fortpflanzen«, erklärte Erian ihm nun. »Xenus war uns aber dabei behilflich, dennoch einen Sohn zeugen zu können. Alphas und die aus ihnen entwickelten Amoénen haben eine Trihelix, also drei Elternteile.«

»Das versteht er doch noch nicht«, unterbrach ihn Mara. »Erian ist dein Vater, ich bin deine Mutter und das ist Onkel Xenus!«

»Xenus und ich haben als gemeinsamen Vorfahren einen Ur-Ur-Ur-Großvater. Das ist nicht so ganz dasselbe wie ein Onkel«, stellte Erian richtig. Aber Mara hörte gar nicht auf ihn.

»Thorian, Schatz! Fühlst du dich gut?«, fragte sie. »Möchtest du dich wieder hinlegen?«

Das wollte »Schatz« selbstverständlich nicht! Dazu gab es hier viel zu viel zu entdecken.

»Ach, die Jung-Amoénen sind immer so süß, wenn sie nach dem Erwachen die Welt erkunden«, schwärmte Xenus. »Ich lasse die traute Familie dann mal unter sich. Wir sehen uns bald wieder, Kerlchen!«

»Danke«, antwortete Thorian kurz, der nun interessiert den Kleiderschrank erkundete. Da war alles drin von einem Anzug bis zu jerilanischen Schiffsjungen-Hosen, sogenannten Jenas – körperbetonend und aus Baumwolle. Anscheinend konnte er Dinge des alltäglichen Gebrauchs problemlos identifizieren und einordnen, sogar die Fachbegriffe waren gleich zur Hand. Der Anzug war eher für vornehme Anlässe, das wusste er; aber die Jenas waren frech, jung und geil. Er fühlte eine Art Kribbeln im Bauch beim Gedanken, sie anzuziehen.

»Das ist gut, Thorian, konzentrieren wir uns zuerst auf alltägliche Dinge«, ermunterte ihn seine Mutter. Sie klang so ruhig und fürsorglich. Erian stimmte ihr mit einem stummen Nicken zu. Thorian befolgte ihren Rat und suchte sich im Kleiderschrank erst mal ein passendes Outfit aus. Die Bilder aus der Vergangenheit, die Erinnerungen an die im Gestein eingeschlossene Rettungskapsel und den Schlüssel der Edaner verblassten wie ein Traum nach dem Aufstehen. Dass gerade dieser Schlüssel aber irgendwie wichtig war, wusste er noch und versuchte diesen Gedanken nicht ganz im Nebel zu verlieren.

Mara und Erian beobachteten gespannt, was er auswählen würde. Eine Jenas gefiel ihm: Die dunkelblaue Baumwollhose war in Röhrenform geschnitten und betonte seine langen Beine. Dazu wählte er einen Rollkragenpullover mit dem Schriftzug »Brückendonner«, eine Lederjacke, einen Ösengürtel und Sportschuhe in derselben Farbe wie seine Haare. Wow! Thorian war überwältigt von seinem Anblick im Spiegel, einfach cool! Das passte sowohl äußerlich als auch von seinem Körpergefühl her. Das wird ein fantastisches Leben, dachte er sich, aber habe ich das denn verdient nach all dem, was ich angestellt habe? Immerhin war er über Millionen von Jahren eingeschlossen gewesen, das war wohl Strafe genug – aber Strafe wofür? Vielleicht würde er das später noch herausfinden, jetzt war er erst mal jung, hübsch und unternehmungslustig! Der Ernst des Lebens konnte auch noch warten.

»Du weißt genau, was du willst, Thorian, das gefällt mir«, bemerkte sein Vater. »Den Charakterzug meine ich«, fügte er grinsend hinzu, »deine Kleidung wäre eher weniger mein Stil.«

Mara hatte inzwischen die Tür geöffnet. Ein Mädchen, etwa in Thorians Alter, ebenfalls rothaarig und mit ganz wenigen Sommersprossen, rannte herein.

»Das ist also mein Bruder«, sagte sie, musterte Thorian und meinte fasziniert: »Cooles Outfit – ich bin Lenia!«

»Hallo, ich bin Thorian!«

»Danke, Liebes«, meinte Erian. »Ich sollte Thorian nun ein paar Dinge erklären.«

»Das mache ich schon, Vater – komm mit, Bruder!«

Lenia zog Thorian entschlossen aus dem Zimmer hinaus in den Flur und ließ Mara und Erian einfach stehen. Sie zeigte Thorian nun zuerst einmal die Villa.

»Erian und Mara sind unsere Eltern«, erklärte sie ihm. »Wir sind eigentlich nur Drittel-Geschwister. Das bedeutet, wir haben nur Erian als gemeinsames Elternteil. Wegen der Gene, dem Trihelix-Dings.«

»Also ist Mara dann gar nicht meine Mutter?«

»Gefühlt ist sie ganz sicher deine Mutter, alle haben dich lieb. Du bist ein Junge und ich bin ein Mädchen. Ich bin zwei Jahre älter als du. Unser Vater Erian ist Chef einer Fluglinie. Wir sind hier in Brückenberg und es ist Spätsommer.«

Sie plauderte wild alles durcheinander, während sie ihren neuen Bruder durch das geräumige Haus führte. Im oberen Stock befanden sich die Schlaf- und Arbeitszimmer, im unteren Stock großzügige Wohnräume. Die Wände waren überall weiß. Da und dort stand eine Skulptur in einer Ecke, deren künstlerische Aussage sich Thorian noch verschloss. Manchmal befand sich nur andeutungsweise eine Wand zwischen zwei verschiedenen Bereichen, wie zwischen dem Fernsehzimmer, dem Raum zum Essen und dem Panoramasalon. Im Panoramafenster sah man jedoch nur Nebel, in schwaches, silbriges Licht getaucht. Das Licht stamme von den anderen Monden, aber Lenia versprach, das Wetter werde sicher noch besser und bald würde die Sonne aufgehen. Sie erklärte ihrem neuen Bruder auch sehr praktische Dinge: Wie man das WC benutzt, was man in der Küche macht, wie man den Fernseher bedient und sich mit dem Computernetz der internationalen Zaronenbasis verbindet. Hier in der Reichsrepublik sei das Vernetzen von Computern allerdings nur den Behörden, den Universitäten und großen Firmen erlaubt. Sie erklärte ihm auch, welche Musik für junge Leute passe und welche out sei, doch Thorian wollte in dieser Frage lieber seinen eigenen Stil finden.

Er sog alles in sich auf wie ein trockener Schwamm.

Zehn Stunden später wurde es draußen hell und Mara bereitete der Familie ein Frühstück zu. Sie mahnte Lenia und Thorian, eine Nacht ohne

Schlaf dulde sie nur ausnahmsweise. Es helfe auch eine Knatschfrau hier im Haushalt mit, erzählte Lenia, doch Erian habe ihr heute freigegeben. Amoénen gäbe es hier in der Reichsrepublik offiziell gar nicht. Der Knatschfrau, die erst seit Kurzem bei ihnen arbeite, habe man deshalb erzählt, Sohn Thorian sei wegen einer Knochenkrankheit ein Jahr lang in Kur gewesen. Thorian gefiel die Geheimniskrämerei nicht sonderlich, aber bevor er so etwas wirklich beurteilen konnte, musste er sich zuerst im Alltag zurechtfinden. Und vor allem wissen, was eine »Knatschfrau« war.

Mit Lenias eifriger Hilfe gelang es ihm bald, mit Messer und Gabel umzugehen. Die ganze Situation erschien ihm wie ein fantastischer Traum und er fürchtete, plötzlich aufzuwachen und doch noch immer für alle Zeiten weggesperrt zu sein in einem unterirdischen Gefängnis.

Am Vormittag ging die ganze Familie am Panoramaweg entlang joggen. Das war für Thorian ein gigantisches Erlebnis: Endlich sah er den freien Himmel – und es lasteten keine erdrückenden Gesteinsmassen mehr über ihm!

Erians Villa befand sich an einem mehrere Meilen hohen, vorwiegend von hohen, spitz zulaufenden Bäumen bewaldeten Hang. Der Nebel hatte sich zu einem schmalen Wolkenband reduziert, das sich am Hang entlangzog und gigantisch von Horizont zu Horizont schwang. Unterhalb des Weges lag ein Tal, aber der Gegenhang war nicht viel mehr als ein wellenartiger Hügelzug, der parallel zu dem gigantischen Abhang verlief, auf dem sie sich befanden. Dort standen mehrere riesige Windräder, die sich träge drehten.

Thorian konnte über diesen Hügelzug hinweg in eine Landschaft blicken, die sich weit absenkte, bis zu einem See. »Dies ist der Thermussee«, erklärte ihm Lenia. »Er erstreckt sich dreihundert Meilen lang am Fuß der Innenseite des nördlichen Kraterwalls.« Im Horizontdunst hinter dem See konnte Thorian schemenhaft Berggipfel erahnen. Lenia folgte seinem Blick und erläuterte, dort sei das Mittelgebirge. Es markiere, wie der Name es bereits ahnen lasse, den Mittelpunkt des riesigen Kraters. In alter Zeit habe dort ein aufsässiges Volk gelebt, das sich dem Kaiser von Arganus oft widersetzt habe. Die Hauptstadt der Reichsrepublik liege jenseits des Mittelgebirges, weit im Süden; dort, wo der Ozean in den Krater eindringe. Jetzt regiere dort ein Vizekaiser.

»Er ist dem Mythos nach der Stellvertreter des legendären, zwischen den Sternen reisenden Aron«, erklärte Thorians Vater. »Die arganische Reichsrepublik ist eine parlamentarische Monarchie.«

Die politischen Zusammenhänge konnte Thorian noch nicht erfassen, doch es schien ihm für die diese ersten Momente seines neuen Lebens auch nicht wichtig. Das Land jenseits der Hügelkette vor ihm war ein Flickenteppich aus bewässerten Feldern und Halbwüste. Er blickte in die Weiten eines siebenhundert Meilen großen Einschlagkraters, dessen weit entfernter anderer Innenrand natürlich unter dem Horizont liege, wie ihm Lenia erklärte. Erian ergänzte, der Mond Arganus sei geprägt von vulkanischem Feuer und ewigem Eis. Es sei eine wilde Welt, mit strengen Wintern und heißen Sommern. Nur an wenigen Orten, wie beispielsweise in diesem Einschlagbecken, seien die drei intelligenten Spezies, nämlich Menschen, Knatsche und Echsianer, in der Lage, dem Boden ihre Nahrung abzutrotzen und sie für den langen Winter einzulagern.

»Das ist bestimmt hart«, meinte Thorian. »Übrigens, wann geht der Planet Derana mal auf? Du hast gesagt, wir kreisen im Laufe eines Tages einmal rund um ihn herum.«

»Er geht nie auf. Arganus zeigt Derana immer dieselbe Hemisphäre. Wir leben auf der dem Planeten abgewandten Seite.«

»Schade«, fand Thorian.

Ihm fiel im nun tiefblauen Himmel eine zweite Sonne auf: ein gleißend orange leuchtendes, sternartiges Objekt. Er schaute genauer hin und bemerkte, dass es sich um zwei dicht zusammenstehende, blendend helle Sterne handelte. »Eine solche Konstellation nennt man einen Doppelstern«, erläuterte Erian. Zusammen mit der Sonne, die das Tageslicht spendete, lebte Thorian also in einem Dreifachsystem, einem Sonnensystem mit drei Sonnen.

»Die Religion der Paaristen beruft sich auf ihren Religionsgründer, den Heiligen Berexeris. Deshalb verwenden Theologen den Begriff ›Berexeriker‹ anstelle von ›Paaristen‹«, erklärte Erian. »Dieser angebliche Messias nennt den Doppelstern das ›Himmlische Paar‹, das im Auftrag Gottes über die Schöpfung wache. In Wirklichkeit sind die beiden dicht zusammenstehenden grellen Sterne gigantische Bälle aus heißem Plasma.«

»Unser Ursprungsplanet Erde kreiste um einen Einzelstern«, wusste Lenia. »Und die alten Heimatwelten der Knatsche und der Echsianer kreisten sogar doppelt so schnell um ihre Sonnen wie die Erde oder unser Planet Derana, auf dessen Mond wir leben.«

»Das doppelt so schnell bezieht sich auf die Umlaufzeit, nicht auf die Umlaufgeschwindigkeit«, präzisierte Erian.

Doch Thorian war etwas anderes aufgefallen. »Moment mal, Lenia, du sagtest ›kreisten‹ und nicht ›kreisen‹, ist denen etwas zugestoßen?«

»Sie wurden leider alle von der Galaktischen Welle zerstört«, sagte Erian knapp und wechselte dann rasch das Thema. »Ich erkläre dir das, wenn du größer … ich meine, wenn du älter bist. Als Amoén bist du ja von Geburt an ein ausreichend langer Kerl.«

Thorian hätte nun schon sehr interessiert, weshalb da irgendwo im Weltall draußen Planeten einfach zerstört wurden, aber Erian schien strenge Prinzipien zu haben und so versuchte er gar nicht erst, das Thema weiter zu vertiefen.

»Machen diese Berexeriker irgendwelche Zeremonien in einer ringförmigen Höhle? Ich meine einen Gang mit Särgen, der um eine im Stein gefangene Kristallkugel führt?«, fragte er, um herauszufinden, ob er sich wirklich auf einer anderen Welt befand oder ob die Höhle, in der er so lange als Gefangener ausgeharrt hatte, bis ihn dieser hübsche junge Mann befreit hatte, doch auf diesem Mond lag.

»Was? Nein! Die Todeskutten führen ihre finsteren Zeremonien in oberirdischen Kuppelbauten durch. Aber jetzt genieße doch einfach deinen ersten Tag, Thorian«, empfahl Erian.

Thorian bemerkte, dass sein Vater nicht gerne über diese gläubigen Leute reden wollte. Sein Gesicht hatte sich verfinstert, während er über sie sprach – anscheinend hatten sie ihm früher Leid zugefügt. Apropos Vater, dachte er: Wenn ich Lenia richtig verstanden habe, gibt es noch zwei weitere Väter. Wer die sind, würde mich natürlich auch interessieren. Aber vielleicht hat Erian recht und ich muss nicht schon an diesem ersten Tag alles herausfinden.

Eine im Vergleich zu der großen, alles wärmenden Sonne kaum halb so große kleine Sichel sei ein kleiner Mond, erklärte Erian nun. Dieser Mond befinde sich wie Arganus in einer Umlaufbahn um den Planeten Derana. Dieser Planet selbst bleibe aber für Brückenberg immer unter dem Horizont, da Arganus wie die meisten Monde im Universum seinem Mutterplaneten immer dieselbe Seite zuwende.

Mit Brückenberg meinte sein Vater die kleinere Stadt mit den spitzen, roten Giebeldächern hier im Tal. Das Tal genieße eine gewisse Autonomie, bemerkte Erian. Das Wort Autonomie klang gut in Thorians Ohren, denn er fühlte, dass es nicht sein Ding war, sich jemandem zu unterwerfen.

Links von ihnen stieg ein Flugzeug mit vier leise brummenden Propellern in die Höhe. Das sei aber nicht gerade die fortschrittlichste Technik, kommentierte Thorian.

»Das ist ein Flugzeug mit Brennstoffzellen«, erläuterte sein Vater, »die Propeller werden elektrisch angetrieben. Es handelt sich zwar um eine ältere Technik und man erreicht damit nur fünfhundert Meilen die Stunde, aber sie ist besonders treibstoffeffizient. Auf der internationalen Zaronenbasis IZB, auf der anderen Seite dieser Welt, gibt es viel ausgereiftere Maschinen und Technologien, die man sich hier in der Reichsrepublik gar nicht vorstellen kann. Obwohl der Name nach einem einzelnen Stützpunkt klingt, ist die IZB heute ein eigener Staat mit zivilen Städten und vielen Militärbasen. Xenus arbeitet dort. Er ist Experte für Heranwachsende und hat dein Zimmer eingerichtet.«

Das Stichwort Xenus elektrisierte Thorian. Er hätte gerne mehr über diese Zaronenbasis erfahren, doch Erian meinte leider einmal mehr, dafür sei später noch genügend Zeit.

Auf dem Panoramaweg begegneten der Familie viele andere Leute, etliche in pastellfarbenen Kleidern, nur ein einziger junger Kerl trug Jenas wie Thorian. Aber nicht nur Menschen begegneten ihnen auf dem Panoramaspaziergang, auch froschartige Knatsche und sogar zwei vierarmige, dunkelblau geschuppte Echsianer. Thorian konnte den frischen, aber nicht zu kalten Wind dieser Welt fühlen und den lebendigen Geruch der hiesigen Wälder einatmen. Es gelang ihm sogar, mit einigen der intelligenten Wesen, die ihnen begegneten, ein paar Worte zu wechseln. Die ethische Frage, ob es verantwortbar sei, einen Körper auf der genetischen Basis seiner Eltern zu designen, stellte sich ihm nicht. Er war hier und konnte mit diesem fantastischen Körper Meilen um Meilen unter freiem Himmel rennen, ohne an eine Wand zu stoßen – nur das zählte in diesem Moment für ihn: Die Äonen in Finsternis waren vorbei.

DER RORANARER

In Erians Villa oberhalb Brückenbergs, in der gleichnamigen autonomen Region am nördlichen Rand des Einschlagbeckens. Erster Tag im Erntemonat 9976.

* * * *

Am Abend traf sich die Familie im Panoramasalon zum Kartenspielen. Zuerst verlor Thorian, doch er lernte schnell, dass die Kenntnis der Regeln nicht ausreichte, um zu gewinnen: Er musste strategisch und vorausschauend handeln; zudem gut beobachten, was seine Mitspieler taten. So konnte er schließlich mithalten und hätte am liebsten gar nicht mehr aufgehört.

»34 Uhr, also nur noch zwei Stunden bis Mitternacht«, mahnte das Familienoberhaupt Erian endlich.

»Ich möchte noch eine Runde spielen«, quengelte Thorian.

»Nein, du brauchst jetzt Ruhe!«, setzte sich Erian durch.

Es half nichts. Seine Mutter erklärte ihm, dass man die Kleider nicht einfach auf den Boden schmeißt, sondern aufhängt, und zeigte ihm, wohin er schmutzige Wäsche geben und wo er frische herbekommen konnte.

In der Nacht schlief er wie ein Stein, erwachte jedoch schon in der frühen Dämmerung, als es noch still war im Haus. Sein Zimmer bot einiges zu entdecken an: Im Bücherregal stand Literatur über Flugzeuge. Er blätterte zuerst in dem Bildband »Geschichte der Luftfahrt«, der bei den ersten wasserstoffgefüllten Luftschiffen zu Zeiten des Kaisers Niron begann. Dann folgten die ersten Motorflieger. So ging es weiter bis zu den zeitgenössischen, mehr oder weniger geheimen IZB-Düsenjägern und Satelliten. Dann fand er Schulbücher über Mathematik und Geometrie. Davon verstand er nicht ganz alles auf Anhieb, doch es faszinierte ihn, was er da überhaupt mitkam. Er schien nicht dumm zu sein und darüber war er so erleichtert, dass ihm eine Träne in das offene Buch tropfte.

Aber es gab ja noch viel mehr zu entdecken: Auf dem Pult lag ein Jugendmagazin mit dem Titel »Mittagsbote cool«. Eine Roranar-Band war auf dem Cover abgebildet – dieselbe wie auf dem Poster über dem Computer.

»Brückendonner. Neuer Sound aus dem Norden«, las er. »Mit Videoclip auf einer Grünlichtscheibe.«

Das war wahrscheinlich das dünne kreisförmige Ding, das knapp so breit war wie das Heft. Er löste die Scheibe vom ersten Blatt des Artikels über die Band. Thorian vermutete, dass die Bezeichnung der Scheibe auf grünes Licht hinwies, mit dem sie abgespielt wurde. Am Computer entdeckte er eine Art Schublade, die auf Knopfdruck heraussprang und in die die Grünlichtscheibe genau hineinpasste. Tatsächlich tauchte dann auch ein neues Symbol auf dem Bildschirm auf, das eine zweihalsige optische Gitarre zeigte.

»Was ist eigentlich eine optische Gitarre?«, überlegte Thorian. Er konnte zwar dem Symbolbild den Begriff zuordnen, aber was genau das sein sollte, schien in seinem Hirn nicht abgespeichert zu sein. Da gab es aber noch ein anderes Symbol mit der Beschriftung »IZB-Lex«, was wohl IZB-Lexikon hieß.

Wenn Thorian seinen Zeigefinger in der Nähe des Bildschirms bewegte, dann folgte ein Fadenkreuz dem Finger. Als er das Fadenkreuz auf das IZB-Lex-Symbol bewegt hatte, machte er mit dem Finger eine tippende Bewegung und der Computer meldete: »Die von Ihnen gewünschten Inhalte konnten vom Computerverbund der Reichsrepublik nicht lokalisiert werden.«

Er beschloss, Lenia um Rat zu fragen. Sie hatte ihm gesagt, dass ein Mädchen, das etwas auf sich hält, immer ein Mobiltelefon dabeihat, allerdings nur ein einfaches, wie es in der Reichsrepublik üblich war, also eines, mit dem man nur reden konnte; nicht eines von der IZB, ein sogenanntes Z-Pad, das eigentlich ein Minicomputer war. Das würden die anderen Schülerinnen als Aufschneiderei empfinden. Bei den Jungs hingegen gelte man als schwul, wenn man dauernd ein Mobiltelefon dabeihabe. Thorian verstand noch nicht, was seine Schwester damit hatte sagen wollen, aber jetzt war das Telefon jedenfalls nützlich, um sie anzufragen, was da mit IZB-Lex los war.

Sie erklärte ihm, dass er die Netzwerksteuerung aufrufen und dort von Telefonmodem auf Glasfaser umschalten solle. Das tat Thorian. Er wurde nun vom »Netzwerkportal Zardias« begrüßt, das die Eingabe eines Passworts verlangte. Zardias sei eine Exklave der IZB innerhalb der Reichsrepublik, erklärte ihm Lenia, und das Passwort laute »Aron_9261_

Pfeil_von_Arganus«. Danach wollte das Netzwerkportal noch von ihm wissen, ob er sich als Gast, als IZB-Soldat oder als Offizier anmelden wolle. Lenia versicherte ihm, dass »Gast« ausreiche, sofern er nicht Baupläne von Waffen oder Tagesbefehle der Armee einsehen wolle. Letzteres klang für Thorian scheußlich – er verspürte wenig Lust in sich, Befehle zu empfangen. Also klickte er »Gast« an.

Jetzt war ihm das Lexikon zugänglich. Er bedankte sich bei seiner Schwester und beendete das Gespräch. Er hatte das Gefühl, die Grundidee dieser Computer jetzt begriffen zu haben. Und nun konnte er endlich nachsehen, was eine optische Gitarre ist.

Die Gitarre (von Knatschisch »Gitu«) ist die der menschlichen Physiologie angepasste Variante des Kastenhals-Saiteninstruments, mit dem die Knatsche traditionell bei der Feldarbeit ihre Gospel-Gesänge begleiteten. Die optische Gitarre (Kurzform O-Git) ist ein elektronisches Instrument, das sich in seiner Form an der Gitarre orientiert und vor allem in der rebellischen Jugendsubkultur-Musik wie Roranar und Amoénar gespielt wird. Die Oberfläche des Instruments ist berührungsempfindlich; die Fingerbewegungen des Musikers lösen verschiedene bunte Farbenspiele aus und werden über eine Verstärkeranlage in akustische Töne übersetzt.

»Jugendsubkultur« klang vielversprechend – höchste Zeit, mal die Gründisc laufen zu lassen! Der Sound klang zwar nicht sehr harmonisch, aber er hörte sich unglaublich geil rebellisch an. Wenn Thorian die Augen schloss, hatte er das Gefühl, bei den musizierenden Räubern auf der Bühne zu stehen. Aber auch das Video von diesen Typen, die auf einer wild flackernd beleuchteten Bühne spielten, faszinierte ihn. Bald verfing sich sein Blick an den langen Beinen eines blonden jungen Mannes mit einer O-Git. Der trug eine wadenenge, hellblaue Jenas und eine Lederjacke mit irgendwelchen Glitzerkristallen drin. Thorian interessierte sich nun besonders für diesen langbeinigen jungen Kerl. Er konnte das Bild anhalten, auf ihn zoomen und ihn genauer betrachten. Ein ungemein lustvolles Gefühl verdrängte alles. Er stellte sich vor, den schlanken blonden Musiker zu knuddeln, mit seinen beiden Händen an dessen ultraerotischen Beinen entlangzufahren …

Lenia öffnete die Zimmertür, um zu fragen, ob er etwas benötige.

Schnell klickte Thorian den Musiker weg.

* * * *

Nach dem Familienfrühstück stand etwas Mathematik auf dem Tagesprogramm und zudem viel Sport und Spiel – auch mit Lernsoftware am Computer. Es gab auch Flugzeugkunde mit dem Bildband und zahllosen Filmen, die Erian auf Gründisc zur Verfügung standen oder auf Scheiben, die mit mittlerem ultraviolettem Licht abgespielt wurden. Letztere gäbe es nur auf der Internationalen Zaronenbasis, erklärte Erian. Die technischen Details sagten Thorian nicht sehr viel, aber er verstand, dass die Kapazität dieser Scheiben neunmal größer sei als die der Gründiscs, die in der Reichsrepublik üblich waren.

Auf dem Fernsehkanal der Reichsrepublik lief eine Fernsehserie für Pubertierende, wie Erian das nannte: eine Art Schul-Komödie. Obwohl sein Vater ihm erklärte, dass die Handlung sehr überdreht dargestellt sei, gab die Serie Thorian durchaus eine Orientierung, was die Leute in der Reichsrepublik in seinem Alter so trieben und wie er seine Sprache tunen musste. Die Jungs trugen Jenas mit vielen Beintaschen, flachem Po und engen Hosenbeinen. Offenbar war das Mode. Nur der Frechste in der Klasse trug ungefähr solche Klamotten wie die Roranar-Band.

Die aktuelle Folge handelte davon, wie die im Ballspiel zunächst übermächtig erscheinende Mannschaft der gegnerischen Schule im letzten Moment doch noch geschlagen wurde: Es wurde verdeutlicht, dass dabei der Kleine mit der dicken Brille nicht ausgegrenzt werden durfte und selbst der freche Störenfried in den engen Jenas seinen Beitrag leisten konnte. Es ging aber immer auch darum, welches Mädchen sich für welchen der Jungen interessierte und umgekehrt, beziehungsweise darum, ob aus dem gegenseitigen Interesse eine echte Liebe werden würde oder nicht.

Thorian hatte bald von seiner Schwester gelernt, dass es sich gehöre, Kopfhörer zu verwenden, wenn man Musik hörte oder etwas im Fernsehen ansah, das die anderen nicht interessierte, wie eben solche »bescheuerten Komödien für Jugendliche in der Pubertät«. Nach einigen Tagen, als Thorian gerade dabei war, den Clip mit der Roranar-Band zum gefühlt hundertsten Mal abzuspielen, mit dynamischem Zoom auf den hübschen Gitarristen, tippte ihn plötzlich Erian an. Thorian fühlte sich ertappt, erschrak und klickte den Clip rasch weg. Natürlich war es längst zu spät.

»Möchtest du dieses Instrument spielen lernen?«, fragte sein Vater.

Thorian war zuerst einmal froh, dass Erian nicht böse wurde, und antwortete lediglich mit: »Cool!«

»Dann gehen wir eine kaufen. Eine echte Gitu haben wir noch hier – ich habe mal versucht, sie zu spielen, aber das war nicht so mein Ding.

Aber wenn du wirklich Musik lernen willst, dann reicht es nicht, auf einer optischen Gitarre bunt leuchtende Effekte zu zaubern und wie wild herumzuhüpfen.«

»Wann gehen wir einkaufen?«

»Morgen hätte ich Zeit, mit dir nach Brückenberg zu gehen. Bis dahin bist du auch auf jeden Fall bereit, dich unter die Leute zu mischen.« Erian setzte sich auf Thorians Bett. »Es ist jetzt etwa zwei Wochen her, seit du aufgewacht bist. Zeit, ein paar Dinge in einem Vater-Sohn-Gespräch zu klären.«

Also würde es doch noch ein Nachspiel geben, fürchtete Thorian.

»Du bist Fan von diesem blonden, schlanken ›Musiker‹, wenn ich ihn dir zuliebe einmal so bezeichne?«

»Ein wenig schon«, gab Thorian zögerlich zu.

Erian schaute kurz an die Decke und flüsterte ärgerlich: »Xenus.« Dann fuhr er, an Thorian gewandt, fort: »Also, weißt du, es gibt ja Mädchen und Jungs. Die gibt es deshalb, weil …«

»… weil so das Genmaterial zweier Individuen an das Kind weitergegeben wird, wodurch Fehler auf der DNA und damit Erbkrankheiten reduziert werden«, wusste Thorian zu ergänzen. »Die Natur erreicht dies, indem sie bei der sexuellen Vereinigung von Mann und Frau über Gehirn und Geschlechtsorgane Glückshormone ausschüttet, damit sich Mann und Frau nahe genug kommen, um den Geschlechtsakt ausführen zu können. Weiter ist beschrieben, wie das Sperma die Eizelle trifft und so weiter.«

Erian schaute ihn fragend an.

»Steht in dem Biologiebuch, da im Gestell!«, erklärte ihm Thorian.

»Das ist ein Schulbuch der Reichsrepublik. Im IZB-Lex würde da noch eine Ergänzung stehen: Sieben Prozent der Menschen sind seit frühester Kindheit so veranlagt, dass sie ab der Pubertät für die sexuell motivierte Liebe einen Partner ihres eigenen Geschlechts suchen.«

»Das sind die Schwulen, ich weiß! Ich kenne auch das IZB-Lex.«

»Du hast schnell gelernt. Es ist gut, wenn du dein fotografisches Gedächtnis zu nutzen weißt. Wie merkt ein Schwuler, dass er schwul ist?«

»Weiß ich nicht!« Thorian blickte verblüfft drein.

»Lebenserfahrung lässt sich halt nicht durch Amoénen-Intelligenz ersetzen. Ein Beispiel: Ein Schwuler schaut sich immer wieder denselben Videoclip eines hübschen jungen Mannes an und wird dabei sexuell erregt. In der Sprache deiner Generation heißt das: Latte in der Hose. Also, Sohn, was heißt das?«, fragte Erian und stieß mit seiner Faust gegen das Amoénen-Knie.

»Du nimmst mir jetzt den Videoclip weg?«, fragte Thorian scheu.

»Nein. Es ist wichtig für dich, dass du der Frage nicht ausweichst. Also?«

»Ich bin schwul?« Eine Schweißperle stieg Thorian auf die Stirn. Dieses Schamgefühl, etwas Verbotenes zu tun, war wieder da.

»Ging doch!«, sagte Erian und nickte. »Wenn ich pedantisch wäre, müsste ich allerdings anmerken, dass der Begriff bei einem Amoén keinen Sinn macht, denn es gibt keine Amoéninnen.«

Thorian konnte Erian nicht ganz folgen. Aber dieser hatte ja selbst gesagt, dass nur ein Pedant das verstehen können müsse und das war Thorian ganz sicher nicht. So ließ er ihn einfach weiterreden.

»Es ist wichtig, sich über sich selbst im Klaren zu sein. Leider leben wir hier in der Reichsrepublik in einer Zeit der politischen Erstarrung. Der Heilige Staat hat hier durchaus politischen Einfluss, besonders im Süden des Landes.«

»Die Heiligen hassen Schwule?«

»In der Reichsrepublik ist es immerhin straffrei, eine gleichgeschlechtliche Liebesbeziehung zu haben«, wich Erian einer direkten Antwort aus.

»Und auf der IZB?«

»Dort könntest du dein Idol heiraten.«

»Warum leben wir dann hier und nicht auf der IZB?«

»Das ganze Einschlagbecken hier war mal das Kaiserreich Arganus und ein Teil davon war das Königreich Thermus. Ergus und Niron haben die alte Heimat längst abgeschrieben, aber ich nicht«, antwortete Erian trotzig. »Die Menschen hier nennen uns pauschal Unsterbliche – das wird jedoch offiziell für Fantasie gehalten. Gelegentlich nimmt die Mysterien-Literatur das mit auf, aber da werden wir meistens nicht sonderlich positiv beschrieben. Trotzdem finde ich, wir sollten der Alten Welt hier im Krater nicht vollständig den Rücken kehren.«

Thorian wusste nicht recht, was er darauf antworten könnte. Das Gespräch wechselte wieder zu praktischeren Dingen wie zurückhaltendem Benehmen in der Öffentlichkeit, die Leute nicht anzustarren und so weiter. Insbesondere solle er nicht hübschen jungen Männern nachgucken, meinte Erian, denn das könnten diese ihm sehr übel nehmen.

Thorian begriff, dass er seinen Platz in dieser Gesellschaft nicht geschenkt bekommen würde, aber er wollte sich noch nicht tiefgehender damit auseinandersetzen, was das für sein Leben bedeuten würde. Eine leise Vorahnung sagte ihm allerdings, dass diese Zusammenhänge ihm noch Schwierigkeiten bereiten würden.

Nun vergrub er sich aber zuerst einmal in ein Buch über Astronomie und lernte, dass Arganus einer von vier Monden im Orbit eines Gasplaneten war, der seinerseits einmal im Jahr die mit Abstand schwerste Sonne von dreien dieses Sonnensystems umkreiste.

Erian stellte ihm ein bildstabilisierendes Fernglas zur Verfügung, mit dem man immerhin in bis zu vierzigfacher Vergrößerung ruhig beobachten konnte. Damit erforschte er die Oberfläche des roten Mondes Ergia, der – nur gut halb so groß wie Arganus – am Nachthimmel doch fast unheimlich dominierend wirkte. Er besaß eine teilweise zerfurchte Oberfläche aus Wüstenstaub mit Spalten und uralten kegelförmigen Vulkanen. Dieser äußerste Mond des Planeten Derana konnte sogar eine dünne Atmosphäre halten. Einen weißen Wolkenwirbel auf dem roströtlichen Mond Ergia konnte Thorian schon mit bloßem Auge erkennen. Das seien aber nur hohe Schleierwolken, erklärte Erian. Echten Niederschlag gäbe es dort oben nur selten und wenn, dann als leichten Schneeschauer.

Am nächsten Tag durfte Thorian mit Erian die Stadt Brückenberg erkunden. Zwar hätte eine Standseilbahn von Brückenberg bis hinauf auf den Kraterrand geführt, mit einer Haltestelle in Erians Villenviertel, doch in Thorians Alter ging man selbstverständlich zu Fuß. Er durfte seine engen Lieblingsjenas tragen wie sein Idol, auch wenn sein Vater dieses Outfit nur mit einem seufzenden »Wenn es unbedingt sein muss« akzeptiert hatte.

Die Vielfalt der Menschen, Knatsche und Echsianer interessierte Thorian sehr. Erian erklärte ihm, die autonome Region Brückenberg sei ein wichtiger Begegnungsort der Kulturen, auch wenn er ohne Kontrolle durch die Reichsrepublik nur per Flugzeug erreichbar sei. Unterwegs erhielt Thorian auch einen Pass von seinem Vater. Er zeigte sich als kleines, blaues Büchlein mit einem Wappen aus drei gelben, verzerrten Vierecken, die aus einem Zentrum zu fliegen schienen. »Staat der internationalen Zaronenbasis, IZB« stand darauf – demnach war Thorian ein Bürger dieser Basis! Auf einer der Seiten des Büchleins fand sich eine Niederlassungsbewilligung für die Region Brückenberg und gemäß diesem Dokument war Thorian offiziell kurz zuvor fünfzehn Jahre alt[3] geworden. Die

---

[3] Ein Jahr auf Arganus entspricht 407 irdischen Tagen. Somit entsprechen 15 Arganusjahre fast 17 Jahre auf der Erde. Siehe Einführungskapitel „Astronomischer Hintergrund“.

Rechtsprechung der Reichsrepublik kannte keine Amoénen – sein wahres Geburtsdatum hätte bei einer Kontrolle nur zu Schwierigkeiten geführt. Mit diesem Pass könne er als Tourist überallhin reisen außer in den Heiligen Staat. Für diesen würde ein spezielles Visum benötigen, das an Bürger der IZB aber so gut wie nie vergeben werde.

»Du würdest dort wahrscheinlich als Spion verhaftet und aufgrund deiner sexuellen Orientierung und deiner künstlichen Genetik sofort getötet«, warnte Erian.

»Ich dachte, ich sei unsterblich?«

»Du alterst nicht, das ist nicht dasselbe.«

»Gut zu wissen«, meinte Thorian ironisch.

»Du musst auch wissen, dass du das Niemandsland außerhalb der Staatsgrenzen auf eigene Gefahr betrittst. Dort ist keine Polizei zuständig, wenn dir etwas geklaut wird. Das Niemandsland beginnt oben auf dem Kraterrand. Na ja, ein paar wenige Meilen dahinter.«

»IZB-Lex sagt aber, es gäbe ein internationales Recht. Man darf also auch jenseits der Hoheitsgebiete nicht einfach irgendwelche Leute ausrauben.«

»Das ist zwar auf dem Papier richtig, aber nur die IZB hätte Mittel, auch weitab von bewohnten Gebieten innerhalb einer sinnvollen Frist einzugreifen.«

Sie verließen den Wald, erreichten den Stadtrand; kleinere Einfamilienhäuser standen hier dicht am Hang bis zur historischen Stadtmauer. Sie traten durch ein mehrere Tausend Jahre altes Tor und gelangten in die Altstadt. Vier Stockwerke hohe Fachwerkhäuser prägten die Altstadt. Immer wieder querten bogenförmige Brücken von Haus zu Haus die Straße und diese geschlossenen Stege waren in ihrer Mitte wiederum längs der Straße mittels ebensolcher Brücken verbunden. Im Winter werde es hier manchmal so bitterkalt, erklärte Erian, dass sich die Bewohner nicht mehr an die frische Luft gingen und nur noch über diese geschlossenen Brücken die Nachbarn besuchten.

Heute führe eine Schnellbahn unter der Stadt hindurch, erzählte Erian weiter. Thorian wollte den unterirdischen Bahnhof sehen und dort beobachten sie dann, wie einer der elektrisch summenden Züge einfuhr, viele Leute ausstiegen und die Bahn dann weiterrollte in Richtung Endstation, die bei dem Internat lag, das Thorian bald besuchen würde.

Eine Rolltreppe führte sie aus der Bahnstation hinauf auf den Rathausplatz. In einer Seitengasse, etwas versteckt, lag der Laden, in dem die frecheren Jungs ihre Klamotten kauften, und im oberen Stock des Ladens fanden sich die dazu passenden Musikinstrumente: Für Thorian eine optische Gitarre mit Verstärker. Er glaubte, dass dies der prägende Einkauf seiner Kindheit war.

Wieder zurück zu Hause zeigte Erian ihm, wie man den Computer mit einem Helm verbinden konnte, der einem eine virtuelle Welt vorspielte. Dieser Helm werde für die Kampfpilotenausbildung der IZB verwendet, erklärte der Vater, und dürfe deshalb das Haus unter keinen Umständen verlassen. Erian betonte das sehr eindringlich, bevor er Thorian damit spielen ließ.

Die Software simulierte sehr gut und Thorian hatte tatsächlich den Eindruck, er stünde einem echten Flug-Trainer gegenüber. Nur wenn er den Kopf zu schnell bewegte, kam der Computer nicht ganz mit dem Bildaufbau hinterher. Er wählte aus den ebenfalls zur Verfügung stehenden Musiklehr-Simulationen »junger männlicher Roranar-Star« aus. In diesem Programm musste Thorian verschiedene Übungen erfolgreich absolvieren, um jeweils auf die nächste Lernstufe zu gelangen. Laut Gebrauchsanweisung sei man dann nach typischerweise einem Jahr mit dem Programm durch, was mit einem Auftritt bei einem Roranar-Konzert belohnt werde.

Als der erste Level schon nach fünf Minuten Geschichte war, aktivierte Thorian parallel auch noch ein Gesangstraining mit dem baldigen Erfolg, dass er auf den resoluten Befehl seiner Schwester hin die gesamte Ausrüstung in den Keller verlegen musste. Sie vermutete, man habe Thorian wohl beim Schlüpfen auf den Kopf fallen lassen, doch der ließ sich nicht beirren. Er schlief fünf Tage lang so gut wie nicht und hielt sich dauernd in diesem Programm auf.

Als er am fünften Tage erst nach dreimaligem Rufen endlich zum Nachtessen am Familientisch erschien, blickte ihn Erian streng an. »Thorian, du kannst nicht nur ein Ding machen. Ab Montag musst du wenigstens die Hälfte des Tages für die Aufnahmeprüfung üben!«, verlangte er vom Junior.

»Keine Sorge, ich bin mit dem Programm durch«, antwortete Thorian cool. »Kann ich jetzt echte Stunden nehmen?«

Dies war das erste Mal, dass Erian seinen »Jetzt-spinnt-Thorian«-Blick aufsetzte. Aber was hätte er tun sollen? Die Frauen des Hauses waren begeistert, einen Musiker in der Familie haben, und fanden gleich nach dem Abendessen in der Brückenberger Zeitung das Inserat eines O-Gitarren-Lehrers: »Nikotian gibt begabten Leuten Gitu- und O-Gitarren-

Unterricht mit Schwergewicht Roranar. Nur Schüler aus Brückenberg und Umgebung.«

Also machte Thorian seinen ersten Anruf mit einem Telefon.

»Was ist?«, grunzte eine Stimme in genervtem Tonfall aus dem Gerät.

»Thorian Schuster hier. Sie geben O-Gitarren-Unterricht?«

»Das Scheiß-Inserat musste ich nur machen, weil die Gagen so mies sind und der vizekaiserliche Kulturfonds uns rausgeworfen hat! Der Stimme nach bist du ein Halbstarker. Hast du in der Schule das Wort ›begabt‹ schon erklärt bekommen?«

»Ich habe gehört, das seien Jungs, die den interaktiven Lehrgang in einer Woche machen«, konterte Thorian.

»Hast du schon mal einem nicht elektronischen Instrument einen brauchbaren Ton entlockt?«

»Mein Vater hat eine Gitu, ich komm mit ihr ganz gut zurecht«, schwindelte Thorian. Er hatte das Instrument ganz vergessen gehabt.

»Na gut, die Freiluftsaison endet am dritten Wochenende des Erntemonats in Daradar. Erscheine hier im Brückendonner-Tonstudio am zweiten Tag des Sturmmonats danach so gegen 28 Uhr.«

»Also am Abend. Das ist aber noch fast einen Monat bis dahin. Geht das nicht eher?«

»Nein! Du gehst zu den Abstellgleisen der Schnellbahn und folgst dann dem Bahnstück ohne Schienen. Da wollten sie früher mal die Strecke verlängern, damit das Städtchen wachse. Das ging schief! Wer will schon im nördlichsten Kaff der Reichsrepublik leben?«

»Mein Vater!«

»Siehste, nur einer! Die tote Bahnstrecke führt eine Meile weit und dort ist dann unser Tonstudio. Findest du das?«

»Ja«, versicherte Thorian und setzte voraus, dass Erian ihm das nochmals erklären würde.

»Wie war dein Name, Kleiner?«

»Thorian Schuster und ich bin bereits größer als Papi.«

Schuster war ein Deckname, da die Alphas offiziell gar nicht existierten. Zudem war es keine besondere Kunst, größer als Erian zu sein.

»Dachte mehr an geistige Größe. Komm nicht zu spät, sonst kannst du es gleich vergessen!«

Nikotian hatte aufgelegt. Nun musste er auf dem Speicher die Gitu auspacken und üben, und zwar ohne einen modernen Kampfpiloten-Ausbildungshelm, sondern mit einem Notenständer, wie er so ähnlich schon seit Jahrtausenden in Gebrauch war. Bis zu diesem Termin würde er üben, was das Zeug hielt.

Doch Mara hatte andere Pläne für ihn, er könne sich nicht nur um Musik kümmern. Sie drückte ihm einen Datenstick in die Hand: Darauf sei das E-Learning-Programm des Brückenberg-Internats, erklärte sie ihm. Es sei das einzige in der Reichsrepublik Arganus, das vorwiegend nach Lehrplänen der Internationalen Zaronenbasis unterrichte. Er solle sich die verschiedenen Lehrpläne ansehen, dann die Anmeldung ausdrucken und danach für die Aufnahmeprüfung ins Obergymnasium lernen, wies sie ihn an und erklärte, auch als Amoén müsse er sich an die Sprache und Denkweise der Schulaufgaben gewöhnen. Und sein Vater hielt es für wichtig, dass er an der Schule andere Leute kennenlerne als nur die Familie – und an O-Gitarrenunterricht bei der berüchtigten Band sei nur zu denken, wenn er die Aufnahmeprüfung bestehen würde.

Dank des in seinem Hirn vorprogrammierten Wissens und seinem fotografischen Gedächtnis lief die Aufnahmeprüfung gut. Er trat daher zu Beginn der letzten Woche des Erntemonats in das Internatsgymnasium Brückenberg ein – in das neunte Schuljahr und in eine Klasse, die nach IZB-Lehrplan unterrichtet wurde. Dort wurde mehr Wert auf Naturwissenschaften gelegt, wogegen berexerischer Religionsunterricht keine große Rolle spielte. Der heilige Berexeris lebte vor sehr vielen Jahrhunderten und predigte damals stur bigottes, homo- und sexualphobes Zeugs und die flache Welt[4]; leugnete also die Existenz des Planeten Derana, der ja hier in der Reichsrepublik stets unter dem Horizont stand. Mehr wollte Thorian gar nicht über den Heiligen wissen. Aber im heiligen Staat wurden die Schriften des Predigers noch immer buchstabengetreu befolgt und brutal durchgesetzt.

* * * * * * *

Eine gute Woche später endlich fuhr Erian seinen sehr nervösen Sohn in die Halbwüste westlich von Brückenberg. Thorian trug blaue, eng anliegende Röhrenjenas – ganz ähnliche, wie sie auch der Blonde von Brückendonner bevorzugte. Wirklich schwierig war das Tonstudio nicht zu finden. Vom Ende der Schnellstraße musste Erian einfach den Reifenspuren im dünnen Neuschnee der toten Eisenbahnstrecke folgen, durch eine Steinblock-Landschaft, in der vereinzelt Büsche wuchsen. Vor ein paar Stunden

---

4 Wer das nicht für möglich hält in einer technisierten Welt mit Flugzeugen, der google nach dem Stichwort *Flat Earth Society*.

war als Vorbote des bevorstehenden Winters ein kurzer Schneeschauer über Brückenberg hinweggezogen. Hier unten auf der Südseite des wellenartigen Hügels, der das Tal von Brückenberg vom Rand des Einschlagbeckens trennte, wuchs kein richtiger Wald mehr; es herrschte bereits ein Halbwüstenklima.

Als sie das Ziel erreichten, drehte Thorian als junger Fan vor Freude fast durch. Das hier war wirklich der Unterschlupf von Brückendonner: ein an den Fels gebautes Haus mit zwei knorrigen Bäumen davor. Erian erinnerte sich, dass hier ein Tunnel der projektierten S-Bahn-Verlängerung begann und ein Teil des aufgegebenen Tunnels wohl von der Band genutzt wurde, aber Thorian interessierte sich in diesem Moment nicht dafür: Er wollte jetzt die Band kennenlernen!

Gleich hinter dem Eingang traf ihn eine herbe Enttäuschung: Im Kafferaum knutschte sein blondes Idol mit einer Tussi. Die Chance, dass er schwul war, sei ja nur eins zu dreißig, hatte Erian gesagt, aber trotzdem fühlte es sich für Thorian an, als habe er soeben eine Watsche bekommen.

»Jungs, was wollt ihr?«, fragte ein riesiger Knatsch, der hier wohl den Laden bewachte. Der pummelige grüne Kerl glotzte sie aus seinen Froschaugen an.

»Ich bin Thorian, Herr Nikotian erwartet mich zum Musikunterricht. Und das ist mein älterer Bruder, er hat mich hergefahren.« Es schien Thorian unglaubwürdig und uncool, Erian als seinen Vater vorzustellen.

Der Knatsch führte die beiden wirklich den Gang entlang zum Tonstudio. Nikotian war groß und trug fettiges, langes Haar. Er musterte die beiden Störer kurz.

»Du bist also der Möchtegern-Roranar-Gitarrist«, stellte er fest und blickte Thorian an. »Rothaariger, warum ist denn dein kleiner Bruder dabei?«

»Weil er in Wirklichkeit älter ist als ich und deshalb einen Führerschein hat.«

»Leuchtet ein. Gitarre auspacken und in den Verstärker einstöpseln.«

Er deutete auf eine kleine Bühne mit drei Sitzreihen davor. Dann ließ er sich in der mittleren Reihe auf einen Sitz fallen und wies Erian einen Platz in der letzten Reihe zu. Thorian spielte ihm den O-Gitarren-Part von dem Stück auf der Grünlichscheibe vor.

Nikotian wirkte halbwegs zufrieden: »Gut«, sagte er, »im Gegensatz zum letzten Herrensöhnchen hältst du zumindest die Gitarre nicht verkehrt rum und hast auch das sexy Aussehen eines jungen Roranar-Rebellen, von dem die Mädchen nachts träumen, wohingegen die Eltern ihnen ein Jahr Zimmerarrest geben würden, wenn sie tatsächlich so einen Freund nach Hause brächten. Dann können ja wir den zweiten Teil des Vorspielens wagen.«

Nikotian verschwand kurz hinter dem schwarzen Bühnenvorhang und kam mit einer Gitu mit Noten und Ständer zurück. Er rief den Knatsch herein und pflanzte den Notenständer vor Thorian auf, legte eine Kopie der Noten darauf und behielt das gebundene Original bei sich.

»›Vier blaue Augen und rote Haare leuchten uns, oh Torikur‹ – das ist ja ein Knatsch-Gospel!«, staunte Erian mit einem Blick über Nikotians Schulter. Thorian war noch zu unerfahren, um begreifen, was an einem Knatsch-Gospel so brisant sein sollte. Er hätte eher etwas Geil-Freches, stark Rhythmisches erwartet.

»Rote Haare und ein blaues Augenpaar haste ja, Söhnchen«, sagte Nikotian. »Der Song stammt aus der Zeit der Knatsch-Befreiung. Das wurde in den Ebenen zwischen Person und Daradar bis hinauf nach Daradar gesungen, im 93. Jahrhundert. Gitus wurden damals von den Knatschsklaven heimlich selbst gebastelt. Du begleitest Unk mit dem Gitu-Part und singst die Antwort-Stimme der Arbeiter. Urk macht den Leader.«

»Mein damals versklavtes Volk musste in glühender Sonne auf den Feldern für die Menschen schuften«, erläuterte der Knatsch und stellte ein Mikrofon auf die Bühne.

Das Stück hatte es durchaus in sich: Ein bedrohlicher Wald aus Achtelnoten blickte Thorian entgegen. Er fürchtete, ihm würde es plötzlich dunkel vor Augen. Er las das Stück zweimal aufmerksam durch, bis er glaubte, es auswendig zu können.

»Brauchst du noch etwas Zeit?«, fragte Nikotian mit einem leicht hämischen Unterton.

»Nein, ich hab's jetzt drauf, denke ich«, antwortete Thorian mit bestimmtem Ton und warf Nikotian das kopierte Notenheft zu. Der starrte ihn einen Moment lang erstaunt an und gab dann einem Typen in der Tonregie ein Zeichen: »Machen wir es direkt mit Aufzeichnung!«

Thorian erhielt ein Headset, ebenso der Knatsch.

»Kennst du den Text, Bruder des Langen?«, rief der im Vergleich zu Erian und Thorian doppelt so schwere Knatsch.

»Ja«, antwortete Erian, »mit den blauen Augen sind Vizekaiser Niron und sein Zwillingsbruder Aron gemeint. Und die roten Haare sollen wohl die von König Erian von Thermus sein.«

Thorian klopfte mit seinem Fuß den Beat vor. Er stellte sich vor, wie die Knatsch-Sklaven in diesem Takt die Hacken auf den Äckern geschwungen hatten, in der fruchtbaren Ebene zwischen dem Vulkan Sreatum und dem Kaltpass, der aus dem Einschlagbecken hinaus und hinüber nach Echsian führte. Die riesigen Felder entlang der Flüsse Dara und Perna waren schon immer die fruchtbarsten Gebiete des Kaiserreiches gewesen.

Der Knatsch brummte ein tiefes »Ma Kur, Ur Kar«, immer wiederholt und langsam lauter werdend. Seine Körperfülle erzeugte zusätzlich irgendwelche tiefen Töne, die man mehr im Bauch spürte als hörte. So eröffnete er den Knatsch-Gospel.

Nach sieben Rufen des Leaders musste Thorian als das Volk antworten mit Stimme, Instrument und dem Hinweis, welchen Song er vom Leader wünschte: »Ek blu, He rok«, was auf Knatsch heißt: »Augen blau, Haare rot.«

Nikotian brach ab. »Machen wir es gleich richtig«, ordnete er an. »Ich und dein Brüderchen machen das Volk und du machst den Gegen-Erzähler. Siehe auf Seite acht.« Er warf Thorian die Noten zurück.

Thorian schluckte leer, denn die echten Knatsch-Gospels erzählten die Geschichten als Gespräch zwischen Leader und Gegen-Leader, während das Volk den Refrain und einen Hintergrund sang. Das klang kompliziert und das war es auch. Alles musste perfekt getaktet sein, um nicht im Chaos zu enden. Tatsächlich war das sogar mega-kompliziert.

Wieder begann der Knatsch: »Ma Kur, Ur Kar, Ek blu, He rok.« Vor Thorians geistigem Auge schwangen die Sklaven ihre schweren Hacken auf einem Feld zwischen den Bewässerungskanälen in der Flussebene der Perna. Es herrschte eine drückend feuchte Hitze. Thorian hatte das natürlich noch niemals selbst gesehen, aber er hatte im Geschichtsbuch darüber gelesen. Das Lied suggerierte ihm nun das Gefühl von Hitze, harter Arbeit und einer zutiefst demütigenden Behandlung durch den Gutsherrn viel eindringlicher als jeder Lerntext. Er konnte sich vorstellen, wie der Gutsbesitzer auf dem Dammweg des Bewässerungskanals unter einem Sonnenschirm saß, sich ein Getränk reichen und frische Luft zufächeln ließ. Die Knatsche litten unter seiner Verachtung und fürchteten seine Grausamkeit, doch sie waren sein Eigentum. Die Peitsche des Sklaventreibers knallte durch die Reisfelder.

Wie damals im 93. Jahrhundert rollte auch in diesem Song die goldene Kutsche heran, kühl glänzend in der Hitze der Sonne. Ihr entstieg mit blauen Augen der Zwillingsbruder des Aronuk. Der mystische

Knatsch-Begriff Aronuk stand für den Kaiser Aron, der zu den Sternen reiste. Diesen Mythos kannten auch die Menschen. Und wegen Kaiser Aron nannte sich das Staatsoberhaupt der Reichsrepublik noch immer nur Vizekaiser und nicht Kaiser. Der Zwilling des Aronuk, der mit den Knatschen aufgewachsen war, der Zwilling mit den blauen Augen, der den Frieden von Vierstraßen stiftete und seither den Königen befehlen konnte, gebot dem Rothaarigen, der über Thermus herrschte, und allen anderen Fürsten: Keine Peitsche darf mehr knallen und jeder Knatsch soll seinen Herrn frei wählen können. Ja, und mit der Hilfe des Gottes Torkur sollte mancher Knatsch gar bald sein eigener Herr werden können. Doch der Gutsherr wollte die Knatsche nicht ziehen lassen und den mit den blauen Augen und den anderen mit den roten Haaren ebenfalls auspeitschen. Doch Nironur, der Zwilling mit den blauen Augen, und Eriakur mit den roten Haaren packten das Ende der Peitsche und schleuderten den Peiniger in den Dreck. *Ma Kur, Ur Kar, Ek blu, He rok.*

Erian riss sich das Headset vom Kopf. Ihm kullerten Tränen über die Wangen und er verließ schnurstracks den Raum. Thorian klatschte mit dem sonor lachenden Knatsch die Handflächen zusammen und Nikotian meinte, ›man könne es ja mal versuchen mit dem Gitarren-Unterricht‹.

..*.*

Thorian ließ sich das nicht zweimal sagen und besuchte die Band nun regelmäßig in ihrem Unterschlupf. Bei Nikotians Unterricht ging es weniger um die Beherrschung des Instruments als vielmehr darum, wie man das Spielen zur Show machte. Thorian durfte bald auch bei Konzerten im Hintergrund mitmachen, musste aber Nikotian und dem Blonden die Show vorne überlassen. Soweit Thorian die Dinge überblickte, wollten sie ihn bald mit in der Band haben. Denn so wie der Blonde jetzt aussah, war der Clip im Magazin gefühlt ein Jahrzehnt alt und ein »rothaariger Dreiviertelstarker«, wie Nikotian ihn nannte, könnte da als Neuentdeckung sicher helfen.

Thorian fand diese Typen trotzdem noch einfach geil, ganz im Gegensatz zu den fleißigen, aber in langweilige dunkle Gewänder gekleideten und nur mit sich selbst befassten, biederen Einwohnern von Brückenberg, die sicherlich alle die Paaristische Soziale Partei wählten. Die PSP war die Partei des Vizekaisers. Außerdem liebte Thorian dieses geile Kribbeln im Bauch, wenn der Sound aus den Verstärkern dröhnte, und als Roranar-Musiker würde es auch zu seinem Image gehören, heiße Klamotten zu tragen. Das wäre ein echt krass und geiler Start in sein Leben auf Arganus, dachte er sich.

Seine Mutter Mara versuchte ihm immer wieder klarzumachen, dass der Ruhm eines Roranar-Stars vergänglich sein könne und es keine Garantie gäbe, dass die Fans diese Verjüngung der Band akzeptieren würden. Eine halbe Stunde lang quatschte sie ihn mit solchem Elternkram voll, der ihn im Moment überhaupt nicht interessierte.

Von der einen Hälfte der Klasse wurde er als Roranar-Bandmitglied bewundert, die andere Hälfte fand ihn unseriös und zu rebellisch. Nach dem Lehrplan und einem speziellen Abkommen zwischen der IZB und der autonomen Region Brückenberg musste auch das Thema Homosexualität behandelt werden, in Form eines Lehrfilms, der eine halbe Lektion dauerte und danach in der Klasse besprochen werden sollte. Zu Thorians Bedauern blieb der Film wissenschaftlich kühl: Mehr als ein kurzes Händchenhalten zwischen zwei männlichen IZB-Soldaten war nicht zu sehen. Doch für ein Mädchen aus der konservativen Hälfte der Klasse war das schon zu viel. Sie drohte wütend mit einer Anzeige wegen Homopropaganda. Die zweite Hälfte des Unterrichts drehte sich dann nur noch um das Juristische, nämlich darum, dass dieser Film in dem Vertrag mit der IZB als Ausnahme zum Homopropagandagesetz festgelegt war. Bei dieser doch eher feindseligen Stimmung zog es Thorian vor, der Klasse nichts über seine sexuelle Orientierung zu erzählen, ganz zu schweigen von seinen Amoénen-Genen. Von beidem schien die Klasse keinerlei Ahnung zu haben.

Allerdings bemerkte Nikotian zwei Monate nach Schulbeginn bei einer Probe, dass Thorian offensichtlich nicht so viel mit Mädchen anzufangen wusste. Für ihn sei das kein Problem, meinte er, aber nach einem Konzert im Backstage mit den Fans solle Thorian besser auch den Mädchen mal ein Kompliment machen, das sei gut fürs Geschäft.

Thorian bemerkte bald, dass man mit Roranar nicht reich werden konnte. Nikotian hatte viel Geld geerbt und hielt die Band finanziell über Wasser; die Erträge aus dem Verkauf von Tonträgern deckten gerade mal die Unkosten und nur die Freilichtkonzerte im Sommer spülten etwas neues Geld in die Kasse. Doch auf Arganus dauerte der Winter leider deutlich länger als der Sommer.

* * * *

An die Höhle mit dem Schlüssel der Edaner dachte Thorian nun immer seltener. Wenn er das Gymnasium hinter sich gebracht haben würde, wollte er Pilot werden – auch deshalb, weil das Trainingszentrum von Erians Fluglinie auf dem IZB-Kontinent lag und nicht in der homophoben Reichsrepublik. Vielleicht könnte er Erian überreden, sogar die Schule dort abschließen zu dürfen. Seine Gefühle dauernd verleugnen zu müssen, belastete ihn. Aber ein Wechsel auf die andere Seite der Welt hätte ihn von Brückendonner abgeschnitten. Er fühlte sich innerlich zerrissen.

* * * *

Es war für Thorian cool, die Sommerferien nach seinem ersten Schuljahr mit den schrägen Typen von Brückendonner zu verbringen. Die Proben waren jeweils hart. Er war nur Hintergrund-Gitarrist auf der Bühne, aber immerhin mit dabei und nicht nur bei den Helfern und Bühnenarbeitern beschäftigt. Nikotian und Thorians leider nicht schwuler blonder Schwarm waren die Leader an der Front. Wenn nach dem Konzert die pubertierenden Fans auch Thorian ihr Autogrammbuch entgegenstreckten, war das Balsam für sein Ego. Er hatte schnell rausgefunden, dass die Fans es cool fanden, wenn er sich selbst mit einigen Strichen in ihr Album zeichnete.

* * * *

Lenia war mit der Schule fertig geworden und plante ein Jahr bei den Thermus Fluglinien im Reisebüro zu arbeiten. Danach wollte sie auf der IZB studieren, was genau, wusste sie noch nicht. Thorian hingegen wollte selbstverständlich ein Roranar-Star werden, was Erian mit einem mitleidigen Lächeln beantwortet hatte.

Auf den Backstage-Partys der Band floss nicht wenig Alkohol und oft kreiste sogar ein Trinkglas mit echsianischem Wein, aus dem jeder einen Schluck trinken durfte. Der Wein aus dem Reich der blauschuppigen vierarmigen Wesen war für die Menschen giftig und sollte einen schon nach den ersten paar Schlucken auf einen sagenhaften, schwerelosen Glückstrip mit Halluzinationen bringen. Auf die Echsianer selbst wirke er nur leicht anregend wie für die Menschen eine Tasse Kaberak, hatte Thorian im IZB-Lex gelesen.

»Du warst doch letzte Woche bei den Prüfungen zum Schuljahresabschluss?«, fragte ihn Nikotian während einer Backstage-Party. »Behalten sie dich noch ein weiteres Jahr oder bist du rausgeflogen?«

»Scheint knapp geklappt zu haben. Dank dem Fach Musik bin ich durch die Prüfung geschlüpft«, untertrieb Thorian schamlos. Es war auf einer Party mit einer Roranar-Band ›natürlich‹ total uncool, sich als guter Schüler zu outen. Er besaß ein fotografisches Gedächtnis, doch hatte er die Klassenarbeiten immer so geschrieben, dass er diese mit gut, nicht aber mit sehr gut bestand. Klassenbester zu sein hätte nicht zu seinem rebellischen Image gepasst.

»Was muss man den heutzutage wissen? Beispiel?«, blieb zu Thorians Überraschung der Bandleader beim Thema.

»Sie fragten uns, wie eine Meile definiert sei.«

»Das weiß ich! Was mit dem Umfang unserer Welt! Zwanzigtausend Meilen oder so gibt den Umfang des Mondes Arganus?«

»Fast richtig!«, antwortete Thorian. »Sechzigmal dreihundertsechzig Meilen entsprachen früher dem Umfang über die Pole. Das war so in der alten jerilanischen Seefahrt. Die IZB definiert die Meile mithilfe Ihrer Strontium-Atomuhren«, rezitierte er das IZB-Lex. »Danach ist eine Meile 2076 Millionen mal länger als die darin verwendete Wellenlänge. Dieselbe Atomuhr gibt die IZB-Sekunde vor. Sie dauert per Definition so lange wie 454.755.871 Millionen Schwingungen des Strontium-Atoms[5] …«

»Die spinnen, die IZBler«, unterbrach ihn Nikotian. »Eine Sekunde ist die Einstellung in der Mitte meines Metronoms. Mehr will ich gar nicht wissen. Diese Zahlenorgie verstehen wirklich nur die salutierenden Klugscheißer in General Ergus' Diensten. Rauch einen echsianischen Stängel, Dreiviertelstarker, das bringt dich wieder zur Vernunft!«, meinte er und reichte ihm ein getrocknetes, violettes Stück eines Zweigs dieser Pflanze aus dem Reich der vierarmigen Echsianer.

In der Roranar-Szene gehörte es zu einer wilden Party ebenfalls, diese Stängel zu rauchen und den normalen Wein mehr oder weniger stark mit echsianischem zu versetzen. Der echsianische Wein war damit aber immer noch gefährlich.

Der so verstärkte Wein kreiste. Thorian wollte ja dazugehören und trank jeweils auch einen Schluck. Biologisch war er ja kein Mensch. Die Erschaffer der Alphas und Amoénen hatten ihre Geschöpfe mit einem besonderen Schutz gegen Gifte ausgestattet, wie ihm Erian mal erklärt hatte. Auf Thorian wirkte die Droge wie für die Echsianer selbst nur als Potenzmittel, dessen Wirkung nicht größer wurde, je mehr er trank. Sein Penis versteifte sich bereits unter der engen Roranar-Lederhose, was seine

---

[5] Wer nachrechnen will, muss berücksichtigen, dass der Sonnentag auf Arganus in 36 Stunden eingeteilt wird, er dauert aber 38,14 irdische Stunden. Somit verstehen die Arganer unter einer Sekunde ein Zeitintervall, das um 5,95% länger ist als die irdische Sekunde.

Bandkumpels bald bemerkten und dazu pubertär lüstern kicherten. Bei Menschen hingegen wirkt der echsianische Wein nur in geringen Dosen als Potenzmittel, danach erleben sie ihn als schmerzlindernd, angstlösend, entspannend und enthemmend. Nach jedem kräftigen Schluck durchflutet sie ein euphorischer »Flash«, der dazu verleitet, nochmals einen Schluck zu trinken, kaum war dieser »Flash« vorbei. Die Gefahr war, dass die Überdosis beim Menschen zu einem Hirnschlag im Lustzentrum oder einem Herzstillstand führen konnte.

Die Stängel waren getrocknete Zweige der echsianischen Rebe, die in geringerer Konzentration denselben Wirkstoff enthielten. Thorian bemerkte beim Rauchen eines solchen Stängels jeweils nur eine gewisse Verstärkung des Lustempfindens und seiner homoerotischen Fantasie, die aber auch mit der Partystimmung zu tun haben konnte. Diese Stimmung kippte dann aber meist nach der dritten Runde. Die Roranar-Typen, ihre Kumpels und Tussis, lagen danach nur noch in den Kissen und kicherten vor sich hin. Thorian ging dann jeweils allein ins Bett. Wirklich cool fand er es nicht, wenn die anderen die Flugechse ritten, wie der Rauschzustand in der Szene hieß. Aber die Spaßbremse wollte er auch nicht sein.

DER DROGENTOTE

In der konservativem Stadt Daradar, im Bundesland Person der Reichsrepublik. Die Band Brückendonner feiert nach dem letzten Konzert in einer Hotelsuite am 16. Tag im Erntemonat 9977.

* * * *

Die Saison der Freilichtkonzerte endete im Jahre 9977 am zweiten Wochenende des Reifemonats, ab dem Zeitpunkt wurden die Temperaturen zu herbstlich und das Wetter in der Regel zu schlecht für solche Anlässe. Um das Saisonende zu feiern, musste die Party selbstverständlich besonders krass sein, noch krasser als sein erster Geburtstag, den Thorian vor drei Wochen gefeiert hatte. Nikotian organisierte zwei Flaschen echsianischen Weins und auch drei käufliche Damen hatte er für den Abend gebucht.

Thorian hatte sowohl in der Schule als auch in der Roranar-Szene verschwiegen, dass er nicht auf Frauen stand, obwohl die Gerüchteküche brodelte. Die Stimmung und Politik in der Reichsrepublik war immer noch vom homophoben Paar-Glauben beeinflusst. Formal war zwar Homosexualität nicht strafbar, aber man musste mit Ausgrenzung rechnen, wenn es bekannt wurde.

Nikotian hatte, wohl um Thorian zu testen, eine bezahlte Dame auf ihn angesetzt. Deshalb kuschelte er auf einem Sofa an ihrer linken Seite, der Blondie schmiegte sich an ihre rechte. Thorian tat so, als würde er ihren Ausschnitt interessant finden und imitierte einfach das, was der Blonde auf ihrer anderen Seite tat. Nikotian fragte jemand in der Küche, ob die grüne Flasche pur oder schon verdünnt sei. Der illegale echsianische Wein wird an solchen Partys üblicherweise stark mit dem Wein der Menschen verdünnt oder nur aus ganz kleinen Gläsern getrunken. Aus der Küche wurde »Ja!« zurückgerufen. Nikotian nahm wohl an, das »Ja« bedeute: »Ja, ist verdünnt.« Er begann aus der grünen Flasche die Trinkgläser gestrichen voll mit dem Stoff zu füllen. Dann brachte er einen Toast auf die erfolgreiche Freiluftkonzert-Saison aus. Die nicht mehr nüchterne Dame fasste während dem Trinkspruch immer höher und höher an Thorians und des Blonden Oberschenkel. Sie säuselte: »Müsst brav austrinken, ihr hübschen Schnuckiputzis.« Für Thorian war das einfach nur peinlich.

Er und der Blonde schluckten das Zeugs wirklich ex, die anderen wohl eher weniger. Bald begann die übliche Kicherei, wenn sie auf der »Flugechse ritten«. Als nun die Dame definitiv ihre Hand vom Oberschenkel an die intimste Stelle verlegen wollte, stand Thorian auf, er müsse mal aufs Klo. Ihm war es unangenehm, wenn ihn eine Frau zwischen den Beinen anfasste. Niemand schien es merkwürdig zu finden, dass er nach so viel echsianischem Wein einfach aufstehen und gerade gehen konnte.

Auf dem WC würgte er den offenbar kaum verdünnten Wein wieder aus seinem Magen, sonst würde er ihm den ganzen Abend lang sauer aufstoßen. In der Küche spülte er sein Glas aus und goss sich eine koffeinhaltige, süße Kaberak-Limo ein, um den eklig bitteren Geschmack des echsianischen Zeugs endgültig aus dem Mund zu kriegen. Beim Trinken verschluckte er sich fast, als ein hoher Schrei ihm durch Mark und Bein ging. Die Dame kam zu ihm in die Küche gerannt, der Blonde atme nicht mehr. Im Salon waren alle anderen nur bedingt ansprechbar, immerhin war Nikotian so klar, dass er eine Beatmung versuchte.

»Thorian, alarmiere den Notarzt!«, befahl Nikotian.

»Aber dann gehen wir alle in den Knast«, jammerte die Dame.

»Wenn wir jetzt nicht anrufen, wird die Anzahl Jahre im Knast zweistellig, los, Thorian!«

Der tat, was der Chef wollte. Fünf Minuten später stand die Polizei von Daradar im Raum. Das Hotel-Apartment der Band befand sich nur zweihundert Meter vom Hauptbahnhof und damit auch von einer Wache entfernt. Ein Ärzteteam konnte nur noch den Tod des Blonden feststellen, während die Polizei alles sicherstellte und alle zum Verhör mitnahm.

Thorian wurde dort penetrant nach jedem noch so kleinen Detail gefragt. Selbstverständlich auch nach gleichgeschlechtlichem Verkehr, da ja das berechtigte Gerücht umging, der Neue bei Brückendonner stehe nicht auf Frauen. Doch mit einem offen Schwulen hätten sie wohl ihre sowieso schon nicht so große Fangemeinde halbiert; besonders in konservativen Gegenden wie der Stadt Daradar mit ihrem berühmten Kloster, das vor zweitausend Jahren der Heilige Berexeris persönlich gegründet haben sollte.

Also machte Thorian von seinem Schweigerecht Gebrauch. Er hoffte, Erians Beziehungen würden die uniformierten Herren davon abhalten, ihn zu verprügeln. Die Polizei war trotzdem überzeugt, einen gleichgeschlechtlichen Sünder vor sich zu haben, und hielten ihn für das verdorbenste Lebewesen, das ihnen je untergekommen sei, und bedauerten, dass in der Reichsrepublik homosexuelle Handlungen nicht bestraft würden. Damals während der Demarkation habe man noch Sitte und Anstand verteidigt. Thorian wusste nur, dass damals das Reich Arganus anderthalb Jahrhunderte lang geteilt gewesen war. Im Geschichtsunterricht hatten sie das noch nicht durchgenommen.

Er wollte nichts aussagen, sondern einen Anwalt sprechen, wie er es mal in einem Krimi am Fernsehen gesehen hatte. Der Ermittler warnte ihn, im Knast werde er sich nicht mehr so cool vorkommen. Cool kam sich Thorian überhaupt nicht vor. Er hatte Megaschiss davor, eingesperrt zu werden.

Zwischendurch kam ein Arzt und nahm ihm Blut ab. Thorians enge Lederhose fühlte sich hier in den abweisenden Räumen der Wache verschwitzt und eklig an. Ihr aufreizender Schnitt war ihm bei der Polizei peinlich und provozierte die Beamten zu dauernden Beleidigungen.

Er wurde nach dem Bluttest in eine Art Duschkabine eingesperrt, alles war gekachelt und die Matratze auf der Pritsche war in reißfestes Plastik eingeschweißt. Die Tür fiel zu. Was wäre, wenn der Beamte nach Dienstschluss keine Notiz an seine Ablösung hinterlassen und auf dem Nachhauseweg überfahren würde? Thorian glaubte, er würde dann langsam verhungern. Wer weiß, wie lange ein Amoénen-Alpha-Mischling leiden müsste, bis das Leben vorbei wäre. Die Luft wurde stickig, der Raum schien immer schmaler zu werden. Vielleicht könnte er doch mit seinen Kräften die Tür aufbrechen. Er rutschte mit seinen Fingern auf dem blanken Stahl der Zellentür ab. Vielleicht würde es klappen, wenn er mit aller Wucht dagegen treten würde. In dieser klokabinengroßen Zelle konnte er nicht einmal vernünftig Anlauf nehmen. Nur kaum sichtbare Dellen konnte er in die Stahltür treten und der Wache draußen war es offenbar egal, dass er randalierte; wenn da überhaupt jemand war. Ein erdrückendes Gefühl der Einsamkeit mischte sich in seine Panik.

Er bekam kaum Luft. Die Lüftung musste kaputt sein. Die Pritsche war zu kurz für einen langen Kerl wie ihn. Die Wände standen so unglaublich nahe beieinander. Wie sollte er hier drin Stunden überleben? Die Nacht würde so extrem lange dauern. Wie konnten sie im dunklen Zeitalter nur

Menschen lebendig einmauern? Das war so unglaublich grausam gewesen. Wie mussten sich die beiden Mädchen gefühlt haben, die ein Irrer rund 10 Jahre lang in einer unterirdischen Wohnung gefangen gehalten hatte? Das hatte doch »Der Mittagsbote« neulich aufgedeckt. Er dachte an die Verschütteten nach einem Erdbeben. Man ist irgendwo eingeklemmt, keine Rettung kommt, man lebt womöglich noch Tage. Das ist ja der reinste Wahnsinn!

Dieses beklemmende Gefühl kannte er von irgendwoher, von diesem dunklen Ort tief verborgen im Gestein, an dem er sich vor seiner Geburt aufgehalten hatte, wenn es denn mehr war als nur eine Illusion.

Er dachte daran, wenn schon der Körper lebendig eingemauert war, könnte wenigstens das entfliehen, was manche die Seele nennen. Erinnerungen an seinen kugelförmigen Hohlraum tief im Gestein kehrten zurück. Die unsterbliche Seele eingesperrt in einem edanischen Schutzschild, der sowohl im Diesseits als auch im Jenseits wirkte. Ewige Panik!

Es half nichts. Auch seine Kräfte reichten nicht, um diese massive Stahltür aufzukriegen oder die Wände einzudrücken. Um sich irgendwie umzubringen, war er zu feige. Falls ihn jemand toben hörte, war es demjenigen vollkommen egal.

Er verbrachte eine lange einsame Nacht und am nächsten Morgen wurde er in Handschellen ins Untersuchungsgefängnis am Stadtrand von Daradar verlegt. Auf dem Weg kullerte mehr als nur eine Träne über seine Wange. Er hatte das Gefühl, in ein unendlich tiefes Loch zu fallen. Dieses Leben hätte so eine gigantische Chance sein können und nun war es kaputt, die frostigen Umgangsformen der Beamten taten ein Übriges, um seine Stimmung noch düsterer werden zu lassen. Wieder saß er allein in einer nun ein wenig größeren Zelle für Untersuchungshäftlinge. Was nun? Die Stunden krochen zögerlich dahin und auf Arganus sind die Tage sowieso schon sehr lang.

Schließlich wurde er in ein Verhandlungszimmer geführt. Dort wartete Erian. In diesem Moment kam er Thorian vor wie der Messias. Dummerweise hatte Messias Erian schlechte Laune. Neben ihm saß ein Mann in einem dunklen Anwalt-Gewand mit dezentem NTF-Logo und gegenüber stand das Pult der Staatsanwaltschaft. NTF stand für *Neue Thermus Fluglinien*, Erians Firma. Ans Richterpult setzte sich eine Dame in einer Robe mit dem Wappen Daradars, die Haftrichterin. Es ging um die Verlängerung der Untersuchungshaft bis zum Prozess. Die der Richterin schriftlich vorliegende Anklage warf Thorian vor, von der Gefährlichkeit des

Drogenkonsums gewusst zu haben. Er hätte deshalb einschreiten müssen. Da er nicht reagiert habe, sei er der fahrlässigen Tötung durch Unterlassen schuldig. Der Nachweis, dass Thorian selbst illegale Betäubungsmittel konsumiert habe, stehe noch aus, da es bei der Blutuntersuchung technische Schwierigkeiten gäbe.

»Angeklagter, haben Sie wissentlich echsianischen Wein konsumiert oder wissentlich anderen Mitgliedern Ihrer Musikgruppe ausgeschenkt?«, fragte die Richterin, nachdem sie die Anklage vorgelesen hatte.

»Nein, die anderen haben etwas ausgeschenkt, auf das alle angestoßen haben. Ich habe nur die Koffein-Limo bekommen.« Thorian musste sich zusammenreißen, um nicht rot zu werden beim Lügen. Er spekulierte darauf, dass ihm das echsianische Zeugs im Blut nicht nachgewiesen werden konnte, da er ja nur vom Aussehen her ein Mensch war. Zumindest deutete er die Bemerkung des Anwalts am Anfang so.

»Man kann nicht von einem Jugendlichen erwarten, klüger als die Erwachsenen zu sein«, verstärkte der Anwalt die Geschichte. »Selbst wenn mein Mandant den Konsum von echsianischem Wein anderer auf der Party geahnt hätte, wäre das keine Straftat. Es besteht nur bei Kapitalverbrechen wie Mord und Hochverrat eine Anzeigepflicht. Zudem ist er Schüler und nicht Arzt. Er kann die Gefährlichkeit nicht einschätzen. Ich habe die Einstellung des Verfahrens gegen die Teilnahme an einem Antidrogenkurs bereits beantragt! Das ist in solchen Fällen üblich. Eine Verurteilung zu einer Haftstrafe ist kaum zu erwarten. Also beantrage ich hier Haftverschonung bis zur Hauptverhandlung.«

»Abgelehnt wegen Fluchtgefahr. Der Angeklagte ist Bürger der IZB mit sehr prominenten Verwandten und Freunden dort. Da seine Band wohl nie mehr auftreten wird, fehlen die sozialen Bindungen. Sollte der Bluttest positiv ausfallen, hat der Angeklagte vorhin gelogen und war womöglich sogar an der Tat aktiv beteiligt, hat vielleicht seinen Kollegen eingeschenkt. Die Verabreichung von Betäubungsmitteln mit Todesfolge ist kein Jungenstreich.«

»Mein Sohn ist bereit, eine hohe Kaution zu zahlen«, sagte Erian. Thorian war sofort klar, dass Erian einen Fehler gemacht hatte. Jetzt musste die Richterin ihre Unbestechlichkeit beweisen, indem sie die Fortdauer der Untersuchungshaft definitiv anordnete und die Sitzung schloss.

Offenbar hatte nun Erian doch das Bedürfnis, Thorian zu trösten. »Wenn der negative Test vorliegt, wird es die Richterin schwer haben, den Haftbefehl aufrechtzuerhalten. Ein paar Tage musst du eben durchhalten.«

Sie drückten sich. Das tat gut. Das Loch, in das Thorian am Fallen war, hatte doch noch einen Boden.

In der Nacht im Gefängnis flippte der Typ in der Nachbarzelle aus. Thorian konnte es ihm nur zu gut nachfühlen. Die Wände waren zu dick, um wirklich mitzubekommen, was drüben abging. Doch gruselig war es trotzdem.

»Raus, duschen, Frühstück«, wurde er rüde geweckt.

Das Gefängnis trennte Erwachsene von Jugendlichen. Deshalb waren alle unter der Dusche etwa in seinem scheinbaren Alter. Er benutzte die Dusche in der Ecke und guckte nur an die Wand, um bloß nicht als schwul aufzufallen. Danach mussten sie zum Frühstück.

Der Kaberak war wässrig. Er ließ die etwas zu heftig gewürzte Kuhtatbutter stehen und aß sein Brot ohne etwas drauf. Er wollte trotz allem auf seine Linie achten. Er war nicht sicher, ob diese Alpha-Amoénen-Trihelix-Erbsubstanz in seinen Zellkernen ihn gegen jede Ernährungssünde beschützen würde.

Ein Typ mit Millimeterhaarschnitt, etwas kleiner als Thorian, setzte sich ihm gegenüber. Der Mann hatte ein maskenartiges, überlegenes Grinsen drauf.

»Wieso bist hier, Feuermelder?«, platzte er gleich raus. Mit Feuermelder spielte er wohl auf Thorians rote Mähne an.

»Echsianischer Wein, einer ging drauf!«, brummte er.

»Ich wurde von einer Schwuchtel dumm angekuckt, da habe ich dem Perversen ein Messer hinten rein gerammt«, prahlte der Typ.

»Was hast du? Ist er tot?«, fragte Thorian besorgt. Im selben Moment hatte er das Gefühl, jetzt einen Fehler gemacht zu haben. Ein schadenfrohes Grinsen wäre wohl die sicherere Variante gewesen.

»Hey, hast du etwa Mitleid? Bist etwa selber eine Schwuchtel, oder was!«, brüllte der andere los. »Hey, die rothaarige Tunte hat mich angefasst!«

Thorian stand auf und wollte gehen. Er fühlte einen heftigen Schlag am Hinterkopf und fiel mit der Nase voran auf den Nachbartisch, genau zwischen zwei Häftlinge, einer von denen stieß ihn weg. Eine Wache packte ihn am Kragen und zerrte ihn hinaus. Mittagessen fiel auch aus. Wie soll ein Mensch den Knast jahrelang ertragen?

Erst zum Abendessen war Thorian wieder zugelassen. Er setzte sich mit seinem Tablett möglichst weit weg von allen anderen. Das Signal wirkte, keiner der anderen Jugendlichen wagte sich in seine Nähe.

Wo blieb nur Erian!

Auch der nächste Tag lief in etwa so ab. Er duschte möglichst weit weg von den anderen. Auch der Hofgang brachte nichts Neues, man sprach nicht miteinander. Der homophobe Idiot mied ihn und er wurde gemieden. Auch für die Polizei schien Thorian nicht mehr weiter interessant zu sein. Kein Verhör, keine Jugendhilfe, kein Anwalt, einfach nichts. Die gerechte Welt der Krimiserien am Fernsehen existierte in der Realität offenbar nicht.

Eine Woche später, etwa gegen Mittag, traf sein Anwalt ein. Jetzt könne es nicht mehr lange dauern, hoffte er, während er zum Besprechungsraum gebracht wurde.

»Werden Sie anständig behandelt, Herr Schuster?«, fragte der Anwalt und legte eine dicke Tasche auf den Tisch.

»Nennen Sie mich Thorian. Ein anderer Jugendlicher hat mir vor ein paar Tagen ohne Vorwarnung das Tablett über den Kopf gehauen. Wie soll es einem da gehen?«

»Deswegen bin ich hier. Ich erklär es ihnen gleich. Ziehen sie sich inzwischen die Festtagshosen mit weißem Hemd und Galaband an.« Er zog eine Akte aus seinem Köfferchen. »Sie wurden von dem Typ wegen eines homosexuellen Übergriffs angezeigt!« Die Hoffnung von vorhin war zerschlagen, anstatt hier rauszukommen, saß er noch tiefer in der Tinte.

»Im Speisesaal gibt es doch jede Menge Kameras. Die beweisen, dass der Kerl lügt.« Der Anwalt schob ihm ein Blatt rüber. Es war eine Vollmacht. Erian hatte als Vormund bereits unterschrieben.

»Man versucht zurzeit über die IZB-Botschaft eine diplomatische Lösung zu finden. Sie sind ja Doppelbürger. Der Haftprüfungstermin ist jetzt gleich und dieses Mal erscheinen Sie nicht in diesen Roranar-Klamotten vor der Richterin.«

Thorian traute sich nichts mehr zu fragen, als sie durch einen langen, engen, fenster- und türlosen Gang zum Gerichtssaal gingen, bewacht von zwei Beamten.

Der Anwalt und er setzten sich an ein Pult, etwas später betrat der Staatsanwalt den Raum und setzte sich gegenüber. Thorian guckte den Ankläger nicht an. Die Bänke für das Publikum blieben leer, bis auf Erian, der gleich hinter ihm und dem Anwalt saß. Die Richterin betrat den Saal.

»Die Haftprüfung Thorian Schuster wird eröffnet. Auf Antrag der Staatsanwaltschaft wurde die Öffentlichkeit ausgeschlossen. Die Anklage bitte!«

»Gemäß der dem Gericht vorliegenden Anklageschrift und der darin enthaltenen beglaubigten Zeugenaussage saß der Beschuldigte während des Gefängnis-Frühstücks neben dem Geschädigten. Er fasste durch den Stoff der Hose den Penis des Geschädigten an. Der Geschädigte stieß daraufhin den Angeklagten weg und suchte in einer Gruppe anderer Gefangener Schutz. Es liegt somit ein sexueller Übergriff mit homoerotischem Hintergrund vor, strafbar nach Paragraf 350c Strafgesetzbuch.«

Der Staatsanwalt setzte sich wieder und die Richterin blickte Thorian und den Anwalt an.

»Ich saß ihm gegenüber, nicht neben ihm. Der Typ lügt!«

»Herr Schuster möchte sich nicht weiter äußern«, stoppte ihn der Anwalt.

»Danke, gibt es Beweisanträge für die Hauptverhandlung?«, fragte die Richterin.

»Bis jetzt kann die Anklage nur eine wenig glaubhafte Aussage eines Sträflings vorweisen. Ich beantrage, die Videoüberwachung auswerten zu können«, verlangte der Anwalt.

»Aufgrund technischer Schwierigkeiten liegen die Aufzeichnungen zurzeit noch nicht vor«, gab der Staatsanwalt zu Protokoll.

»Schon wieder technische Schwierigkeiten?«, brummte die Richterin.

»Ich möchte darauf hinweisen, dass es sich beim Geschädigten um einen V-Mann handelt«, ließ der Ankläger eine Bombe platzen. »Seine Aussage ist deshalb außerordentlich glaubwürdig. Ich benötige deshalb diese Aufzeichnungen nicht.«

»Ohne diese Videoaufzeichnung steht Aussage gegen Aussage«, entgegnete der Anwalt. »Außerdem wird ein junger Mann, der einer Dame kurz die Brust berührt, mit nur einigen gemeinnützigen Arbeitsstunden auf den rechten Weg gebracht. Zudem ist der Bluttest in der anderen Strafsache gegen meinen Mandanten negativ ausgegangen, nicht wahr, Herr Kollege?«

Der Ankläger musste das mit einem kaum hörbaren »Ja!« zugeben.

»Da selbst bei einem Schuldspruch keine Haftstrafe zu erwarten ist, kann auch keine Untersuchungshaft gerechtfertigt werden.«

»Sie sind nicht auf dem aktuellen Stand!«, wies die Richterin den Verteidiger zurecht. »Der neue Vizekaiser hat vor einer Woche in einem Dekret erlassen, das genau solche Griffe in den Ausschnitt eben nicht mehr als Kavaliersdelikt angesehen werden, sondern mit einem halben bis fünf Jahren Haft bestraft werden müssen. Bei gleichgeschlechtlichen Übergriffen darf die Strafe nicht zur Bewährung ausgesetzt werden. Das Dekret hat so lange Gesetzeskraft, bis es per Zweidrittelmehrheit vom Parlament überstimmt würde, was angesichts der aktuellen Zusammensetzung als höchst unwahrscheinlich gilt.«

»Ja, ich weiß, hier ist ja verklemmte Bigotterie cool!«, brummte Thorian.

»Herr Schuster junior! Wenn Sie nicht auf der gesellschaftsliberalen IZB, sondern hier bei uns in der Reichsrepublik leben wollen, müssen Sie sich an unsere Auffassung von Sitte und Anstand halten. Für den unwahrscheinlichen Fall, dass die Videobänder den Zeugen widerlegen sollten, kann die Verteidigung ja einen erneuten Haftprüfungstermin oder die Einstellung des Verfahrens beantragen. Bis dahin bleibt es bei der Gefahr, dass Sie sich dem Verfahren durch Flucht auf die IZB entziehen. Erheben Sie sich.

Es ergeht folgender Beschluss: Fortdauer der Untersuchungshaft und sofortige Verlegung in die Haftanstalt Kalterberg. Die Tarnung des V-Mannes muss geschützt werden. Bitte setzen Sie sich!«

Sie belehrte die Parteien noch über gewisse Fristen und Formen, die für die Anklageschrift und Beweisanträge einzuhalten seien. Dann wurde die Sitzung endlich geschlossen.

»Keine Szene!«, zischte der Anwalt Thorian zu, während die Richterin den Saal verließ. »Wir verlangen diese Filme der Überwachungskameras, besonders, weil sie der Ankläger nicht zeigen wollte.«

»Sie glauben, da ist was faul?«, fragte Erian.

»Die Überwachung wird nicht nur lokal im Gefängnis aufgezeichnet, sondern live auch ins Justizministerium der Teilrepublik Person übertragen. In den Hausmeisterprotokollen der Haftanstalt ist kein Kamerafehler oder Stromausfall vermerkt. Das weiß ich aber nur inoffiziell. Ich könnte aber einen Beweisantrag stellen und so nachträglich offiziell Einsicht nehmen.«

»Damit die Protokolle frisiert werden?« Thorian traute denen inzwischen alles zu.

»Thorian hat recht! Hier ist was faul«, pflichtete ihm Erian bei. »Bereiten Sie den Prozess so vor, als würden wir den Sachverhalt nicht mehr bestreiten und nur noch das Strafmaß verhandeln, beispielsweise dass für Thorian noch das ältere mildere Recht anzuwenden sei.«

»Gerade bei Sexualdelikten ist ein Freispruch viel besser. Wenn nichts auf den Videos ist, dann …«, wollte der Anwalt zu bedenken geben.

»Nein!«, ging Erian dazwischen. »Das provoziert unsere Gegner. Alte

Freunde und ich werden inzwischen das Problem hinter den Kulissen angehen, aber das können wir hier nicht diskutieren.«

Der Anwalt schien der letzte Satz nicht geheuer zu sein, er nickte nur und packte seine Unterlagen ein. Sie waren inzwischen allein im kleinen Saal für Haftprüfungsverhandlungen.

Für Thorian war alles so krass, dass er nicht einmal in der Lage war, sich zu ärgern oder wütend zu werden oder darüber nachzudenken, was sein Vater mit »hinter den Kulissen« wohl gemeint haben könnte.

Der Anwalt zeigte Thorian einen kleinen Stapel Fotos von kaum bekleideten Damen und schob sie in ein Kuvert »vertrauliche Anwaltsunterlagen« und klebte es zu. »Die Festtagskleider sind aus meinem Fundus!«, bemerkte er. Thorian zog sich deshalb wieder die Roranar-Klamotten an, während der Anwalt weiterredete. »Mit den Fotos geben Sie in der Haftanstalt Kalterberg an, klar? Auch dort sind möglicherweise V-Männer unterwegs. Hier in Daradar ist man noch immer auf das Verfassungsgericht sauer, das vor einigen Jahren dem Parlament der Teilrepublik Daradar die Kompetenz absprach, ein Gesetz zur generellen Strafbarkeit jeglicher Art geschlechtlicher Handlungen außerhalb der Ehe zu erlassen. Ein solches Gesetz wäre zudem verfassungswidrig«, erzählte der Anwalt, während er seine Unterlagen in seine Tasche steckte. »Da kommt der Sohn eines Prominenten gerade recht, um ein Exempel zu statuieren. Sie sind nur ein Kerl in der Pubertät. Ihre Gegner haben Beziehungen bis in den Heiligen Staat!«

»Ich habe Beziehungen bis zur IZB!«, konterte Thorian und blickte dann fragend zu Erian.

»Wir sollten hier nicht zu viel reden«, antwortete Erian. »Zwar wäre das Abhören eines Klienten-Anwalt-Gesprächs illegal, doch dem Geheimdienst des Heiligen Staats wäre das egal.«

»Geheimdienst? Also meinst du Todeskutten?«

»Teilweise!«, wich Erian einer direkten Antwort aus.

»Thorian, bedenken Sie: Wer im Kreuzfeuer steckt, sollte den Kopf einziehen«, meinte der Anwalt und tippte dabei auf den Umschlag. »Sie sind noch zu jung, um es mit der ganzen Welt aufnehmen zu können!«

Erian drückte ihn nochmals kurz zum Abschied und versicherte, niemand würde ihn vergessen, auch wenn es jetzt einige Tage dauern würde.

Gegen Abend wurde Thorian verlegt. Die Strafanstalt Kalterberg lag am östlichen Kraterrand unweit eines Passes in Richtung Echsian. Sie stand auf einem Hügel aus schwarzem Vulkangeröll. Ein furchteinflößender, zehn Schritt hoher Doppelzaun mit Wachttürmen musste erst passiert werden, um auf das Gelände mit verstreuten Zellenblocks zu gelangen.

Er erhielt beim Eintritt ein Paar Stoffschuhe ohne Schnürsenkel, Wäsche, Arbeiterjenas und eine Jacke aus demselben Baumwollstoff als Kleidung. Diese Klamotten waren leuchtend rot gefärbt. Die Bilder des Anwalts nutzten ihm vorerst nichts. Da er im Verdacht stand, ein Triebtäter zu sein, wurde er von den anderen Gefangenen getrennt.

Schon fiel die Tür ins Schloss seiner Zelle. Was sollte dieser Albtraum!

Erian würde ihn doch jede Stunde da rausholen! An diesem Gedanken hielt er sich fest, um nicht verrückt zu werden. Die Zelle war dunkel, nur wenig Licht fiel durch einen Spalt oben an der leicht schräg gestellten Stahlplatte vor dem Fenster. Ein metallenes WC, Waschbecken und eine Pritsche waren die einzigen Möbel, wenn man so was überhaupt eine Möblierung nennen konnte. Auch trug er nichts Persönliches mehr an sich. Die knallroten Hosen ängstigten ihn. Sie bedeuteten wohl, dass die Polizei ohne zu zögern auf ihn schießen würde. Thorian hätte es nicht verwundert, wenn auf dem Rücken der Jacke auch noch eine Zielscheibe aufgemalt gewesen wäre.

Das Essen wurde durch die Tür gereicht. Dann herrschte wieder diese unerträgliche Enge in diesem Raum. Sein Körper schrie nach Bewegung, doch da war kein Platz. Er fühlte sich so extrem ungerecht behandelt.

In der Zelle gab es kein künstliches Licht. Er stand in der Dunkelheit der Nacht einfach da. Gelegentlich schimmerte ein Suchscheinwerfer durch den Spalt der metallenen Sichtblende. Sie hatten ihm das letzte bisschen Freiheit, den Blick nach draußen geraubt. Was bezweckten diese Sadisten mit der Sichtblende an den Zellenfenstern? Was ist das überhaupt für eine Welt mit so an den Haaren herbeigezogenen Urteilen? Diese Blende vor dem Fenster war der absolute Gipfel. Das war nur Schikane. Thorian steigerte sich in eine grenzenlose Wut darüber, er riss das Fenster auf und trat mit gestrecktem Fuß durch die Gitterstäbe an die Blende. Es war ihm egal, dass er die Kraft nicht dosierte. Die Metallplatte flog mit einem Knall in hohen Bogen weg, sogar über den Zaun hinaus, außer Sicht ins Vulkangeröll. Wie zum Hohn schien der Doppelstern, das himmlische Paar, ihm direkt ins Gesicht. Der Glaube, dass dies ein Götterpaar sei, hatte die Leute dazu gebracht, Schwule als Feinde der Gesellschaft anzusehen.

Der Lärm hat die Wachen aufgeschreckt. Thorian warf sich schnell auf die Pritsche und schon leuchtete jemand mit einer Taschenlampe durch den Sichtschlitz in der Tür. Zum Glück kapierte die Wache anscheinend nicht, was genau dieser Knall vorhin war, und ließ ihn in Ruhe. Thorian dachte nach, er könnte bestimmt die Gitterstäbe wegdrücken und den Sprung aus dem dritten Stockwerk würde er auch überstehen. Doch was würde er am zehn Meter hohen Doppelzaun tun? Der ist bestimmt elektrisch geladen, fürchtete er. Selbst wenn er auch den überwinden könnte, was dann? Erian hatte von ihm verlangt, einige Tage durchzuhalten, und er wollte seinen Vater nicht schon wieder enttäuschen.

* * * *

Am nächsten Tag wurde er in Handschellen in ein Verhörzimmer geführt.

Ein Mann mit dem Gesicht eines Falken stellte sich als Gefängnispsychologe vor. Er sei vom Jugendgericht Daradar mit der Therapie beauftragt worden.

»Therapie? Mit welchem Ziel?«

»Sie vor einem H im Ausweis zu bewahren. H wie homosexuell.«

Das »H« war als verfassungswidrig eingestuft. Nur stempelten es die Behörden der Teilrepublik Person, zu der auch Daradar und Kalt gehörten, weiterhin in die amtlichen Dokumente. Doch nach der Aussage seines Anwalts erschien es ihm wenig weise, ausgerechnet hier für eine liberale Gesellschaftspolitik zu streiten.

»Meine Homosexualität existiert nur in der Fantasie eines V-Manns, der sich bei den Mitgefangenen profilieren wollte«, erklärte er. »Um Bandmitglieder gibt es immer irgendwelche Gerüchte, manche werden bewusst gestreut, damit die Fans was zu tratschen und Schmierenjournalisten wie Jaro Ter was zu schreiben haben. Der V-Mann hat da wohl was zu ernst genommen.«

Da der Psychiater sich wohl auf ein Plädoyer für Schwule eingestellt hatte, blieb er einen Moment sprachlos. Thorian wechselte das Thema.

»Ich war naiv, das mit dem echsianischen Wein nicht kapiert zu haben. Und jetzt ist einer tot, das verfolgt mich in meinen Träumen. Wenn Sie mir da einen Rat geben könnten, wäre ich dankbar.«

Sein Gegenüber nickte und notierte sich ein paar Sätze in eine Art Tagebuch mit Ledereinband. »Ich werde mir dazu bis zum nächsten Mal etwas überlegen. Versuchen Sie inzwischen nicht gegen das Gefängnis anzukämpfen und nicht in Selbstmitleid zu zerfließen. Sie haben ja keinen gezwungen, den echsianischen Wein zu trinken.«

* * * *

Die Masche funktionierte. Einige Tage später, am ersten Tag des Sturmmonats, wurde Thorian der normale Vollzug gewährt. Wieder in größeren Räumen mit anderen Menschen zu essen und auch Zeitungen lesen zu dürfen, war eine Erleichterung. Der neunzigjährige Vizekaiser war, wie von der Richterin erwähnt, kürzlich altershalber zurückgetreten und die Reichsversammlung, der Zusammenschluss der beiden Parlamentskammern, der Kronrat als die Ländervertretung und die Volkskammer hatten den bisherigen Finanzminister Herkan Verna gestern offiziell als Vizekaiser Herkan IX. bestätigt. Seit der alte Vizekaiser vor gut einem Monat zurücktrat, hatte Verna bereits geschäftsführend das Amt des Vizekaisers übernommen. Da seine Partei, die PSP, in der Reichsversammlung zusammen mit konservativen Kleinparteien eine zuverlässige Mehrheit hatte, war die Wahl nicht viel mehr als ein zeremonieller Akt gewesen. Die Mittagsbote hatte dazu auch eine bissige Kolumne verfasst, die fragte, wenn die Nachfolge ohne Gegenkandidaten schon feststehe, bevor das Parlament auch nur eine Debatte über den Kandidaten geführt habe, ob man wirklich noch echte Demokratie oder doch eher so was wie eine Erbmonarchie nach echsianischem Vorbild sei. Obwohl in der »Neuen Arganer Zeitung« gepriesen wurde, dass der Finanzminister mit nur fünfzig Jahren ungewöhnlich jung für das höchste Amt und sogar ein begeisterter Freund von Flugechsen sei, hatte Thorian keine Hoffnung auf neuen Wind. Die PSP hatte das Land in ihrem wertkonservativen Würgegriff, dessen Opfer er hier war. So viel verstand er bereits von Politik, Verna war Teil des Homophobie-Problems der PSP und nicht Teil der Lösung.

Fotos von kaum bekleideten Damen schienen so was wie die Währung hier im Gefängnis zu sein. So kauften es ihm die Rädelsführer unter den Häftlingen ab, dass er wegen der Sache mit dem echsianischen Wein in Untersuchungshaft sei. Thorian erfand Geschichten über vollbusige weibliche Fans, mit denen er nach dem Konzert hinter die Bühne verschwand, und gab die Details wieder, wie er sie in einem verbotenen Filmchen gesehen hatte, das ein Klassenkamerad herumgereicht hatte. Eigene Erfahrungen hatte Thorian keine gemacht. Auf keinem Gebiet.

Diese Geschichtchen waren anscheinend gut genug, dass er zehn weitere Tage später mit zur Arbeit in die Gemüsegärten durfte, um diese für die Winterruhe bereit zu machen. Thorian war dankbar, den beengenden Mauern wenigstens für ein paar Stunden täglich entfliehen zu können.

Am Tag, als die ersten Schneeflocken fielen, kreuzte endlich sein Anwalt wieder auf. Das schlichte Sitzungszimmer empfand Thorian an diesem Tag als überheizt und es roch noch viel penetranter nach Männerschweiß als sonst. Nach kurzen belanglosen Fragen nach den Haftbedingungen kam der Anwalt auf den Punkt. »Der Psychiater geht in einem Zwischenbericht davon aus, dass es sich bei dem Übergriff auf den V-Mann entweder um jugendlichen Übermut oder sogar um ein Versehen bei einem zufälligen Zusammenstoß gehandelt habe. Die Gefängnisverwaltung meldet keine nennenswerten Probleme beim Vollzug. Der V-Mann gibt jetzt zu, auf eine wohl unabsichtliche Berührung überreagiert zu haben und zog seine Anzeige zurück.«

»Cool! Wann holt mich Erian ab?«

»Nicht so schnell. Da ist noch immer die Sache mit Ihrem toten Roranar-Kumpel. Die Anklage lautet jetzt auf unterlassene Hilfeleistung mit Todesfolge. Der Drogenkonsum konnte Ihnen nicht nachgewiesen werden. Der Oberstaatsanwalt der Teilrepublik Person bietet uns an, das Verfahren einzustellen gegen drei Monate Erziehungsarrest. Drei Monate ist die maximal mögliche Dauer, die er ohne Richter anbieten kann.«

»Was? Warum sollte ich mich darauf einlassen?«

»Im Angebot des Staatsanwalts könnten Sie die drei Monate Erziehungsarrest stückweise in den Schulferien absitzen und die Untersuchungshaft würde angerechnet. Sie kämen also in wenigen Tagen hier raus und könnten nach Hause. Für den Vollzug wäre dann das Jugendgericht in Brückenberg zuständig. Dort können wir mit guter Sozialprognose die Umwandlung in einige Stunden gemeinnützige Arbeit verhandeln.«

Er schob Thorian eine Einverständniserklärung zu. Erian hatte als Erziehungsberechtigter bereits unterschieben. Was blieb Thorian übrig? Er wollte weder noch mal diese Richterin sehen, noch länger hier in dieser abgelegenen Strafanstalt bleiben. Er unterschrieb die Erklärung.

»Dann haben Sie ja das Gröbste überstanden, Thorian«, versuchte der Anwalt zum Schluss noch optimistisch zu klingen. »Ich selbst musste in Ihrem Alter mal an fünfzig Abenden S-Bahn-Wagen reinigen gehen wegen der Teilnahme an einer Kneipenschlägerei.« Thorian bedankte sich für die Arbeit, aber ein gutes Gefühl wollte sich bei ihm dennoch nicht einstellen. Der V-Mann hatte wohl kaum aus Einsicht seine von Anfang an erfundene Anschuldigung widerrufen, sondern weil Erian oder gar die IZB hinter den Kulissen irgendwie Druck ausgeübt hatten. Ob seine Feinde das einfach so hinnehmen würden?

DIE TODESKUTTEN

17. Tag im Sturmmonat 9977. Justizvollzugsanstalt Kalterberg im Westen der Reichsrepublik.

* * * *

»Thorian Schuster! Mitkommen! Sie werden auf dem Besucherparkplatz abgeholt«, befahl die Wache streng. Er führte den jungen Mann ins Verwaltungsgebäude und von dort in ein größeres Lager, hieß ihn an der Theke warten, suchte in den Gestellen mit vielen gleichen grauen Kisten eine raus und stellte sie ihm vor die Nase.

»Vermissen Sie etwas, Schuster? Sonst unterschreiben! Wäsche und Socken wurden nicht aufbewahrt, da wir hofften, Sie würden länger in unserem Kurhotel mit gesiebter Luft bleiben. Wir schenken Ihnen zum Ausgleich unsere roten Sachen.«

In der Kiste konnte Thorian sein Roranar-Kostüm finden, also die sexy Lederhose mit den passenden Schnallenstiefeln, Nietengurt und Jacke. Als Kleinkram befanden sich noch die Brieftasche sowie sein intelligentes Telefon in der Kiste. Letzteres war so etwas Ähnliches wie ein Z-Pad, etwas kleiner und weniger leistungsfähig, aber seit wenigen Monaten total angesagt unter den Jungen der Reichsrepublik. Doch das Ding war ihm jetzt egal. Die Sachen erinnerten ihn an den schrecklichen Abend, als der Albtraum begonnen hatte.

»Hier in der Kabine umziehen! Heute noch, Bursche!«

Im ersten Moment schämte er sich vor dem Spiegel in der Umkleide, als er sich wieder in den Brückendonner-Jungstar zurückverwandelt hatte. Doch nein, er nahm sich vor, sich nicht von den frommen Paargläubigen sein Leben vorschreiben zu lassen.

Wieder zurück an der Theke musterte ihn der Beamte wie erwartet mit verächtlichem Blick.

»Ich trug diese Roranar-Klamotten, als ich festgenommen wurde. Ich hab jetzt nichts anderes.«

»Zu einem Vorstellungsgespräch würde ich in diesem Aufzug nicht gehen, aber verboten ist es ja leider noch nicht. Alles da? Dann hier unterschreiben!«

Thorian unterschrieb und durfte zu einem Wärter in einen kleinen Elektrowagen steigen. Sie fuhren wortlos in den grauen Spätherbsttag hinaus, an den abgeernteten Gemüsegärten vorbei in Richtung Haupttor. Ein Handschlag zum Abschied war nicht drin. Die Torwache ließ Thorian raus, auch ohne ein Wort zu sagen. Nun stand er auf dem kargen, dem Kalt-Vulkan vorgelagerten Hügel. Zwischen den schwarzen Felsbrocken lag bereits eine dünne Schneeschicht. Er entdeckte auf dem Besucherparkplatz einen Geländewagen der Neuen Thermus Fluglinien, NTF. Sein Vater trug eine beige Freizeithose und einen NTF-Rollkragenpullover, blätterte in einem Magazin für Linienpiloten und erschrak etwas, als Thorian die Beifahrertür öffnete.

»Na endlich, Sohn!«, meinte Erian und wuschelte ihm einmal durch die Mähne. Sie fuhren hinunter zur Straße, die über den Sattel zwischen Vulkan und Gefängnishügel führte, und bogen nach Norden in Richtung Thermus ab. Die Straße führte abwärts und bot einen Panoramablick über die fruchtbaren Ebenen hier im Osten des arganischen Einschlagbeckens. Doch von rechts verschlechterte sich das Wetter, dunkle Niederschlagsschleppen zogen über das Land.

»Im Sturmmonat bildet sich oft ein Tiefdruckgebiet über dem noch warmen arganischen Meerbusen, wie jetzt auch«, erklärte Erian das Wetter.

Starkes Schneetreiben setzte ein, gerade als sie auf die Autobahn in Richtung Thermus fuhren. Man redete also übers Wetter und Thorian überlegte, ob er von sich aus das Thema Gefängnis anschneiden durfte.

»Die Batterie ist nur noch ein Viertel voll!«, bemerkte Erian und bog von der Autobahn ab zu einer Akkuwechselstation. Auf dem Hinweisschild stand auch »Gedenkmuseum Demarkation«.

Sie hielten unter dem Dach der Akkustation an und stiegen aus. Erian musste zuerst seine Kreditkarte durch ein Lesegerät ziehen, bevor ein Roboterarm den Batterieblock aus dem Unterbau ihres Wagens herauszog und durch einen vollständig geladenen ersetzte. Thorian wollte nicht gleich weiterfahren, sondern sich diese Gedenkstätte ansehen, obwohl es sich um ein Freilichtmuseum handelte und in großen Flocken schneite. Doch er liebte die frische, feuchtkalte Luft nach dem miefigen Knast. Erian stellte das Auto auf ein Parkplatzfeld und sie gingen sich das ansehen.

Hier hatte man eine Meile der alten Demarkationslinie stehen lassen. Zwischen den Jahren 9572 und 9722 war das arganische Becken gespalten in eine Arbeiterdiktatur in der Nordhälfte und einen Gottesstaat im Rest. Thorian konnte von einem Wachturm aus die Gedenkstätte überblicken. Beide Staaten hatten eine Linie aus Beton und Stacheldraht errichtet, die selbst jetzt, zweieinhalb Jahrhunderte später, noch grimmig und abweisend aussah. Puppen in graugrünen Hemden mit schmalem Rundkragen und markanten Seitentaschen blickten stumm mit Fernglas und einer Gewehrattrappe am Rücken zusammen mit ihm in das verschneite Niemandsland zwischen den beiden Mauern.

»Die Demarkation war das Ende der alten Zeit mit den Königreichen und dem Kaiser an der Spitze«, erklärte Erian. »Wir sind hier auf der Seite der Werktätigen, drüben war das Reich des Nuntius. Du siehst das am goldenen Doppelkreissymbol am Wachturm gegenüber. Der Beginn der Demarkation war auch der Anfang der Internationalen Zaronenbasis als unabhängiger Staat.«

»Jetzt schieben hier nur noch Schaufensterpuppen Wache. Wie endete die Teilung?«, fragte Thorian. Er wollte lieber keine üblen Geschichten hören, wie viele Leute die Wachen erschossen hätten und so.

»Die IZB wurde stark und technisch überlegen genug, um in einer Intervention die mittlerweile marode gewordenen beiden Staaten – also die Werkrepublik und das Nuntianische Reich – zu beseitigen. Es folgte eine kurze Zeit der Militärdiktatur. Wenn du auf der IZB zu Besuch bist, solltest du das Thema Militärdiktatur lieber nicht anschneiden.«

»Wie endete sie?«, fragte Thorian trotzdem weiter.

»Man einigte sich mit den Dissidenten auf die Verfassung der heutigen Reichsrepublik, also auf eine Demokratie mit einem alle zwölf Jahre neu gewählten Vizekaiser. Die heutige Paaristische Soziale Partei, PSP, geht auf die damaligen Dissidenten zurück«, erzählte Erian und deutete auf die Treppe hinunter vom Wachturm. Er wollte offenbar die Gedenkstätte wieder verlassen.

»Im Sprachunterricht lernten wir, dass Vizekaiser kein Synonym für Staatsoberhaupt ist, wie viele meinen. Ursprünglich bedeutete es Stellvertreter des Kaisers. Für wen ist der Vizekaiser der Stellvertreter?«, fragte Thorian, als sie zum Auto zurückgingen.

»Lies die Präambel der Verfassung der Reichsrepublik! Da steht:

Im Bewusstsein der Rechenschaft gegenüber unserem zwischen den Sternen reisenden Kaiser Aron und mit dem Segen des Himmlischen Paares geben Wir, von dem Willen beseelt, die nationale und staatliche Einheit wiederherzustellen, den Bürgern für die Übergangszeit der kaiserlichen Sedisvakanz eine neue rechtsstaatliche Ordnung der Freiheit und unantastbarer Würde.«

»Wow, das nenn ich einen Kettensatz! Was heißt Sedisvakanz?«

»Das ist ein Begriff aus den alten Gesetzbüchern des Kaiserreichs. Er bedeutet so viel wie der verlassene Thron. Dies ist der Fall, wenn der Kaiser nicht amtsfähig, also beispielsweise noch ein Kind oder komplett senil ist. Aber auch eine lange Abwesenheit ohne die Möglichkeit, zumindest Botschaften in den Palast zu schicken, galt als Sedisvakanz. Beispielsweise machte sich einmal ein junger Kaiser – Peran IX. glaube ich – lieber auf den Weg, per Schiff die Küsten des Ozeans zu kartieren, als zu regieren. Während seiner vier Jahre dauernden Fahrt herrschte ein Vizekaiser.«

»Und das mit dem Kaiser im Sternenhimmel?«

Sie hatten inzwischen den Parkplatz erreicht. Erian blickte zu zwei schwarz gekleideten Männern, die unter dem Vordach des Kiosks standen.

»Steig ein!«, meinte er lediglich zu Thorian, ohne auf die Frage einzugehen.

Erian meinte beim Wenden und Wegfahren, sie seien beide vorhin auf der Gedenkstätte wohl zu redselig gewesen, er hatte den Eindruck, sie würden beobachtet. Er deutete auf ein Auto, das hundert Schritt von der Tankstelle entfernt eine Panne hatte oder womöglich diese nur vortäuschte.

Nachdem sie das »Pannenfahrzeug« passiert hatten, blickte Thorian zurück und tatsächlich stiegen die beiden Männer, die vorher noch vor dem Kiosk eine Tasse Kaberak getrunken hatten, jetzt in ihr graues Fahrzeug ein. Erian und Thorian setzten ihren Weg in der Ebene fort nach Norden in Richtung Thermus.

Trotz des mäßigen Schneetreibens trafen sie auf einigen Verkehr, der den gleichen Weg hatte wie sie, darunter auch der graue Wagen. Bald hatten sie die Schneewolken hinter sich gelassen. Die riesigen Felder neben der Autobahn und das Mittelgebirge rechts im Horizontdunst öffneten den unbegrenzten Raum, den Thorian so vermisst hatte. Voraus lag der Kraterrand von Thermus, doch dreihundert Meilen waren trotz des hier nun klaren kalten Wetters eine zu große Distanz, ihn schon zu erkennen.

»Wenn ich zu Hause bin, renne ich als Erstes so weit ich kann, vielleicht bis zum Rand des Einschlagbeckens hinauf. Die freie Natur hat mir gefehlt. Ich hab den V-Mann von der Polizei nicht angefasst, falls du deswegen sauer bist.«

Erian blickte in den Rückspiegel und programmierte den Autopiloten, bei der nächsten Anschlussstelle die Autobahn zu verlassen, obwohl die Millionenstadt Thermus noch fern war und Brückenberg sowieso.

»Von Partys mit echsianischem Wein musst du dich fernhalten. Aber die andere Sache war unheimlich. Ich hab nur wenig geschlafen in den letzten Tagen. Wir, das heißt Niron von Arganus und ich, haben die Aufzeichnungen der Überwachungskamera beschafft. Niron löste am Jahresanfang Ergus von Zarn turnusgemäß als Generalkommandant der IZB ab. Er intervenierte direkt beim neuen Vizekaiser, nur damit du dir vorstellen kannst, welche diplomatischen Wellen das geschlagen hat.«

Erian schaltete auf Handsteuerung und fuhr nach der Anschlussstelle nicht auf der Hauptstraße weiter, sondern rasant auf einen Feldweg.

»Und? Wurde diese Kuhtat von Richterin gefeuert? Also kommen die alle jetzt richtig heftig dran?«, fragte Thorian, als sie unten in der Ebene in einem Feld mit drei Meter hohem Röhrenweizen anhalten mussten, weil eine Erntemaschine gerade quer über die Straße manövrierte.

»Mit den Videos lässt sich eindeutig belegen, dass es sich zumindest nicht so zugetragen hat, wie der V-Mann aussagte. Also hat er gelogen. Er war wohl auf einer Art heiligen Mission für die Moral.«

»Werden sie jetzt alle gefeuert oder nicht?«, fragte Thorian erneut. Sie mussten anhalten. Eine Erntemaschine wendete auf der Straße, wollte einen großen, verschneiten Haufen Rüben auf einen Transporter aufladen.

»Nein, da dies eine Spionage-Operation der IZB war. Es darf nicht bekannt werden, dass wir angeblich gesicherte Computer der Behörden ausspähen können. Der Vizekaiser hat den V-Mann nicht aus Überzeugung angewiesen, die Anzeige zurückzuziehen. Dem Generalkommandanten der IZB kann er schlecht was abschlagen, wenn 90 % des elektrischen Stroms der Reichsrepublik aus den Kraftwerken der IZB-Exklave Zardias kommen. Ich sollte nicht zu viel plaudern. Es ist besser, wenn du die Details nicht erfährst.«

»Warum, weil ihr alle denkt, ich könne nichts für mich behalten?«

»Niron hat mir auch nicht genau gesagt, um was es bei dem vertraulichen Vieraugengespräch mit dem Vizekaiser gegangen ist. Wir haben uns durch diesen diplomatischen Druck auch Feinde geschaffen. Das alles war kein guter Start für das Verhältnis zwischen der IZB und dem neuen Vizekaiser. Hättest du dich von dieser Drogenparty nicht einfach fernhalten können?«

Erian gab aggressiv Gas, als die Erntemaschine wieder zurück auf den Acker fuhr. Eine Meile später hatte ihr ABS alle Hände voll zu tun, als ein

Traktor, ohne auf den Verkehr zu achten, aus einer Kaberakplantage auf die Straße einbog. Die Bohne wird üblicherweise nach dem ersten Eistag geerntet; also jetzt.

»Erian, findest du nicht, wir übertreiben es mit den Nebenstraßen?«

»Im Mittagsboten zeigen sie heute eine ziemlich üble Karikatur vom Fliegerkönig, der dem Vizekaiser ein Köfferchen voll Geld gibt, um den schwulen Drogen-Roranar-Bengel auszulösen. Dieser Neue bei ›Der Mittagsbote‹, Jaro Ter, ist ein Aasgeier und kein Journalist. Offenbar hält er dich für seinen ersten großen Knüller. Wir fahren bis nach Brückenberg auf Nebenstraßen. Die Fotografen vom Mittagsboten sollen uns nicht finden.«

»Sorry, aber auf Feldwegen sind wir ewig unterwegs!«

Erian schickte wieder jede Menge Strom an den Motor. Das Ackerland ging in Weideland über. Granitbrocken lagen mehr und mehr in den Wiesen und prägten bald das Landschaftsbild. In einem Dorf mussten sie zum Batteriewechsel an einer Tankstelle anhalten. Ein Felsbrocken lag gerade daneben und Erian wollte ihm gerne irgendwelche Schockwellenmuster darin zeigen, die vor hunderttausend Jahren beim großen Einschlag entstanden waren. Doch Thorian hatte gerade anderes im Kopf als Geologie.

»Tut mir echt leid wegen der Drogen«, fühlte er sich verpflichtet zu sagen, als ihm Erian was zum Knabbern aus dem Dorfladen neben der Tankstelle mitbrachte.

»Thorian, eine einfache Entschuldigung wie bei einer zerbrochenen Vase reicht da nicht. Aber na gut, vielleicht gibt es eben doch Unterschiede zwischen einem Internatsschüler, der tatsächlich schon einige Lebensjahre hinter sich hat, und einem Amoénen-Schlüpfling. Ich weiß, es wäre viel einfacher gewesen, dich auf der IZB aufwachsen zu lassen. Doch es ist wichtig, dass du hier deine Jugend verbringst.«

»Warum eigentlich?«, war für Thorian die logische Frage. Er hatte nicht kapiert, was Erian eigentlich wollte. Vielleicht lag es auch nur daran, dass er nach der ganzen Sache mit dem homophoben V-Mann die Reichsrepublik hasste.

»Das zu erklären ist noch etwas früh. Du bist ja erst seit einem guten Jahr hier auf der Welt.«

Er fühlte sich ausgegrenzt, aber im Moment war Erian offenbar nicht bereit, mehr zu verraten. Deshalb fragte er nach irgendwelchen Dingen zur Landwirtschaft hier, ein Themenwechsel würde vielleicht Erians

Laune bessern. Also unterhielten sie sich eben über die Trockensteppe von Thermus, die sich an das Landwirtschaftsgebiet von Person anschloss. Hier lag noch kein Schnee und Erian fuhr nun wieder zurück auf die Autobahn. Die Zeit wurde knapp, sie mussten am Flughafen der Stadt Thermus Mara und Lenia abholen, die dort in der Direktion von NTF arbeiteten.

Innerhalb der Reichsrepublik herrschte zwar die Freizügigkeit von Personen, Waren und Dienstleistungen, dennoch fand an der Grenze von Thermus eine Verkehrs- und Ausweiskontrolle statt. Es dauerte einen Moment, da sich der Polizist beim Gefängnis rückversichern wollte, dass Thorian tatsächlich entlassen worden war. Es wurde bestätigt, sie durften weiterfahren.

In der Stadt Thermus, bei der Vorfahrt des Bürogebäudes von NTF, wurde Thorian von den beiden Damen Mara und Lenia mit einer Umarmung begrüßt. Die beiden gaben keine Kommentare zum Prozess, dafür war er ihnen sehr dankbar. Sie besuchten ein nicht allzu vornehmes Restaurant, das vorwiegend von Studenten und Touristen besucht wurde – er musste sich dafür nicht umziehen. Er selbst vermutete, dass es nicht nur um seine Roranar-Lederklamotten ging, sondern auch um seinen Ruf, der ihn für ein vornehmes Lokal im Moment unmöglich gemacht hätte. Aber der Familienabend in ungezwungener studentischer Umgebung war für ihn eine willkommene Abwechslung. Als sie eine Stunde vor Mitternacht zurück zu Erians Wagen gingen, glaubte Thorian das graue Auto wiederzuerkennen, oder war es nur Zufall? Thermus war eine Millionenstadt und da wird es wohl mehr als nur ein graues Fahrzeug geben, versuchte sich Thorian zu beruhigen.

Die Schnellstraße nach Brückenberg führte hinaus aus der Großstadt über offenes Landwirtschaftsland, das hier vom Schmelzwasser der Gletscher hinter dem Wall des Einschlagbeckens fruchtbar gemacht wurde. Sie plauderten auf der Heimfahrt nach Brückenberg über ganz gewöhnliche Dinge, über das Wetter, das mit Temperaturen um den Gefrierpunkt noch erstaunlich mild war für die Jahreszeit, oder ob das Essen im Knast so scheußlich sei, wie immer behauptet würde. Ja, das war es!

Die mondlose Nacht war bei leichtem Schneeregen sehr dunkel. Auch das Himmlische Paar stand unter dem Horizont, konnte deshalb die Nacht auch nicht erhellen.

Die Schnellstraße nach Brückenberg führte nun schnurgerade in die Dunkelheit. Sie stieg leicht an, lief auf die Innenseite der Randgebirge des Einschlagbeckens zu. Je mehr sich Erians Wagen dem Gebirge näherte, desto schlechter wurde das Wetter. Bald setzte Nieselregen ein. Auf der rechten Straßenseite standen in pedantisch regelmäßigen Abständen schlanke Nadelbäume, auf der linken Seite folgte ein zwei Schritt breiter Wasserkanal der Straße.

Eine Baustelle sorgte für etwas Abwechslung. »Rohrbruch« wurde auf einem Warnschild als Grund angegeben. Die Arbeiter – zwei Menschen – winkten sie vorbei. Eine zivile, graue Limousine stand gleich bei der Baustelle. Das fand Thorian seltsam. Die Arbeiter sperrten gleich hinter ihnen die Straße für den nachfolgenden Verkehr. Erian schaltete den Autopiloten wieder ein, der beschleunigte sogleich auf die erlaubte Reisegeschwindigkeit.

»Ich will ja nicht rassistisch klingen, aber arbeiten beim Tiefbau nicht üblicherweise nur Knatsche?«, fragte Thorian.

»Doch, du klingst rassistisch«, tadelte ihn Mara, die vor ihm auf dem Beifahrersitz saß.

* * * *
• • •

Der Checkpoint zum autonomen Gebiet Brückenberg lag nun voraus, der Autopilot verringerte bereits wieder die Geschwindigkeit. Die Scheinwerfer des Postens leuchteten grell in die regenverhangene Nacht. Thorian hatte diese Polizeikontrollen hier schon immer als unangenehm empfunden, doch jetzt nach dem Gefängnisaufenthalt fürchtete er sich geradezu vor einer Überprüfung.

»Findet ihr es nicht auch merkwürdig, dass uns seit einer Viertelstunde kein einziges Fahrzeug entgegengekommen ist?«, fragte Thorian.

»Wer will in so einer wolkenverhangenen schwarzen Nacht schon unterwegs sein?«, meinte Lenia.

»Thorian, wenn du auf die Beamten wie ein Nervenbündel wirkst, werden sie misstrauisch. Also versuch ruhig und gefasst zu sein. Hast du den Entlassungsschein griffbereit?«, tadelte ihn Erian.

»Ja!«, bestätigte Thorian knapp.

Ein Tanklastkraftwagen für Oktan-Flugzeugtreibstoff stand auf der Spur des Gegenverkehrs unter dem Dach des Kontrollpunkts. Thorian wollte gerade fragen, warum das Nachtfahrverbot für diesen Lastwagen nicht gelte, doch Lenia neben ihm schrie auf: »Wir sind eben an einem erschossenen Polizisten vorbeigefahren!«

In diesem Moment gab der Tankwagen Gas und schwenkte eindeutig auf ihre Spur hinüber.

»Kollision! Kollision!«, warnte der Autopilot, der aber nicht mehr selbst lenken konnte, Erian hatte ihn bereits auf manuelle Steuerung umgeschaltet und wollte nach rechts ausweichen, doch da stand der vorderste Baum der Allee. Der PKW streifte beinahe den Baum, schleuderte nach links zurück auf die Fahrbahn in den Weg des Lastwagens.

»Lenia, raus!«, rief Thorian. Er versetzte seiner Schwester einen Stoß und sprang selbst aus dem Wagen, hoffte auf den Parkplatzfeldern vor dem Polizeibüro ausrollen zu können. Er hatte einen Moment Blickkontakt mit dem Kraftfahrer. Der schien ihn anzugrinsen und drückte einen Auslöser in seiner Hand. Das musste eine Todeskutte sein! Im nächsten Moment explodierte die Ladung des Tanklasters. Thorian wurde von der Druckwelle erfasst und in die Krone des letzten Baums vor dem Kontrollpunkt geschleudert. Langsam, von Ast zu Ast, fiel er herab.

* * * *

Thorian kam am Boden unter dem Baum zum Liegen. Er roch verbranntes Fleisch und realisierte, es war sein eigenes. Sein linker Arm brannte! Panisch wollte er sich im regennassen Gras wälzen. Es ging nicht, ein daumendicker Ast steckte in seinem Rücken gleich neben der Wirbelsäule. Er riss den Ast heraus und brüllte vor Schmerzen auf, aber er konnte sich selbst nicht hören. Die Explosion hatte ihm offenbar das Gehör geraubt. Er schleuderte den Ast weg, konnte sich so im nassen Gras wälzen. Es gelang ihm, das Feuer an seinem Ärmel und an seiner linken Hand zu ersticken, aber die verbrannte Haut schmerzte extrem. Er tauchte sie in eine kleine kühle Pfütze, das half ein wenig.

Urplötzlich hörte er wieder das prasselnde Feuer, dank seinen Selbstheilungsfähigkeiten waren seine Sinne wieder in Ordnung. Brennende Holzsplitter des Kontrollpunkts fielen aus einem schnell in die Höhe steigenden Feuerball. Die Baumkrone über ihm stand bereits in Flammen und die Hitze der von Treibstoff gespeisten Feuersäule war unerträglich. Schnell sprang er in den Schatten des Baumstamms. Nur dank der enormen Selbstheilungsfähigkeiten der Alphas und Amoénen hatte er das Inferno überlebt. Aber was war seiner Familie zugestoßen? Er wagte es, seinen Kopf aus der Deckung des Baumstamms zu strecken. Die Führerkabine des Lastwagens hat die Beifahrerseite der Limousine aufgerissen und zerknautscht. Der LKW-Fahrer saß noch am Steuer. Flammen schossen aus den Augenhöhlen seines grinsenden verkohlenden Schädels.

»Thorian! Erian verbrennt!«, schrie Lenia auf der anderen Straßenseite gegen den Lärm des Feuers an. Sie war noch benommen, schien aber außer ein paar Schürfungen nichts abbekommen zu haben.

»Wir schmeißen die Limousine in den Kanal!«, rief er ihr zu und rannte auf die Flammenhölle zu, musste dabei gegen seinen Überlebensinstinkt ankämpften.

»Thorian, die ist viel zu schwer!«

»Ja, für einen normalen Menschen schon, aber wir können das!«

Es blieb keine Zeit für Erklärungen. Er hatte so viel Adrenalin im Blut, dass er nichts mehr spürte. Sie rannten beide hin zum Wrack, hoben wie im Rausch das Fahrzeug auf der stark zusammengestauchten Seite an. Mit unendlicher Kraftanstrengung ließen sie den Wagen sich überschlagen. Mit einem Zischen fiel er in den Kanal. Lenia packte Thorian am Kragen und warf ihn hinterher. Hier im eisigen Schmelzwasser der Gletscher war er geschützt vor der Flammenhölle weiter oben. Die Kälte beruhigte auch seine angesengte Haut. Lenia tauchte zwei Schritte neben ihm in den Kanal. Das Wrack knirschte, die Strömung zerrte an ihm.

Er musste Erian retten! Ein gesunder Alpha kann eine halbe Stunde unter Wasser überleben. Aber Erian war verletzt, er konnte es bestimmt nicht so lange ohne Luft aushalten. Thorian schwamm durch die herausgesprengte Rückscheibe in den Wagen hinein. Erian schien stark verbrannt zu sein, aber noch in einem Stück! Neben ihm herrschte ein wirres Durcheinander aus Kunststoffen, Metall und Körperteilen. Thorian erstarrte für einen Moment bei dem brutalen Anblick. Doch er musste weiterfunktionieren. Ein professioneller Ersthelfer durfte auch nicht schreiend von der Unfallstelle wegrennen, egal wie verstörend der Anblick der Verletzten und Toten war.

Er fasste dem offensichtlich bewusstlosen Erian unter die Schultern und zog ihn aus dem Wrack. Dort half ihm Lenia, den Vater ganz aus dem Wasser zu bergen.

* * * *

Zwei eiförmige Teile wurden von oben ins Wasser geworfen.

Handgranaten!

Weitere Todeskutten waren dabei, ihr heiliges Werk zu vollenden. Thorian versuchte panisch, schneller mit der Strömung zu schwimmen. Er wusste nicht, ob Lenia die neue Gefahr erkannt hatte. Die beiden Handgranaten kullerten in den schmalen Spalt zwischen dem Wrack und den Betonwänden des Kanals. Ein Blitz, dann noch einer, und Thorian glaubte, jemand würde ihm mit voller Wucht in den Brustkorb treten. Das Auto knirschte seltsam metallisch. Trümmerteile wurden von der Strömung mitgerissen und – das ließ Thorian fast vor Schreck erstarren – auch ein halber verkohlter Kopf, dann sogar ein Stück Brust mit Maras Halskette schwamm an ihnen vorbei. Thorian fühlte unbändige Wut in sich aufsteigen. Diese fanatischen Idioten wollten ihren verrückten Glauben anderen Leuten mit Handgranaten aufzwingen? Er griff sich vom Grund des Kanals zwei Steine, deutete Lenia an, sie solle sich mit Erian weiter abwärts in Richtung Dunkelheit treiben lassen. Ein grelles Licht flammte beim Wrack auf. Etwas brannte dort unter Wasser und dieser Brand wurde schnell heftiger, Wasserdampfblasen brodelten bereits hoch. Das musste der Akku sein. Und dadurch wurde der Feind abgelenkt.

Wer auch immer da oben stand, würde jetzt auf den Batteriebrand starren, hoffte Thorian. Er hielt die Steine fest und tauchte schnell auf, sodass er sich mit einem Klimmzug auf den Rand des Kanals hochziehen konnte. Tatsächlich: eine Todeskutte im schwarzen Anzug und mit einem Sturmgewehr bewaffnet stand nur zehn Schritte stromaufwärts am Kanal und starrte – wie es Thorian erwartet hatte – zum unter Wasser brennenden Akkumulator. Thorian überlegte nicht lange und schleuderte mit all seinen Kräften den ersten seiner drei Steine der Todeskutte an den Kopf. Der Attentäter fiel um. Eine Kugel pfiff an Thorians Ohr vorbei. Er wurde vom grauen Wagen aus beschossen, der inzwischen vom Rohrbruch hierhergekommen war. Thorian warf zur Ablenkung seine zwei verbliebenen Steine in Richtung des Wagenfensters, aus dem die Schüsse abgefeuert wurden. Er sprang zur am Boden liegenden Todeskutte, griff sich dessen Sturmgewehr und musste sich hinter dem Mann flach hinwerfen, denn schon ratterten ganze Salven aus dem grauen Wagen. Die Todeskutte dort nahm es offensichtlich billigend in Kauf, dass er damit den vielleicht nur bewusstlosen Glaubensbruder erschoss. Thorian versuchte das Gewehrfeuer zu erwidern, doch der Abzug blockierte. Entsichern!, schoss es ihm durch den Kopf. Oberhalb des Abzugs fand er den notwendigen Hebel.

Eine heiße Stichflamme aus der Ruine des Kontrollpostens beleuchtete grell die gespenstische Szenerie. Jetzt konnte er seinen Feind erkennen. Er blickte durch das Visier über das Korn zum Ziel, hielt den Atem an und zog gleichzeitig den Abzug durch.

Die Schüsse der automatischen Waffe hallten in der Dunkelheit gegen die Geräusche der verschiedenen Feuer an. Die Autoscheiben wurden durch die Einschüsse löchrig und milchig, die Autotür durchsiebt, die andere Todeskutte fiel getroffen in den Wagen zurück. Thorian ließ den Abzug los und sicherte die Waffe. Jetzt musste er Lenia und Erian suchen und danach mit ihnen fliehen, bevor noch mehr Todeskutten oder die Polizei der Reichsrepublik hier auftauchten. Letztere würde seinen Angriff auf die beiden Todeskutten bestimmt nicht als Notwehr gelten lassen und lieber die Gelegenheit nutzen, ihn doch noch für lange Zeit einsperren zu können. Er rannte dem Kanal entlang, von der Feuersbrunst weg.

»Thorian! Wir sind hier!«, hörte er Lenia.

Sie hatte sich mit Erian im Gestrüpp auf der anderen Kanalseite versteckt und er lief zu ihnen. Beim Sprung über das schmutzige Wasser dachte er einen Moment daran, das Sturmgewehr der Todeskutte einfach ins Wasser fallen zu lassen. Aber da waren seine genetischen Spuren und Fingerabdrücke drauf. Es war besser, das Gewehr weiter bei sich zu behalten.

Lenia hatte sich eine Art Dorn aus dem Handgelenk wachsen lassen, den sie in Erians Unterarm stach. So konnte sie den Kreislauf des Vaters und die Selbstheilungsfähigkeiten des Alphas unterstützen.

»Erian ist unterhalb des Schlüsselbeins schlimm verbrannt. Thorian, du musst nochmals tauchen und Mara suchen.«

»Es tut mir leid, sehr leid! Aber da ist nichts …«, versuchte er ihr beizubringen.

»Was? Du feiger Kerl! Dann such ich sie eben selbst!«, verlor Lenia die Fassung und löste ihre Verbindung mit Erian.

»Hey! Die Handgranaten haben nichts übrig gelassen! Wir müssen weg!«, hielt sie Thorian zurück. »Funktioniert noch eines unserer Telefone? Kennst du eine IZB-Notfallnummer oder so?«

»Erians Armbanduhr!« Sie zog dessen feuerrot bis schwarz verbrannte Hand aus der Rettungsdecke, in die sie ihn eingewickelt hatte. Die Uhr war noch intakt geblieben, auch wenn sie einen Sprung im Deckglas abbekommen hatte. Lenia drehte am Glas. »Links, links, rechts, links, rechts«, murmelte sie. Die Datums- und Uhranzeige verschwand und ein roter Text lief durch die Anzeige:

»Notfall, suche Satellit … Satellit gefunden … kontakte Zardias Alarmstaffel … übermittle Koordinaten.«

»Wir sollten über den Acker zum Waldrand dort«, schlug Thorian vor, »oder wir müssen den Rettungskräften und der Polizei der Reichsrepublik erklären, warum wir so etwas überleben und warum die Todeskutten hinter uns her sind.«

Sie trugen Erian durch das Gebüsch hinaus auf das Feld und eilten in Richtung des Waldrands auf der anderen Seite. Thorians Rücken und die verbrannte Hand schmerzten.

Als sie am Waldrand anhielten, kam Erian wieder zu Bewusstsein.

»Hey Sohn, alles klar?«

»Nein«, grollte Thorian.

»Wird schon wieder! Lenia kümmert sich um Mara, nicht wahr? Du musst meinen Kreislauf unterstützen … Gib mir deine Hand!«

Thorian griff in der Warmhaltefolie nach Erians Hand, verband sich über seinen Dorn mit ihm. »Wir tauschen Blut aus, das wird deinen Kreislauf stabilisieren«, versuchte Thorian ruhig zu klingen, obwohl in ihm ein Gemisch aus Panik und Wut brodelte.

Er konnte jetzt Erians Gedanken hören, sein Vater schlief schon wieder, sein Zustand hatte sich durch Thorians Hilfe etwas gebessert. Vielleicht war das auch eine Art Schutzmechanismus des Gehirns, um sich vor den unerträglichen Schmerzen einer großflächigen Verbrennung zu schützen und so erfuhr Erian noch nichts davon, was Mara zugestoßen war. Thorian selbst fühlte sich mehr und mehr schwindlig.

»Du bist ja am Rücken verletzt!«, bemerkte Lenia. »Am Kopf hast du auch was abgekriegt. Ich übernehm besser wieder Vater«, meinte sie und griff nach Erians anderer Hand.

Thorian bedauerte, loslassen zu müssen, denn für einen Moment hatte er ein selten intimes Gefühl zwischen Vater und Sohn erlebt.

»Bin ich schuld an diesem Chaos und Mamas Tod?«

»Der Skandal um dich hat sie bestimmt auf uns aufmerksam gemacht. Aber schuld sind die Todeskutten und sonst keiner!«, meinte sie.

Das konnte sie leicht sagen, doch er fühlte sich trotzdem nicht gut. Es hätte nicht viel gefehlt und alle wären sie verbrannt. Das alles wäre nicht passiert, wenn er einfach brav zur Schule gegangen wäre, ohne diesen narzisstischen Wunsch, ein Roranar-Star zu werden.

..*.*

Bald darauf war das »WUMM« eines sehr nahen Überschallknalls zu hören, anschließend das Triebwerksheulen des landenden Senkrechtstarters. Von Norden und Süden näherten sich auf der Straße jede Menge blinkende Fahrzeuge. Das jetzt auf dem nächsten Acker landende Flugzeug besaß keine Propeller, sondern Düsentriebwerke. In Erians Büchern hatte er Bilder davon gesehen. Das Flugzeug war so lang wie drei Reisebusse. Es richtete den Schub seiner Triebwerke gegen den Boden, um auf den Acker hinab zu schweben. Die Hecken darum herum boten einen gewissen Sichtschutz. Doch die Rettungskräfte würden sowieso nur Augen für das Inferno bei dem Kontrollposten haben. Sanitäter in einem Kampfanzug mit stilisierter Trage als Kragenspiegel hoben Erian auf eine Liege, eine Infusion wurde gelegt und schon trabten sie mit der Trage über den Acker, die Hitze der Triebwerke hatte in einem kreisrunden Bereich den Schnee weggeschmolzen und schmatzenden Morast hinterlassen.

»Amoén! Komm, komm, komm!«, wurde Thorian von den Männern angefeuert. Die Heckklappe des Senkrechtstarters begann sich zu schließen, kaum hatte er sie betreten.

»Bei Torikur! Langer Kerl, wie siehst du denn aus! Was ist mit deinem Bauch?«, gegrüßte ihn auf der Rampe ein Knatsch, der sich als Major Turak vorstellte. Doch bevor Thorian irgendwas antworten konnte, drängten ihn IZB-Sanitäter aus dem Weg.

»Setz dich hier auf den Begleitpersonensitz, anschnallen«, befahl ihm einer der Soldaten im Inneren des Flugzeugs, während Erian auf einem Bett geübt an die Intensivmedizin angeschlossen wurde. Schon setzen sich die Ärztin und Lenia beim Bett auf herunterklappbare Sitze und die Triebwerke heulten auf. Durch das Fenster konnte Thorian einen Blick auf die Kontrollstelle werfen. Ein brennender Baum war auf das graue Fahrzeug der Todeskutten gestürzt. Von beiden Seiten her näherten sich Rettungsfahrzeuge.

* * * *

Eine neue heftige Explosion erschütterte die Straße hundert Fuß nördlich davon. Ein Streifenwagen wurde hochgeschleudert und ein Löschzug kippte um beim Versuch, der Explosion auszuweichen. Die Todeskutten hatten die Zufahrt von der anderen Seite her offenbar vermint. Der Senkrechtstarter verlor sich in den Nebeln einer Wolkenschicht und ließ den Terror am Boden zurück.

»Was war das für ein Chaos dort unten?«, fragte ein Soldat, der auf dem Sitz der anderen Seite des Mittelgangs Platz genommen hatte, und blickte Thorian besorgt an.

»Todeskutten haben den Posten übernommen und wollten uns mit einer gewaltigen Explosion mit in den Tod reißen. Warum tun die das?«

»Sie haben wegen des Endes der Demarkation noch eine jahrhundertealte Rechnung mit uns offen«, glaubte der Mann, der vom Aussehen her wohl noch nicht lange erwachsen war und ihm jetzt eine Tasse heißen Kaberak reichte.

»Zu welcher Einheit gehörst du?«, fragte Thorian, um sich abzulenken.

»Wir sind eine Spezialeinheit für Luftrettung oder geheime Kommandoeinsätze. Ich hatte auf Zardias Dienst, die Bereitschaftsstufe war schon den ganzen Tag über auf Gelb. Der Skopein hat im Telekommunikationsnetzwerk gewisse bedenkliche Muster festgestellt. Dann kam tatsächlich der Ernstfall-Alarm. Hast du damit was getroffen?« Er deutete auf das Sturmgewehr.

»Drei Todeskutten!«, antwortete Thorian und warf ihm das Sturmgewehr rüber. Das war zwar nicht ganz richtig gezählt, aber darüber wollte er nicht im Detail plaudern. Auch wusste er nicht, was der Soldat vorhin mit dem Begriff »Skopein« gemeint hatte. Doch der tippte jetzt in ein handflächengroßes dünnes Display eine Nachricht. Da wollte er nicht stören. Einer der Sanitätssoldaten reichte ihm ein Handtuch zum Trocknen der Haare zusammen mit einem heißen Kräutertee.

»Eine Antiquität!«, meinte der Soldat zum Sturmgewehr der Todeskutte. »Das wurde von den Grenzwachen des Nuntius verwendet. Die wurden alle Ende des 96. bis Anfang des 97. Jahrhunderts im Auswald produziert.«

»Was war Auswald?« Die Wärme der Teetasse tat seinen klammen Fingern gut.

»Ein Foltergefängnis und ein Sklavenlager während der Demarkation. Da wurden Knatsche als Arbeitssklaven gezüchtet und gehalten. Wenn sie nicht mehr arbeiten konnten, knallten die Todeskutten sie einfach ab. Politische oder gesellschaftliche Feinde des Nuntius wurden dort auch eingesperrt und hingerichtet. Das unterrichtet man offensichtlich nicht so gern in der Reichsrepublik.«

»Weiß nicht, in dem Jahr, als ich am Gymnasium war, kam das jedenfalls nicht dran«, erzählte Thorian.

»Es ist besser, wenn du das Gewehr dem Major nicht unter seine breite Nase hältst. Es wurde bestimmt in Auswald von seinen Vorfahren unter Zwang produziert. Nach dem Zusammenbruch der Demarkation wurden die Waffenbestände des Nuntius teilweise in den Heiligen Staat verbracht, teilweise in geheimen Depots verscharrt. Dazu gehörten eben nicht nur Sturmgewehre, sondern offenbar auch Panzerminen.«

»Wo fliegen wir eigentlich hin?«, wechselte Thorian das Thema.

»Direkt zum IZB-Kontinent. Der Generalkommandant hat entschieden, das sei politisch besser, als wenn wir euch zur Exklave Zardias bringen. In Zardias hat die Reichsrepublik gewisse eingeschränkte Polizeibefugnisse, was die eigenen Bürger betrifft, auf dem Kontinent nicht.«

»Werden wir unterwegs luftbetankt?«

»Nein, dieses Flugzeug verwendet keine chemischen Treibstoffe. Sorry, Amoén, aber mein Rang ist zu niedrig, um dir darüber mehr zu erzählen. Ich muss jetzt zum Zwischenbriefing.« Der Soldat stand auf.

..*.*

Die Maschine flog jetzt über den Wolken. Der rote Mond Ergia ging auf, das Wetter unterhalb des Flugzeugs besserte sich. Er beleuchtete silbern vergletscherte Gebirge von schräg vorne. Das Land aus Gletscherfeldern und schroffen Bergen schien nicht enden zu wollen, obwohl sie mit doppelter Schallgeschwindigkeit unterwegs waren, wie eine Anzeige verriet.

Grünlich und rötlich schimmernde, wallende Vorhänge der Polarlichter schwebten über dem Horizont – eine majestätische Erscheinung. Er befand sich nicht auf einer von Gott geschaffenen und vom Himmlischen Paar behüteten Scheibe, sondern flog über einen Mond dessen Atmosphäre vom Strahlungsgürtel des Planeten bombardiert wurde. Das führte zu diesen schimmernden Vorhängen in den höchsten Atmosphärenschichten. Dieses Weltraumgefühl brachte auch seine Erinnerung an den Schlüssel der Edaner und Galara zurück und damit die Frage, wer er selbst eigentlich sei. Wie hatte er zu Mara gestanden? Zweifellos hatte er sie gemocht und sie ihn, da war er sich sicher. Doch vielleicht war ihr gemeinsames Jahr zu kurz gewesen, um eine innige Mutter-Sohn-Liebe aufzubauen.

Die Band, sozusagen seine zweite Familie, war tot oder steckte im Gefängnis. Er fühlte sich einsam, sein Leben schien schon nach einem Jahr in Trümmern zu liegen. Was sollte er nun tun? Wie würde es weitergehen? Diese Ungewissheit und der Schock über das Attentat ließ seine Augen feucht werden. Die IZB soll sich durch kühle Disziplin auszeichnen. Das war nicht sein Ding, er liebte eine liberale, freizügige Lebensweise. Dafür stand die rebellische Musik Roranar.

..*.*

Eine Stunde später zeigte sich erst eine leuchtende Spitze am Horizont, bald die ganzen Ringe und die sichelförmig beleuchtete Kugel des Planeten

Derana, um den der Mond Arganus kreiste. Er war gigantisch, seine Wolkenbänder und Wirbel konnte Thorian problemlos erkennen. Warum nur leugneten die Todeskutten seine Existenz? Heutzutage konnte ja jeder ausreichend weit nach Osten reisen, um ihn zu sehen. Doch die Fanatiker lagen jetzt hinter ihm. Er hoffte, er werde bald andere Amoénen kennenlernen, bei denen sollte es lockerer zugehen als auf der übrigen IZB.

EINE NEUE WELT

Hauptfliegerhorst der IZB. Der Militärflugplatz liegt auf einem kargen Kontinent auf der Vorderseite des Mondes Arganus. Hier steht der Planet Derana beinahe senkrecht über den Köpfen der IZB-Soldaten. 18. Tag im Sturmmonat 9977.

* * * *

Das Flugzeug rüttelte. Thorian erwachte, er war wohl eingenickt. Sie rollten aus auf einer sonnenbeschienenen Piste in einer kargen, ebenen Landschaft. Im Hintergrund sah er viele Hangars und Flughafengebäude. Das musste wohl eine Militärbasis auf dem IZB-Kontinent sein. Er fühlte sich wieder kräftiger und legte die metallisch glänzende Rettungsdecke zur Seite, mit der ihn offenbar jemand zugedeckt hatte.

Der Jet verließ die Landebahn, rollte an den Hangars entlang und eine breite Rampe hinunter in einen Stollen. Sie erreichten so etwas wie eine gigantische Tiefgarage für Flugzeuge. Hier standen Jets aller Art. Manche der Maschinen hatten die Größe eines mittelgroßen Passagierflugzeugs. Sie hielten sanft an. Mehrere Fahrzeuge versammelten sich sofort rund um das Flugzeug und die Heckklappe wurde gesenkt.

Ein schlanker, blonder Mann mit fünf goldenen Sternen an den Schulterschlaufen sprang schon auf die Rampe, noch bevor sie den Boden erreicht hatte, hinter ihm Xenus mit seiner langen schwarzen Mähne, blau verwaschenen Jenas mit angedeutetem Tarnmuster und einem weißen T-Shirt »Spezialregiment 27« – und mit den Schulterschlaufen eines Majors. Letztere passten überhaupt nicht zu seinem Äußeren. Xenus wäre ein gutes Mitglied einer Roranarband gewesen. Die Besatzung salutierte vor dem erstaunlich jung aussehenden Fünf-Sterne-General.

Die Besatzung salutierte vor dem erstaunlich jung aussehenden Fünf-Sterne-General.

»Melde Rettungsjet 54 zurück vom Einsatz«, schnarrte …?

»Perfekter Alarmeinsatz im Ernstfall! So macht man das! Gratuliere!«, lobte der General zurück. »Stehen Sie bequem und weiterarbeiten! Lassen

Sie uns bitte einen Moment allein«, bat er. »Nicht weglaufen!«, meinte er im Vorbeigehen zu Thorian und drehte sich nochmals zu ihm um.

»Weiß Erian schon das mit Mara?«

»Nein, er hat bis jetzt geschlafen«, antwortete Thorian.

»Und ich soll ihm das jetzt beibringen? Keine Ahnung, wie ich das fertigbringen soll«, seufzte der General. »Xenus, kümmere dich um den Schlüpfling!«, befahl er und ging weiter zu Erian und Lenia.

Xenus hingegen lächelte Thorian an. Der Schwarzhaarige hatte sanfte, weibliche Gesichtszuge und seine ganzen Bewegungen waren fließend fast wie bei einem Tanz.

»Huch, machst du aber ein verängstigtes Gesicht, Rotamoén!« Er zog ihm irgendein Hölzchen aus den Haaren. »Ich habe gehört, was passiert ist. Wir sind alle total erschüttert, was mit Mara passiert ist. Aber du hast Erian gerettet. Ich bin stolz auf dich.«

Es tat Thorian gut, zu lange war es schon her, seit ihm jemand gesagt hatte, er sei stolz auf ihn.

Die Sanitäter bereiteten inzwischen Erians Weitertransport vor, der noch schlief oder bewusstlos war.

Er wurde an Thorian vorbeigerollt, gefolgt von Lenia. Draußen im Hangar wartete ein anderer, kräftig wirkender General mit Millimeterschnitt: Ergus von Zarn. Seine Frau Thallia in der blauen Uniform des medizinischen Korps begleitete ihn.

»Erian muss sofort ins Spital und dann sind er und ich Gast bei General Ergus«, erklärte Lenia. »Wir hören voneinander.«

»Klar!«, meinte Thorian. Sie drückten einander, dann folgte sie Erian und den Ärzten.

Thorian wusste nicht, was man jetzt von ihm erwartete. Der blonde, schlanke General verließ nicht gleich mit den anderen das Flugzeug, sondern blieb noch bei Thorian stehen.

»Ich bin Niron von Arganus, seit Anfang des Jahres der IZB-Kommandant.«

»Guten Tag, Sir!«, grüßte Thorian so, wie es hier wohl üblich war.

»Für dich bin ich einfach Niron!«, erklärte der General. »Ich übernahm kürzlich das Amt des Generalkommandanten. Deshalb bin ich leider noch nicht dazu gekommen, dich in Brückenberg zu besuchen. Hey, so schlimm hat es dich nicht erwischt! Hoch mit dir, langer Kerl!«, lachte er. Xenus warf ihm von der Rampe eine Ersatz-Roranarjacke zu, die er an Thorian weiterreichte.

»Ups! So was geil Unseriöses gibt es auf der IZB?«, staunte Thorian.

»Aber klar doch, besonders unter den Amoénen hast du viele Fans!«

Ganz ernst schien ihn Niron nicht zu nehmen, aber der Blonde mit dem unternehmungslustigen Blick mochte ihn offenbar. So ging das für Thorian in Ordnung.

»Es ist für dich Zeit, mit Xenus den Amoén in dir zu erforschen«, meinte Niron. Also ging er mit Xenus von Bord. Erian wurde gerade in einen Krankenwagen geschoben. Lenia sprang mit rein, die Tür wurde geschlossen, der Wagen fuhr los.

»Du kannst Erian später bestimmt besuchen«, versicherte ihm Xenus. »Für die alten Alphas ist das Attentat ein Schock. Das musst du verstehen. Gib ihnen Zeit, um zu trauern.«

Auch General Ergus stieg mit seiner Frau in ein Auto. Sie verschwanden hinter dem Krankenwagen in einem Stollen.

Das Personal des Flugzeugs begann mit Wartungsarbeiten. An einer baugleichen Maschine daneben bildeten vierarmige Echsianer, Knatsche und Menschen offenbar ein gemischtes Team. Niron wollte sich erst persönlich versichern, ob Erian gut auf der Krankenstation der Luftwaffenbasis versorgt würde, und so blieb Thorian mit Xenus zurück.

»Wir Amoénen sind jetzt für dich da«, tröstete ihn Xenus. Auch wenn Thorian nicht einschätzen konnte, was das für seine Zukunft bedeutete, klang es sehr warmherzig und beruhigend.

Auf dem Weg zu den Duschräumen passierten sie eine andere große Kaverne mit Flugzeugen. Darin standen mehrere fünfzig Schritt lange, pfeilartige, schwarze Maschinen.

»Das sind Mesosphärenjäger aus dem 98. Jahrhundert. Sie arbeiten in tieferen Atmosphärenschichten mit einem Staustrahltriebwerk, oben in der Mesosphäre verbrauchen sie ihren an Bord mitgeführten flüssigen Sauerstoff. Ohne Bewaffnung können sie sogar in eine niedrige Umlaufbahn eintreten«, erklärte Xenus. »Sie funktionieren rein mechanisch, um gegen elektromagnetische Pulse immun zu sein. Das Panzertor am Ende der Rampe, die von hier ins Freie führt, ist eine Vielschichtkonstruktion aus Wolfram und Grafit.«

»Moment«, ging Thorian dazwischen. »Wenn so ein Tor tatsächlich mal gebraucht würde, dann wäre dieser Flughafen ein mit Lava gefüllter Krater und wie sollen diese Mesosphärenjäger dann starten?«

»Über die Rampe zu ihrer allerletzten Mission.«

»Xenus! Ich verstehe nicht, was das hier soll. Ihr auf der IZB seid die

Einzigen, die Raumfahrt können. Trotzdem sind diese Jäger für einen Feind gebaut worden, der vom Weltraum her angreift und nukleare Waffen einsetzt. Dazu passt auch ein Tor, das eine Atombombenexplosion in unmittelbarer Nähe aushält. Glaubt ihr, die Todeskutten hätten irgendwo Raketen und Atombomben versteckt?«

»Sie haben eine Feststoff-Mittelstreckenrakete und wohl ein paar Uranbomben. Da war eben ein wahrer Kern im Superagent-Film *Goldring*.«

Thorian kannte den Film, dabei verhinderte der Superagent zusammen mit einem Nerd und Bombenexperten von der IZB ein nukleares Attentat der Todeskutten auf die Hauptstadt Knatschiens. Aber er wollte sich jetzt nicht ablenken lassen. Xenus schien das zu bemerken.

»Huch, bist du neugierig, Schlüpfling. Niron wird dich bald nach Amoénia bringen, sobald es Erian zumindest körperlich besser geht. Dann wird dir Niron aus erster Hand erklären, worum es hier überhaupt geht. Er ist ja doppelt so alt wie ich. Eines darf ich dir aber jetzt schon sagen. Du hast als genetische Elternteile Erian, Niron und einen Rotamoén. Lenia ist also nur deine Eindrittel-Schwester oder wie man das tatsächlich nennen mag. Aber alle haben dich lieb.«

»Kein Problem!«, schwindelte Thorian, obwohl er sich manipuliert vorkam und jetzt nicht mehr daran glaubte, dass er aus reinem Familiensinn gezeugt wurde. Aber Xenus fand er cool, weil der so überhaupt nicht in die IZB-Militärwelt passte.

»Deine alte Hose fällt langsam auseinander, neugieriger Rotamoénen-Schlüpfling!«, lachte Xenus und deutete auf die Tür zur Pilotenumkleide.

* * * *

Dort musste Thorian seine angesengte Roranar-Lederhose ausziehen. Sie hatte einige Bandlöcher abbekommen und war wohl nicht mehr zu retten. Er bedauerte dies einen Moment.

Unter der Dusche schrubbte Xenus überall kleine Hautreste von ihm runter, indem er ihn mit einer ziemlich groben Bürste abrieb. Zum Schluss kümmerte er sich noch um Thorians Frisur. Der traute sich kaum in den Spiegel zu sehen. Vor allem seitlich hatte Xenus ihm die verbrannten Haare kürzen müssen, aber von der Stirn bis hinab über den Nacken war noch viel von der Roranar-Mähne übrig geblieben. Das sah sogar rebellischer aus, als einfach nur lange Haare zu haben, fand er. Das gefiel ihm, denn er wollte auf keinen Fall wie Ergus von Zarn oder Niron nach IZB-Dienstreglement frisiert sein.

Er fühlte sich jetzt wieder selbstbewusst genug, um einen Schuss ins Blaue zu wagen. Er wollte endlich wissen, ob sein Leben vor der Geburt nur eine Illusion war oder Realität. »Wann hat dir das höhere Wesen Galara vom Schlüssel der Edaner erzählt?«, fragte er direkt.

Xenus schaute ihn einen Moment lang mit großen Augen an und legte nachdenklich den Kamm zur Seite. Das war für Thorian ein Zeichen, dass die Sache in der Ausgrabung tatsächlich passiert war.

»Auf der IZB gibt es eine Regel: Gewisse Themen werden nur an dafür vorgesehenen Orten besprochen und für deine beiden Stichwörter ist nur Amoénia ein geeigneter Ort.«

»Wann gehen wir dorthin?«

»Nach der Trauerfeier für Mara. Es gehört sich für dich, bis dahin in der IZB-Zentralstadt zu bleiben.«

Thorian wollte nach seiner Lederhose greifen, die hier in der Umkleide auf der Bank lag, aber die war ja hinüber.

Xenus hatte ihm eine knackige, blaue Röhrenjenas mitgebracht. Dazu gehörten über den Knöchel reichende, rote Turnschuhe. Sein Nietengurt war noch in Ordnung, also wechselte ihn Thorian in die neue Hose. In einer Sporttasche fand er noch weitere Kleider und Dinge des täglichen Bedarfs.

»Du bist zwei Fingerbreit größer als die Amoénen. Die sind es gewohnt, ihre Klamotten untereinander austauschen zu können. Also wirf diese dir passenden Hosen nicht einfach auf den großen Wäschehaufen deiner Amoénenfamilie«, erläuterte ihm Xenus.

* * * *

Auf dem T-Shirt prangte das Emblem »*Amoénen-Luftwaffengeschwader 27*« mit einem himmelwärts strebenden roten Kampfjet. Auch am Oberarm der schwarzen Lederjacke, die ihm Niron vorhin geschenkt hatte, prangte ein gleiches Emblem.

»Das ist deine Einheit, Thorian!«

»Komisch, ich kann mich gar nicht an meine Rekrutierung erinnern«, grinste Thorian.

»Jeder IZB-Bürger ist grundsätzlich immer irgendwo eingeteilt und dadurch hast du auch Anspruch auf einen Sold. Anders als die Reichsrepublik kennt die IZB aber kein Bargeld, sondern nur digitale Gutschriften.«

Thorian erfuhr noch, dass ihm Ergus von Zarn den Rang eines Fähnrichs des Amoénen Luft- und Weltraumgeschwaders 27 zugesprochen hatte. Er wusste nicht so recht, was er sich darunter vorzustellen hatte. Doch Xenus versicherte ihm, solche Ränge seien nur hier auf der IZB von Bedeutung, drüben auf Amoénia würden militärische Ränge nebensächlich. Dort sind Familien und Clans wichtig.

»Deine fünf Brüder sind Schlüpflinge des Rotamoénenclans im Flaschenhalstal und sehr gespannt auf dich«, versicherte Xenus.

Der schwarze Pullover, den Thorian von Xenus erhielt, trug in flammenden Buchstaben den Aufdruck: »Vorsicht! Energiegeladener Rotamoén!« Das entsprach mehr Thorians Lebensgefühl als irgendwelche IZB-Bezeichnungen und Einheiten.

»Möchtest du mit jemandem vom psychologischen Dienst sprechen, posttraumatischer Stress oder so?«, fragte Xenus, der offenbar Thorians Geistesabwesenheit bemerkt hatte. Der schüttelte den Kopf. »Das wäre keine Schande. Niron wurde mal beinahe ertränkt und war danach ein Jahrhundert lang extrem wasserscheu.«

»Ich dachte, so ein Held und Anführer wie Niron steckt so was locker weg.«

»Niemand steckt ein Attentat locker weg.«

»Doch! Superagent! Im Auftrag seiner Majestät, dem König von Jerilania«, spielte Thorian auf die Agenten-Actionfilmerie an. »Erian hat die Klassiker auf Gründisc: ›Liebesbrief aus Echsian‹, ›Ein Mond ist nicht genug‹, ›Die Quantenwaffe‹ und solchen Kram.«

»Huch! Solch Macho-Zeugs hat Erian bei sich zu Hause rumliegen? Hätte ich dem Seriösesten unter den Alphas nicht zugetraut«, lachte Xenus. Er strahlte was Liebenswertes aus, das gefiel Thorian. Er fühlte sich wieder etwas leichter und nicht mehr so belastet.

Es wurde Zeit, die Umkleide zu verlassen. Ein Fahrstuhl brachte sie hoch auf eine Aussichtsterrasse mit Blick über den großen Militärflughafen und all die Jets. Eine Zweierpatrouille mit klassischen chemischen Jettriebwerken gab gerade Gas. Thorian spurtete an die Brüstung der Terrasse, um zu sehen, wie sie in den Himmel donnerten, blickte sehnsüchtig, wie die Staffel alsbald steil hochzog. Es schien ihm, als würden sie Kurs auf die gigantische Sichel des Riesenplaneten nehmen, die senkrecht über ihren Köpfen stand. Er hatte schon Simulationen gesehen, selbstverständlich, aber den Planeten so wirklich zu erleben war was total anderes, gigantischer, majestätischer. Es war, als stünde er auf einer anderen Welt mit fantastischer Science-Fiction-Technologie und neben ihm ein Lebewesen, so geil, wie er es sich nicht hätte erträumen können.

Xenus lachte und freute sich mit ihm. Als die Jets außer Sicht waren, setzten sie sich direkt an die Brüstung und beobachteten den Flugbetrieb auf dem Flugfeld, obwohl sich auch hier der Winter bemerkbar machte. Die Temperatur lag nur noch wenig über dem Gefrierpunkt. Aber Xenus drückte Thorian zärtlich an sich und gelegentlich tauschten sie einen Kuss. So ließ sich das aushalten. Der vergaß beim Anblick der vielen Jets und Xenus' Wärme für eine Weile alles andere. Dann wollte er, dass Xenus ihm alles über die Amoénen erzählte.

»Also: Amoénen sind eigentlich Klone, bis auf kleine äußere Merkmale. Alle haben meinen Körperbau, exakt. Am Anfang waren alle blond. Heute gibt es Emoénen, das sind solche, die wie ich schwarze Haare haben, und die jüngste Unterart seid ihr Rotamoénen. Du wirst deine Amoénenfamilie bald kennenlernen.«

»Und alle sind schwul?«

»Jo! Aber eigentlich sind wir eine eigene Spezies«, bestätigte er.

»General an Deck!«, wurde von einem der anwesenden Soldaten gemeldet. Alle standen auf, auch Xenus und Thorian.

»Weitermachen!«, befahl Niron und zog sich einen Stuhl zu den beiden ran.

»Probleme?«, fragte Xenus.

»Lenia und Erian werden bei Ergus und dessen Frau Thallia einziehen, sobald Erian das Krankenhaus verlassen kann. Es ist jetzt wichtig, dass er von der Alpha-Familie getragen wird und alte Meinungsverschiedenheiten Schnee von gestern sind. Erian war seit dem Jahre 9260 in Mara verliebt.«

»Es tut mir sehr leid, was ihr passiert ist, ich habe sie auch gemocht«, fügte Thorian an. »Wird Erian jetzt wieder General?«

»Erian Schuster und seine Familie sind bei einem schlimmen Unfall mit einem Treibstofftanklastwagen ums Leben gekommen – offiziell für die Reichsrepublik. Er wird seine Fluglinie von hier aus leiten. Seine Fluglinie NTF hat er ja für solche Fälle der IZB vermacht«, wich Niron aus.

Der *schlimme Unfall* bedeutete offenbar, sowohl Niron von Arganus als auch der neue Vizekaiser Herkan hatten kein Interesse daran, öffentlich zuzugeben, dass es sich um ein Todeskutten-Attentat gehandelt hatte. In einem ersten Impuls wollte Thorian Niron darauf ansprechen, ob man die Hintergründe des Attentats nicht aufdecken wolle. Doch das hätte auch bedeutet, dass man sein Verhalten genauer untersuchen würde, ob er die beiden Todeskutten aus Notwehr oder Rache umgebracht hatte. So schwieg auch er lieber zu diesem Thema, obwohl allein der Gedanke daran tief in seinem Inneren schmerzte.

Aber das hieß wohl auch, es würde dauern, bis er in den homophoben Krater zurückmüsste. Das konnte er leichter verschmerzen. Nur Roranar würde er vermissen, aber vielleicht könnte er seine Amoénenfamilie dafür begeistern.

Auf einem Rollfeld starteten jetzt ein paar viermotorige Propeller-Senkrechtstarter, die nach dem Abheben die anfänglich senkrecht gestellten Triebwerke mehr und mehr in die Waagrechte drehten.

»Das ist eine Rettungsübung!«, erklärte Niron. »Ein zweitausend Meilen entferntes Dorf ist von einer Glutlawine überrollt worden und sie müssen nun Leute befreien, die sich in Zivilbunkern in Sicherheit gebracht haben. Dieses Szenario wird trainiert.«

»Warum benutzt ihr nicht denselben Jet wie bei unserer Rettung?«

»In Einsatzgebiet könnte Vulkanasche in der Luft schweben. Jettriebwerke sind zu empfindlich.«

»Moment, bei Papa habe ich gelernt, dass für auf der Piste landende elektrische Flugzeuge mit Brennstoffzelle die Reichweite auf zweitausend Meilen beschränkt sei, und das ohne die Fähigkeit, senkrecht zu starten und zu landen.«

»Die Energiequelle ist wie in dem Eingreifjet keine Brennstoffzelle, sondern die klassifizierte Energieeinheit IK-9850.« Jetzt wusste Thorian auch nicht mehr als vorher. Aber er traute sich nicht, nochmals kindlich nachzufragen, zumal ihn Xenus auch vorhin ermahnt hatte, dass man auf der IZB nicht überall über alles sprechen durfte. »Es ist eine Technik, die viel älter ist als unsere Zivilisation, und den Amoénen gelang ihr Nachbau«, lüftete Niron dennoch ein wenig das Geheimnis. »Wir gehen in ein paar Tagen zusammen zu deinem Clan, dort wirst du mehr auch über solche Dinge erfahren. Hab Geduld!«

»Sag mal, Niron, wie gut bist du im Geduldhaben?«, neckte Thorian.

»Mindestens so schlecht wie du!«, lachte er. »Auf, ihr beiden! Fahren wir in die Stadt.«

Unter der weitläufigen Luftwaffenbasis befanden sich mehrere Stationen des sogenannten Magnetröhrensystems. Am Bahnsteig stiegen sie in eines der bereitstehenden stromlinienförmigen Fahrzeuge von der Größe eines Kleinbusses ein, teilten dem Bordcomputer die gewünschte Zieladresse mit, in ihrem Fall ein Wohngebiet in der zivilen Stadt am Südrand des IZB-Kontinents. Mit knapper Schallgeschwindigkeit schossen sie auf Supraleitern schwebend durch die Röhren.

Nach einigen Minuten hatten sie die dreihundert Meilen in die zivile

Hauptstadt bereits zurückgelegt. Unterwegs erhielt Thorian von Niron eine Uhr mit Roranar-Armband geschenkt. Diese zeigte nicht nur die Zeit an, sondern war auch Passierschein, Zahlungsmittel und funktionierte nur, wenn er persönlich sie trug. Niron musste gleich weiterfahren zur Generalkommandantur, Xenus übernahm die Rolle des Fremdenführers für Thorian.

Die zivile Stadt setzte sich aus zweistöckigen, sechzig Schritt langen Wohnblöcken zusammen, die ein Bienenwabenmuster bildeten und somit lauter sechseckige Innenhöfe umschlossen. Jeder Block grenzte jeweils an zwei solcher grünen Innenhöfe. Die Flachdächer waren mit knorrigen Nuss- und Olivenbäumen bepflanzt und in der Mitte des Dachs verlief in ihrem Schatten ein Rad- und Gehweg, auf dem man von Haus zu Haus von einem Sechseck zum nächsten gelangen und dabei gleichzeitig einen Waldspaziergang machen konnte. Hier ging man also nicht auf irgendwelchen Gehsteigen, sondern auf den Dächern von einem Ort zum anderen oder benutzte für größere Entfernungen die Magnetröhren. An den Außenwänden rankten sich oft Weinreben empor. Thorian hatte eine nüchterne Wolkenkratzerstadt erwartet, aber dieses begrünte Wabenmuster erstaunte ihn. Es war vor etwa anderthalb Jahrhunderten in Zusammenarbeit mit dem psychologischen Dienst entstanden. Regelmäßigen Niederschlag gab es nur in den Bergketten, die das Südende des Kontinents säumten, oder im Norden, wo die polaren Gletscher nicht mehr fern waren. Alle anderen Regionen des Null-Grads oder IZB-Kontinents waren Wüsten oder trostlose Geröllebenen mit gelegentlichem Dornengestrüpp zwischen den Felsen. Doch Lebewesen sehnen sich nach einer fruchtbaren, lebendigen Umgebung und fühlen sich unter Bäumen wohler als im Geröll. Zudem sorgt die Bepflanzung für ein besseres Mikroklima in der Stadt. Viele der sechseckigen Innenhöfe zeigten Oberlichter. In den Kellergeschossen darunter befanden sich Fitnessstudios, Sporthallen, Einkaufsmöglichkeiten oder eben, wie bei Xenus' Haus, eine Amoénothek. Dort trafen sich coole schwule Leute bei geiler Musik auf glitzernder Tanzfläche. Thorian wäre dort am liebsten gar nicht mehr weggegangen, schwatzte mit Sechslingen, schlanke blonde Kerle, die scheinbar genauso junge Kerle waren wie er selbst. Das seien Blondamoénen, stellte Xenus die Sechslinge vor. Sie waren mit einem Softwareprojekt betraut worden. Es ging um einen Autopiloten. Meistens arbeiteten die sechs auf Amoénia und stünden via Computernetzwerk mit der Zentrale in Verbindung. Aber jetzt sei ihr Projekt so weit fortgeschritten, dass sie hier die Techniker und Flugzeugbauer instruieren müssten. Die Sechslinge trugen jedoch keine IZB-Uniform, sondern attraktive zivile Klamotten.

Thorian erzählte nur, er sei Roranar-Musiker, das Thema Attentat ließ er weg. Zudem schien für die sechs Amoénen die Begegnung mit Xenus viel interessanter. Der musste den sechs mehrmals versichern, wie stolz er auf sie sei, dass sie das Projekt so erfolgreich durchgezogen hätten.

Ein Blondamoén mit Namen Feran, der nicht zu den sechs Programmierern gehörte, sondern ihr Mentor war, führte den jungen Roranarer auf die Tanzfläche. Feran sah den Sechslingen zwar sehr ähnlich, wirkte aber auf Thorian nicht so überdreht lebendig, sondern mehr wie Xenus, selbstbewusst und erfahrener, also jemand, der wusste, wie eine geile Party läuft. Mit ihm konnte er sich zu glitzernden farbigen Lichtspielen und rhythmischer Musik zusammen mit anderen gut aussehenden Typen der IZB austoben.

Gegen Mitternacht bummelte er mit Feran und Xenus auf dem Flachdachweg zwischen den knorrigen Bäumen langsam in Richtung von Ferans Apartment. Die Nacht war frisch, obwohl die IZB-Stadt nur dreihundert Meilen nördlich des Äquators lag. Aber die Distanz zur Sonne nahm während dieser Jahreszeit schnell zu und das betraf den ganzen Mond. Ein Schneeschauer hatte offenbar den Weg gepudert, während sie in der Amoénothek gefeiert hatten. Wegbeleuchtung war unnötig. Der Planet stand voll und gigantisch über ihren Köpfen und sorgte für weiches Licht auf ihrem Weg. Feran machte Thorian auf den Schatten aufmerksam, den ihr eigener Mond Arganus zu dieser Stunde als schwarzen, im Vergleich zum Planeten kleinen Kreis auf die gelblichen, verwirbelten Wolkenbänder Deranas warf. Der dunkle Strich gleich darunter sei der Schatten der Ringe, die sehe man aber besser im Gegenlicht, also während der Mittagsnacht und nicht jetzt, erklärte ihm Feran. Sie gingen einmal rund um das Sechseck, unter dem sich die Amoénothek befand. Es schien für Feran selbstverständlich zu sein, dass sie hier in den Gebäuden rund um dieses Sechseck ein Bett teilen würden und Thorian nicht zu Xenus nach Hause ginge, sondern in eine von mehreren Wohnungen, die die Amoénen abwechselnd benutzten. Normalerweise wohnten sie auf einer Insel im ausgetrockneten Ozean östlich des IZB-Kontinents und kamen nur besuchsweise hierher. Üblicherweise schliefen die Amoénensechslinge gemeinsam in einem sehr breiten Bett. Aber für spontane romantische Abenteuer bot das Haus auch ein paar Apartments mit Doppelbett.

Mit Duschen, Schmusen und Kuscheln begann die Nacht mit Feran so, wie sich Thorian das immer vorgestellt hatte, doch als sie sich gegenseitig am Unterarm fassten, spürte er einen Stich. Feran hatte sich über den Unterarm mit ihm verbunden, ihr Fleisch verschmolz an der Stelle miteinander. Kurz darauf fühlte er über sein empathisches Nervenkostüm eine andere Präsenz in sich. Ferans Gedanken wanderten in seinen Kopf, wie neugierig er war auf den Roranar-Jungstar, ihn durchaus gut aussehend fand und das fürsorgliche Gefühl für den Schlüpfling Thorian. Sie dachten gemeinsam an einen Auftritt mit Brückendonner, aber diesen Zustand, zwei Wesen gleichzeitig zu sein, den kannte Thorian von irgendwoher: der Lausbub in der Ausgrabung! Er war wieder dort, die vorher nur blasse Erinnerung an die Befreiung seines Geistes war wieder da, als sei sie eben erst passiert. Feran wollte sich auf diesen Jungen namens Simon in der Gruft konzentrieren, auf den Moment, als Thorian und Simon eins gewesen waren. Eine Szene drängte sich ihnen auf: ein Platz in einer Stadt, ein kleiner Fluss daneben, eine blaue Straßenbahn fuhr rumpelnd vorbei. Simon stritt mit einem Prediger, der an einem Stand Unterschriften für ein Referendum gegen das Gesetz der eingetragenen Partnerschaft sammelte. Homosexualität sei etwas ganz Schlimmes, donnerte der »fromme Mann« immer wieder. Das Gefühl, wie tief verletzt Simon war, weil der Prediger so homophob redete, hatte sich damals offenbar irgendwie auf Thorian übertragen. Er selbst hatte bis jetzt nicht einmal gewusst, dass er diese Erinnerung in sich trug.

Sie waren wieder zurück in der Ausgrabung. Der Bursche Simon schob einen Zylinder hinaus aus der im Grundgestein steckenden Rettungskapsel, in der Thorians Geist über Äonen gefangen gewesen war. Ein schwarzer Schlitz in Raum und Zeit, umgeben von gleißendem Licht zwischen zwei handgroßen Sonnen: Der Schlüssel der Edaner. Die Erinnerung an die Energie, die Thorian einst von Simon trennte, stieß jetzt auch Feran weg. Der löste die Verbindung, drehte sich auf den Rücken und starrte ein paar Sekunden lang an die Decke.

»Krasser Schlüpfling! Galara hatte also recht gehabt!«

»Womit?«

»Mit dir, Sohn des Erian, Enkel des Rot'hars!«

»Erian meint aber, Letzteres sei falsch und dieser Rot'har sei nur entfernt verwandt.«

»Wir Amoénen sind von Xenus erschaffen worden, also sind wir die Söhne des Xenus', und Rot'har hat Xenus erschaffen, gezeugt oder so. Er machte das mit dem treasianischen Gen-Apparat. Den hat er auf der Heimatwelt der Treasianer abgestaubt. In einem eher übertragenen Sinn bist du eben doch Rot'har von Mittelbergs Enkel.«

»Treasianische Heimatwelt? Wie reist man dorthin? Wo ist mein Großvater?«

»Lange Geschichten und wir sollten nur auf der Insel Amoénia laut darüber reden. Gib mir nochmals dein Händchen!«

»Ich mag nicht, wenn man meine Erinnerungen durchwühlt!«, trotzte Thorian.

»Ach, tatsächlich? Und den Jungen auf der Erde hast du vorher um Erlaubnis gefragt, bevor du dich in seinem Hirn breitmachtest? Den Schlüssel hast du im früheren Leben irgendwo geklaut, so, wie Rot'har den Genetik-Apparat auf dem Planeten Treasia mitgehen ließ, wie ein Pirat. Das habe ich ganz genau gefühlt.«

»Was ist das für ein Genetik-Apparat?«, fragte Thorian.

»Die komplizierte Maschine, mit der wir erschaffen wurden. Apropos Pirat? Hast du gewusst, dass Niron als junger Kerl mal durchbrannte und als Schiffsjunge bei Freibeutern anheuerte? Du bist hier somit als Pirat unter Piraten.«

Wenn Feran plauderte, klang es, als würden sie sich zu einem Jungenstreich verabreden. Das gefiel Thorian und er hätte dem Blondamoénen stundenlang zuhören können, egal was der für einen Stuss redete. Er küsste ihn leidenschaftlich, bald knuddelten sie sich wie frisch verliebt. Dann spürte Thorian einen neuen Stich und ein Kribbeln. Sie verschmolzen an der Brust miteinander.

»Ich zeig dir was von mir«, erklärte Feran telepathisch und zog Thorian mit in seine Erinnerungen.

Der wusste nicht recht, was er davon halten sollte, doch er mochte Ferans verspielte Art sehr, und schon wurde er in die Vergangenheit hineingezogen. Mit fremden Augen überblickte er aus einem riesigen Panoramafenster eine schwarze Steinwüste mit einzelnen Schneeflecken dazwischen. Der Himmel war tiefblau und der Planet Derana stand am Horizont. Sie befanden sich somit nicht auf dem IZB Kontinent. Dies war ein von Vulkanen erschaffenes Hochplateau. Es lag so hoch, dass die Räume der Station unter künstlichem Druck stehen mussten, damit die Besatzung vernünftig atmen konnte. Die hier arbeiteten Menschen und Knatsche trugen eine altmodische, feldgraue IZB-Uniform. Viele Militärpersonen schritten entlang der Panoramagallerie, Vorgesetzte wurden bei jeder Begegnung zackig gegrüßt. So hatte das Thorian auf der modernen IZB nicht erlebt. Nur Feran und dessen Bruder Geran als Amoénen trugen keine Uniform, sondern Jenashosen.

In der Basaltwüste draußen stand eine sehr große Radioschüssel. Zweihundert Schritt Durchmesser musste sie mindestens haben. Ein paar kleinere mit verspiegelter Oberfläche für Mikrowellenempfang aus dem Weltraum standen um sie herum. In größerer Entfernung auf dem Hochplateau verteilt befanden sich etliche weitere solch großer und kleinerer Schüsseln. Es war Morgen und jetzt Zeit für den Dienstantritt. Feran und Geran trauten sich Händchen zu halten.

Sie beide arbeiteten im Kontrollraum der Radioteleskop-Farm. Der unterirdische Saal war angefüllt mit Computerstationen, klobige Röhrenbildschirme prägten das Bild. Thorian kannte so ähnliche Kontrollräume von Superagent-Filmen, die in der späten Periode der Demarkation spielten. Tatsächlich, während Ferans Arbeitsstation hochfuhr, wurde als Datum der 18. Tag im Sturmmonat 9722 angezeigt. Das war das letzte Jahr des Nuntianischen Reichs und der Werkrepublik, also kurz vor dem Ende der Demarkation. Thorian mochte eigentlich gar nichts wissen von irgendwelchen alten Kriegen, aber er fühlte in Ferans Gedanken, dass es hier nur indirekt darum ging. Ferans Blondamoénenfamilie hatte eine Software zur Auswertung von radioastronomischen Beobachtungen entwickelt. Es war eines der ersten wirklich wichtigen Projekte gewesen, das die Amoénen für die IZB ausführen durften, denn sie beobachteten mit den Teleskopen nicht nur irgendwelche Sternentstehungsgebiete oder ferne Galaxien, sondern suchten auch gezielt nach künstlichen Signalen. In der zurückliegenden Nacht hatte ein Großrechner im Stockwerk unter ihnen die Beobachtungen des Sonnensystems der Erde und dessen Hintergrund ausgewertet. Dazu musste er die Aufzeichnungen der Radioteleskope hier auf dem Hochplateau mit zwei vergleichbaren, weit entfernten Stationen kombinieren, um so ein scheinbares Teleskop von fast der Größe des Mondes Arganus zu simulieren. Die vorbereitenden Messungen sollten möglichst detailreich das Radiorauschen in der Umgebung und im Hintergrund des Sonnensystems der Erde kartieren. Es handelte sich um Vorbereitungsarbeiten, um später nach künstlichen Sendern der Erde suchen zu können. Dazu mussten sie erst mal die natürliche Radiostrahlung dieser Himmelsgegend kennen.

Es lagen weder irgendwelche Gaswolken der Milchstraße noch größere Galaxien in dieser Richtung, also erwartete Feran nur wenig Signalstärke, während er in die Kommandozeile des Großrechners der Station die Befehle eintippte, um sich das Protokoll der vergangenen Nacht anzeigen zu lassen. Eine technische Panne schien es nicht gegeben zu haben. Doch bei der Frequenz des neutralen Wasserstoffatoms wurde eine viel zu hohe maximale Stärke angegeben – da musste etwas schiefgegangen sein. Die IZB benutzte diesen für die Astronomen so wichtigen Kanal nicht und auch die Magnetosphäre von Derana rauschte auf viel tieferen Frequenzen. Er blickte zu Geran am benachbarten Platz, auch er hatte das gesehen. Feran tippte weitere Kommandos in den Computer und ließ sich trotzdem mal die Messung wie eine Fotografie bildlich darstellen. Es war schwarz mit einem blendend hellen kleinen Fleck. Ein Programmierfehler oder eine Fehlfunktion bei einem der beteiligten Radioteleskope? Doch welche Art von Fehler könnte eine sehr starke Punktquelle verursachen? Diese Quelle stand während der drei Stunden dauernden Messung immer in unmittelbarer Nähe der Sonne der Erde. Also konnte es kein Satellit, Radarflugzeug oder dergleichen gewesen sein, die mit ihrem Sender zufällig das Blickfeld gekreuzt hatten. Außerdem kam diese starke Quelle auch in den Messungen der anderen, viele tausend Meilen entfernten Radioteleskope vor. Sie musste also echt sein oder hatte jemand diese Punktquelle künstlich der Messung hinzugefügt, um die Amoénen auf den Arm zu nehmen? Dagegen sprach, dass alle drei Stationen bei diesem Scherz hätten mitmachen müssen. Da die IZB des 98. Jahrhunderts an Humorlosigkeit litt, war dies äußerst unwahrscheinlich. Trotzdem hatte er sich die Rohdaten extra nochmals elektronisch zustellen lassen, um festzustellen, ob am Datensatz manipuliert worden war. Für eine erneute Verschmelzung aller Rohdaten zu einem einzigen scharfen Bild hätte er Rechenzeit beantragen müssen. Aber die neu zugestellten und die alten Rohdaten waren identisch. Er stellte nun den zeitlichen Verlauf der Intensität dieser Punktquelle dar. Vielleicht würde ihm dies einen Hinweis darauf geben, um was es sich handelte. Der Sender schien im Sekundentakt unregelmäßig an- und ausgeschaltet zu werden. Das erinnerte ihn an Notfallsender, die so ihre die Position und die Art des Unglücks übermittelten.

Feran wurde nun frech und projizierte die Grafik mit dem Ein- und Ausschalten auf die Hauptleinwand.

»Herhören! Wir bearbeiten für den Nachrichtendienst gerade ein seltsames Signal!«, flunkerte er. »Erkennt jemand den Code?«

»Du hast keine Ahnung, Amoén!«, lachte der diensthabende Offizier. »Das ist Ur-Telegrafencode, wie er im 93. Jahrhundert vom Jerilanischen Fernmeldeamt eingeführt und dann weltweit verwendet wurde, bis die Telegrafen durch digitale Fernschreiber verdrängt wurden.«

»Und was heißt es?«, fragte Geran.

»Moment …« Der Offizier suchte sich ein Codebuch aus dem Gestell.

Eine Fernmelderin an einer anderen Arbeitsstation war schneller. Sie kannte den Code auswendig und konnte direkt buchstabenweise übersetzen, bis sich ein Text daraus ergab:

> *... Kern Unserer Verfassung von 9261 und insbesondere die Bürgerrechte verinnerlicht hat. Unser Kaiserreich umfasst unteilbar die Stadt Arganus am Ozean, Person am Meerbusen, die Grasebenen von Zarn, reicht über Mittelberg bis in die nördlichsten Dörfer von Thermus. In Unserem ganzen Reich darf niemand wegen Religion, Rasse, Weltanschauung oder sexueller Orientierung diskriminiert*[6]

»... meldet euch, wenn ihr mehr braucht.«

Feran bedankte sich für die Entschlüsselung. Für den Rest des Texts hätte er mehr Daten durch die Rechner jagen müssen, aber das reichte fürs Erste. Das klang wie aus einem »Schwert und Ehre«-Film, der vor der technischen Revolution spielte. Aber es war offenbar Arganisch, wenn auch etwas aus der Zeit gefallen. Damit stieg die Chance, dass jemand die Amoénen auf den Arm nehmen wollte, zumal die zweite Hälfte des Textausschnitts offenbar politisch das enthielt, was Amoénen gerne hören, nämlich »keine Diskriminierung«. Es hätte noch die Möglichkeit gegeben, sich von allen beteiligten Radioteleskopen die vor der Digitalisierung auf Magnetbänder aufgezeichneten Signale per IZB-Feldpost schicken zu lassen, aber das würde mindestens einen Tag dauern.

»Kameraden, bitte aufgepasst!«, rief Feran in den Computerraum, als der diensthabende Offizier gerade austreten war. »Die gestern aufgezeichneten Radiosignale aus der Richtung unserer Ursprungswelt beinhalten einen extrem starken Sender, der aber seltsamerweise mit dem uralten jerilanischen Telegrafencode arbeitet. Wenn der Scherzkeks jetzt zugibt, ein lustiges Spielchen mit uns Amoénen getrieben zu haben, dann verkaufe ich es dem Basiskommandanten als Fehlfunktion in einem der Empfänger.« Es drehten sich alle im Saal zwar um, aber einer blickte unschuldiger zurück als der andere. »Letzte Chance, ich habe die Direktwahlnummer von General Niron von Arganus und werde ihn gleich bitten, eine Antenne auf die fragliche Quelle auszurichten, die üblicherweise für die Kommunikation mit Raumsonden genutzt wird.«

Feran und Geran gehörten zu den ältesten Amoénen und hatten in den Wirren des zusammenbrechenden Vizekaiserreichs dem Vier-Sterne-General

---

6 Vergleiche mit Seite 436 im Vorgängerroman „Die Galaktische Welle – Die Regulus", MAIN-Verlag 2016, www.main-verlag.de

das Leben gerettet, deshalb hatten sie diesen speziellen Draht hoch in die Führungsebene der IZB. Es reagierte immer noch niemand. Also würden die beiden Amoénen beim Vier-Sterne-General von Arganus anrufen. Dazu verbanden sie sich neuronal über ihre Handgelenke. Mit der freien Hand wählte nun Geran die Nummer.

»Von Arganus!«, meldete sich der andere Teilnehmer.

»Hier ist Amoén Geran mit seinem Bruder.«

»Na, hallo Jungs! Wie kommt ihr klar auf der Station 95-45?«

»Abgesehen davon, dass Feran einen Handschuh verloren hat und deshalb vom Spieß zur Schnecke gemacht wurde?«

»Ich werde in drei Wochen eure Station inspizieren, wir können uns dann treffen. Moment, ich mache für meinen Adjutanten eine Notiz, damit er mir im Programm eine Stunde für ein Treffen mit euch frei hält. Danke für den Anruf …«

»Wir haben ein Problem, das nicht drei Wochen warten kann …«

Thorian erinnerte sich, dass diese sogenannte Himmlische Nachricht der Auftakt zur militärischen Intervention der IZB war, um die Demarkation zu beenden. Er wollte keine Kriegserinnerungen mit Feran teilen und löste die Verbindung.

»Sehr mutig bist du aber nicht, Schlüpfling!«, bemerkte Feran beleidigt.

»In den Geschichtsbüchern der Reichsrepublik gilt dieser Schnipsel einer Himmlischen Botschaft als Fälschung, um die Intervention als Kaiserlichen Befehl zu rechtfertigen. Wurdet ihr nun übertölpelt oder nicht?«

»Nein, und wir kennen auch die ganze Botschaft. Es war sogar eine Audio-Aufzeichnung im Signal drin. Abgesehen von dem Schnipsel wird alles bis heute als geheim eingestuft. Hättest eben alles miterleben sollen. Das Ganze hat durchaus mit dir zu tun.«

»Ich mach dauernd alles falsch und fühle mich entwurzelt!«

Feran drückte ihn zum Trost fest an sich. »Morgen musst du noch ein paar Verwandtenbesuche machen. Alpha-Treffen bei General Ergus und seiner Frau Thallia. Aber dann darfst du mit Niron nach Amoénia reisen und deine Wurzeln finden und natürlich deine Brüder kennenlernen.«

So richtig vorstellen, was Feran damit meinte, konnte Thorian sich nicht, aber »Amoénia« klang gut in seinen Ohren. Er wollte sich mit Feran hier oben auf dem Flachdach zwischen die Büsche legen und zusammen einfach zum Gasplaneten hochgucken und dessen Wirbel und Stürme beobachten. Kaum hatten sie sich hingelegt, wurden die beiden durch ein Rascheln und Gurren im Gebüsch aufgeschreckt. Eine schuppige Schnauze mit spitzen Zähnen schnappte nach Thorians Ärmel. Der zog erschrocken seine Hand zurück.

»Wie süß! Eine Baby-Flugechse!«, freute sich Feran. »Sie friert und hat Hunger. Du hast doch noch den Kraftriegel.«

»Den esse ich nicht, weil man davon dick wird.«

»Als Amoén kannst du nicht dick werden und Schnappi ist es egal!«

»Schnappi?«, fragte Thorian, während er so einen Riegel aus seiner Jackentasche zog.

»Sie schnappte nach dir, deshalb ist das doch ein passender Name.«

Das klang für Thorian logisch, aber jetzt musste er aufpassen, dass er seine Hand nicht gleich mit an die junge Flugechse verfütterte, die knapp so lang war wie er selbst groß und schon scharfe Zähne besaß.

* * * *

Die Kälte der Nacht trieb sie doch in die warme Wohnung, inklusive Schnappi, die dort sogleich aufs Sofa flatterte, dabei einen Lampenschirm umwarf, dann aber schnell erkannte, das Essen befand sich nicht im Wohnzimmer, sondern in die Küche. Feran musste seine Vorräte an sie abtreten.

* * * *

Mit der jungen Flugechse in der Wohnung hatte Thorian nur wenig Schlaf gefunden, trotzdem standen Familientermine auf seinem Programm. Feran besorgte ihm eine Amoénen-Uniform, die aber mehr den Klamotten eines Turnschuh-Studenten glich, mit ein wenig Army-Look. Am Abend wäre Erians Familie inklusive Sohn beim General von Zarn und seiner Frau Thallia eingeladen. Dort könne er sich nicht in den Roranar-Lederklamotten zeigen, meinte Feran. Thorian fühlte, dass er wohl nicht für eine militärische Hierarchie geschaffen war, aber Feran beruhigte ihn. Die Erinnerungen vom Ende der Demarkation seien ja schon ein Vierteljahrtausend her. Seither habe sich viel verändert, Professionalität zähle heute viel mehr als Drill.

Zuerst traf er sich mit Lenia, um Erian im Spital abzuholen. Erians Alpha-Fähigkeiten hatten ihn weitgehend von den Verbrennungen geheilt, nur der Haarschnitt war sehr kurz. Feran überließ Thorian seiner Familie, die sich in Ergus von Zarns Haus versammelte; eine zweistöckige Seite einer sechseckigen Wabe irgendwo in der Stadt. Es handelte sich um ein sehr aufgeräumtes Haus mit weißen, sauberen Wänden und museumsartig ausgestellten alten Waffen. Thorian musste Ergus zuliebe Schwerter und

Schild bewundern, die der General vor sieben Jahrhunderten in der Schlacht von Vierstraßen getragen habe. Er wusste die Bemühungen, ihn in die Familie der Alphas zu integrieren, durchaus zu schätzen, wie er Ergus' Frau Thallia versicherte. Er versuchte höflich zu sein im Haus des mächtigsten Mannes der Welt, wie Ergus von Zarn manchmal genannt wurde. Obwohl zurzeit Niron das formelle Oberkommando innehatte, waren der Name Ergus und die IZB nicht voneinander zu trennen. Er als gerade mal gut ein Jahr alter Amoén kam sich da verloren vor bei den vielen Leuten hier, die so viel wichtiger und weiser waren als er. Zudem lag durch die Trauer um Mara eine bleierne Stimmung im Haus. Niron fehlte. Als amtierender Generalkommandant habe er leider unaufschiebbare Termine.

Thallia schien seine Unsicherheit zu bemerken und schlug vor, ob nicht ein Vater-Sohn-Ausflug guttun würde, während Ergus ein paar Büroarbeiten erledigte und sie zusammen mit Lenia und Ergus' Schwester Aria ein Frauengespräch führe. Thorian wurde von Thallia noch ermahnt, Erian befinde sich psychisch in einer sehr schwierigen Situation. Er solle irgendwelche spitzen Bemerkungen einfach ignorieren.

Auf dem Weg zu den Transportröhren stellte Erian gegenüber Thorian klar, er wolle jetzt nicht mit ihm über Mara reden. Thorian sei ja viel lieber mit der verkommenen Band zusammen gewesen als mit der Familie. Das war wohl eine der spitzen Bemerkungen, die er einfach ignorieren solle, vermutete Thorian.

Sie besuchten zusammen das Luft-und-Raumfahrt-Museum. Hier wurde mit der Kabine eines Luftschiffs aus dem 93. Jahrhundert begonnen. In den großzügigen Hallen ging es weiter über die ersten Propellermaschinen, den Düsenjets aus der Demarkationszeit, der Kapsel, mit der die ersten Menschen und Echsianer von einem Spaziergang auf dem Mond Ergia zurückkehrten. Das modernste Exponat war das Weltuntergangs-Jagdflugzeug, das er im unterirdischen Hangar gesehen hatte.

»Cool! Und wo sind die Dinge, die nicht jeder Pauschal-Tourist aus Echsian sehen darf?«, wollte Thorian necken, aber Erian meinte kühl: »Gut, dass du fragst, komm mit!«

Sie gingen in eine Nachbarhalle, drängelten sich an einer Schulklasse aus halbstarken Knatschen vorbei zu einer breiten Tür, die mit »Nur Personal!« beschriftet war. Auf den ersten Blick dachte wohl jeder, dahinter wäre ein Lagerraum oder dergleichen. Erian öffnete die Tür und man trat in einem kleinen Vorraumraum vor einen Fahrstuhl. Den Fahrstuhl konnte man nur rufen, wenn beide ihre Hand in einen Scanner steckten.

»Du bist in der Datenbank als Geheimnisträger eingetragen. Dir ist schon klar, was das heißt?«, frage Erian ernst.

»Ich soll nicht rumerzählen, was ich nun sehen werde?«

Erian nickte. Nach dem Scan durften sie den geräumigen Fahrstuhl betreten und fuhren einige Stockwerke abwärts. Thorian fühlte dabei eine zunehmende Beklemmung, wollte sich aber gegenüber seinem Vater nichts anmerken lassen. Sie traten in eine werkhallengroße Betonkaverne mit gewölbtem Dach. Von zwei Seiten her mündeten Tunnel in diese Kaverne und mehrere Reisebusse standen hier, die mit »Pionier Rekrutenschule 12« beschriftet waren. Sonst schien es hier nichts Besonderes zu geben, außer einem fünfeckigen Tor auf der gegenüberliegenden Seite, das in eine weitere Halle zu führen schien. Das Tor war so groß, dass man ein zweistöckiges Einfamilienhaus mit Dachgeschoss bequem hätte hindurch schieben können. Darauf ging Erian nun zu.

»Das war eine Kulisse im Film *›Ein Mond ist nicht genug‹*«, glaubte Thorian das Tor zu erkennen.

»Hast du bisher auch noch was anderes gemacht, als Action-Filme zu schauen?«, fragte Erian grimmig.

»Abgesehen von Roranar? Nicht wirklich! Ich hab eben erste Prioritäten gesetzt!«, konterte Thorian.

Aus dem offenen Tor trat eine Gruppe Rekruten in ähnlicher Uniform wie Thorian, nur mit kakifarbenem anstatt blauem Farbton. Jeder aus der Gruppe der knapp erwachsenen Frauen und Männern stolperte kurz, als sie durch das Fünfeck traten, und quittierten das mit einem »Wow, krass!«, kaum hatten sie diese Halle betreten.

Aus an der Seite aufgestellten Körben nahmen sie ihre Kommunikationsgeräte an sich, die sie offenbar vorher hier hatten abgeben müssen.

Ihr Ausbilder wollte sie sogleich zusammenrufen, doch sie bemerkten Thorian.

»Guck, ein Amoén!« … »Komm, abklatschen! Rotamoén!« … »Ich bin aber schon vergeben!« wurde gewitzelt. Also klatschte zur Freude der Gruppe und zum Verdruss des Ausbilders Thorian mit jedem einmal die Handfläche zusammen.

»Thorian, kommst du?«, drängte auch Erian.

»Als Amoén kommt er bestimmt noch öfters als ich«, hielt sich einer für besonders witzig.

»Gruppe im Halbkreis hierher«, bellte nun der Ausbilder durch die Halle, bevor das Niveau auch noch unter den Nullpunkt sinken konnte.

Thorian musste sich nun schweren Herzens von seinem Roranar-Armband trennen, es war gleichzeitig sein Kommunikationsgerät. Auch Erian gab sein Telefon ab. Nun durften sie durch das fünfeckige Tor gehen. Dabei wäre Thorian auch beinahe über seine eigenen Füße gestolpert. Auf der anderen Seite fühlte er sich seltsam leicht und konnte ohne Anstrengung zwei, drei Schritt weit hüpfen.

»Ist das irgendein Magnet-Dings-Effekt?«, staunte er.

»Nein, denn es war bei der Produktion der Agent-7-Staffel *›Ein Mond ist nicht genug‹* eben billiger, das echte Quantentor zu benutzen, als im Studio dauernd mit Tricks und an Seilen hängenden Schauspielern zu produzieren. Wir sind hier auf dem Mond Ergia.«

Sie verließen die Eingangshalle, um eine angrenzende Ausstellung zu besuchen. Das erste Exponat war ein hausgroßer Körper aus zwölf Fünfecken. Soweit sich Thorian noch an den Schulunterricht erinnern konnte, nannte man einen solchen Körper einen Dodekaeder oder 12-Flächer, weil er zwölf identische fünfeckige Seitenflächen besitzt. Durch jedes der fünfeckigen »Fenster« des Dodekaeders sah er eine Stadt mit Wolkenkratzern. Die Seitenflächen aber waren 3-D-Bildschirme, der Anblick der Stadt nur eine Simulation.

»Die echten Fünfecke sind sogenannte Quantentore«, erklärte Erian. »Zwei Fünfecke bilden ein Paar. Wenn sie zusammen sind, dann können sie eine Ebene aus verschränkten Raumquanten erzeugen. Jedes verschränktes Quantenpaar kann man beliebig weit voneinander entfernen, sie verhalten sich dennoch wie ein Teilchen und so scheint es weiterhin, als würde das Paar Fünfecke noch dicht aufeinander liegen, obwohl das eine auf Arganus und das andere auf Ergia steht. Das hier ist ein 1:1-Modell des Dodekaeders, dessen Seitenflächen früher alle zu seinem Gegenstück auf Treasia führten. So gelangte man mit einem Schritt von Arganus auf die Heimatwelt des legendären Argan. Er hat vor knapp zehntausend Jahren Menschen von der Erde hierhergebracht. Die Erde hat einen einzigen Mond. Auf ihm stand auch so ein Dodekaeder, dessen Gegenstück ebenfalls auf Treasia stand.

Der hat noch funktioniert, als ich so alt war wie du. Man konnte von der Westalp durch einen ersten Dodekaeder treten, gelangte auf das Flachdach, das du hier in der 3-D-Simulation siehst. Auf dem Dach befanden sich weitere Dodekaeder, durch einen konnte man auf den Mond der Erde wechseln.«

Thorian konnte erkennen, dass auf dem Flachdach tatsächlich noch mehrere andere solche haushohen fünfeckigen Körper standen.

»Krass! Und warum haben die Treasianer zwölf solcher Quantenfünfecke als Dodekaeder zusammengekleistert? Offenbar reicht ja ein einzelnes Fünfeckpaar.«

»Stabilität. Wenn eine der Seitenflächen des Dodekaeders kaputtgeht, können ihre noch funktionierenden fünf Nachbarflächen die Verbindung wieder aufbauen, vorausgesetzt sie sind auch am Zielort die Nachbarn der kaputten Quantenfläche. Eine einzelne Fläche hält sich etwa ein Jahrtausend.«

»Und wie repariert man das Ding?«

»Keine Ahnung«, musste Erian zugeben. »Du bist eben durch zwei Seitenflächen des Originaldodekaeders getreten. Wir haben ihn auseinandergenommen und können nach sehr langer Forschung nun diese ehemaligen Seitenflächen so verwenden, wie du es eben erlebt hast. Dazu habt ihr Amoénen viel beigetragen!«, lobte er und klapste seinem Sohn auf die Schulter.

»Durch einen der Dodekaeder, die man hier in der Simulation sieht, gelangte man auf den Mond der Erde?«

»Stimmt, das erwähnte ich eben«, bestätigte Erian.

»Und wie gelangten die Treasianer vom Mond der Erde auf die Erde selbst?«, fragte Thorian.

»Sie besaßen Raumschiffe. Die kleineren, die sogenannten Gleiter, passten durch eine Seitenfläche eines solchen Dodekaeders hindurch. Niron und sein Zwillingsbruder Aron, der damalige Kaiser, waren so frech und haben die Station auf dem Erdenmond unerlaubt besucht. Von einer mit atembarer Luft gefüllten, vollständig gläsernen Aussichtskuppel aus hatte man einen fantastischen Ausblick auf die Erde. Sie war blau und weiß. Blau, weil sie viel mehr Ozeane besitzt als Arganus, und weiß wegen der zahlreichen Wolken. Es war für mich ein ganz besonderer Moment, unsere ursprüngliche Heimatwelt zu sehen.«

»Du warst also auch in dieser Aussichtskuppel?«, interessierte sich Thorian.

»Ja, Arons Geliebter Peran und ich mussten ja auf die übermütigen Zwillinge Aron und Niron achtgeben.«

»Auf Niron musste man also auch achtgeben, als der so jung war wie ich? Prima, das merke ich mir! Musste ich deshalb versprechen, nichts weiterzuerzählen?«

»Du hast wohl immer einen Spruch auf Lager«, seufzte Erian. »Komm mit, Thorian, ich will dir noch was zeigen.«

Sie verließen diese Nachbildung des alten treasianischen Dodekaederraums, um nun in den nächsten Ausstellungsraum zu gehen, der auch ein Panoramafenster besaß. Sie befanden sich offenbar in einem Berg und der Blick ging über dessen orange-braunen Geröllhalden unter dem Fenster über eine Ebene, die zwischen Sanddünen fleckenartig mit Schnee bedeckt war. Den dunkelblauen, fast schwarzen Himmel zierten einzelne Federwolken. Knapp über dem Horizont lag halbmondartig der Gasplanet. Er wirkte auf Thorian deutlich kleiner als noch vorhin auf Arganus.

Erian hielt ihm einen Vortrag über die Atmosphäre, die hier zehnmal dünner sei als auf Arganus und deshalb das Klima hier kalt und trocken bleibe, obwohl die Distanz zur Sonne dieselbe war. Thorian hörte aber nur halb zu, er grübelte darüber nach, ob er diese Quantentor-Technologie heute nicht zum ersten Mal gesehen hatte. Aber wo war das gewesen? Täuschte er sich? Erian erklärte im nächsten Ausstellungssaal seinem Sohn ein Modell eines treasianischen Raumschiffs namens »*Pfeil von Arganus*«. Erian wurde bei seinem Vortrag, welche Bedeutung das Schiff in der Schlacht zwischen den Tafelbergen hatte, von einer Gruppe knapp Erwachsener genervt, die den Saal benutzten, um in der geringen Schwerkraft des Mondes Ergia Zweifachsaltos aus dem Stand zu üben und sonstigen Schabernack zu treiben.

Thorian versuchte Erian nicht zu enttäuschen. Der gemeinsame Ausflug war für seinen Vater bestimmt wichtig, um über das Attentat hinwegzukommen. Er ließ während der Erklärungen gelegentlich »krass«, »klingt spannend« oder »interessant« fallen, obwohl er immer wieder an Feran denken musste und endlich seine Amoénenfamilie kennenlernen wollte.

AMOÉNIA

In der Amoénenwohnung in der zivilen Hauptstadt der IZB auf der Vorderseite des Mondes Arganus. 32. Tag im Sturmmonat 9277.

* * * *

Die Gedenkfeier für Mara war für Thorian schwierig gewesen. Er hatte sich während der Zeremonie und auch noch danach unsicher gefühlt. Was durfte man zu so einem traurigen Anlass sagen und was keinesfalls? Er kam sich vor, als ob er eine unersetzliche Jarussant-Vase aus dem fünften Jahrtausend auf einem Finger balancieren müsse.

* * * *

Für den nächsten Tag hatte sich sein zweiter Vater Niron freigenommen, um mit ihm nach Amoénia zu fahren. Sie würden im wörtlichen Sinn fahren, denn Niron wollte nicht einfach rasch rüber nach Amoénia jetten, sondern den Tag mit Thorian verbringen.

Museumsbesuche würde es aber keine mehr geben, das hatte sich Thorian versprechen lassen.

* * * *

Xenus hatte ihm inzwischen eine optische Roranar-Gitarre mit Verstärker und neue Roranarklamotten besorgt. Er musste sie den Amoénen zuliebe tragen. Die Lederhosen schienen ihm sogar noch körperbetonter geschnitten zu sein als die Originale. Die Kleidung, die er während des Aufenthalts auf der IZB getragen hatte, steckte er in einen Rucksack, ebenso den Verstärker zur Gitarre. Das Musikinstrument selbst schnallte er außen auf den Rucksack.

Schnappi und er warteten in der Tiefgarage von Xenus' Block. Sie konnte nicht in einer Wohnung bleiben, ausgewachsen würde sie so groß wie das ganze Apartment sein. Ihr Rumpf war jetzt schon etwas länger als Thorian groß war, und dazu kam ja noch der Schwanz.

Nirons uralter Expeditionswagen brummte laut im Zugangstunnel zur Tiefgarage, als er mit diesem geländegängigen Auto vorfuhr. Thorian musste Schnappi kräftig am Kopf kraulen, damit sie sich nicht zu sehr vor dem lauten Vehikel fürchtete. Die beiden waren feste Freunde geworden. Niron in blauen Amoénenklamotten hingegen schaute recht misstrauisch auf Schnappi. Thorian versprach ihr aber, der blonde Mann mit dem frechen Blick würde ihr nichts tun.

»Ich hab eben mit meinen Amoénenbrüdern gechattet und sie meinen, auf Amoénia könnten wir uns bestens um Schnappi kümmern«, erklärte er Niron.

»So, so, Gent'har und seine Brüder sind also neuerdings Flugechsenexperten«, meinte er und öffnete die Heckklappe des antiken Expeditionswagens.

»Xenus hat mich schon per Textnachricht vorgewarnt. Steigt ein!«

Ganz so einfach ging das nicht, Schnappi konnte nur mit einem großen Stück Fleischersatz überredet werden, in den Frachtbereich des Fahrzeugs hineinzukriechen. Thorian nahm auf dem Beifahrersitz Platz und kraulte Schnappi unter dessen Schnauze. Sie streckte ihren Kopf zwischen dem Fahrer- und Beifahrersitz nach vorne. Niron startete den Verbrennungsmotor.

»Du bist also Oldtimer-Fan?«, fragte Thorian. »Wie alt ist das Ding?«

»Es stammt aus dem Jahr 9400, also noch vor der Demarkation, und wurde für Expeditionen ins Tiefland genutzt. Es ist voll klimatisiert und nein, ich bin nicht Oldtimerfan, sondern es geht darum, dass sich hier an Bord kein Mikrochip befindet. Also kann auch nichts gehackt werden«, erklärte Niron, während sie in das unterirdische Tunnelsystem für individuell gesteuerte Fahrzeuge einbogen. Thorian deutete auf das Navi, das mit einem Saugnapf an der Frontscheibe befestigt war. Im Röhrensystem war dies für die Verkehrsführung unerlässlich. Das Gerät gab Niron dauernd Anweisungen, welche Geschwindigkeit er genau einhalten musste. Die Geschwindigkeit konnte er an einem mechanischen Tempomat einstellen. Außerhalb der Wohnstadt durften sie mit zweihundert Meilen die Stunde über die Betonstraße sausen, vorbei an einer kargen, ebenen Landschaft mit nur gelegentlichem Dornengestrüpp zwischen den Felsen. Immer wieder fuhren sie an Hallen vorbei. Schließlich verließen sie die breite Straße. »Piste nach Amoénia!«, hatte Thorian auf dem Hinweisschild lesen können. Eine Schranke öffnete sich nicht automatisch, Niron nahm das Navi von der Frontscheibe ab, steckte das Gerät in einen Kasten und musste sich mit einer Chipkarte und einem Code ausweisen. Normalerweise ginge das sonst automatisch über die Elektronik in den Fahrzeugen. Thorian beunruhigte mehr, dass Niron das Navi abgeben wollte. Aber damit könnte die Verkehrskontrolle mit dem Fahrer eine Verbindung aufbauen, mit ihm reden – und sie damit auch abhören.

Die neue Straße nach der Schranke führte schnurgerade in eine etwas andere Richtung, ungefähr nach Osten, bald an einem hohen Zaun entlang. Dahinter konnte Thorian kurz einen niederen kreisförmigen Klotz aus Beton erkennen.

»In den unterirdischen Silos befinden sich interplanetare Schrapnelle«, erklärte Niron. Weiter vorne schien die Landschaft bei einem Häuschen zu Ende zu gehen, Niron verlangsamte.

»Das System stammt noch aus der Zeit, bevor ihr Amoénen den treasianischen Raumschiffantrieb nachbauen konntet. Wir halten es aber einsatzfähig. In jedem Silo steckt eine dreistufige Rakete. Die ersten beiden Stufen sind chemische Antriebe, die dritte Stufe über den beiden chemischen Stufen besitzt ein nukleares Triebwerk, damit erreicht das interplanetare Schrapnell eine Geschwindigkeit von fünfzig Meilen in der Sekunde. Es …«

»Stopp, Niron! Ich will das Ding nicht nachbauen. Es ist eine Waffe, klar. Aber gegen wen? Xenus ist meiner Frage schon ausgewichen, also bitte!«

Thorian musste sich dennoch gedulden. Ein Kontrollposten registrierte alle Fahrten über den Rand des IZB-Kontinents hinaus.

* * * *

Dahinter fiel das Gelände steil ab. Die Straße verlief nun kurvenreich und mit gelegentlichen Tunneln durch die schroff bizarre Felsenlandschaft. Thorian hielt Schnappi mit gelegentlichen Kraftriegeln bei Laune.

»Wir erwarten einen Feind, die Galaktische Welle«, nahm Niron den Gesprächsfaden wieder auf. »Das ist eine sich selbst reproduzierende Flotte aus relativ primitiven Robotern. Selbst die Treasianer, die einst unsere Vorfahren hierher auf diesen Mond brachten, wussten nicht, wer und wozu diese technologische Katastrophe einst geschaffen wurde.«

»Und um die zu verscheuchen, habt ihr dieses Schrapnell und das verrückte Flugzeug gemacht, das mir Xenus neulich zeigte?«

»Da gibt es schon noch Moderneres, aber die Galaktische Welle reproduziert sich auf erzreichen Zwergplaneten dauernd selbst. Wenn man den ersten Angriff abwehrt, folgt der nächste umso stärker und dann noch ein dritter, so richtig gigantischer, bis die Ressourcen selbst einer fortschrittlichen Zivilisation nicht mehr reichen. Wir sind die Letzten, die übrig blieben. Auch die Erde wurde zerstört.«

Thorian brauchte einen Moment, um das zu verarbeiten. Ab dem Fuß des Kontinentalabhangs führte die Straße wieder schnurgerade durch eine leicht abfallende Geröllwüste.

»Nach den Prophezeiungen der geheimnisvollen Galara gibt es nur etwas, das uns retten kann: du und der Schlüssel der Edaner.«

»Wo ist er jetzt?«, fragte Thorian.

»Aha! Du hast nicht gefragt, *was das ist!*«, triumphierte Niron.

* * * *

Schnappi machte immer häufiger ein wimmerndes Geräusch. Sie musste mal kurz austreten. Auch Thorian hatte nichts dagegen, ebenfalls seine langen Beine zu strecken. Die Luft hier unten war frühlingshaft mild, roch aber auch nach Vulkanasche. Die von scharfkantigen Steinen und Sand dominierte Landschaft war staubtrocken.

Ein moderner Lastwagen mit mehreren Anhängern überholte sie. Er hatte innen verspiegelte Halbröhren geladen.

Während Schnappi eine Runde um das Fahrzeug drehte, wiederholte Thorian seine Frage nach dem Schlüssel der Edaner.

»Mein Zwillingsbruder Aron soll mit dem Schlüssel hierher unterwegs sein, sagt Galara. Das wird ja auch gestützt durch die Erinnerungen, die Feran mit dir geteilt hat. Und nun kommst du als Schlüssel-Experte ins Spiel!«

»Ach ja?« Thorian hatte nur noch schwache Erinnerungen an die Ereignisse in der Höhle und noch weniger, was er mit diesem Artefakt anfangen sollte, um die Welt zu retten. Er wusste nur noch, dass er es den Edanern geklaut hatte, damit die nicht die Galaxis beherrschen würden oder irgend so etwas.

»Galara prophezeite, diejenigen, die die Väter und Söhne des Waldes zugleich sind, werden den Schlüssel verstehen.«

* * * *

Sie lockten Schnappi erneut mit Fleischersatz zurück in den Frachtbereich des Wagens. Niron schaltete auf Brennstoffzellenbetrieb um, denn sie würden bald so tief unten fahren, dass sie in die schweren vulkanischen

Gase eintauchen würden, die in den Tiefebenen des ausgetrockneten Ozeans den Sauerstoff in der Luft verdrängten.

»Ich weiß, in den Tiefen des ausgetrockneten Ozeans liegt das nach Xenus benannte Edelgas Xenon. Das steht so im Amo-Lex, der von Amoénen geschriebenen Alternative zum IZB-Lex«, wusste Thorian.

»Dann liest du endlich die richtigen Sachen«, lachte Niron. »Langsam kriege ich Lust, dich zu knuddeln!« Er stieß Thorian kumpelhaft an die Schulter, der schlug »zur Strafe« an Nirons Schenkel. Sie alberten kurz miteinander, bis Schnappi den Kopf wieder zwischen die beiden steckte und einen neuen Kraftriegel verlangte.

* * * *

Alsbald tauchten sie in die bräunlichen Schwaden grauen Vulkansmogs. Am Armaturenbrett ging die Warnleuchte für sauerstoffarme Atmosphäre außerhalb des Fahrzeugs an.

Für Thorian und Schnappi wurde die Fahrt durch die bräunliche, trostlose Ebene mit Sichtweiten unter einer Meile mehr und mehr langweilig. Ersterer war mit seinen Gedanken über Galara und den Schlüssel der Edaner beschäftigt und die zweite sorgte für einen Knall auf der Ladefläche. Schnappi hatte die Box mit den Kunstfleischstücken geknackt. Niron fand das nicht sonderlich cool, aber Thorian lachte sich darüber kaputt.

Die Betonstraße führte sie weiter abwärts und mit abnehmender Höhe brach die Sonne immer seltener durch den dichten Smog, die Sichtweite sank immer mehr.

* * * *

»Der IZB-Generalkommandant gilt als der mächtigste Mann der Welt, was ist das Geheimnis dieser Macht?«, versuchte Thorian das Gespräch davon wegzulenken, ob es wirklich eine gute Idee war, Schnappi mitzunehmen.

»Früher straffe militärische Führung, doch das scheiterte teilweise, sonst gäbe es heute die Reichsrepublik nicht.«

»Und heute?«, fragte Thorian.

»Das Projekt Skopein ist ein Programmpaket, das den Datenstrom bis hinab zu den altmodischen Telefonverbindungen der Reichsrepublik überwacht, aber auch sonstige Informationen beispielsweise über das Konsumverhalten verarbeitet oder wie lange und wie häufig du mit deinen Rotamoénenbrüdern chattest.«

»Also so irre geistreich war das jetzt auch nicht gerade. Es ging um Schnappi, meine neuen Roranar-Klamotten und unsere Ausdrucksweise war nicht ganz stubenrein«, grinste Thorian.

Doch Niron erklärte ihm, dass es nicht um das Abhören an sich gehe, wie in einem Agentenfilm. »Skopein kann allein aus der Häufigkeit und der Dauer der Kontakte darauf schließen, ob in einer Bevölkerungsgruppe, wie beispielsweise den Amoénen, Aufregung herrscht oder ob sie sich wohlfühlen. So kann der Generalstab der IZB kleine Maßnahmen ergreifen, um aus Problemchen keine Probleme werden zu lassen. Im Idealfall sollten die Betroffenen eine solche Maßnahme gar nicht als Eingriff bemerken.«

»Und das ist so hoch geheim, deshalb fahren wir in dieser Kiste und nicht in einem modernen Wagen?«, fragte Thorian nach Nirons Vortrag.

»Nein, dass es den Skopein gibt, weiß eigentlich jeder, aber es ist eben beispielsweise viel aufregender, mit seinen Amoénenbrüdern zu chatten, als sich über den Skopein im Hintergrund Sorgen zu machen, oder?«

»Weiß nicht.« Mit anderen Amoénen per Computernetz-Video zu chatten war schon geil, aber Thorian konnte sich das mit dem Skopein nicht so richtig vorstellen. »Rück raus. Warum sind wir also nicht in einem Flugzeug längst angekommen und sitzen in dieser Karre?«

»Du bist ein richtiger Rotamoén, neugierig und frech«, grinste Niron und wuschelte einmal durch Thorians Roranar-Mähne. »Einerseits wegen der Sache mit dem Schlüssel der Edaner, den mein Bruder von der Erde hierherbringt. Es ist ebenso hoch geheim, dass wir zwei Raumschiffe plus einen Auszug aus der Datenbank der Treasianer besitzen. Ihr Amoénen könnt deren Antrieb seit etwa fünfzig Jahren nachbauen.« Das also war der geheime Antrieb, mit dem das Flugzeug funktionierte, mit dem sie von Brückenberg zur IZB evakuiert wurden, folgerte Thorian.

Die Tiefebene war nun wieder etwas besser zu sehen. Sie fuhren gerade unterhalb der ärgsten Smogschicht. Niron konnte hier nicht sehr schnell fahren, die Brennstoffzelle bot nicht so viel Leistung wie der Verbrennungsmotor. Auch war die Atmosphäre hier nicht komplett sauerstofffrei, doch vor allem der feine Staub hätte dem Motor zu schaffen gemacht. Einige Schritte neben der Straße hatte sich ein mannshoher gelber Kegel gebildet, aus dem Dampf zischte und heißes Wasser blubberte.

»Du hast Angst, dass wir via Bordcomputer in den modernen Fahrzeugen abgehört werden könnten?«

»Todeskutten versuchten es immer wieder, aber einen plötzlichen Wissenssprung in der Reife ihrer Methoden traue ich den gestrigen Fanatikern nicht zu.«

»Also haben die irgendwo ein Rechenzentrum?«, fragte Thorian.

»Nicht nur das. Wir sind auch auf die neuen, sogenannten ›intelligenten‹ Telefone aufmerksam geworden, die in der Reichsrepublik in den letzten Monaten auftauchten und gerade unter Schülern beliebt sind.«

»Ich hatte mir auch eins gekauft, kurz bevor ich in den Knast wanderte«, gab Thorian zu, »weil sich plötzlich auch unter den Jungs ein Run auf die Dinger entwickelt hatte. Vorher waren Mobiltelefone nur etwas für Mädchen.«

»Unsere Computer sind bei den Treasianern abgeguckt, ein halb-neuronales Netz, dessen elektrische Spannungen in den Neuronen zwischen *null*, *wenig*, *mittel*, *viel* und *voll* variieren, damit die nächste Schaltzelle dann wiederum ihre Nachbarn schaltet. Die ›intelligenten Telefone‹ verwenden ein Bit-System, ein mikroelektronisches Rechenwerk, das nur Null und Voll als Spannungen kennt.«

»Ihr von der IZB habt die Macke, euch um eine klare Antwort zu drücken, indem ihr euch in technische Details flüchtet. Komm zum Punkt.«

Das tat Niron und erklärte Thorian, dass die Computer der Galaktischen Welle ein Bit-System verwenden würden und dass sie dieses Wissen von einer Sonde der Galaktischen Welle hatten, die sie auf dem Mond Ergia gefunden hatten. Es gäbe pro Welt nur eine Sonde und diejenige auf Arganus hätten sein Zwillingsbruder Aron zusammen mit dem Zaronenkönig Ergus zerstörten. Die beiden seien dabei beinahe umgekommen. Aber die Jäger der Galaktischen Welle seien noch nicht angekommen, das hätte die IZB gemerkt.

»Vielleicht sucht ihr zu weit. Ein kluger Kopf in der Reichsrepublik hat das intelligente Telefon erfunden«, meinte Thorian, nachdem er Schnappi mit einem Butterbrot beruhigt hatte.

»Ich weiß, wie lange die Entwicklung von Technologien dauern kann. Die Mikroprozessoren in euren Spielzeugen sind zwar nicht so robust wie die in der Sonde, aber dafür schneller. Nein, Thorian, so was erfindet man nicht einfach mal so in einem kleinen Uni-Labor der bräsigen Reichsrepublik. Wir haben es mit einem unbekannten fähigen Gegner zu tun und das bereitet mir Bauchschmerzen.«

»Und ich soll rauskriegen, wer das ist?«

»Nein, du wirst dich mit dem befassen, was wir von der Galaktischen Welle wissen, und parallel dazu eine Kampfpilotenausbildung machen. Das schärft deine Sinne!«

»Das macht Roranar auch!«, konterte Thorian.

»Quatschkopf!«, lachte Niron.

»Nach vorne schauen, da ist was Schwarzes!«

Ein Lavastrom kreuzte die Straße. Zwischen der schwarzen Kruste des Stroms glomm rötlich die Hitze hervor. Die Lastwagen hatten eine Spur in die Wüste gefahren, die um das Hindernis herumführte. In Thorians Bauch fühlte sich das nicht besonders gut an, was wäre, wenn Niron diese Fahrspuren verlieren würde, die Sichtweite in diesem Smog war ja nicht allzu toll und in dieser fahrenden Antiquität gab es ja kein Navi und Niron hatte das mobile moderne ja nicht mehr dabei und, und, und. Würden Schnappi und er bald jämmerlich in der sauerstoffarmen, von giftigen Gasen durchsetzten Luft hier unten ersticken? Er versuchte mehr oder weniger schlecht, sich nichts anmerken zu lassen.

»Hättest du jetzt nicht gedacht, dass du das überlebst?«, bemerkte Niron ironisch, als sie wieder auf die betonierte Straße einbogen, die nun erneut schnurgerade und eben durch die bräunlich-graue Wüste führte. Thorian antwortete besser mal nicht.

..*.*

»Thorian, was weißt du über das Jenseits?«, fragte Niron für Thorian überraschend.

Ups! Ist der Sauerstoffvorrat im Fahrzeug alle?«

»Ernst! Wegen Mara kommt man selbst als Alpha über seine Sterblichkeit ins Grübeln. Außerdem scheint sich Galaras Prophezeiung zu erfüllen, mein Bruder ist nur noch gut zwei Jahrzehnte entfernt und du gabst dir den Namen Thorian selbst, kaum warst du fünf Minuten auf der Welt. Das hat mir Erian berichtet. Wo warst du davor?«

Erst war Thorian versucht, mit einem Spruch zu antworten, doch Niron schien viel an einer ernsten Antwort gelegen zu sein.

»Vor meiner Geburt als Amoén-Alpha-Mischling war ich an einem Ort ohne Grenzen, ohne Uhren, ohne Sorgen, ohne Homophobie, ohne Termine, ohne Druck und ohne Angst.«

Die Straße stieg endlich wieder an.

»Was ist mit dem Licht oder dem paradiesischen Tal, von dem viele mit Nahtoderfahrung berichten?«, fragte Niron weiter.

»Nö, ich war vorher lange eingesperrt, vielleicht ist deshalb Grenzenlosigkeit mein Wunschtraum vom Paradies. Dann kam diese Galara und zerrte mich weg, wie eine Mutter ihren verschlafenen Teenager aus dem Bett scheuchen muss, damit der nicht zu spät zur Schule kommt. Aber in der Schule wird eine ganz schlimme Klassenarbeit stattfinden. Ich will nicht aufstehen.«

»Ich hab ernsthaft gefragt! Deine Pubertät nervt!«, meine Niron ärgerlich.

»Das ist ernst! So habe ich den Moment vor meiner Geburt hier auf deinem Mond empfunden!«, knurrte Thorian trotzig zurück.

Plötzlich blieb die Vulkansmogschicht zurück. Ein blauer Himmel mit hohen, verstreuten Quellwolken spannte sich über ihnen. Diese Weite empfand Thorian als unendlich befreiend. Voraus beherrschte eine Art sehr breiter Tafelberg den Horizont: Amoénia.

Die Quellwolken standen über Amoénia dichter beisammen. Noch befindet sich die Insel unter der tropischen Konvergenzzone, also unter dem äquatornahen Gürtel der mächtigsten Gewitter. Der Niederschlag aus den Schauerzellen der Zone verdampfte immer, bevor er den Boden des ausgetrockneten Ozeans erreichte. Doch Amoénia als ein Hochland wurde vom Niederschlag der tropischen Gewitter und Schauerzellen erreicht. Es war ein abgesplitterter Teil des IZB-Kontinents, eingeklemmt und verformt durch die Kräfte des geologisch sehr aktiven Mondes Arganus. Einst umspülten die Insel die kühlen Wasser eines Ozeans. Heute ist dieses Wasser in den gigantischen Polgletschern gefangen und Amoénia erhebt sich als lebensfreundliche Oase, oder eben Insel, majestätisch aus den lebensfeindlichen trockenen Tiefebenen.

* * * *

Ein violetter Teppich zwischen zwei Feldblöcken war die erste Vegetation, die Thorian während des Aufstiegs nach Amoénia bemerkte: Echsianische Wüstenflechte. Sie kam mit dem spärlichen Wasser aus, das seltene Hagelstürme bis hier hinab schickten. Diese Flecken blieben vorerst das einzige Leben, bis niedrige irdische Büsche die feuchteren Nischen besetzten. Sie passierten nun ein Schild: »Sie überschreiten die Äquipotenzialfläche null.«

»Eine Äquipotenzialfläche ist eine Fläche gleicher potenzieller Energie in einem Kraftfeld, hier der Gravitation des Planeten, minus die Zentripetal…«

»Niron! Nur die kurze Version. Bitte!«

»Das Schild steht gleich hoch wie die Oberfläche des Ozeans.«

»Also des Ozeans, der noch Wasser hat?«

»Genau.«

Die Straße wurde immer steiler. Nach einer Kuppe führte sie wieder eben weiter. Ein Gebirge türmte sich am Horizont, die höher gelegenen Wälder und Gipfel waren bereits weiß verschneit, tiefer gelegene Hänge hatte der bevorstehende Winter noch nicht erreicht.

An einem weiteren Kontrollposten wurde sie angehalten. Bewaffnete blonde Amoénen schoben dort Dienst. Sie winkten den obersten Chef nicht einfach durch, ein Scan der Blutgefäße in der Hand musste zur Identitätsprüfung sein.

»Willkommen zu Hause, Rotamoén«, salutierte einer zu Thorian und sie durften weiterfahren. Die Straße führte vorbei an einem Sonnenkraftwerk, das mit innen verspiegelten, drei Schritt dicken Halbröhren eine riesige Fläche bedeckte. Hier wurden neben Elektrizität auch die chemischen Treibstoffe Oktan und Methanol aus Luft und Wasser hergestellt. Daneben lag eine automatische Tankstelle, an der Niron ihre Tanks für die beiden Treibstoffsorten wieder auffüllen konnte. Weiter vorne querte auf Stelzen eine Hochgeschwindigkeits-Bahntrasse die Straße. Die Bahn war die übliche Art, um zwischen dem Kontinent und Amoénia zu reisen. Die Quellwolken über dem Gebirge türmten sich hoch. Thorian fühlte den herbstlich kühlen Wind von Süden auf die Gewitterlinie zufließen.

»Scheint ein guter Tag für Amoénia zu sein, denn viel Feuchtigkeit bringen die Passatwinde nicht mit«, erklärte Niron. »Das hier ist die trockene Seite des Mondes Arganus.«

Sie setzten ihre Fahrt fort, auf das Gebirge der Insel zu. Mannshohes Gestrüpp säumte nun die Straße. Das Tageslicht erlosch, der Mond Arganus tauchte in den Schatten des Planeten. Zu Thorians überraschter Erleichterung hatte man wohl schon die Scheinwerfer erfunden, als dieses Auto noch neu gewesen war. An einer Kreuzung hätten sie in Richtung »Solar Süd« abzweigen können, Niron fuhr geradeaus.

»Sorry, aber meine Brüder haben gesagt, sie würden im Flaschenhalstal an der Südwestküste der Insel leben«, wagte Thorian einen Einwand.

»Ja, aber die Straße dort ist kurvenreich. Es ist besser, mit der Hauptstraße von der anderen Seite heranzufahren.«

»Navi wäre cool! Wie oft fährst du nach Amoénia, ich meine jetzt *fahren* und nicht mit einem schnellen, tollen, geilen Flugzeug einfach einschweben.«

»Also, ja gut, du Nervensäge! Zum letzten Mal steuerte ich so ein Fahrzeug durch die Tiefebenen, als ich vor gut vierhundert Jahren mit Xenus und seinen Amoénen fliehen musste.«

»Das war, als die Todeskutten die Macht ergriffen hatten?«, fragte Thorian höflich; vielleicht sollte er sich doch nicht so kindlich geben. Es war für Niron bestimmt nicht leicht gewesen, den Terminkalender freizuräumen, um mit ihm einen Tag zu verbringen.

»Ja, Rot'har von Mittelberg verlor den Verstand, als er mit dem klerikalen Putsch die letzten Reste seiner einstigen Macht als König von Mittelberg verlor. Er warf mich in Ketten in ein Todwasser nahe der Hauptstadt Arganus und wollte einen Handel mit den Todeskutten machen: er sage ihnen, wo ich im Wasser läge, und er würde unbehelligt weiterhin seinen undurchsichtigen Geschäften nachgehen können.«

»Den Todeskutten war es jedoch recht, wenn du umkommst, und sie schnappten sich Großvater Rot'har.«

»Genau. Und Xenus hat mich rausgeholt, nachdem die Luft wieder rein wurde. Also Rot'har als Großvater der Amoénen zu bezeichnen, ist weit hergeholt.«

Ein Blitz zerriss die Dunkelheit und Regen trommelte urplötzlich auf das Fahrzeug, zumindest bis sie einen Tunnel erreicht hatten. Auf der anderen Seite war die Fahrbahn noch trocken und auch das Tageslicht kam wieder zurück. Irgendwie hatte sich Thorian die Insel der Amoénen kleiner vorgestellt. Äcker und Bewässerungsrohre prägten nun die Landschaft, dann fuhren sie in eine ganz andere Art von Tunnel ein: Dichter Wald, ein bogenförmiges, silbern glänzendes Metallgittergeflecht hielt die knorrigen Bäume davon ab, in die Fahrbahn hineinzuwachsen.

»Voll krass! Die Äste sind auf halber Baumkronenhöhe mit dem Nachbarn zusammengewachsen, wie wenn sie sich gegenseitig die Hand geben würde. Absolut geil! Und die Baumkronen bilden ein dichtes Blätterdach«, kam Thorian kaum noch aus dem Staunen nach.

»Na also, du bist eben doch ein Amoén und das ist der Wald der Amoénen.«

* * * *
• • •

Ein längerer, normal durch Fels führender Tunnel folgte. Thorian spürte langsam eine tiefe Verbundenheit mit diesem Land, so als wäre er heimgekehrt. Gleich nach dem Tunnel bogen sie zur Konzert-Allmende ab, einem ebenen Talboden zwischen steilen, bewaldeten Hängen, die sich nach oben in den Wolken verloren. Unter einer Allmende verstehen die Amoénen eine große Wiese, die alle Clans gemeinsam nutzen dürfen, beispielsweise für Konzerte und Feste. Normalerweise sei von der Allmende aus der Esatum, der höchste Berg der Insel, zu sehen, doch der steckte in einer Superzelle, hier schneite es. Die Wiesen und das Dach des Bahnhofs, an dem sie gerade vorbeifuhren, waren bereits weiß gepudert und es schneite heftig weiter. Für Amoénia war der Niederschlag sehr wichtig, Thorian benötigte keine Erklärungen dafür, er konnte es fühlen – die Freunde des Waldes und zudem eine Art Erleichterung. Selbstverständlich war die Wiese für Freiluft-Konzerte für ihn ebenfalls wichtig.

Nach der Allmende gleich am Waldrand bemerkte Thorian einen Wegweiser: »Emoen Steinbach-Clan«. Nun fuhren sie wieder im Wald, »Blondamoénen Tiefwasser-Clan«. Diese abgehenden Wege zu den einzelnen Clans fand er kribbelnd, egal ob es Niron nervte, wenn er den Wegweiser vorlas. Aber Schnappi, die wieder zwischen den Sitzen den Kopf nach vorne streckte, würde sich bestimmt auch dafür interessieren, da war sich Thorian sicher.

Auf einem freien Feld, das der Schneefall noch nicht erreicht hatte, wurde von langen schlanken Kerlen gerade die letzte Ernte eingefahren. Das waren Blondamoénen von den Silbermatten. Die konnte Niron nach dem Weg fragen. Sie empfahlen ihnen einen Pass zu nehmen, der vom Getreidetal hinüber zum Flaschenhalstal führe. Die Superzelle, die sich um dem Esatum gebildet hatte, reiche nicht bis hierher. Der Pass sollte deshalb leicht zu befahren sein.

Niron musste also zuerst nach Westen, dann links auf einer der schmaleren Straßen zum Gebirge fahren. Dort stand linksweisend tatsächlich ein Wegweiser »Flaschenhalstal, Rotamoénen« und sie mussten richtig tief in den Wald eindringen. Von oben drang glitzernd Licht durch die großen Blätter der Krone. In eines dieser Baumblätter hätte sich Thorian problemlos einwickeln können. Pilzähnliche Dinger wuchsen auf dem Waldboden und sorgten für ein buntes, dichtes Unterholz, mit einzelnen Flecken des Sonnenlichts, das es durch das grüne Dach bis hier hinab geschafft hatte. Der Wald strahlte für ihn eine erhabene, beruhigende Geborgenheit aus. Sie stiegen höher und höher auf der Passstraße, der Wald wurde dunkler, der erste Schnee bedeckte hier oben bereits die Baumkronen. Im Winter würden sich die riesigen Blätter der Kronen zu einem einzigen Dach zusammenschließen und so während der kalten Jahreszeit für ein Mikroklima im Wald sorgen, das die Unterholzgewächse vor dem unbarmherzigen Frost schützte, wenn der Planet in den kommenden Monaten die sonnenferneren Bereiche seiner Bahn durchlief.

* * * *
• • •

Wenige Meilen hinter dem Pass wurde es wieder hell. Eine Kurve führte um eine Felsnase herum und erlaubte die Sicht über die südwestlichen Berghänge. Eine gute Gelegenheit, um anzuhalten, zudem Schnappi wieder ihre Geräusche machte – sie musste dringend mal wieder raus. Die Aussicht offenbarte Wald und Berghänge. Diese Welt des Amoénenwalds schien zwanzig Meilen weiter vorne abrupt zu enden. Die Insel fiel steil in die Tiefen des ausgetrockneten Ozeans ab, der nur als bräunlich wabernde Smogschicht zu sehen war, die sich bis hinter den Horizont erstreckte. Doch darüber war die Luft klar und der Himmel blau. Nur hinter Thorian und Niron türmte sich das Gewitter weit in die Höhe und saugte die noch herbstlich warme Luft aus dem Tal zu sich hoch. Ein böiger Wind wehte Thorian ins Gesicht und das Grollen in den Wolken hinter ihnen trieb sie zur Eile an.

Bei einem nur fünf Meilen entfernten Stausee zwischen den grünen Hügeln und Bergen musste Thorians Clan wohnen. Die Sonne verschwand bereits hinter der wachsenden Gewitterkette. Schnappi hatte keine Lust mehr, zurück in den Wagen zu kriechen, nahm zwei, drei Schritt Anlauf, sprang über die Klippe hinweg und schon segelte die junge Flugechse in der starken Thermik – wozu war sie auch eine Flugechse.

Die nächsten Meilen der Passstraße führten zum Ufer des Stausees hinab, meist unter dem knorrigen Geflecht der dicken Baumäste des Waldes. Hier fühlte er sich sicher. Noch bevor sie den See erreichten, öffnete sich der Wald zu einer Wiese im Talboden, die auf der anderen Seite am See endete. Schuppen standen wie hingewürfelt und die Wiesen entpuppten sich als Sportplätze.

»Das sind nur Materialschuppen. Die Amoénen wohnen unter den Bäumen, sind aber auch hier online«, versicherte Niron, als er bei drei modernen Kleinbussen anhielt, die mit »Vorsicht vor energiegeladenen Rotamoénen« beschriftet waren. Auf dem Sportplatz tummelte sich eine Gruppe hübscher Typen, die sich wie körperlich gerade eben erwachsen gewordene rothaarige Burschen ausnahmen: die Amoénen des Flaschenhalstals. Sie hatten offenbar das aufziehende Gewitter beobachtet, standen jetzt auf, um zu Nirons Wagen zu eilen. Auch aus dem Wald hinter den

Sportplätzen rannten ihnen Amoénen entgegen; alle mit Thorians Haarfarbe, vielleicht sogar etwas intensiver rot.

Mit seinem Drittel-Bruder Sant'har hatte er einige Male einen Videochat gehalten, dessen Gesicht ließ keinen Zweifel daran, dass er zu jedem erdenklichen Streich aufgelegt war. Seine weiteren Brüder waren Nildt'har, der seine rotblonden Haare bis weit über die Schulter hinab trug, Beng'har hingegen trug sie sehr kurz geschnitten, bis auf einen aufgestellten Kamm. Gent'har hatte einen Ball aus krausem Haar um seinen Kopf und betonte, ihm würden sie natürlicherweise so wachsen. Sant'har klärte aber auf, dass Gent'har schon ein wenig nachfrisiert habe, und die vier bewunderten lüstern Thorians Roranarklamotten. Sie selbst trugen sexy Baumwollhosen, deren Ausbeulung keinen Zweifel ließ, dass Rotamoénen keineswegs Eunuchen waren. Seine Brüder hatten, wie Thorian, Nirons blaue Augen. Sie waren also genau genommen sogar seine Zweidrittel-Brüder, aber nur er hatte auch Gene von Erian. Ihm gefielen die schlanken Typen, die dauernd in Bewegung und am Plaudern waren. Obwohl sie eigentlich Vierlinge waren, blieben sie Individualisten wie er auch. Während er und seine Brüder sich drückten, begrüßte Ert'har den IZB-Generalkommandanten. Er war so etwas wie der Sprecher der Flaschenhalstal-Rotamoénen, die jetzt als Clan von über fünfzig Mann das Auto und die Neuankömmlinge umringten. Einige wunderten sich, dass so eine alte Karre überhaupt noch fahren konnte, und das sogar aufwärts und nicht nur den Berg runter.

Ert'har war schon deutlich älter als die vier Schlüpflinge um Thorian. Einen älteren Amoénen erkannte man weniger am Aussehen, sie alterten ja nicht wie die Menschen, sondern an weniger ausgeflippten Frisuren und dem etwas besonneren Verhalten.

Beng'har fragte nach der jungen Flugechse, über die sie gechattet hatten. Thorian deutete hoch, über ihren Köpfen zog Schnappi in der Thermik des aufziehenden Gewitters seine Kreise.

Die Amoénen verfügten in den Schuppen über einen gewissen Vorrat. Gent'har holte eine Nahrungskiste und Schnappis Augen entging das nicht. Sie landete auf dem Dach des Autos und ließ sich die Riegel zuwerfen, während Nildt'har und Sant'har Thorian befragten, wie es ihm denn nach all den schrecklichen Erlebnissen in der homophoben Reichsrepublik ginge, das sei ja alles so total schlimm gewesen.

* * * *

Ein erstes sanftes Rauschen näherte sich und schon fielen die ersten Tropfen auf den Sportplatz. Jubel brach unter den Amoénen aus, denn Regen bedeutete Leben. Während die Herde vor Freude ausflippte, erklärte Ert'har, sie seien hier am bergseitigen Ende des Stausees meinst gerade noch im Regen, während die Talsperre oft außerhalb bliebe und die Küste der Insel sowieso. Unter der »Küste« verstanden sie den Rand zum etliche Meilen hohen Steilhang, der in den ausgetrockneten Ozean abfiel.

* * * *

Der Wald an sich, mit seinem Netzwerk aus zusammengewachsenen Ästen und Wurzeln, war in der Lage, das Wasser über sein ganzes Ausdehnungsgebiet zu verteilen.

Schon mischten sich erste große Schneeflocken unter den Regen, die Amoénen hatten ihren Spaß dabei, sich die Flocken in den offenen Mund fallen zu lassen.

»Es wird Zeit! Wir gehen alle in die Turnhalle und für Schnappi räumt ihr einen Schuppen aus. Es kann nicht schaden, wenn ihr mal was von eurem Gerümpel in die Wiederverwertung gebt. Ausführen!«, befahl Niron und brach damit das chaotisch-übermütige Regenfest ab.

Am Waldrand, kaum zu erkennen, befand sich der Eingang zur »Unterwelt« der Amoénen, ein Gang führte in den Berg und zur Turnhalle. Eine ihrer Wände war von Wurzeln durchbrochen, die so dick waren wie vier Amoénen zusammen. Schnappi zeigte keine Lust, in einem Schuppen zu bleiben, und war lieber der übermütigen Schar mit den leckeren Kraftriegeln einfach gefolgt.

Die Amoénen mussten erst ein paar Bälle, Matten und Geräte wegräumen, bevor sie Niron im Halbkreis versammeln konnte. Schnappi hatte sich inzwischen in einer Ecke der Halle zum Schlafen zusammengerollt, trotz des Lärms, den die Amoénen beim Aufräumen machten.

»Rotamoénen des Flaschenhalstals!«, begann Niron im Kommandantentonfall.

»Bitte nicht wieder eine Übung bei Schneeregen im Dornengestrüpp wie letztes Jahr!«, quatschte einer rein.

»Sehr gute Idee, hätte ich glatt vergessen, vielen Dank!«, neckte Niron.

»Wir sind doch nur arme, kleine, unschuldige Amoénen. Bitte!« »Das kann er doch nicht machen!« »Unser Terminkalender ist viel zu voll dafür!« »Wenn wir nicht üben können, gewinnt der Blondbergclan bei der nächsten WLAN-Party«, wurde gejammert.

Niron ließ sie einen Moment ihre Sprüche machen.

»Aufpassen! Ab jetzt gilt es!«, änderte Niron seinen Tonfall. »Das hier ist keine Übung, sondern ein Ernstfall. Ihr seid die Kinder dieses Waldes.« Niron deutete auf die dicken Wurzeln. »Der Wald beschützt euch. Nun müsst ihr den Wald beschützen und den ganzen Mond Arganus. Bildet den Ring und ruft Amoénia!«

Die Burschen bildeten schnell eine Kette. Niron nahm Thorian an der rechten Hand und Ert'har an die andere. Thorian durfte mit seiner Linken mit Beng'har Händchen halten, doch dabei blieb es nicht. Beng'har griff nach Thorians Unterarm. Erst die Haut, dann die Blutgefäße und danach die Nerven verbanden sich zu einer Einheit. Er konnte die Lebensenergie seines Bruders fühlen, dessen Neugier auf den heimgekehrten Amoén und wie er das Roranar-Outfit verwegen geil fand – mit einer deutlich spürbaren Portion schwul-erotischem Verlangen. Bald konnte er auch Sart'har fühlen, den ganzen Clan und nun auch Niron und dessen eher väterliche Zuneigung für die verwegene Bande hier im Flaschenhalstal, aber Niron fand Amoénen natürlich auch hübsch.

Die beiden Amoénen an den beiden Enden der Kette legten ihre freie Hand auf die Wurzeln des Waldes. Das vorher noch so hart und massiv wirkende Holz schien zu weichem Teig zu werden und verschluckte die Hände der beiden. Thorian begann viel mehr zu fühlen. Sein Bewusstsein erweiterte sich, schien sich auf einmal über das ganze bewaldete Bergland zu erstrecken. Regen und Schnee, so wichtig, um über den kalten und trockenen Winter zu kommen, empfand er wie eine kühle, erfrischende Dusche nach einer Stunde Sport. Ein tiefer, hornartiger Ton schallte aus allen Richtungen über Amoénia und rief auch die anderen Clans auf, sich in den Ring einzugliedern. Thorian empfing die Gedanken einer Gruppe Blondamoénenschlüpflinge des Zwillingssee-Clans, die neugierig auf ihn waren, mit ihm spüren wollten, wie sich heiße Roranar-Lederklamotten anfühlten, besonders in der Lendengegend. Die Kerle musste er zusammen mit seinen Brüdern bald mal besuchen – er liebte die Amoénen! Beng'har konnte er fühlen, als steckte er in dessen Körper, oder war es Sart'har? Er sah die Pflanze des Flaschenhalstals, einen Austrieb aus einer Baumwurzel mit vielen Ranken. Dort wurden er und seine Brüder gezeugt. Die Manipulationen, damit Lenia geboren werden konnte und damit Erian und Niron neben Ert'har seine Väter sein konnten, hatten die Pflanze verwirrt, einer seiner Brüder steckte noch in einer Knospe. Ob er je schlüpfen würde? Das erfüllte alle Amoénen der Insel mit Sorge und dieses Mitgefühl vereinte sie. Jetzt waren sie alle zusammen ein Bewusstsein, ein Verstand, ein Amoén.

* * * *

Der Amoén stand auf der grasbewachsenen Kuppe des höchsten Rothorns an einem Sommertag. Er wusste, er war der Inbegriff homoerotischer Schönheit und er strahlte jugendliche Lebensfreude aus, doch er war auch verunsichert, was das Leben wohl für Gefahren mit sich bringen würde, und er zweifelte, ob er wirklich darauf vorbereitet sei, so verspielt, wie er als Amoén eben war. Neben ihm ließ Niron zusammen mit ihm seinen Blick über den Wald schweifen und genoss den Anblick dieser Insel des Lebens inmitten der Wüste.

»Amoén! Ich teile mit dir nun Erinnerungen, die mein Zwillingsbruder vor Jahrhunderten mit mir teilte«, verkündete Niron.

* * * *

Sie befanden sich in einem Raumschiff der treasianischen Sicherheit, genauer in einer Art Umkleide für Raumanzüge. Aron war mit seinem kraushaarigen Freund und einem blauschuppigen echsianischen Prinzen hier. Ein Wesen mit vier Armen wie der Echsianer, aber nur halb so groß, war Oberst Gahu der treasianischen Sicherheit. Ein kleiner Trupp Giennaer, die wie eine seltsame Mischung zwischen Wolf und Eidechse aussahen, vervollständigte das Enterkommando. Der Amoén konnte Arons Konflikt gut spüren. Er wusste, wie er den Raumanzug anzuziehen hatte, aber gleichzeitig verstand er nicht, warum er als kaiserlicher Kronprinz, einer Welt mit Königen, Rittern und Flugechsen, solche Dinge überhaupt begriff. Der treasianische Professor Argan hatte ihm diese Konditionierung verabreicht, die ihn körperlich für immer wie einen jungen Erwachsenen aussehen lassen würde, aber ihn auch auf einmal so völlig verrückte Dinge wie Raumanzüge verstehen ließ. Wie ferngesteuert machte er sich bereit, während sie sich an ein Basisschiff der Galaktischen Welle heranpirschten.

Bald schwebten sie durch das Vakuum des Weltraums hinüber, zu dem eine Meile großen, bläulich schwarzen Schiff der Galaktischen Welle, das einer zusammengequetschten Kugel glich. Das Licht einer hellen, aber sternförmig wirkenden Sonne spiegelte sich auf der fast gleichförmigen, strukturlosen metallischen Hülle. Sie erreichen in einem toten Winkel der äußeren Sensoren das Basisschiff und manipulierten dort einen Datenknoten, damit die internen Alarmsysteme abgeschaltet wurden. Aron erinnerte sich an einen dunklen, kreisrunden Tunnel, der radial ins Innere führt. Aron fühlte bleiern den Tod hier lauern.

An einer Verzweigung schwebte ein unheimliches, torpedoartiges Ding mit Armen im Vakuum. Aron erschrak und schrie auf, doch er schrie nur für sich selbst – hier gab es keine Luft. Ein Giennaer tippte ihn mit dem Lauf der Waffe an und deutete in eine weitere Röhre, die wohl ringförmig ums Zentrum lief. Das unheimliche Ding war inaktiv geblieben und so sollte es auch bleiben. Sie würden eins der drei Computerzentren übernehmen. Der Amoén blieb zurück, während die Gruppe um Aron sich im Licht ihrer kleinen blauen Scheinwerfer weiter vorantastete.

Das Szenario der Erinnerung wechselte abrupt. Jetzt befand er sich an einem ganz anderen Ort. Er stand oben auf einem Stahlturm mit einem rostartigen Boden, durch den er große eiserne Räder sehen konnte. Stahlseile wurden über diese Räder geführt, die danach in einem bodenlosen Schacht verschwanden. Doch diese Untertagemine war verlassen, die Mineure geflohen. Das einzige Lebewesen in dieser kargen Landschaft war eine baumähnliche, violette Pflanze auf dem zentralen Platz zwischen den Wohnbaracken. Sie wurde wohl von den Arbeitern gepflegt. Eine sanft lächelnde Frau in langem, weißem Gewand stand auf einmal neben ihm.

»Das war der Minenplanet Giha vor mehr als sieben Jahrhunderten eurer Zeitrechnung, meine jungen Freunde.« Gelbes Licht flutete vom Horizont her über die Landschaft, als ob dort eine zweite Sonne aufgehen würde, doch es war mehr nur eine Blase aus Feuer, die schnell größer wurde. »Der Dieb des Schlüssels zu den Fäden der Zeit ist jetzt endlich ein Teil von euch Amoénen, die ihr die Eltern und die Kinder des Waldes zugleich seid.«

Dem Amoén wurde klar, diese schnell wachsende Feuerblase am Horizont war eine gigantische Explosion, eine Atombombe oder noch etwas viel Stärkeres. Ihre Hitze setzte die Gebäude um den Turm und vor allem den Baum in Brand, ein für einen Amoénen kaum zu ertragender Anblick. Er selbst konnte die enorme Wärmestrahlung der Detonation nicht spüren, denn er war ja nicht wirklich, nur in der Erinnerung anderer hier. Ein Erdbeben ließ nun den Turm unheimlich schwanken, eine Art Sandsturm schoss auf breiter Front über die Ebene und raste schnell auf die Mine zu.

* * * *

»Der kaiserliche Zwilling schläft in seinem Schiff zwischen den Sternen und ist nicht mehr fern. Er hat den Schlüssel bei sich«, fuhr die übernatürliche Frau in ruhigem, sanftem Ton fort, während das Metall des Turms unter ihnen rot glühend wurde, »aber das Verderben folgt ihm auf den Fersen. Nutzt den Schlüssel weise, meine verspielten Freunde, bevor der Tod nach euch greifen kann. Galara hat euch weisgesagt.«

Die Druckwelle der apokalyptischen Explosion fegte alles hinweg.

25 ARGANISCHE JAHRE SPÄTER

DAS ERWACHEN

Im Anflug auf den größten Planeten des Sonnensystems HD 96064, 86 Lichtjahre von der Erde entfernt, im Erdenjahr 2435, am zweiten Tag des arganischen Jahrs 10.001, an Bord des Raumschiffs Regulus.

* * * *

Dunkelheit umgab Aron von Arganus. Er fühlte sich eingeklemmt. Steckte er in einem Rohr fest? Den ersten Atemzug seit einem Jahrhundert sog er tief ein und mit ihm allmählich die Erinnerungen daran, wer er war und wo er sich befand. Er hatte einst die Kaiserkrone von Arganus getragen. Bilder von seiner Heimat und von seinem Aufenthalt auf der Erde, die er vor nun so langer Zeit schon verlassen hatte, drangen in sein Bewusstsein. Von der Jahrhunderte dauernden Reise zwischen den Sternen hatte er kaum zwei Jahre bewusst erlebt – den Aufenthalt auf der Erde mit eingerechnet.

Ein einziges grünes Kontrolllämpchen leuchtete im Dunkeln. Aron spürte, wie die Winterschlafkapsel die letzte Infusionsnadel aus ihm herauszog, dieser kurze Schmerz riss die letzten Schleier vor seinem Bewusstsein weg. Er fühlte sich unterkühlt. Ein paar weitere tiefe Atemzüge und er konnte zuerst die Arme, dann auch seine langen Beine ein wenig bewegen – die Kapsel bot dafür allerdings nur wenig Raum. Aron fühlte in ihrer Enge eine wachsende Klaustrophobie; es wurde höchste Zeit, den Deckel zu öffnen. Er drückte auf das grüne Licht und ein banger Moment verging ohne eine Reaktion der Kapsel. Was wäre, wenn der Öffnungsmechanismus klemmte?

Das grüne Licht blinkte nun nervös, dann kippte endlich der Deckel langsam zur Seite. Aron setze sich auf und im selben Moment schaltete sich ein weißes, kaltes Licht ein. Er befand sich in einem dunkelblauen, steril wirkenden Raum, die Decke gleich über seinem Kopf. Er lehnte sich etwas über den Rand seiner Winterschlafkapsel hinaus und blickte hinab zum Boden, der Raum war höher als breit. Die Wände selbst spendeten das kalte, künstliche Licht; sichtbare Lampen gab es keine. Dreißig Winterschlafkapseln in Dreierreihe waren unter Aron an eine Wand des Raums angeheftet, der Ausgang befand sich tief unten. So hatte er den Raum nicht in Erinnerung. Als er sich schlafen gelegt hatte, hatten alle dreißig Winterschlafkapseln auf dem Boden gestanden, nicht auf kleinen Plattformen wie Schwalbennester an der Wand. Doch das Raumschiff *Regulus* befand sich offensichtlich im Bremsmanöver mit dem Bug in Flugrichtung, sodass es quasi einen Kopfstand machte.

»*Regulus*! Grund des Weckens?«, fragte Aron laut in den seltsamen Raum hinein. Die Schwerkraft an Bord war etwa anderthalbmal so stark wie normal, doch für Aron, als von den Treasianern genetisch konditionierten Menschen, stellte dies kein Problem dar.

»Ich rufe das Raumschiff der Treasianischen Sicherheit, das ich auf den Namen *Regulus* getauft habe!«, wiederholte er ungeduldig.

»Hier ist die *Regulus*«, hallte aus undefinierbarer Richtung die geschlechtsneutrale, sachliche Computerstimme durch den sterilen Raum. »Grund des Weckens: Erreichen des Ziels innerhalb eines Tag-Nacht-Zyklus der Erde, entsprechend 0,63 Sonnentage[7] auf Arganus. Die Entfernung zum Mond Arganus beträgt aktuell 25 Millionen Kilometer beziehungsweise 18 Millionen arganische nautische Meilen. Wir befinden uns seit 108 Tagen im Bremsmanöver. Alle Systeme funktionieren normal.«

»Sind Peran Lars, Jan Ettenberger und Mizerat Kitat gesund?«

»Positiv!«

Das war eigentlich eine gute Nachricht, dennoch fühlte Aron ein Stechen im Bauch. Jetzt würde sich entscheiden, ob ihn zu Hause nach all den Jahrhunderten jemand wiedererkennen würde und ob er vielleicht sogar noch Kaiser war – möglicherweise hatte aber die Galaktische Welle bereits alles zerstört. Vielleicht hatten die Menschen der Erde einen Weg gefunden, ihm zu folgen und ihn sogar zu überholen? Würden ihn bei der Landung Präsidentin Hoover und General Abrams erwarten und versuchen

---

7 Ein Sonnentag ist die Dauer zwischen zwei Meridiandurchgängen der Sonne. Letztere befindet sich für Beobachter auf der Nordhalbkugel außerhalb der Tropen, beim Meridiandurchgang genau im Süden, und hat (so gut wie) ihren Tageshöchststand. Der Arganische Sonnentag dauert 38¼ irdische Stunden. Wenn die Arganer beispielsweise die Dauer eines Raumschiffflugs mit zwei Tagen angeben, dann dauert der Flug 76½ irdische Stunden.

die *Regulus* zu kapern? Nein, die beiden mussten längst tot sein. Er musste solche Albträume in der Winterschlafkapsel zurücklassen.

Aron fand das zugenähte Lederetui mit seiner Wiedererkennungs-Plakette darin, die er im Jahre 9261 nach Arganus-Kalender bei seiner Krönung zum Kaiser erhalten hatte. Es lag in einem kleinen Plastikbeutel zu seinen Füßen. Das Plastik zerbröselte, als er den Beutel anheben wollte, und ein goldener Siegelring fiel zusammen mit dem Lederetui mit einem lauten »Klong« auf den Glasboden der Kapsel. Der Astronaut Jan Ettenberger hatte ihn noch gewarnt, die Plakette könne in der Winterschlafkapsel zum gefährlichen Geschoss werden, falls das Schiff heftige Manöver ausführen würde, doch Aron hatte sich geweigert, dieses Artefakt, das ihn hoffentlich als ehemaligen Kaiser ausweisen würde, irgendwo anders aufzubewahren als in seiner unmittelbaren Nähe.

Er steckte den Siegelring an seinen Finger und schwang sich mit dem Etui in der Hand aus der Winterschlafkapsel zu einer der Leitern, die zwischen den Kapseln hinunterliefen. Dabei wurde ihm kurz schwindlig. Er musste sich gut an der Leiter festhalten. Seine Trainingshose war im Laufe der Jahrhunderte brüchig geworden, ebenso sein Slip, sie zerrissen beide bei Arons Schwung auf die Leiter und schwebten in großen Fetzen und kleine Flusen in die Tiefe. Schnell ließ er seinen Blick über die anderen drei besetzen Winterschlafkapseln schweifen. Sie schienen Aron wie mannsgroße, stark in die Länge gezogene, metallische Eier. Gemäß des kleinen Kontrollmonitors schien alles in Ordnung zu sein. Die übrigen Winterschlafkapseln waren wie erwartet leer. Sein Gefährte Peran, Astronaut Ettenberger, und der echsianische Prinz Mizerat Kitat befanden sich noch im künstlichen Schlaf und schienen keine Probleme zu haben. Für die treasianische Technik der *Regulus* schien es in der Tat lediglich Routine zu sein, jahrhundertelang zu arbeiten.

»*Regulus*, welches Jahr schreibt man?«

»Es ist nach Arganus-Kalender der zweite Tag im Jahr 10'001, nach dem Kalender der Erde schreibt man den 16. Juli 2435.«

Er zögerte, nach seiner Heimat zu fragen, obwohl er das Schiff beauftragt hatte, Radiosendungen von Arganus abzuhören, sobald die Entfernung dafür gering genug wäre – er fürchtete sich vor der Antwort. Die albtraumhaften Bilder der Zerstörung der sehr fortschrittlichen Welt Treasia und deren Minenplanet Giha durch die Roboterarmee, genannt »Galaktische Welle«, waren fest in sein Gedächtnis eingebrannt.

Aron stand so gut wie unbekleidet auf der Leiter. Dieser Jogginganzug der Erde schien wohl eher nicht für eine vierhundert Jahre lange interstellare Reise konzipiert gewesen zu sein. Aron streifte sich die Stoffreste vom Körper, warf sie den Fetzen hinunter und ließ sie vom Schiff dematerialisieren.

»Temperatur auf 22 Grad erhöhen und am Fuß der Treppe eine Skinny-Blue-Jeans, Sneakers und ein Zürich-Pride-Festival-T-Shirt materialisieren, wie sie Simon Brunner damals im irdischen Jahre 2038 getragen hat.«

Aron wollte die Lage vorerst allein erkunden. Es schoss ihm ein beklemmender Gedanke durch den Kopf: Wenn seine Heimat Arganus bereits von der Galaktischen Welle zerstört wäre, dann gäbe es die Option, den anderen diesen Anblick zu ersparen und sie nie mehr aufwachen lassen oder zumindest die eine halbe Million Jahre dauernde Reise zu den mittlerweile in die Große Magellansche Wolke[8] geflohenen Treasianern zu wagen.

* * * *
• • •

Er kletterte nach unten – eigentlich war es die Wand voraus. Dieser scheinbare Kopfstand des Schiffs während des Bremsmanövers irritierte ihn. Er zog sich die Kleidung an, die er eben vom Schiff verlangt hatte. Simon Brunner hatte ihm damals geholfen, Peran aus den Händen der Giennaer zu befreien und ihm auf Geheiß des geheimnisvollen Wesens Galara den Schlüssel der Edaner zu überlassen, was auch immer dieser Schlüssel sein mochte. Sie hatten damals einfach Galara vertraut, obwohl sie keine Ahnung hatten, wer wohl »der Rothaarige, der die Fäden der Zeit berührt« sein könnte, für den dieser Schlüssel bestimmt war.

Die Röhrenjeans saß perfekt und gab Aron das Gefühl, nun endgültig erwacht zu sein – das Leben ging weiter. Vielleicht sollte er nicht so viele im Moment unbeantwortbare Fragen wälzen, dachte er, und vorgehen, wie es der Astronaut Jan Ettenberger tun würde: Schritt für Schritt nach

---

[8] Die Große Magellansche Wolke ist die größte von mehreren kleinen Galaxien, die wie Monde unsere Galaxis umkreisen. Von der Südhalbkugel der Erde ist sie in geeigneten Nächten problemlos mit bloßem Auge zu erkennen. Das Licht benötigt 150.000 Jahre von ihr zu uns, sie ist somit 150.000 Lichtjahre entfernt. Die *Regulus* fliegt mit nur etwa 20 % der Lichtgeschwindigkeit, würde also 750.000 Jahre für die Reise benötigen.

Checkliste. Also zuerst auf die Brücke gehen und die taktische Lage erörtern. Aber zuerst wollte er diese surreale Welt des kopfstehenden Schiffs korrigiert haben.

»*Regulus*! Ist hier das interstellare Gas dünn genug für einen Flug mit dem Bauch voran, damit wir nicht mehr wie im Kopfstand fliegen[9]?«

»Positiv, wir befinden uns nicht mehr im interstellaren Raum, sondern bereits im Wind der drei Sonnen von Arganus. Nachteil: wir wären vom Ziel aus besser zu erkennen.«

»*Regulus* für den Flug mit Bauch voraus drehen, dies ist kein Angriffsflug. Taktischen Bericht zur Lage auf dem Mond Arganus vorbereiten, während ich nach vorn auf die Brücke gehe!«

»Verstanden!«, quittierte die *Regulus* kühl.

Daraufhin begann sich der Raum tatsächlich langsam zu drehen. Endlich hatte Aron seine Füße wieder auf dem Boden und nicht an der Wand. Die Leitern zwischen den Winterschlafkapseln verschwanden im Boden.

Das einen Meter dicke Tor des Winterschlafraums wurde mit einem Summen langsam seitlich in die Wände gefahren. Aron trat auf den Mittelgang des Schiffs. Den Weg zur Brücke versperrte das Strahlungsschott, das ihm nur träge den Weg freigab. Er befand sich hier in der Mitte des 450 Meter langen Raumschiffs. Der Flur von der Breite einer Hauptstraße bog gleich danach in Richtung Steuerbordseite ab, um dem Antrieb auszuweichen. Das lange Panoramafenster gab diesem Abschnitt der »vorderen Galerie« ihren Namen. Aron sah sein Spiegelbild im Fenster. Alles an ihm schien in Ordnung zu sein: Er sah noch immer wie ein eben erst erwachsen gewordener junger Mann aus; seine blonden Haare waren etwas lang und im Gesicht hatte er ziemlich viel Flaum. Er ließ seine Implantate einen Testlauf durchführen und eine grüne Schrift erschien virtuell vor seinen Augen, die den Fortschritt des kurzen Tests berichtete. Die Untersuchung blieb ohne Befund.

»Alles in Ordnung, Blauauge«, sagte er laut zu sich selbst. Dieser Spitzname erinnerte ihn an seinen Zwillingsbruder Niron, der im Gegensatz zu Aron nicht als kaiserlicher Prinz aufwuchs, sondern als Baby vom Hofmarschall im Dorf Vierstraßen versteckt worden war, zwecks späterer Intrigen. Doch Niron brannte durch und wurde Schiffsjunge an Bord eines

---

9 Das Raumschiff bremst im Anflug auf Arganus. Fliegt es mit dem Bauch voran und verringert seine Geschwindigkeit konstant, so empfindet die Besatzung das Bremsmanöver als eine sie auf den Boden drückende Schwerkraft.

Segelschiffs. Aron lernte seinen Bruder erst kennen, als sie beide auf der Flucht vor den Klerikern waren und beide beim treasianischen Professor Argan Unterschlupf fanden. Der hatte ihre Gene durch eine designte Trihelix ersetzt. Deshalb wäre es durchaus möglich, dass Niron noch lebte, auch wenn seither mehr als sieben arganische Jahrhunderte vergangen waren. Er würde sich sehr freuen, seinen Zwillingsbruder wiederzusehen. Aron blickte wieder hinaus und ihm fiel auf, dass er kaum Sterne erkennen konnte.

»*Regulus*, künstliches Licht aus, Fenster 100 Prozent transparent und das Schiff etwas neigen, damit ich unser Ziel von der vorderen Galerie aus sehen kann!«

Tageslicht flutete von extrem schräg unten durch das lange Fenster. Es war die Sonne von Arganus und ein blendend heller Doppelstern mit einem orangenen Farbstich fiel auch sofort ins Auge: Das »himmlische Paar«, zwei Rote Zwerge, die die Sonne von Arganus einmal in gut dreitausend Jahren umkreisten. Jetzt begann das Kippmanöver und Aron lehnte sich gegen die Scheibe. Eine dicke Sichel war knapp über dem Schiffsrumpf zu erkennen – das musste der Gasriese Derana sein. Die verwirbelten Bänder aus braunen, gelben und rötlichen Wolken waren typisch. Auf der Nachtseite konnte er sogar den Nordlichterkranz um den Pol erahnen. Auch die feinen Ringe des Planeten waren zu erkennen. Ein rötliches Sternlein in seiner Nähe war wohl der rote Mond Ergia und das andere, weißlich-bräunliche Möndchen, knapp als solches und nicht nur punktartig zu erkennen, das musste Arganus sein! Arons Herz schlug schneller bei diesem Anblick. Er starrte minutenlang die Sichel des Gasriesen an und auf Arganus, das kleine Sternchen, das seine Heimat war. Waren sie während dieser Minuten einen Tick größer geworden? Er blickte sich weiter um: Das war SEIN Sternenhimmel mit SEINEN Sternbildern! Hier war wieder der Stern *Regulus* der hellste Fixstern des Himmels und nicht, wie am Himmel der Erde, der *Sirius*. Er war tatsächlich zurückgekehrt, nachdem er von Treasia abgeschnitten wurde und sein Zwischenstopp auf der Erde ja auch sehr holprig verlief. Peran wäre beinahe umgekommen.

Aron löste sich aus seinen Gefühlen und gab sich einen Ruck. Nun war es doch an der Zeit, in die Zukunft zu blicken, statt sentimentalen Gedanken über die Heimat nachzuhängen. Er ging nach vorn auf die Brücke, eine ellipsoid-förmige Halle mit Sitzen auf drei bogenförmig über die ganze Breite verlaufenden Stufen, die hinunter zu den neun Pilotensitzen führten. Prominent in der Mitte der Stufen stand der Sessel des Kapitäns, auf den sich Aron nun setzte.

»*Regulus*, in den Frontfenstern den Ausblick simulieren, als würden wir Bug voran fliegen.« So konnte er nun seinen Heimatplaneten viel besser beobachten, mit den vier Sternchen neben ihm – der zweitinnerste dieser Monde war seine Welt Arganus. Für Aron wurde es nun Zeit, sich der Gegenwart zu stellen.

»*Regulus*, kurze Zusammenfassung der taktischen Lage aufgrund von Radiosendungen und Sensorenaufzeichnungen! Meine Heimat, das ehemalige Kaiserreich Arganus, zuerst«, befahl Aron. Sein Puls stieg. Was sollte er tun, wenn es auf dem zweitinnersten der vier Monde inzwischen kein Leben mehr gab?

»Die meisten Sender sind digital verschlüsselt. Nur ein Sender namens Heiliges Radio sendet analog«, erfuhr er zu seiner Freude. »Ein paar Sender in der Reichsrepublik verwenden ein binäres digitales Format, das dem damals auf der Erde gebräuchlichen ähnelt, sodass eine Entschlüsselung dank der damals gesammelten Informationen inzwischen gelungen ist.«

Bei den Worten »sendet« wurde Aron heiß und kalt zugleich: Das Schiff sprach nicht in der Vergangenheitsform – seine Welt war noch nicht von der Galaktischen Welle zerstört worden, wenn Radio Zarn jetzt noch sendete. Aron war für einen Moment erleichtert, doch nun musste er wissen, wie sich die Politik entwickelt hatte. Die Erde des Jahres 2038 war in der Lage gewesen, mit vielen Kilometern[10] großen, im Weltraum stationierten Radioteleskopen Radio Zarn abzuhören; doch die Sendungen, die Aron damals während seines Aufenthalts auf der Erde gehört hatte, waren hier auf Arganus vor 486 irdischen Jahren ausgestrahlt worden. Radio Zarn hatte damals von sehr schlechten Zeiten berichtet.

* * * *
• • •

Er ließ von der *Regulus* die aktuelle politische Lage zusammenfassen. Die Teilung seines Landes war offenbar Geschichte und ein gewählter Vizekaiser stand an der Spitze einer sogenannten Reichsrepublik. Der Heilige Staat existierte leider auch noch immer. Die von diesem Gottesstaat inoffiziell unterstützten Todeskutten verübten gelegentlich Anschläge gegen Personen, die angeblich das Himmlische Paar beleidigt hatten. Manche Dinge hatten

---

10 Um den Rundfunk einer fremden Welt in gut 80 Lichtjahren Entfernung abzuhören, braucht es viele Quadratkilometer Empfangsfläche, damit man genügend Photonen pro Sekunde empfängt, um zuhören zu können. Nur bei Richtfunk, also absichtlich auf die Erde ausgerichteten Sendeantennen, käme man mit gängigen Radioteleskopen aus.

sich offenbar auch in den vergangenen sieben arganischen Jahrhunderten nicht geändert, ärgerte sich Aron. Dafür schien sich die Internationale Zaronenbasis gut entwickelt zu haben und galt als die führende Militärmacht. Deren Gründung immerhin hatte er dank abgehörter Radiosendungen noch während seines Erd-Aufenthalts mitbekommen. Neben den schon zu Arons Zeiten bekannten drei intelligenten Spezies Mensch, Echsianer und Knatsch schloss das Schiff aus seiner Fernerkundung, dass es noch zwei aus dem Menschen genetisch designte, intelligente Lebensformen geben müsste, die Apolloénen und die Amoénen. Aber besonders über Letztere wurde in der konservativen Reichsrepublik nicht offen im Radio gesprochen, da es das Anstandsempfinden anständiger Bürger beleidigen würde. Deshalb verfügte die *Regulus* nur über spärliche Informationen, was Apolloénen und besonders Amoénen betraf. Letztere schienen schwul zu sein, aber in der Reichsrepublik gab es offenbar ein Gesetz, das wohlwollende Informationen über Homosexualität teilweise oder ganz zensierte. Das enttäuschte Aron, dafür elektrisierte ihn etwas, was die *Regulus* aus einer im Radio übertragenen Parlamentsdebatte um eine Rentenreform aufgeschnappt hatte: »Der Zustimmung des im Himmel reisenden Kaisers vorbehalten tritt das Gesetz hiermit in Kraft.« *Vielleicht würde seine Wiedererkennungsplakette doch mehr sein als nur ein Museumsstück*, hoffte Aron.

»Die *Pfeil von Arganus*, also das Reiseraumschiff des Fährmanns des Himmels, mit dem ich bei der Schlacht zwischen den Tafelbergen die Klerikalen Landsknechte erschreckt hatte, ist es noch in Gebrauch?«, fragte Aron.

»Positiv, die Transpondersignale eines Reiseraumschiffs können empfangen werden«, kam es sekundenschnell von der Regulus. »Zudem kann nicht ausgeschlossen werden, dass eine Flotte aus primitiven Nachbauten betrieben wird.«

Man hatte also anscheinend die zurückliegenden Jahrhunderte für eine technische Entwicklung genutzt, doch wo war der Feind?

»*Regulus*, hast du nach Aktivitäten der Galaktischen Welle gefahndet?«, fragte Aron.

»Ihr Befehl wurde ausgeführt. Die Sensoren haben Gammastrahlung der Annihilation[11] von Materie und Antimaterie festgestellt, die nicht

---

[11] In der Physik versteht man unter Annihilation (lat.: annihilatio „das Zunichtemachen") den Prozess der Paarzerstrahlung, bei dem ein Elementarteilchen und sein Antiteilchen sich (beispielsweise) in Gammastrahlung (eine Sorte von radioaktiven Strahlen) verwandeln. Dies ist eine Möglichkeit nach Einsteins Formel $E=mc^2$, Materie m in Energie E zu verwandeln.

astronomischen Objekten zugeordnet werden konnte. Die gefährlichste befand sich bis vor Kurzem in der Nähe des Paars Roter Zwerge, die auch unter dem Namen *Das himmlische Paar* bekannt sind. Das Objekt bewegte sich derart, dass es sich vom Mond Arganus aus gesehen immer hinter diesem Roten Zwerg befand. Die im Laufe der Monate gemessenen Spektren dürften mit hoher Wahrscheinlichkeit von einem Basisschiff der Galaktischen Welle stammen. Inzwischen hat es sich bis zu einer Halteposition bewegt und ist nun 4,5 Milliarden Kilometer von der Hauptsonne des Systems entfernt.

Eine weitere diffuse Quelle befindet sich ein Achtel Lichtjahr vom Sonnensystem Arganus entfernt. Die wahrscheinlichste, aber nicht einzige mögliche Interpretation ist, dass dort ein Basisschiff der Galaktischen Welle zerstört wurde.«

»Warum hat das Basisschiff Arganus noch nicht angegriffen?«

»Unbekannt. Deshalb wird als zweite, aber weniger wahrscheinliche Möglichkeit in Betracht gezogen, dass die Arganer einen Raumschiffantrieb verwenden könnten, der eine ähnliche Gammastrahlensignatur erzeugt«, musste die *Regulus* zugeben. »Schlecht gebaute Interkosmosanker[12] können in ihren Kraftfeldern ebenfalls Antimaterie erzeugen, die sogleich zerstrahlt. Dies wäre aus großer Entfernung nur schwer von einem Lager mit Anti-Eisen-Geschossen der Galaktischen Welle zu unterscheiden.«

Echte Basisschiffe hätten wohl bereits angegriffen. Vielleicht hatte Ergus von Zarn eine Wache in Richtung Erde abgestellt und zum Himmlischen Paar war ein Forschungsschiff unterwegs. Aron hoffte, dass es sich wirklich um Raumschiffe seiner Leute handelte.

Könnte das verdächtige Objekt eventuell nur ein mit primitivem Interkosmosanker betriebenes Forschungsschiff sein? Eventuell handelte es sich um einen Nachbau der *Pfeil von Arganus*? Sicher wissen konnte er es erst, nachdem er mit Niron oder Ergus darüber gesprochen hatte. In den Radiosendungen war in der Tat davon die Rede, dass zurzeit eine Kommandoübergabe von Niron von Arganus an Ergus von Zarn stattfände. Ob es sich bei Ersterem tatsächlich um seinen Bruder handelte, ging aus den abgehörten Radiosendungen nicht zweifelsfrei hervor.

* * * *

---

[12] Interkosmosanker funktionierten ähnlich wie Schleppanker, nur dass sie anstelle von Wasserströmungen die „strömende" Raumzeit paralleler Universen ausnutzten.

Während Aron mit den halbneuronalen Computersystemen der *Regulus* die aufgefangenen Radiosendungen analysierte, um sich ein besseres Bild von der politischen Lage zu machen, wurden der Planet und seine Monde allmählich größer und größer.

Jemand griff Aron an die Schulter. Es war Jan Ettenberger, der blonde Deutsche im ESA[13]-Overall.

»Aron! Alles klar?«, fragte Jan gut gelaunt.

»Guten Morgen, Jan, oder was immer man sich wünscht, nach Jahrhunderten im Tiefschlaf.«

»Wir haben die Reise überlebt, freust du dich nicht?«

»Doch, doch! Auch Peran scheint es in seiner Kapsel gut zu gehen. Aber was erwartet uns dort? Ist es sicher für ihn? Deshalb habe ich ihn und Mizerat Kitat noch nicht wecken lassen.«

Er deutete zum Mond Arganus. Der füllte als Sichel das ganze Panorama der auf transparent geschalteten Kuppel der Brücke aus.

»Schieb die Sorgen weg! Genieße einfach diesen Space-Moment! Ist der blaue Saum am Rand der dicken Sichel nicht einfach nur schön?«, fragte Jan begeistert. »Eine bewohnte Welt mit Sauerstoffatmosphäre liegt mir zum Greifen nahe!«

Aron wandte den Kopf zu dem deutschen Astronauten, der etwas größer war als er selbst und auch deutlich männlicher, weniger knabenhaft aussah. Wie es sich für einen Astronauten gehörte, trug Jan den Overall mit ESA-Emblem und der Aufschrift »Ares XI«, dem Titel der Marsmission, auf der er Aron kennengelernt hatte. Der Astronaut beobachtete nun mit einem Fernglas die Welt voraus. Für ihn war die Beobachtung mit einem solchen schlichten optischen Gerät viel authentischer und persönlicher als mit den fortschrittlichen Sensoren der *Regulus*.

»Die Tiefebenen auf der dem Gasplaneten zugewandten Hemisphäre sind ganz schön mit Smog gefüllt«, kommentierte Jan seine Beobachtungen. »Als ob auf der Erde der Pazifik ausgetrocknet und wir mitten in der letzten Eiszeit wären. Die polaren Gletscher würden bis in die Breiten von Deutschland vorstoßen, wenn dies die Erde wäre.

Da, an der Abend-Tag-Nacht-Grenze, da führt eine Art Rifftal ziemlich gerade von den Nordpoleiskappen zu denjenigen des Südpols, wenn man von einem Knie in den nördlichen Subtropen absieht. Ist ja gigan-

[13] Europäische Weltraumorganisation, siehe www.esa.int

tisch. Wenn es nur nicht so viel vulkanischen Smog gäbe, könnte ich es deutlicher sehen. Aron, wie heißt das Tal?«

Doch auch Aron wusste den Namen nicht, denn zu seiner Zeit war die Vorderseite, die dem Gasplaneten zugewandte Hemisphäre des Mondes Arganus, völlig unerforscht. Die Gläubigen leugneten sogar die Existenz eines riesigen Himmelskörpers, dessen Mond Arganus sein solle.

* * * *

»Wir haben die interstellare Geschwindigkeit fast abgebremst und fliegen von der Nachtseite her kommend in einem Bogen zu deiner alten Hauptstadt, die jetzt auf der Tagseite liegt«, stellte Jan anhand der scheinbar im Raum schwebenden Anzeigen fest. »Genieße doch diesen Moment des Heimkehrens. Mach den Fremdenführer für mich«, ermunterte Jan den nachdenklich stummen Aron.

Sie flogen gerade an der Tag-Nacht-Grenze des Sonnenuntergangs über diesen Graben. Ein Wasserstrom floss aus einer gigantischen Gletscherzunge südwärts in einen See. Der Ausfluss dieses Sees verlor sich in grau-weißen Salzfeldern. Die Nachtseite hier war nicht vollkommen dunkel, der Gasplanet sorgte für Licht, sodass die westechsianische See erkennbar blieb; sie zog sich in mittleren nördlichen Breiten entlang der Eisfelder. Die *Regulus* führte ein weiteres Bremsmanöver durch, es brachte für eine Minute die Schwerkraft zurück. Sie erreichten die Rückseite des Mondes Arganus, das Licht des Gasplaneten kam in diesen Gebieten nicht an. Die jetzt sehr groß erscheinende Kugel des Himmelskörpers erschien wie eine schwarze, gigantische Scheibe vor dem Sternenhimmel. An ihrem nördlichen Rand waberten starke Polarlichter in Grün und Blau. Nur gelegentlich fielen Flecken mit offensichtlich künstlichem Licht auf, manchmal auch so was wie gigantische Lagerfeuer: Lavafelder.

Sie erreichten die Morgengrenze. Das Kernland des Echsianischen Reichs war von bläulich violetter Vegetation geprägt, etliche Städte und Verkehrswege waren sogar aus dem Weltraum zu erkennen. Hier konnte Aron Jan ein paar Oberflächenmerkmale erklären, sie überflogen ihm einigermaßen bekannte Gebiete.

An Steuerbord, also gegen Süden, prägte eine Kette verschneiter Schildvulkane das Landschaftsbild, die im Licht des frühen Morgens besonders plastisch erschienen und lange Schatten über die Morgennebel warfen. Auf einem Berg am Horizont knapp über dem Nebel reflektierte das Licht in kurzen Blitzen zu ihnen hoch. Ob das die goldenen Kuppeln und Dächer der erhabenen echsianischen Kaiserstadt Kréeia Echsian waren, konnte Aron nicht mit Sicherheit sagen. Jan hielt es für ein Sonnenkraftwerk, das seine Spiegel gerade aus der nächtlichen Ruhestellung zum Licht drehte. Aron musste eingestehen, wohl zu romantische Vorstellungen gehabt zu haben. Sie flogen zudem noch viel zu nördlich und zu hoch. Jan glaubte einen Kondensstreifen entdeckt zu haben.

Schon blieb Echsian zurück und die *Regulus* überflog ein weißes Hochland, als hätte einer die Antarktis hierher versetzt, wie Jan den Anblick beschrieb. Aron fiel links ein Grabenbruch auf, das Kalttal. Einst marschierte dort das Heer seines Vaters hindurch und scheiterte dann in Echsian.

Sie blickten wieder auf die Vulkane, die durch die Gletscher des Hochlands brachen. Abrupt endete das eisige Hochland und fiel steil in ein Tiefland ab: das Einschlagbecken des Kaiserreichs Arganus.

»Wir überqueren die fruchtbaren Ebenen zwischen Person und Daradar, backbord voraus liegt das Mittelgebirge und der Innenrand des Einschlagbeckens, steuerbord voraus die Westalp. Die große Stadt hier am Ende des arganischen Meerbusens heißt Person«, spielte Aron nun tatsächlich den Guide. »Hinter dem offenbar wolkenverhangenen Mittelgebirge liegt Zarn, am Nordhorizont im Dunst müsste das Königreich Thermus liegen.«

»200 Kilometer über Grund. Verzögerungsmanöver beginnt. 500 Kilometer bis zum Zielpunkt«, meldete die *Regulus* ohne erkennbare Gefühlsregung in der Stimme. Aron setzte sich auf den Sitz des Kapitäns, Jan auf einen der Pilotensitze. Sie flogen über den Meerbusen und steuerbord voraus war nun die Lücke im Ringgebirge des Einschlagbeckens zu erkennen, durch die der Ozean einst eingedrungen war.

An der Nase des Schiffs glühte die Luft auf, die *Regulus* bremste immer stärker.

»Halte nun Höhe bei 90 Kilometer über Grund, noch 350 Kilometer oder zwei Minuten bis zum Ziel«, verkündete das Schiff. Aron schaute zu den Städten der Küste des Meerbusens hinunter, die nun nacheinander in Sicht kamen. Das Schiff bremste stark und sie näherten sich der Meerenge bei Peretanus, die den Meerbusen vom Golf von Arganus trennte. Diese Meerenge stellte auch die Grenze zwischen der Reichsrepublik und dem Heiligen Staat dar.

Unangenehme Erinnerungen an den Krieg gegen den Priester Hazardius im Land der Tafelberge stiegen in ihm auf, doch er wollte Jan damit nicht stören, der fasziniert auf die Welt Arganus hinunterblickte. Bald war die Position nahe der Hauptstadt Arganus erreicht, die Nase des Schiffs senkte sich und die Schwerkraft an Bord ging deutlich zurück.

»Position erreicht. Wir schweben 90 Kilometer Höhe über einem Ort, der sechzig Kilometer östlich der Stadt Arganus liegt. Es ist der dritte Tag im Hitzemonat 10'001, 17 Uhr vormittags«, meldete das Schiff.

»Daran muss ich mich erst gewöhnen: 9 Uhr soll Morgen, 18 Uhr Mittag, 27 Uhr Abend und 36 Uhr Mitternacht sein!«, stöhnte Jan.

»Und zudem ist unsere Stunde etwas länger als die irdische: In irdischen Stunden gemessen dauert ein Tag-Nacht-Zyklus sogar 38 Stunden. Aber du wirst dich bestimmt daran gewöhnen, Jan«, meinte Aron zuversichtlich. »Das, was wir jetzt noch spüren, ist nur noch die Schwerkraft von Arganus.«

* * * *

Er erklärte Jan die Stadt Arganus. Den alten Palast konnten sie bereits erkennen, die Stadt hatte sich nach Norden inzwischen weit über die alte Stadtmauer hinaus ausgedehnt bis zu einem Flughafen mit einer langen Landepiste. Aron ließ die *Regulus* etwa hundert Kilometer über der Atmosphäre eine Warteposition einnehmen. Es hatte Momente gegeben, in denen Aron nicht mehr geglaubt hatte, sein Land jemals wiederzusehen – jetzt lag es unter ihm. Er hieß die *Regulus* sinken, zuerst in Richtung der alten Kaiserstadt Arganus, aber dann entschloss er sich doch für das Tafelbergland bei der Meerenge und hundert Kilometer westlich der Hauptstadt. Dort hatte ihn einst der Alarm auf Treasia vom Schlachtfeld weggerufen – er hatte das Gefühl, dort sei der richtige Ort, um nun wieder heimzukehren.

Die *Regulus* war zu groß, um irgendwo in der Nähe von Vierstraßen eine ausreichend große Wiese zu finden. Zudem war die alte Landestelle der »*Pfeil von Arganus*« mit Einfamilienhäusern zugebaut worden. Aron ließ sie deshalb in einer arganischen Meile, also 1,45 Kilometern Höhe, schweben. Das Schiff meinte, eine Jeans mit Sneakers würde hier als rebellisch jung empfunden: Unter Teenagern und Studenten sei die enge, widerstandsfähige Baumwollhose verbreitet. Die entsprechende Bezeichnung für Jeans im Arganischen sei Jenas, in Anspielung auf ihren Ursprung als Seemannshose in der Flotte der Hafenstadt *Kap Jarussant*. Für Aron war es damit beschlossene Sache, er wollte als Student landen, bevor er irgendwo in der Hauptstadt offiziell ankommen würde. Er eilte in seinen Jeans oder Jenas zum Heck und dort aufs Hangardeck. Jan folgte ihm, ließ sich aber zurückfallen, um das Schiff zu bitten, ihm für einen Ausflug passendere

Kleider zu generieren. Er fühlte sich an die Replikatoren aus Star Trek erinnert, als die Textilien wie aus dem Nichts neben ihm auftauchten.

Die Flotte in der fußballfeldgroßen Halle war nicht mehr vollständig: Nur zwei von vier Planetengleitern sowie acht kleinere, nur reisebusgroße Atmosphärengleiter standen noch dort und waren flugbereit. Jan war ein paar Minuten später landfein, er trug jetzt das Touristenoutfit eines Erwachsenen mit kakifarbener Hose und einer Art Poloshirt – so habe es ihm das Schiff vorgeschlagen, erklärte er. Verstärkt wurde der touristische Eindruck noch durch ein Messgerät, das er noch von der Marsmission dabeihatte; neue, geladene Akkus hatte er sich vom Schiff materialisieren lassen.

..*.*

Aron entschied sich für einen der verbliebenen Atmosphärengleiter, in etwa so groß wie einer der größten Passagierhubschrauber der Erde.

»*Regulus*, sind die Gleiter betriebsbereit?«

»Gemäß Ihren Anweisungen wurden alle Interkosmosanker der Gleiterflotte im Hangar der *Regulus* eine Woche vor der Ankunft in Betrieb genommen, bis auf Atmosphärengleiter 12.«

»Wir nehmen Atmosphärengleiter Nummer 5.«

Glücklicherweise schienen in den vierhundert Jahren keine Störungen in den Systemen der Gleiter aufgetreten zu sein. Das beruhigte Aron etwas, als er durch die Heckklappe in den Gleiter einstieg.

Aron dachte, dass Jan wohl in der komfortableren Situation sei: Ihm ging ein Traum in Erfüllung, er betrat erstmals eine andere bewohnte Welt, neugierig und unvoreingenommen. Er selbst hingegen kam nach Hause und irgendwie doch nicht: Es war eine halbe Ewigkeit vergangen, seit er zwischen den Tafelbergen dort unten eine Schlacht gegen den Klerus geschlagen hatte. Er dachte an die Worte des Astronauten Alain Aldrin, der Arons Situation mit der Karls des Großen verglichen hatte, der ins 21. Jahrhundert der Erde gebeamt würde: Keiner in Europa hätte deswegen das alte Kaiserreich wieder ausgerufen. War er in einer ähnlichen Situation? Die in Leder eingenähte Plakette in der Westentasche seiner Jeansjacke – war sie mehr als ein antiquarisch bedeutsames Goldblech? Die von der *Regulus* analysierten Radiosendungen ließen in hoffen.

..*.*

Der Druckausgleich war vollzogen, der Hangar öffnete sich, sie flogen hinaus und Aron steuerte den Gleiter nach Vierstraßen hinab. Das kleine Städtchen von damals war als Altstadt direkt an einer Klippe zur Bucht hin noch erhalten geblieben. Wie damals führte das Aquädukt mitten durch das Städtchen und über einen Damm weiter hinaus zur viel größeren Stadt St. Peretanus auf einer Insel in der Meerenge zwischen Ozean und dem arganischem Meerbusen. Ein Zaun mit Wachttürmen und Zollstation versperrte den Dammweg zur Insel. Hier verlief deutlich sichtbar eine Grenze zwischen nicht sehr befreundeten Staaten: St. Peretanus war offenbar eine Exklave des Heiligen Staats. Auf der anderen Seite von Vierstraßen schloss sich gegen das Hinterland ein ausgedehntes Viertel mit Einfamilienhäusern an und eine zweispurige Eisenbahnstrecke mündete unweit der Stadtmauer in einem Bahnhof und schien danach in einem Tunnel weiterzuführen. Doch Aron interessierte vor allem, was aus dem befestigten Dorf Vierstraßen geworden ist, das ihm als Hauptquartier in der Schlacht gegen den Klerus gedient hatte.

* * * *

Er entdeckte vor einem der vier Stadttore einen Parkplatz mit ein paar Reisebussen und einer Weide daneben. Eine Gruppe von blauschuppigen, vierarmigen Wesen Echsianern stieg gerade aus einem der Busse. Einige von ihnen blickten zum landenden Gleiter hinauf, andere machten sich bereits auf den Weg zum Stadttor. Aron registrierte, dass senkrecht landende Fluggeräte offenbar nicht mehr so ungewöhnlich waren, dass sie großes Aufsehen erregten. Neben den Bussen fand er auf einer Weide mit sechsbeinigen Kuhtats genügend Platz für den Gleiter.

Aron beeilte sich, aus dem Gleiter herauszukommen. Als er endlich draußen war, blinzelte er in einen herrlichen Sommertag. Zwischen den Schönwetterwolken über den Tafelbergen schwebte dunkel die *Regulus*. Er ließ sich einen Moment lang die heimatliche Sonne ins Gesicht scheinen und sprang dann von der nach unten geklappten Hecktür auf die Wiese.

»Wo echsianische Touristen herumlatschen, da wird ja wohl auch ein blonder, verloren geglaubter Sohn hindürfen«, meinte Aron zu Jan, der sich anstelle des vom Schiff empfohlenen Hemdes im letzten Moment doch noch für sein blaues ESA-Poloshirt und einen City-Rucksack mit demselben Logo entschieden hatte und Aron nun nach draußen folgte.

Die Kuhtats schauten etwas verwundert und die Touristen aus dem Bus schossen ihr Foto *»alte Stadt mit Atmosphärengleiter«*.

Das Gras dieser Kuhtatweide würde also nach 740 Jahren das erste Stück Heimat sein, das er betrat, sinnierte Aron. Hatte damals nicht gleich dort drüben, wo nun die Einfamilienhäuser begannen, das von ihm auf den Namen »*Pfeil von Arganus*« getaufte Reiseraumschiff gestanden? Doch das lag nun alles hinter ihm – nun war er wieder da, um seine Heimat zu beschützen.

»Was pflegt ihr Astronauten jeweils zu sagen, wenn ihr zum ersten Mal einen Himmelskörper betretet?«, fragte Aron Jan, der die Szene mit seinem Taschencomputer filmte.

»Für dich ist es ja eine Rückkehr«, wandte Jan ein.

»Spiel mit!«, lachte Aron.

* * * *

»Es ist ein kleiner Schritt für verloren geglaubte Prinzen, doch ein großer für Arganus«, sprach Jan mit gespieltem Pathos.

Aron fand Jans Spruch doch nicht so geistreich, um ihn gleich in ein Denkmal zu meißeln. Die Stärken des Deutschen lagen wohl mehr auf dem Gebiet der Wissenschaft.

Er ging einige Schritt in die Wiese hinein, kauerte sich nieder, um das Leben seiner Heimat zu spüren und tief einzuatmen. Die Touristen schauten etwas verwundert, aber panische Reaktionen auf das Raumschiff gab es nicht.

»Da neben der Sonne, die hellen beiden Sterne, die trotz Tageslicht problemlos zu erkennen sind, das ist wohl dieser Doppelstern aus Roten Zwergen«, kommentierte Jan seine Filmaufnahmen live und deckte mit der ausgestreckten freien Hand die Sonne ab. »Unglaublich! Ich bin im Dreifachsystem HD 96064 und stehe auf einem Exomond, auf dem Leben existiert!«

»Um diese Jahreszeit steht das Himmlische Paar gegen Mittag so hoch am Himmel?«, fragte Aron verwundert und blickte nun ebenfalls zum Doppelstern hinauf. Er wurde sich bewusst, dass das Himmlische Paar in den vergangenen 740 Jahren etwa ein Viertel seiner Umlaufbahn um die große Sonne zurückgelegt hatte. Erst mit diesem Gedanken begriff er, wie unglaublich lange er unterwegs gewesen war. Er fuhr mit beiden Händen nochmals durch das Gras. Jan tauschte den Camcorder gegen sein Messgerät, den »Tricorder«, wie der Astronaut sein Gerät scherzhaft nannte, in Anlehnung an die vielen *Star Trek* Filme in seiner Sammlung.

»1120 Hektopascal Druck, 35°C, 44% Stickstoff, 18% Sauerstoff, 300 ppm[14] Kohlendioxid, Schwefeldioxid gibt es auch ein wenig. Das war zu erwarten, wegen des starken Vulkanismus. Der Gasplanet knetet euch ganz schön durch mit seinen Gezeitenkräften. Erstaunlich: Edelgase werden euch nie ausgehen: Neon, Argon und Krypton plus eine Prise Xenon machen zusammen knapp 38 Prozent eurer Atmosphäre aus und, ups, das ist aber spannend: 200 ppm Schwefelhexafluorid. Das unglaublich dichte Gas macht wohl den Löwenanteil eures Treibhauseffekts aus. Ein kräftiger Treibhauseffekt scheint für Arganus ja überlebenswichtig. Ihr erhaltet im Durchschnitt nur so viel Licht wie der Mars in seinem sonnennächsten Bahnpunkt. Weißt du, wo dieses dichte Gas herkommt?«

»Es sammelt sich im ausgetrockneten Ozean auf der anderen Seite der Welt. Wir wären beinahe erstickt, als wir dort die ›*Pfeil von Arganus*‹ suchten, das ist so etwas wie die kleine Schwester der *Regulus*.«

»Das kann nicht sein«, schüttelte Jan seinen Kopf. »Solche Seen aus schwerem Gas halten sich nicht lange wegen der Diffusion. Selbst das im Vergleich zu Luft fast fünfmal dichtere Schwefelhexafluorid vermischt sich mit der Zeit mit der übrigen Atmosphäre.«

»Die Seen aus Gas gibt es. Frag die *Regulus*, wieso!«

Aron waren Jans Messungen im Moment vollkommen gleichgültig, er war zu Hause! Ein Kuhtat grunzte ihn von der Seite an und er tätschelte den Kopf des riesigen Tiers, dessen Schulterhöhe etwa seiner eigenen Körpergröße entsprach. Bevor die anderen Kuhtats auf der Weide neidisch werden konnten, ging er die paar Schritte zum Weg hinüber. Er fühlte sich auf einmal unternehmungslustig und kräftig. Endlich wieder zu Hause zu sein, gab ihm Kraft. Er schwang sich über den Zaun auf den feinen Kies des Fußwegs in Richtung Stadttor, während Jan mit der *Regulus* über irgendwelche Schwefelbakterien in Geysiren am Grund es ausgetrockneten Ozeans diskutierte und wie das schwere Gas sich an den Polen als Reif niederschlug.

* * * *
• • •

»Guten Tag«, sagte Aron zu einer glotzenden Familie.

»Grüß das Paar!«, antwortete ein Bub. »Was ist das für eine Maschine?«

---

[14] Unter ppm, „parts per million“, versteht man „Anzahl Teile pro Million". Die Atmosphäre der Erde enthält 77,1 % Stickstoff, 20,8 % Sauerstoff, 1,1 % Wasserdampf, 0,9 % Argon, 400 ppm Kohlendioxid (Tendenz steigend) sowie weitere Spurengase.

»Magnetischer Senkrechtstarter XL!«, improvisierte Aron – sie hätten ihm wahrscheinlich nicht geglaubt, dass der Gleiter auch im Weltraum fliegen konnte und mit den Leuten hier vor der Stadtmauer streiten mochte er nicht. Der Vater erklärte seinem Jungen, das sei das neueste Modell der internationalen Zaronenbasis und es könne bis in den Weltraum fliegen, womit er mit Letzterem wohl eher zufällig richtiglag.

Aron sah einen Wegweiser »*Denkmal und Museum Aron-Schlacht 9261*« und überlegte, dorthin zu gehen, aber dann fehlte ihm doch der Mut – zu »frisch« schienen ihm die Erinnerungen an die Explosionskrater der Artillerieraketen und die Verletzten auf dem rot verfärbten Schnee. Seither hatte er nur zwei Jahre an Bord bewusst erlebt, die er mit dem Astronauten Jan, dem Prinzen Mizerat Kitat und besonders gerne mit seinem Freund Peran genutzt hatte, um die treasianische Technik kennenzulernen. Hinzu kam noch ein Jahr auf den Planeten Mars und Erde. Es fühlte sich für ihn eigenartig an, dass diese Schlacht bereits vor 740 und nicht erst vor »seinen« drei Jahren stattgefunden hatte.

Er folgte gerne dem Wegweiser, der weiter zum Stadttor wies: »*Altstadt Vierstraßen. Fußweg nach St. Peretanus (Hl. Staat, Empfehlungsschreiben eines Priesters bereithalten!)*«

Er erklärte Jan, dass die Schlacht unentschieden ausgegangen war. Anscheinend habe Niron damals diesen Kompromiss durchgesetzt, vermutete Aron, doch das war aus seiner Sicht nur Spekulation. Nach den auf der Erde abgehörten Rundfunksendungen eroberten die Todeskutten des Heiligen Staats das halbe Kaiserreich Arganus. Offenbar hatte man sie inzwischen wieder hinter die auf dem Wegweiser erwähnte Grenze zurückgedrängt.

Jan fotografierte den Wegweiser und die Touristenkarte am Rand des Reisebusparkplatzes und kommentierte Arons Spekulationen über die Geschichte nicht weiter. Sie schritten nun auf das Tor in der Stadtmauer zu.

»Erinnert mich an die Festungsstadt *Carcassonne* in Frankreich«, meinte Jan, »nur dass die Mauern hier nicht ganz so wuchtig sind. Aber auf das Aquädukt, das von den Tafelbergen hierherführt, wären selbst die Römer neidisch gewesen, gigantisches Bauwerk!«

* . * . * . *

Sie bummelten wie normale Touristen durchs Tor. Dort standen Schaufensterpuppen als Wachen, die historische Uniformen trugen. Aron identifizierte sie als Uniformen von Südthermus aus seiner eigenen Zeitperiode. In der Tat war Vierstraßen damals der südöstlichste Vorposten des Königreichs

Thermus gewesen und der Hafen hier der einzige direkte Zugang zum Ozean. Beide Wachen hielten echte Hellebarden in der Hand, die mit unauffälligen Ketten gesichert waren; die alten Waffen trugen das Wappen des Königs von Thermus. »So angezogen und bewaffnet hätten sie zum königlichen Leibregiment gehört, aber sicher nicht zu einer Torwache«, erinnerte sich Aron grinsend. »Außerdem war damals Vierstraßen keine Festungsstadt, sondern ein Kaff aus ein paar Bauernhöfen und einer Herberge. Die dünne Mauer war damals nicht mehr als ein Schutz gegen wilde Tiere.«

»*Leibwächter des Königs von Thermus. Eine Leihgabe der Geschichtsstiftung der Neuen Thermus Fluglinien, NTF*«, war tatsächlich auf einem Messingschild zu ihren Füßen zu lesen. »*Stadttor aus der nironischen Epoche, errichtet 9270*«

Konnte Aron daraus schließen, dass Erian, sein einstiger Kollege und König von Thermus, nach wie vor der Chef dieser Fluglinie war? Erian hatte damals in einer von der Erde aus abgehörten Radiosendung so etwas erwähnt.

Aron hätte Erian gerne wiedergesehen und vielleicht sogar dessen Angebetete, die Freifrau Mara von Brückenberg, falls man auch ihr das Zaubermittel oder was genau diese Konditionierung auch immer war, gespritzt hätte.

Durch das Tor gelangten sie auf einen kleinen Platz mit antikem Kopfsteinpflaster einer Kreuzung zwischen der hier von Osten her einfallenden Hauptstraße und einer ringförmig an der Stadtmauer entlangführenden Gasse. Die Häuser mit ihren Erkern drängelten sich hier dicht aneinander über den Köpfen der Passanten.

»Interessant, man könnte beinahe denken, man sei irgendwo in Mitteleuropa«, stellte Jan fest. Als Aron zum letzten Mal hier in Vierstraßen gewesen war, hatte es noch keine Erker gegeben, erinnerte er sich, und die Straßen waren ihm damals breiter erschienen.

Sie würden wohl etwas Taschengeld benötigen, fiel ihm ein – die Münzen in seinem alten Lederrucksack wären wohl kaum mehr gültiges Zahlungsmittel. Da entdeckte er einen Krämerladen: »*Unk Andenken und Antiquitäten.*«

Aron wollte in dem Laden ein paar der alten Münzen zu Geld machen, während Jan meinte, er würde sich noch ein wenig umsehen und sich einer geführten Gruppe Echsianer anschließen. Man treffe sich in einer Viertelstunde etwas weiter vorn auf dem Platz, wo sich die namensgebenden vier Straßen kreuzten.

* * * *

Im Laden herrschte ein dichtes Durcheinander von allem Möglichen: Schnitzereien, Puppen, Fischerwerkzeug, alte Waffen und Ritterspielzeug. Aron musste sich in einem schmalen Durchlass zwischen den Gestellen und zwei Echsianern hindurch drängen, um bis zur Theke zu gelangen. Ein Knatsch, klein, grün und etwas zerknautscht, mit dicken Knochenwülsten über den runden Augen trat aus einem Lagerraum an die Theke.

»Junger Mann, was gefunden?«

»Aron ist mein Name. Ich möchte Sie fragen, ob Sie alte Münzen ankaufen, aus der Zeit der Schlacht zwischen den Tafelbergen.«

»Urk bin ich, zeig mal her«, gluckste der Knatsch. »Da hat dich bestimmt einer übers Ohr gehauen.«

Aron legte fürs Erste zwei Edeldekas auf den Tisch. Der Edeldeka war eine daumengroße Münze aus 900er Silber mit dem Nennwert von hundert Deka. Er hoffte, dass diese Münze inzwischen so selten war, dass sie viel mehr wert war als hundert Deka, oder wie die Währung jetzt auch immer heißen mochte. Urk setzte eine Brille mit Lupe auf und knipste eine Tischlampe an. Er schaute sich die beiden Silbermünzen lange an, auch den Rand, und identifizierte sie schließlich als spätkaiserliche Münzen Arons XXVII aus dem Jahr 9261. Sie sei geprägt und nicht gegossen, also keine neuere jerilanische Fälschung.

Er legte eine der Münzen auf eine Balkenwaage, um sie mit einer anderen zu vergleichen, da die echten beinahe ausschließlich aus dem leichtesten Silberisotop[15] bestünden und kein Gemisch seien, wie er erklärte. Damals hatte Aron zurückgelassene Edelmetallvorräte von Treasia geholt. Da die Treasianer ihre Metalle nach verschiedenen Isotopen getrennt lagerten, waren die damals von Aron geprägten Silbermünzen isotopenrein. Der Knatsch schien zufrieden mit der Echtheit und bot Aron an, sie je zum Nennwert von 100 Deka gegen eine moderne Münze zu tauschen.

»Nicht dein Ernst! Die hat Aron XXVII. persönlich geprägt!«, wandte Aron ein.

»Standest wohl selbst an Prägemaschine, wie? Witziges Bürschchen! Also gut, 300 für beide, bar auf Hand und ich stelle keine Fragen.«

Aron wollte das Feilschen nicht zu weit treiben und erklärte sich einverstanden, während der Knatsch auch die zweite Silbermünze prüfte. Anscheinend verschluckten die Knatsche noch immer die Artikel, wenn sie

---

[15] Als Isotope bezeichnet man Atomkerne, die zum selben chemischen Element gehören, aber unterschiedlich schwer sind.

die Sprache der Menschen benutzten. Aron legte noch eine große Goldmünze auf die Theke: einen Königsdeka. Diese Münze war knapp gleich groß wie die Silbermünze, nur bestand sie zu 11/12 aus Gold und der aufgeprägte Nennwert betrug fünftausend Deka. Diese wertvolle Münze fand man damals kaum in den Geldbeuteln der gewöhnlichen Leute, denn vierzig davon hätten gereicht, um ein bürgerliches Haus zu kaufen.

»Ehrenwerter Händler, wie viel der Dolch?«, wurde auf Echsianisch gerufen.

»Siebenhundertzwanzig«, rief der Knatsch auf eine Art Echsianisch zurück und wiederholte die Wiegeprozedur an der Goldmünze. Da es nur ein stabiles Goldisotop gibt, entfiel der Test mit der Isotopenreinheit, aber der Knatsch legte die Münze in eine Art Prüfgerät, das ihm bestätigte, dass es sich wirklich um Gold und nicht etwa um vergoldetes Wolfram handelte.

»Fünfhundert ist ein ehrenhafter Handel!«, rief der Echsianer zurück.

»Ja, ist gut, danke, großzügiger Kunde!«, rief der Knatsch, der sich offenbar etwas gestört fühlte. Der Echsianer brachte den Dolch zur Kasse. Der Knatsch schob Arons Münzen und die Prüfgeräte etwas zur Seite und packte die verzierte Waffe ein, während ihm der Echsianer eine Karte hinhielt. Der Knatsch nahm sie entgegen und steckte sie irgendwo unter der Theke in ein Gerät, tippte auf seine Kasse und deutete auf eine Tastatur neben der Kasse. Der Echsianer schaute etwas verlegen.

»Entschuldigung!« Der Knatsch und zog eine Tastatur mit echsianischen Schriftzeichen hervor. Aron hatte sich etwas abseits gestellt, es sollte nicht der Verdacht aufkommen, er würde dem Echsianer den Code von den Fingern ablesen. Dass die Leute darauf empfindlich reagierten, hatte er von seinem Kumpel Simon Brunner auf der Erde gelernt.

Der Knatsch widmete sich nun wieder der Münze. Das Gewicht stimmte, sie hatte keine Gussblasen und das Schriftbild sei an den neuralgischen Punkten scharfkantig. »4990 Deka, Königsdeka und beide Edeldekas.«

»Was? Du willst mir weniger als den Nennwert des Königsdekas bieten? Du wolltest doch alleine für die Silbermünzen 300 bezahlen! Also 5300! Minimum!«

»Weißt du, Bursche, wenn ich fünftausend oder mehr dir gebe, dann muss ich Formular für Polizei ausfüllen und Fotokopie von deinem Ausweis beilegen. So ist Bagatellgeschäft und du kannst mit Fantasienamen unterschreiben.«

»Reichen fünftausend Deka, um drüben zu essen?«, fragte Aron.

Der Knatsch gluckste amüsiert. »Dachte ich mir doch, dass du dringend Geld brauchst! Was ist blinkendes Ding am Hals?«

Der Knatsch hatte die neuronale Fernbedienung der *Regulus* bemerkt.

»Elektro-Schmuck, nix wert, 4990 Deka bar auf die Hand also!«

Der Knatsch nickte, zog einen Formularblock heraus und schob ihn mit einem Stift zu Aron herüber. Als Aron das Formular ausfüllen wollte, bemerkte der Knatsch den Siegelring und wollte ihn sich näher ansehen. Aron zögerte etwas, denn eigentlich wollte er ja nur etwas Taschengeld, um hier ein paar Stunden als Tourist zu bummeln, bevor er erkannt wurde, aber er wollte sich auch nicht zu unhöflich geben. Offenbar waren die Knatsche ja längst keine Sklaven mehr, die man einfach so anschnauzen konnte. Also ließ er den neugierigen Händler gewähren, der sich sogleich wieder seine Lupenbrille aufgesetzt hatte und nun neugierig das Siegel musterte.

»Hmm, Wappen eines Kaisers? Bist wohl Könige-der-Tafelrunde-Gamer?«

Aron wunderte sich einen Moment darüber, dass der Knatsch einen so irdischen Begriff wie *König Arthus' Tafelrunde* verwendete. Das müsse wohl etwas mit der Datenbank zu tun haben, die sein Bruder Niron damals auf Treasia geklaut hatte, vermutete Aron. Die Treasianer hatten vor vielen Jahrhunderten nicht nur Arganus beobachtet und besucht, sondern auch die Erde.

»Ja, ja, ich übertreib es manchmal ein wenig, deswegen bin ich auch knapp bei Kasse«, improvisierte Aron.

»Nein, ist nicht Beilage zu Computerspiel, echt Gold, Platineinfassung, kleine Diamanten rundherum. Roter Punkt da in Delle könnte Siegellack sein. Schwerter sind nicht perfekt identisch, keine Massenware aus Fabrik Handarbeit, das könnte echt sein! Wo hat Freak wie du so was her?«

»Familienerbstück! Unverkäuflich!«

Aron zog die Hand wieder weg und begann das Formular auszufüllen. Gegenstand: Zwei Edeldekas Jahrgang 9261 und ein Königsdeka vom selben Jahrgang. Bei »Name des Ankäufers« war bereits ein Stempel aufgedruckt. Preis: 4990 Deka. Name des Verkäufers: Aron von Arganus. Anschrift: Kaiserpalast, Stadt Arganus. Er unterschrieb unleserlich und schob es dem Knatsch zurück, der es mit finsterem Blick durchlas.

»Sie haben ja gesagt, es sei egal, was ich hier einfülle.«

»Ja, fast egal!«

Hinten bimmelte die Tür. »Polizei«, wurde laut gerufen. Zwei in weiß-grün uniformierte Menschen-Männer trampelten in den Laden, ein dünner und ein dicker, die Aron an einen lustigen Schwarz-Weiß-Film erinnerten, den er in Jans Sammlung gefunden hatte. Der dicke stapfte voraus und der dünne ließ sich etwas zurückfallen, um zu beobachten.

»Ich bin Wachtmeister Tunk. Sie lösten Alarm aus, Meister?«

»Der hat Siegelring, ist echt«, plapperte der Knatsch los, »Cur Max Aron XXVII., ist bestimmt nie vererbt worden. So was ist Millionen wert, berühmt in Museum.«

»Also, blonder Bursche, die Beine auseinander, Hände in den Nacken«, befahl der Dicke etwas genervt.

»Schara-Dan![16]«, fluchte Aron, spielte jedoch mit. Der dicke Beamte durchsuchte ihn zunächst, während der andere die Szene mit der Hand am Pistolenhalfter von der Seite beobachtete. Der Dicke fischte die in ein Leder eingenähte Wiedererkennungsplakette aus Arons offen getragener Jeansjacke und nahm den Lederrucksack an sich.

»Keine Waffen, scheint einfach nur ein Lauser zu sein, der sich weigert, erwachsen zu werden. Verzichten wir mal auf die Handschellen«, meinte der Wachtmeister.

»Was ist in dem Lederetui? Drogen? Vermutlich echsianische Weinbeeren«, glaubte der Beamte. Die Antiquitäten schienen ihn weniger zu interessieren.

»Ring, vor allem Ring anschauen! Das ist echter Kaiserring!« Der Knatsch hielt dem Beamten Arons Hand mit dem Ring direkt vors Gesicht.

»Ja, ja, erzähl das den echsianischen Touristen. Schauen wir nach, geh einen Schritt zurück, Kerl!« Der durch den nervösen Knatsch abgelenkte Beamte, der die letzten paar Jahre wohl nur Strafzettel verteilt hatte, bemerkte nicht, dass Aron kaum Abstand genommen hatte. Als er ein Taschenmesser herauszog, um das Etui aufzuschneiden, packte Aron ihn unvermittelt und nahm ihn in den Schwitzkasten, sodass der Überrumpelte seine Deckung gegen den anderen war.

»Die Münzen könnt ihr haben, im Schiff habe ich noch mehr davon. Aber wenn ihr das Leder aufmacht, ist der Spaß zu Ende. Nehmen Sie die Pistole langsam mit zwei Fingern raus!«, befahl Aron und fixierte den zweiten Beamten.

---

[16] Verdammt

Der dicke Beamte im Schwitzkasten versuchte Aron mit seinem Gewicht gegen die Wand zu drücken. Ein Bild wäre beinahe heruntergefallen, wenn es der Knatsch nicht reflexartig aufgefangen hätte, aber Aron mit seiner genetischen Konditionierung konnte den Wachtmeister problemlos festhalten.

»Einfach so aus Neugier: Für was halten Sie beide denn das, was auf der Kuhtatweide steht, und das, was am Himmel schwebt?

Schneller mit der Pistole oder ich kugle ihm die Schulter aus!«

Der zweite Polizist entschloss sich, es nicht darauf ankommen zu lassen und warf die Pistole deutlich weit von sich weg.

Aron tastete nun mit der rechten Hand nach der Pistole des Beamten im Schwitzkasten. Der versuchte nun nochmals, sich herauszuwinden, da er dachte, ein einhändiger Griff sei kein Problem für ihn, doch Aron hielt ihn auch mit einer Hand wie mit einer Eisenklammer. Mit den Fingern der anderen Hand drückte er den Lauf der Pistole krumm und warf sie dem zweiten Beamten vor die Füße.

»Keine Angst, ich bezahl sie später! Und von dir, Knatsch, will ich die 4990 Deka! Jetzt gleich! Mit der Fernsteuerung an meinem Hals kann ich das Schiff vor die Sonne steuern. Soll ich für das Städtchen mal zur Probe etwas Schatten machen?« Kurz darauf wurde es auf der Gasse draußen in der Tat so dunkel, als hätte sich eine Wolke vor die Sonne geschoben. Der Wachtmeister schaute mit großen Augen durchs Schaufenster hinaus und Aron ließ den anderen wieder los. Der nun freie Beamte hob die Pistole auf und musterte sie. Er versuchte den Lauf selbst zu biegen, mit beiden Händen, aber ohne Erfolg.

»Herr, Ihr Geld!«, sagte der Knatsch und legte fünf Goldlinge auf die Theke.

»Das ist kein Überfall. 4990 waren abgemacht! Außerdem benötige ich Kleingeld«, befahl Aron streng. Der Knatsch nahm einen der Goldlinge wieder weg und zählte nun kleinere Münzen ab.

»Diese Münzen sind noch im Umlauf?«, fragte Aron.

»Ja, aber elektronische Bezahlung ist üblicher. Der Siegelring ist wirklich …«

»Meiner, richtig! Und die brauche ich auch noch«, bemerkte Aron, während er das Lederetui wieder einsteckte. »Das ist die Wiedererkennungsplakette. Sie ist nur etwas wert, solange sie eingenäht ist! Nach der Zeremonie kann sie meinetwegen ein Museum haben.«

»Sie sollten Ihr Raumschiff wieder zwischen die Tafelberge zurückfliegen lassen, sonst hält der Heilige Staat das für einen Angriff«, empfahl der dicke Beamte. »Aber von was für einer Zeremonie sprechen Sie?«

»Die Wiedererkennungszeremonie. Wenn ein Kaiser lange Zeit abwesend ist, kann er seinen Thronanspruch dadurch beweisen: In den Katakomben unter dem Palast ist in einem Gewölbe das Gegenstück zu dieser Plakette eingemauert. Kein lebender Mensch weiß ganz genau, was sich in dem Etui befindet, da das Paar Plaketten bereits ein paar Jahrhunderte vor meiner Krönung in das Leder eingenäht wurde.«

»Der Ring ist echt, sagen Sie?«, fragte der dünne Polizist den Knatsch.

»Soweit man das in fünf Minuten beurteilen kann, ja!«, bestätigte der Händler.

»Denken Sie vor allem an das Schiff auf der Weide und über uns«, gab Aron zu bedenken. »Den Ring könnte ich vielleicht fälschen, aber ein Raumschiff nicht! Und ein normaler Mensch verbiegt Ihnen den Pistolenlauf sicher nicht mit einer Hand!«

Die beiden Beamten tuschelten zwischen den Gestellen miteinander, während Aron die Münzen in die Hosentaschen seiner Jeans steckte. Der dünne Beamte hob seine Pistole wieder auf und steckte sie weg, während der Knatsch frohlockte, er habe die ersten Münzen bekommen, die der zurückgekehrte Kaiser ausgegeben habe. Dafür kriege er von einem finanziell reichen, aber geistig armen echsianischen Touristen Zehntauende von Dekas, nein Hunderttausende, mindestens!

»Ich geh jetzt da drüben was essen und dann werde ich mal sehen, ob ich offiziellen Kontakt kriege. Ihr beide seid eingeladen!«

»Wir sind im Dienst und müssen deshalb jede Art von Geschenken ausschlagen. Ich empfehle Ihnen den Gasthof zum Aquädukt«, erklärte der dünne Beamte bereitwillig, »der hat eine Terrasse mit Blick über die Bucht und den Ozean. Wir bringen Sie hin.«

»Den gibt es noch?«, wunderte sich Aron. Damals während der Schlacht hatte er dort sein Hauptquartier gehabt.

DER GEHEIMAGENT

Die touristische Stadtfestung Vierstraßen vor den Tafelbergen, siebzig arganische Meilen nordwestlich der Hauptstadt Arganus. 3. Tag im Hitzemonat des Jahres 10'001.

* * * *

Die Sonne brannte bereits stark auf den Platz in der Mitte des Städtchens, obwohl es noch nicht ganz Mittag war. Die monumentalen Bögen des Aquädukts führten noch immer wie damals am Platz entlang, nur die Häuser schienen Aron herausgeputzter und vornehmer zu sein als damals. An die Fontäne in der Mitte konnte sich Aron nicht erinnern, nur an einen schlichten Brunnen als Pferdetränke. Auch war nicht der ganze Platz gepflastert gewesen, sondern nur zwei sich kreuzende Streifen. Aber den Gasthof, der die schweren Steinbögen des Aquädukts einfach als Hausmauern verwendete, den gab es noch. Jemand fasste Aron an die Schulter.

»Hey, scheues Prinzchen …«

Aron drehte sich um und blickte in grüne, lebendige Augen.

»Kruselprinz? Ich weiß nicht, ob es für dich hier sicher ist, deshalb wollte ich erst die Lage alleine erkunden. Das Schiff …«

»Wir sind zu Hause!«, jubelte Peran. »Jan hat mich wecken lassen. Kitat und ich kamen von der *Regulus* mit einem Atmosphärengleiter runter; Kitat ist bei einer echsianischen Reisegruppe hängen geblieben.«

»Dann gehen wir rein. Komm, Peran!«

»Und wer sind Sie?«, fragte der Wachtmeister Peran.

»Peran von Lars. Ich war der Sohn des Wachtkommandanten und Arons Spielkamerad.«

Aron war aber nach dem Erlebnis eben in nicht wirklich guter Stimmung. Er musste seine Heimkehr aktiver gestalten. Dabei konnten ihm seine auf der Erde gemachten Erfahrungen helfen.

»Wachtmeister, gibt es einen berühmten, integeren Dokumentarfilmer, dem ich meine Absichten, meine Erlebnisse, erzählen könnte, ohne dass der daraus eine reißerische Skandalgeschichte macht?«

»Dann kommt Jaro Ter vom Mittagsbote wohl nicht infrage«, witzelte der Dünne.

»Widmas von Arganus Eins! Der hat zum 700. Jahrestag der Schlacht hier einen Dokumentar-Spielfilm gedreht!«, meinte der Dicke.

»Das ist 40 Jahre her! Rechne erst nach! Das war sein Vater. Der Sohn hatte damals nur eine Nebenrolle! Als Rot'hars Bruder Ut'har, oder?« Der Dünne blickte dabei fragend Aron an, doch woher hätte er das wissen sollen.

»Der Junior erhielt die goldene Kamera für seine Geschichtsdoku *Ma Kur, Ur Kar*. Sklavenzucht Auswald, Demarkation, 96. Jahrhundert. Grauenvolle Sache«, wusste der Dicke. »Wegen der Doku steht Widmas auf der Abschussliste der Todeskutten.« Er deutete in Richtung der Inselstadt St. Peretanus.

»Könnten Sie diesen Widmas junior für mich anrufen und hierherbestellen?«, bat Aron.

Er schaute sich nochmals den seltsamen Fachwerkbau an, der sich unter den Bögen des Aquädukts befand. Die Steintreppe des Eingangs war noch dieselbe. Ein seltsames Gefühl erfasste ihn bei dem Gedanken, dass er vor 740 Jahren diese Treppenstufen hinuntergerannt war, nachdem auf Treasia Alarm Rot ausgerufen worden war. Damals wollte er die versprochenen Waffen und Computerkerne der Galaktischen Welle bergen. Dabei war ihm dann der Rückweg durch das treasianischen Quantentor abgeschnitten worden, das Treasia mit Arganus verband. Deshalb musste er eine lange Heimreise mit einem Raumschiff in Kauf nehmen.

Der Flur des Gasthauses war breiter als damals und führte direkt in die große Wirtsstube, aber die schweren Balken schienen noch die von damals zu sein. Noch war hier nicht allzu viel los und anders als damals konnte man jetzt von hier durch große Fenstertüren auf eine Terrasse gehen, die über den Klippen schwebte. Jan suchte sich einen Sechsertisch direkt an der Brüstung aus. Die Beamten wählten einen Tisch in der Nähe der Tür und einer telefonierte beim Setzen. Aron konnte Jan ansehen, dass er das handflächengroße Ding, das nur aus einem Display zu bestehen schien, genauer untersuchen wollte, doch das wäre zu unhöflich gewesen.

Ein frischer, salziger Seewind wehte Aron durch die blonden Haare. Vom Wirtshaus aus hatte er wie damals einen Blick auf das Hafenviertel, aber von der neuen Terrasse über der Klippe war der Ausblick jetzt noch prächtiger.

Im Hafen ankerten einige Jachten anstelle der Holzkohlefrachter damals. Hier war alles sehr stark auf Tourismus ausgerichtet und besonders das Hafenviertel schien Aron nun doch sehr anders, als er es in Erinnerung hatte. Damals waren die Häuser dort unten schlicht und schmuddelig gewesen, nicht so leuchtend herausgeputzte Fachwerkhäuser. Jedes Haus schien eine Kneipe, ein Museum oder ein Andenkenladen zu sein, soweit es Aron von hier oben erkennen konnte, doch der Blick über die Bucht, den Damm und hinaus über den Ozean, der war noch derselbe.

»Haben Sie gewählt?«, fragte der Kellner.

»Die Seeschlingenplatte für drei, garniert«, wählte Aron, »mit einem weißen Sonnenberger für alle am Tisch.« Aron lachte wieder und sein Blick blieb in der Tiefe Perans Augen hängen.

»Hey, scheues Prinzchen, wir sind zu Hause«, lachte Peran. »Wenn sie dir deinen alten Job nicht geben wollen, wie wäre es mit einem Spielzeugladen?«

Aron lächelte und tastete über den Tisch nach Perans Fingern.

»Eindeutig gleichgeschlechtliche Liebesbekundungen in der Öffentlichkeit sind eine Übertretung«, mahnte der dünne Beamte von Ferne. Aron wollte etwas einwenden, doch mit den Beamten darüber zu diskutieren würde ohnehin nichts bringen. Sobald er Kaiser wäre oder zumindest die öffentliche Aufmerksamkeit hätte, würde sich das Problem lösen lassen, sagte sich Aron. Er ließ Perans Finger wieder los und die beiden beschränkten sich auf das Füßeln unter dem Tisch. Aron genoss das Gefühl, in Peran verliebt zu sein. Eine echsianische Reisegruppe trampelte auf die Terrasse. Gerade als sie sich auf zwei Tische verteilen wollten, erhielt einer eine Nachricht. »Mizerat Kitat ist von den Sternen zurückgekehrt und redet beim Brunnen!«, teilte er seinen Reisegefährten mit und schon eilte die ganze Gruppe wieder davon. Damit waren sie wieder allein, abgesehen von der Polizei.

Soll Kitat doch reden, Aron wollte erst mal richtig ankommen.

Er beobachtete eine Fähre, die gerade die Meerenge überquerte. Im Dunst dahinter konnte er das gut zwanzig Kilometer entfernte Land erkennen. Der Kellner forderte ihn auf, den Wein zu probieren und Aron fand ihn in Ordnung, nicht aber umwerfend. Er nickte trotzdem zustimmend. Die *Regulus* meldete über die Fernbedienung am Hals, es sei nun möglich, das Mobiltelefonnetz zu benutzen. Doch vorerst wollte er niemanden anrufen. Der Kampf gegen Homophobie, die ganze Sache rund um den Schlüssel der Edaner und die Galaktische Welle würden ihn noch früh genug einholen.

..*.*

Noch nie hatte eine Seeschlinge so gut nach Heimat geschmeckt. Aron begriff, dass er lebend zu Hause angekommen war – vielleicht noch nicht ganz zu Hause, aber vieles an Arganus schien doch noch wie früher zu sein. Die Homophobie hier würde er selbstverständlich bekämpfen.

Ein schlanker Mann um die fünfzig in einem beigen Anzug und Sonnenbrille trat zu den Polizisten und zeigte ihnen einen Ausweis: »Keiner rein und raus!«, befahl er und die Polizisten gehorchten sofort.

»Lassen Sie sich beim Essen nicht stören. Wer ist hier der Chef?«, fragte der Mann in einem etwas höflicheren Tonfall.

»Der Blonde«, antwortete Peran.

Der Mann legte seine sakkoartige, seidig glänzende Jacke über eine Stuhllehne, setzte sich Aron schräg gegenüber neben Peran und schob Aron seinen Ausweis hin.

»Agent Bertas, Spezialagent Innenministerium«, las Aron vor.

»Wow, wir haben auch einen James Bond!«, grinste Peran.

»Hoffentlich auch bald im Dienste seiner Majestät«, witzelte Aron.

Beide kicherten; der Agent konnte der Spitze mit »James Bond« natürlich nicht folgen.

»Verzeihung. Welche Befugnisse und Verhandlungsmandat haben Sie, Agent Bertas?«, wandte sich Aron nun ernst an den Agenten.

»Ich beschaffe Informationen für das Innenministerium und begleite Ermittlungen in Fällen, die heikel sind und die man nicht zwei Dorfpolizisten überlassen kann. Sagen wir mal, ich darf Vorverhandlungen führen.«

»Also rauskriegen, was der junge Kerl will. Wem erstatten Sie Bericht?«

»Direkt dem Staatssekretär für nachrichtendienstliche Angelegenheiten, er arbeitet sowohl für das Innen- als auch für das Außenministerium und leitet relevante Dinge ganz nach oben weiter. Ich würde für diese Vorgespräche einen weniger öffentlichen Ort bevorzugen«, verlangte der Agent. Aron konnte durch dessen Sonnenbrille nicht genau beurteilen, ob der Agent ihn anschaute oder nur auf den Ozean hinausblickte.

»Hier sind wir genau richtig!«, sagte er bestimmt.

»Ich bin mit den Fakten Ihres Besuchs vorhin bei dem Knatsch-Krämer vertraut.« Der Agent sprach nun sehr leise weiter: »Es liegt mir die

Bestätigung von der IZB vor, dass Ihr Schiff von der Welt Treasia stammt und bisher noch nie gesichtet wurde. Das ist alles extrem geheim.«

Aron trank einen Schluck Wein und verlangte vom Kellner ein sauberes Glas für den Agenten, der sich gerne den Rest des Weins einschenken ließ.

»James Bond säuft auch wie ein Loch!«, kicherte Peran, verstummte aber, als er wohl bemerkt hatte, dass Aron die Situation nicht komisch fand.

»Die IZB geht davon aus, dass Sie in der Tat Aron XXVII. sind. Der Staatssekretär unterbreitet Ihnen folgendes Angebot: Ihre das Volk beunruhigende Rückkehr bleibt geheim, wir bezahlen Ihnen eine Pension und empfehlen Ihnen, sich auf der IZB anzusiedeln.«

»Ein witziges Kerlchen, Ihr Staatssekretär«, meinte Aron. »Richten Sie ihm Folgendes aus, Agent Bertas: Ich bin weder hier, um jemandem sein Lebenswerk zu zerstören, noch um die staatliche Ordnung umzustoßen. Sie können davon ausgehen, dass ich sehr behutsam vorgehen werde. Es geht nicht um einen Machtkampf, sondern darum, unser Land verfassungsgemäß zu regieren und durch eine schwere Zeit zu bringen. Ich habe leider beunruhigende Nachrichten, die ich aber, um eine Panik zu vermeiden, nicht hier öffentlich ausplaudern möchte. Ihr Nacht-und-Nebel-Angebot ist bestimmt verfassungswidrig, also habe ich es jetzt soeben wieder vergessen. Sagen sie dem Vizekaiser, dass ich auf seine Erfahrung angewiesen bin und er in meinem Stab sicher eine herausragende, einflussreiche Position einnehmen wird. Auf unsere Zusammenarbeit, Agent!« Der Agent stieß zu Arons Verwunderung tatsächlich mit ihm an.

»Gut, ich werde es mitteilen. Dennoch ein Gratistipp von mir für das Glas Wein: So einfach funktioniert das nicht. Nehmen Sie das Angebot an und Sie haben Ihre Ruhe.«

»Wissen Sie, Mr. Bond«, meinte Peran, »für Aron ist die Vorstellung, Ruhe zu haben, eher abstoßend.«

»Überreden Sie ihn«, sagte der Agent eindringlich. »Aber wer ist Bond?«

»Eine Figur in fiktiven Agentengeschichten der Erde. Mit seinen Waffen trifft er seine Gegner immer, sie ihn aber nie«, erklärte Peran.

»Letzteres kann nützlich sein, durchaus!«, meinte der Agent. Er nippte nochmals am Glas und der Kellner reichte ihm die Karte. Er begann darin zu blättern, wohl um Aron zu demonstrieren, dass er alle Zeit der Welt habe. Es vergingen ein paar Minuten, in denen Aron ebenso gelassen weiteraß.

»Wer sind eigentlich Sie?«, fragte Bertas und blickte Jan an.

»Doktor Jan Ettenberger, Astronaut, ich bin von der Erde«, erklärte Jan in einem betont sachlichen Tonfall.

»Sie beherrschen unsere Sprache erstaunlich gut!«

»In dreieinhalb Jahrhunderten Flug hat man genügend Zeit, um Sprachen zu lernen, bei modernen wissenschaftlichen Ausdrücken bin ich aber möglicherweise nicht sattelfest«, wich Jan zu Arons Erleichterung einer direkten Antwort aus. Die Sprachfähigkeiten lagen weniger an der Flugzeit, die sie alle im Wesentlichen schlafend verbracht hatten, sondern an der genetischen Konditionierung und ihrer neuronalen Verbindung zur *Regulus*.

Ein Hubschrauber näherte sich entlang der Küste, flog über sie hinweg und verschwand hinter dem Aquädukt.

»Zeigen Sie doch erst mal Ihrem Freund von der Erde unser Land und lassen Sie uns die Frage um den Thron um ein Jahr vertagen. Wäre das nicht ein Kompromiss?«, wandte sich der Agent wieder an Aron.

»Das Problem ist, dass wir dieses Jahr wahrscheinlich nicht haben«, erklärte Aron. »Kitat kann meinetwegen schöngeistig durch das Land reisen und an jedem Brunnen …« Ein Jet übertönte alles und verhinderte jedes Gespräch.

Die beiden Polizisten rannten an die Brüstung. »Ein IZB-Senkrechtstarter mit einer Generalsmarkierung!«, begeisterten sich die beiden.

Der Jet verlangsamte, stellte seine Triebwerke schräg und sank hinter der Stadt herab.

»Eine Art Harrier, nur größer«, analysierte Jan. »Was ist sein Treibstoff?«

»Ein Gemisch aus Hexan, Oktan und Methanol«, erklärte der Agent. »Das stellt man mit solarchemischen Anlagen her.«

»Das Geräusch des Triebwerks passt nicht zu dieser Treibstoffart!«, gab sich Jan mit der Erklärung nicht zufrieden.

»Ich bin kein Experte! Unsere Elektrizität stammt zu 90 Prozent aus Kernfusionskraftwerken der IZB-Enklave Zardias, seien Sie also freundlich zu den Knatschen und den IZB-Generälen.«

Ein etwas kleinerer, sehr lebhafter Mann mit abgewetzter Lederjacke und Stativ in der Hand stürmte auf die Aussichtsplattform, gefolgt von einer Kamerafrau mit einer Kamera, die etwa doppelt so groß war wie ein Schuhkarton. Er hieß mit einer Handbewegung seine Kamerafrau, zu warten, ließ auch das Stativ dort und kam mit einem ledernen Organizer in der Hand auf ihren Tisch zu. Die Polizisten bemerkten ihn endlich, aber er stand schon am Tisch. Aron wandte sich ihm zu.

»Sie müssen Widmas sein, freut mich«, begrüßte ihn Aron.

»Wir geben noch keine Statements ab«, meinte der Agent.

»Ich schon!«, sagte Aron.

»Sollten wir nicht … ach, Ihr Problem!«, knurrte der Agent und stand auf. »Mich aber nicht ins Bild nehmen!« Er trat zu den beiden Polizisten. »Geht ihr schauen, was die Echsianer so aufgeschreckt hat. Ich kümmere mich um die Rechnung«, scheuchte er die beiden Polizisten weg, die eilends verschwanden.

»Was ist das denn für einer?«, fragte Widmas.

»Geheimagent«, erklärte Peran.

Der Geheimagent setzte sich nun an den Tisch der Polizisten und damit in Hörweite.

»Bevor wir zu drehen beginnen, erst mal unter uns.« Widmas grinste und zog aus seinem Organizer ein Portrait-Foto, das Aron in einer Kampfuniform mit vier Sternen an der Schulterschlaufe zeigte.

»Sie sind der Generalkommandant der IZB, Niron von Arganus, wie es auch das Bild zeigt. Wollen Sie mit einem kleinen Trick nun Kaiser von Arganus werden, nachdem Ihre Amtszeit mit dem Jahreswechsel endete?«

Aron schaute sich das Foto an. Es sah aus wie er, das Gesicht vielleicht eine Idee voller und die Haare bedeutend kürzer.

»JAHH!«, stieß Aron aus. »Hey, Peran – Niron lebt!«, die beiden Jungs klatschten die Handflächen zusammen.

»Gute Show, aber …«

»Wie wäre es aber mit dem Original statt mit einem Foto?«, fragte eine jüngere Stimme hinter Aron.

Aron sprang auf – hinter ihm stand Niron in seiner Kampfuniform mit fünf Sternen als Gardeabzeichen an der Schulterschlaufe. Die Sterne sahen eher wie ein dreiflügeliges Windrad aus als wie die irdischen Generalssterne. Die beiden Zwillingsbrüder gaben einander die Hand und schauten sich einen Moment lang in die Augen, dann konnten sie sich nicht mehr beherrschen und umklammerten und drückten sich – egal, wer alles zuschaute.

»Schara-Dan, es hat so lange gedauert«, flüsterte Niron. »Komm!« Niron fasste Aron am Handgelenk und baute rasch und gekonnt eine neuronale Verbindung auf. Aron spürte den Stich am Handgelenk, dann strömten ein paar Augenblicke lang die Gefühle und Gedanken seines Zwillingsbruders mit einer überwältigenden Intensität in sein Bewusstsein. Er erkannte das anfängliche Misstrauen Niros, doch dann schwemmte die Wiedersehensfreude und Wiedererkennung alle Zweifel auch bei ihm weg.

Niron löste die Verbindung, noch bevor Widmas' Kamerafrau bereit war.

»Und?«, fragte Widmas, während Niron nun um den Tisch herumgehen musste, um Peran zu drücken.

»Sie haben seine kaiserliche Majestät Aron XXVII. vor sich«, erklärte Niron Widmas, während er Peran begrüßte. Dann wandte er sich an den Agenten am Nachbartisch: »Sie sind doch vom Nachrichtendienst der Reichsrepublik, Agent Bertras ist Ihr Name, wenn ich mich recht erinnere. Sagen Sie denen in Arganus, dass es die IZB sehr begrüßen würde, wenn noch heute Nachmittag der Verfassung von 9756 Genüge getan würde und man die Wiedererkennungszeremonie durchführte. Organisieren Sie das. Ausführen!«, befahl Niron.

»Zu Befehl, Generalkommandant!« Bertas stand auf und salutierte.

»So einfach geht das?«, fragte Jan.

»Die Verwaltung von Arganus ist etwas träge – ein sanfter Stoß tut da manchmal ganz gut. Regierung kann man das ja kaum nennen. Kneif den Sesselfurzern ruhig mal in den Hintern, Aron – meine Rückendeckung hast du. Sie sind von der Erde? Willkommen!« Niron schüttelte nun auch Jan die Hand und setzte sich.

»Sind Sie ein deutscher Raumfahrer und Eidgenosse?«

»Ähem. Ersteres ja, Zweites nein!«

»Den Eidgenossen Brunner haben wir zwar auf der Erde getroffen, aber er ist nicht persönlich an Bord! Er hat uns jedoch ein Andenken mitgegeben«, erklärte Aron lächelnd.

»Gut. Wir können später über deine Abenteuer auf der Erde reden«, gab ihm Niron wohl zu verstehen, es sei hier der falsche Ort, um über Galaras Prophezeiungen zu diskutieren.

»Da gab es doch noch einen echsianischen Prinzen namens Kitat, der damals mit dir und Peran auf Treasia abgeschnitten wurde – wo ist er?«, fragte er.

»Ich kam mit Kitat bis zum Stadttor«, antwortete Peran. »Beim Brunnen erzählt er jetzt einer schnell wachsenden Gruppe Echsianer von der guten alten Zeit, oder so.«

»Kitat ist jetzt nicht wichtig. Niron, wer lebt von uns Alphas noch? Und was ist mit den beiden treasianischen Schiffen?« Aron konnte seine Aufregung kaum verbergen.

Niron straffte seine Haltung. »Nicht hier, ich muss zurück zu den Feierlichkeiten der Kommandoübergabe. Wir sehen uns in den nächsten Tagen sicher wieder. Und Widmas? Ich war nicht hier. Die Presse wird sicher später noch alles erfahren.«

»Es gibt da ein Problem am Rande unseres Sonnensystems«, wandte Aron ein.

»Später, Aron«, beschwichtigte Niron. »Die Zeremonie der Kommandoübergabe von mir an Ergus von Zarn ist deinetwegen extra um ein paar Stunden verschoben worden. Ergus wird turnusgemäß für die nächsten 25 Jahre Generalkommandant.«

»Ich möchte aber, dass du der Chef bleibst. Kaiserlicher Befehl!«

»Im Gegensatz zur Reichsrepublik ist die IZB kein Rechtsnachfolger deines Kaiserreichs. Für Ersteres habe ich nach der Militärdiktatur gesorgt.«

»Welche Militärdiktatur?«, fragte Jan mit viel kritischem Unterton in der Stimme.

»Die Demarkation, die gewaltsame Teilung des Kaiserreichs, löste sich nicht einfach von selbst in puren Sonnenschein auf.«

»Mein Heimatland hat die Teilung trotz Mauer, Stacheldraht und Selbstschussanlagen gewaltfrei überwunden, Herr Generalkommandant«, konterte Jan.

Niron warf Jan einen prüfenden Blick zu, ging aber nicht weiter auf die Militärdiktatur ein. Damals vor sieben Jahrhunderten war Aron für Niron so was wie der große Bruder gewesen, jetzt schien es ihm umgekehrt zu sein.

»Gibt es da wirklich keine Möglichkeit, dass du der Chef bleibst?«

»Aron, ich bleibe ja Vier-Sterne-General und stellvertretender Generalkommandant. Ergus von Zarn ist der richtige Mann, um uns durch den Sturm zu navigieren, der vor uns liegt.«

Alle am Tisch blickten Niron fragend an, was er mit »Sturm« wohl meine, aber der wollte sich nicht in die Karten blicken lassen.

»Die politische Lage ist heute kompliziert und nicht alles ist so, wie es auf den ersten Blick scheint. Sei vorsichtig! Lass alles, was du gegebenenfalls von der Erde mitgebracht hast, an Bord deines Raumschiff, erzähle Vizekaiser Herkan Verna und seiner Entourage nur Touristisches, führe die Wiedererkennungszeremonie durch, lasse aber für den Moment offen, wann du offiziell den Vizekaiser ablösen möchtest.« Aron wusste nicht recht, wie er darauf reagieren sollte. Deshalb wandte sich Niron Jan zu.

»Doktor Ettenberger, wir sind immer offen für einen neuen Blick auf die Dinge, politisch und wissenschaftlich. Sie wären eine Bereicherung für die IZB. Zudem sind wir die einzigen, die bemannte Raumfahrt betreiben.«

»Das könnte mich in Versuchung bringen«, gab Jan zu.

»Sehr gut!«, grinste Niron. »Hey Bruder! Wie wäre es mit einer Willkommensparty in Erians Villa in Brückenberg? Dann wirst du und natürlich dein Spielkamerad den rothaarigen Sohn treffen«, meinte er und stieß im Aufstehen Peran kumpelhaft an die Schulter. »Hast gut auf meinen Bruder aufgepasst! Kannst stolz sein!«

Mit einem »Wir haben was mitgebracht, was einem rothaarigen Sohn gefallen könnte«, deutete Aron an, dass sie den Schlüssel der Edaner mitgebracht hatten. Niro würde es erkennen können.

* * * *
• • •

Aron hingegen konnte sich auf Nirons Ausführungen keinen richtigen Reim machen, doch es hatte gutgetan, dass sein Bruder wenigstens kurz hier gewesen war und selbstverständlich würde er zu dieser Willkommensparty gehen.

Widmas warf der Kamerafrau einen scharfen Blick zu. »Musste den Akku wechseln«, entschuldigte sich diese.

»Hast du den General im Kasten?«

»Nein. Ich wusste nicht, dass der auch wichtig ist.«

Widmas verbarg einen Moment lang sein Gesicht hinter den Händen und seufzte. »Der scheidende Generalkommandant hier in Vierstraßen und wir haben nichts!«, jammerte er.

»Dein Zwillingsbruder scheint sehr mächtig zu sein«, meinte Jan, »aber von Demokratie scheint er nicht viel zu halten.«

»Konzentrieren wir uns erst mal auf die Wiedererkennungszeremonie«, meinte Aron.

»Schön, aber jetzt ist es doch endgültig offiziell raus, dass es die Alphas gibt!«, warf Widmas ein. »Ein paar Worte dazu, wie schön die Heimat ist, wären passend für die Nachrichten.«

Aron spielte mit und plauderte belanglos darüber, wie glücklich er sei, wieder hier zu sein, obwohl ihn Nirons Warnungen beunruhigt hatten.

DIE WIEDERERKENNUNGSZEREMONIE

Auf der Brücke der Regulus, eine halbe Meile über der Hauptstadt Arganus, der gleichnamigen Reichsrepublik. Früher Nachmittag des 3. Tages im Hitzemonat des Jahres 10'001.

* * * *

Aron und Peran hatten vom Schiff weiße Jeans und blaue Sakkos mit dem golden aufgestickten sechseckigen kaiserlichen Wappen materialisieren lassen. Auch Kitat hatte vom Schiff ein grünes Prunkgewand des Kaiserhofs erhalten, mit edlen Fäden aus Gold und Platin glänzend durchwoben. Nur Jan gab sich mit einem blauen ESA-Hemd mit Krawatte und sportlicher Sommerhose etwas weniger staatstragend. Aron hatte noch bis zuletzt überlegt, ob er einen edelsteinbesetzten Stirnreif, eine sogenannte Alltagskrone, materialisieren lassen sollte, aber Peran hatte ihm davon abgeraten, das würde das Ergebnis der Zeremonie vorwegnehmen und sei insofern etwas zu dick aufgetragen.

Die *Regulus* schwebte majestätisch über die Stadt Arganus hinweg, ihr Schatten bewegte sich über Häuserblock um Häuserblock. Jan filmte mit seiner Kamera. Das sei irgendwie persönlicher und kreativer als die Aufzeichnungen von den Sensoren der *Regulus*, meinte er. Ein von Norden her in den Ozean fließender Fluss teilte die Stadt, die sich etwa fünfzehn Kilometer entlang der Küste erstreckte, eingeklemmt zwischen zwei Klippen, die im Hinterland keilförmig zusammenliefen. Das markanteste Bauwerk war die bullige, alles überragende Tsunamimauer, die damals, als der junge Prinz Aron noch inkognito mit seinem Freund Peran durch die Straßen gebummelt war, und auch viele Jahrtausende zuvor schon die Kaiserstadt vor den gefährlichen Flutwellen schützte.

Von oben betrachtet prägten mehrstöckige Häuserblocks mit Innenhöfen das Stadtbild. Sie seien zahlreicher als damals, bemerkte Peran, und die verwinkelten Viertel mit ihren engen Gassen seltener. Gebäude aus

Stahl und Glasfassaden, wie in der Mitte des 21. Jahrhunderts auf der Erde üblich gewesen, fehlten, aber so hätte vielleicht Anfang des 20. Jahrhunderts eine deutsche Großstadt von oben ausgesehen, meinte Jan.

Gegen das Landesinnere bildete eine Kette aus felsigen Hügeln die Stadtgrenze, doch schon in Arons Jugend hatte die Stadt diese Begrenzung überwuchert: Die Stadtmauer verlief damals bereits ein paar Hundert Meter nördlich der Hügelkette und das tat sie noch heute, wie Aron erkennen konnte. Inzwischen aber hatte die Stadt auch diese Grenze hinter sich gelassen und nach einem Grünstreifen entlang der Mauer prägten modernere Bauten nun auch einige der von Jan »vermissten« Glasfassaden das Bild. Ausgesprochene Hochhäuser fehlten aber; nur ein mit NTF beschrifteter, blau schillernder Bau nahe des Flughafens, ein Hochhaus mit spitzem Dach, schwarz glänzenden Solarzellen gegen Süden und blaues Glas gegen Norden, erreichte etwa zwanzig Stockwerke.

Der Flughafen mit einer einzigen, drei Meilen langen Piste bildete die Nordgrenze der Hauptstadt Arganus. Dahinter, im Keil der die Ebene begrenzenden Klippen, schien es ländlicher zuzugehen: Kleine Waldstücke, Auenwald entlang des Flusses, sowie Äcker und Weiden prägten das rurale Bild, oberhalb der Klippe dominierte der Wald.

Auf einem Felsenhügel in der Stadt, direkt am Ostufer des Flusses, stand noch immer der Kaiserpalast. Die Audienzhalle glich einem Schiff, das auf die Klippe des Felsenhügels aufgelaufen war. An der stadteinwärts und damit auch gegen den Ozean gewandten Südseite des Hügels standen damals die Gesindegebäude, nun befand sich dort eine durchgehende, wohl eine halbe Meile lange Palastfront mit großen Fenstern. Davor, in Richtung Stadt und Ozean, lag, wie auch damals schon, der Schlosspark. Er glich einer gegen die Stadt ausgestreckten Hand mit gespreizten Fingern: eine Abfolge von kleinen Tälern mit Teichen, alten knorrigen Bäumen und Hügeln mit Aussichtspunkten.

Die *Regulus* drehte sich parallel zum Hang, um mit den Heckfüßen auf einem dieser Aussichtspunkte und dann über zwei Täler und einen Hügel hinweg mit dem Bugfuß direkt in der Gartenanlage vor der großen Audienzhalle aufzusetzen. Um den Schaden am Park in Grenzen zu halten, hatte Aron die Füße auf ihre maximale Länge von dreißig Metern ausfahren lassen, so blieb die *Regulus* über den Baumkronen stehen.

Die Schleuse öffnete sich mit Sicht auf die Stadt, den Hafen und den blauen Ozean: Ein Postkartenblick, fand Jan. Eine auflandige Brise wehte Aron entgegen, wie sie schon damals im Sommer so oft im Park geweht hatte, als er hier aufgewachsen war. Der Geruch, die Feuchtigkeit, der Wind vom Ozean her – alles stimmte. Beinahe schien es Aron, als wäre er erst gestern auf den Feldzug aufgebrochen, der ihn auf eine Odyssee zu fernen Welten geführt hatte.

Man würde sie bestimmt erwarten, dachte er und beeilte sich, die Treppe hinunter und unter dem Bug hindurch zu gehen, direkt auf den Vorplatz der Audienzhalle.

»Ein besonderer Moment in der Geschichte von Arganus«, begrüßte die etwas pummelige Kuratorin mit grauer Pferdeschwanz-Frisur die Besatzung der *Regulus*. Vor dem echsianischen Prinzen Kitat neigte sie sogar den Kopf. Aron blickte an den drei großen, schweren Toren hinauf, während links von der Ecke der schweren, massiven Kaiserhalle ein Kamerateam die Gruppe filmte.

»Sah es damals auch so aus?«, fragte die Kuratorin.

»Nur das mittlere Tor war mit Reliefs verziert und mit Flügeln bis zu den Stützbögen hinauf ausgestattet, die anderen beiden Torbögen waren blind, also zugemauert. Es soll um das Jahr 9000 Risse gegeben haben und man fürchtete, die Seitentorbögen würden kollabieren. Genau weiß ich das nicht. Peran und ich hatten andere Dinge im Kopf.«

»Stimmt, die Seitentore wurden erst in der Zeit der jungen Reichsrepublik saniert und restauriert im Stil des siebten Jahrtausends«, bestätigte die Kuratorin. »Es gibt immer irgendwelche Arbeiten an einer solchen Anlage. Beispielsweise haben wir erst kürzlich unterirdische Stabilisierungsmaßnahmen abgeschlossen. Die Klippe und die Hügel der Parkanlage sind in Bewegung geraten. Der Asteroideneinschlag vor hunderttausend Jahren schlug ja dieses siebenhundert Meilen breite Loch in die Gebirgszone und offenbar will das alte Gebirge nicht aufgeben.«

»Die Auffahrt war damals nicht ein so fein gepflegter Garten«, erinnerte sich Peran, »sondern einfach ein Kiesplatz.«

»Ich musste mit der Palastwache darauf exerzieren. Das hat mich so was von angepis… ich meine, ich mochte es nicht«, versprach sich Aron fast, während sie auf das mittlere Tor zugingen. Die mehrere Stockwerke hohen Torflügel öffnete die Kuratorin mit einer Fernbedienung. Sie schritten hindurch und aus dem Inneren nahmen ein paar Fotografen sie ins Visier. Aron fiel ein Messingschild an einer Säule auf, an der man vorbeischreiten musste, um in die Audienzhalle zu gelangen. »*Renoviert 9975, NTF-Kulturstiftung*« stand darauf.

»Damals fanden auch die Stabilisierungsarbeiten des Untergrunds statt«, erklärte die Kuratorin. »Die wurden allerdings vom damals noch neuen Vizekaiser Herkan IX. aus der Staatskasse finanziert. Die Tafel bezieht sich nur auf die Halle.« Eine angenehm kühle Luft herrschte in der Audienzhalle, die von zwei riesigen Oberlichter-Kuppeln aus gläsernen Mauersteinen gekrönt war.

»Ups, Schwarz-Weiß-Marmor? Erinnert an Denethors Halle«, bemerkte Peran.

»Lassen wir den ›Herr der Ringe‹ in meiner BD-Sammlung, Peran«, mahnte Jan. »Die Halle erinnert an eine romanische Kathedrale mit Seitenschiffen und Galerie oben entlang der Seitenschiffe.«

»*Die Auskleidung mit Marmorplatten wurde von Prinzessin Thallia, der Gemahlin des Vizekaisers Ergus, im Jahre 9330 in Auftrag gegeben*«, erklärte eine weitere Schautafel der Ausstellung.

»Schau, das bis zweimal du!« Peran hatte unter den Bögen eines Seitenschiffs eine Reihe von Kaiserbüsten entdeckt. Das mussten wohl er und Niron sein, vermutete Aron, aber er interessierte sich kaum dafür und schritt mit Kitat und der Kuratorin auf den Thron zu, der auf sieben Stufen stand. Die Stufen waren nicht von der Verschönerung erfasst worden, sondern sahen noch genauso aus wie früher. Eine Kordel an glänzenden Messingpfosten mahnte die Besucher, nicht die Stufen hinaufzusteigen. »*Thron des Kaisers Cesian VIII. aus dem Jahr 3176, benutzt von Kaiser/-innen und Vizekaiser/-innen von Arganus bis zum Jahr 9567*«, war auf einem schlichten weißen Schild zu lesen. Er war also nur irgendein Kaiser gewesen, einer von vielen in vielen Jahrtausenden, den der Strom der Zeit hier vorbeigespült hatte, dachte Aron, und noch dazu einer, der niemals hier Platz genommen hatte.

»Er ist vollkommen anders als der Thon des erhabenen Zerats, doch es liegt eine große Kraft in dieser schweren Halle«, meinte Kitat. »Das vorderste Drittel scheint mir in den gewachsenen Fels der Klippe gehauen zu sein.«

Die Kuratorin bestätigte das und mahnte, in der Krypta erwarte man sie nun für die Zeremonie.

* * * *

Aron fehlten die Menschen. Hier waren früher immer irgendwelche Leute vom Gesinde oder den Wachen unterwegs gewesen, wichtige Leute aus der Stadt wollten Minister treffen, deren Gemächer sich über die Galerie erreichen ließen. Die Fahnen der Adelshäuser fehlten, die alles so viel bunter gemacht hatten, und die entlang der Säulen ausgestellten Staatsgeschenke glitzerten und glänzten damals in allen Farben. Die genormten Ausstellungsvitrinen der Gegenwart hatten nur den zweifelhaften Charme einer pedantischen, zugeknöpften Gouvernante. Jetzt strahlte die Halle vor allem die Kälte und Ewigkeit des Felsens aus.

Peran kam mit Jan wieder von den Büsten zurück. »Niron war über 40 Jahre Vizekaiser«, freute er sich kindlich. »Ein Vizekaiser wurde ernannt, wenn der Kaiser lange abwesend war, wie zum Beispiel Aron. In den meisten Fällen aber wenn der Kaiser noch minderjährig war, oder sonst völlig unfähig zu regieren«, erklärte er für Jan wieder sachlicher.

»Das Amt des Vizekaisers erlischt, wenn der Kaiser volljährig oder, wie ich jetzt, wieder von einer langen Reise zurückgekehrt ist. Also so was wie ein Regent in manchen irdischen Monarchien«, ergänzte Aron.

»Nach 740 Jahren sprechen Sie hier noch immer vom Vizekaiser als Stellvertreter Arons?«, erstaunte sich Jan. »Könnte es sein, dass dein Bruder diese Rechtsnachfolge absichtlich wieder einführte, nachdem seine Militärdiktatur am Ende war?«

»Das wäre vorstellbar, als Bedingung für einen ehrenvollen, friedlichen Rückzug auf die IZB. Seine Verhandlungspartner kümmerte diese Bedingung wohl wenig, da sie, wenn überhaupt jemals, in ferner Zukunft greifen würde«, vermutete Kitat.

»Und jetzt bin ich doch hier. Das ist politisch sicher heikel«, erkannte Aron mit ernster Miene. Er zog es vor, sich staatsmännischer zu geben, angesichts der Fernsehkamera oben auf der Galerie, die nun ihren Weg zum vorderen Ende des linken Seitenschiffs verfolgte. Von dort führte eine ins Grundgestein gehauene Treppe hoch zu den kaiserlichen Gemächern, aber unauffällig an der Seite glitt auch ein Weg tiefer hinab in die Klippe hinein.

Zu seiner Zeit war dieser Zugang hinunter zur Krypta offen gewesen, da sich dort unten eine berexerische Kapelle und die Gruft befanden. Doch nun versperrte eine Panzertür den Weg mit der Beschriftung »*Kronjuwelen: Gruppenführungen jeweils zur vollen geraden Stunde von 12 Uhr bis 30 Uhr*«. Die Kuratorin öffnete die bereits einen Spaltbreit offene Tür, durch die ein dickes Kabel, wohl vom Fernsehen, hinunterführte. Aron folgte der Kuratorin die mit Fackelattrappen beleuchtete, sich zweimal um die eigene Achse drehende Wendeltreppe hinunter in die Krypta. Das Gestein in diesem Treppengang war hier so fein poliert worden, dass es fast wie Marmor glänzte.

Ein Kasten auf Rollen rumpelte unangenehm vor sich hin, er pumpte anscheinend Luft in die tiefer gelegenen Katakomben. Ein Saal, dessen zwei Stockwerke hohes Kreuzgewölbe in regelmäßigen Abständen von bulligen, aus gewachsenem Fels gehauenen Pfeiler getragen wurde. Aron konnte geradezu spüren, welch ungeheures Gewicht auf ihnen lastete. Um den vordersten Pfeiler herum zeigte eine Vitrine Kronen, Zepter und Diademe. Die Krone Arons I. erkannte Aron, doch bei näherem Hinsehen stand da auf einem weißen Kärtchen: »*Replikat aus echtem Gold und Edelsteinen. Original im NTF-Museum für Weltgeschichte, IZB-Stadt*«. Eine Tageskrone erkannte Aron – deren Kärtchen erklärte: »*Diese Tageskrone trug Kaiser Parion XXXIV. bei der Schlacht von Karitat. Dauerleihgabe der Zeratischen Museen*«.

»Ist sie wirklich echt?«, fragte die Kuratorin, die wohl Arons Interesse bemerkt hatte. Er schaute genauer hin.

»Stirnseitig ist ein gelblicher, kleiner Diamant eingearbeitet. Die Tageskrone meines Vaters Parion für Privataudienzen wies an derselben Stelle einen etwa haselnussgroßen, blauen Diamanten auf, aber die hätte er nicht ins Feld mitgenommen. Er trug zuletzt einen Reif mit Rubinen. Diese Krone hier mag dem König von Thermus gehört haben, der ist ja auch gefallen damals in der Schlacht vor der echsianischen Stadt Karitat.«

Die Kuratorin nickte zufrieden. Aron vermutete, dass dies wohl ihr kleiner privater Test gewesen sei, und folgte ihr nun durch eine offen stehende Panzertür und auf einer sehr schmalen Wendeltreppe weiter in die Tiefe, wo sie in einen kleinen Raum mit einem steinernen Sarkophag gelangten. Voraus hatte man ein Loch in eine Felsenattrappe gestemmt. Das Loch war neu, denn die Bruchstücke lagen in Holzkisten daneben. Sie folgten dem dicken Kabel weiter durch einen schmalen Stollen und in eine wieder etwas komfortablere, ausgebaute und sehr lang gezogene Kaverne mit Tonnengewölbe. Scheinwerfer leuchteten hier alles gut aus. An der einen Wand war ein Relief in den Felsen gehauen worden, das eine Krönung zeigte. »*Aroch Kur pe Noach Astrar*« war in jungarganischen Runen unter der Szene eingraviert. Das bedeutete: »Aron, König geworden durch den Sternenfährmann.« Sie befanden sich an einem der heiligsten Orte der kaiserlichen Macht: Der Halle der Wiedererkennung.

* * * *

Gegenüber dem lang gezogenen Relief waren zehn Torbögen in die Wand geschlagen und jedes Tor war mit schwarzen Ziegelsteinen zugemauert worden, von denen jeder einzelne das kaiserliche Siegel trug. Ganz hinten, beim zehnten Tor, das das zehnte Jahrtausend repräsentierte, wurden sie erwartet.

Etliche Scheinwerfer beleuchteten diese Stelle und dicke, lange Kabel des Senders *Arganus Eins* lagen überall am Boden herum. Eine Gruppe Leute erwartete sie, während zwei Arbeiter des Museums noch dabei waren, die letzten Steine sorgfältig aus der Mauer des Tors Nummer 10 zu lösen, sie zu nummerieren und in Holzkisten zu legen. Der Vizekaiser hatte sich ebenfalls persönlich herab bemüht: Er saß in einem Rollstuhl, der vom echsianischen Botschafter geschoben wurde. Der Botschafter hatte zwei Hände an die Griffe des Rollstuhls gelegt und blätterte mit den anderen beiden Händen in einem Buch »*Legenden und wissenschaftliche Fakten um Aron XXVII.*« Als er Aron bemerkte, unterbrach er die Lektüre und klemmte das Buch in ein Netz an der Rückseite des Rollstuhls, verneigte sich vor Kitat, der diese Ehrerweisung mit einem Kopfnicken erwiderte.

Der dünne, grauhaarige Vizekaiser begrüßte Aron. »Willkommen zurück auf Arganus, ich bin Vizekaiser Herkan IX. Sie haben uns ganz schön aufgeschreckt, junger Mann.« Er rang sich ein Lächeln ab.

»Ich freue mich, Kaiserliche Majestät, dass Sie gekommen sind«, antwortete Aron formell korrekt und stellte dem Vizekaiser seine Gefährten vor. Der Vize blickte kritisch zu dem blonden jungen Mann in seiner eher legeren Kleidung auf und stellte dann seine Experten vor, eine Wissenschaftlerin der Universität, ein paar Offizielle des Verfassungsgerichts und, auf Drängen des Fernsehens, wie der Vizekaiser verächtlich bemerkte, den Verschwörungsakrobaten und Bestsellerautor Erion von Daradar.

Er sei Mysterienforscher, stellte von Daradar richtig, und beobachte alle Legenden um Alphas und die IZB kritisch. Er wohne aber in Limpass und habe mit der frommen Stadt nur den Namen gemeinsam.

»Wenn es Ihnen recht ist, Herr von Arganus, beginnen wir mit der Öffnung der Nische«, beendete der Vizekaiser die Vorstellungsrunde. Solange Aron nicht offiziell wiedererkannt war, galt er als gewöhnlicher Bürger.

Der leise Livekommentar Widmas' erschien Aron beinahe wie das Murmeln einer mystischen Beschwörungsformel. Die Wissenschaftlerin Eder von der Universität und die Kuratorin gingen voran in die dunkle Kaverne.

»Widmas, erklären Sie den Zuschauern, was zu sehen ist«, befahl der Vizekaiser, während er vom echsianischen Botschafter in das dunkle Gewölbe geschoben wurde und Aron ihm folgte.

»Das mache ich die ganze Zeit, Kaiserliche Majestät.

Meine Damen und Herren, ehrenwerte echsianische Zuschauer. Zum dritten Mal überhaupt in der Geschichte und seit 3238 Jahren zum ersten Mal wird nun die sogenannte Wiedererkennungszeremonie durchgeführt«, erklärte Widmas. »Wenn die Zeremonie positiv verläuft, haben Sie nach einer Klausel, die die Verfassung von 9572 aus der alten Kaiserzeit in unsere Reichsrepublik übernommen hat, zum ersten Mal seit 740 Jahren wieder einen Kaiser. Ein Wendepunkt unserer Geschichte! Unsere Besucher aus dem Weltraum behaupten, Aron XXVII., Peran und der Echsianerprinz Kitat aus dem Aron-Epos zu sein, die sich einst aufmachten, um zwischen den Sternen zu reisen.«

Aron überlegte, ob er Widmas korrigieren sollte. Seine Reise war keineswegs geplant gewesen. Doch um die ganze Geschichte zu erzählen, würde sicher später noch Zeit sein.

»Die Forscherin Eder wird die Zeremonie wissenschaftlich nüchtern begleiten. Der anwesende Verfassungsrichter wird juristisch alles genau beobachten und der populäre Herr von Daradar wird sich davon überzeugen, dass hier keine Verschwörer am Werk sind. Gerade jetzt nimmt Frau Eder Proben, um später wissenschaftlich nachzuweisen, ob diese Kaverne wirklich seit dem Zusammenbruch des Kaiserreichs im 96. Jahrhundert verschlossen war.

Wir senden live vom Eingang zur Kaverne mit den Erkennungsplaketten der Kaiser beziehungsweise Vizekaiser der Jahre 9000 bis zur Demarkation und dem Ende des alten Kaiserreichs im Jahre 9567. Das Wort Vizekaiser wird heute als Synonym für Staatsoberhaupt empfunden, doch in der Zeit vor der Demarkation bedeutete es ›Stellvertreter des Kaisers‹.

Als Demarkation bezeichnen die Historiker die Teilung unseres heutigen Staatsgebiets in das Nuntianische Reich – eine Marionette des Heiligen Staats – und die totalitäre Republik der Werktätigen.

Die Legende beginnt mit den kaiserlichen Zwillingsprinzen Aron und Niron. Nach dem frühen Tod des Vaters wird der gerade erwachsen gewordene erstgeborene Aron Kaiser. Viele Historiker gingen bisher davon aus, dass Aron nach ein paar Monaten in der Schlacht zwischen den Tafelbergen bei Vierstraßen fiel. Niron wollte ihn zur göttlichen Gestalt erheben, indem er sich zu seinem Stellvertreter erklärte und Aron als Reisenden im Kosmos weiterleben ließ. Damit schuf er einen Staatsmythos, auf den er seine eigene Macht gründen konnte. Mit den an das himmlische Paar glaubenden Berexerikern hatte er sich überworfen, also konnte er sich nicht auf die himmlische Gnade des Paars berufen. So weit die Schulbücher – doch es könnte sein, dass wir diesen Mythos doch wörtlicher nehmen müssen als bisher gedacht!

Dieses normalerweise zugemauerte Gewölbe wurde soeben zum ersten Mal seit einem halben Jahrtausend geöffnet. Damals, kurz vor Beginn der Demarkation, wurde zum letzten Mal eine Wiedererkennungsplakette eines Vizekaisers hier in diesem Raum deponiert.«

Der Fernsehjournalist Widmas nickte dem Vizekaiser zu, der nun vom Botschafter in den runden Raum geschoben wurde, in dessen Mitte ein steinerner Altar stand. Hinter dem Vizekaiser wurden sogleich zwei Scheinwerfer hineingetragen, um den staubigen Raum nun auszuleuchten. An der Wand hinter dem Altar waren in Brusthöhe zwei Reihen mit quadratischen Tafeln aus poliertem schwarzem Stein in den Fels eingelassen. Auf jeder war mit goldenen Inschriften der Name eines Kaisers eingraviert. Hinter diesen Tafeln sollte jeweils in einer Nische die Kopie und das Original der Wiedererkennungsplakette des Kaisers liegen, außer der entsprechende Kaiser würde noch leben. Dann befände sich das Original noch in seinem Besitz. Das restliche Gewölbe bestand aus massivem gewachsenem Fels.

Der Vizekaiser wurde vom Botschafter um den Altar herum bis vor die Tafel geschoben, die mit »Aron XXVII. 9261 –« beschriftet war. Auf der Tafel links davon stand »Parion XXXIV 9244 – 9261« – Arons Vater –, auf der Tafel rechts »Niron XVIII 9261 – 9301« –, Arons Zwillingsbruder. Immer war der Name, das Jahr der Thronbesteigung und das Jahr des Endes der Regentschaft vermerkt. Letzteres fehlte bei Aron im Gegensatz zu allen anderen.

Bevor die Abdeckplatte mit Arons Namen geöffnet werden durfte, sammelten die Wissenschaftlerin Elder und einer ihrer Assistenten Proben und untersuchten genau mit einem Zahnarztspiegel, ob nichts manipuliert worden sei. Sie füllte auch Mörtelproben in ein Reagenzglas.

»Keine offensichtlichen Manipulationen erkennbar, Majestät«, bestätigte sie schließlich nach für Aron quälend langen Minuten.

»Es ist aus dem vierten Jahrtausend leider kein genauer zeremonieller Ablauf überliefert, deshalb mache ich es schlicht und einfach: Frau Dr. Elder, Frau Kuratorin, bitte öffnen«, forderte der Vizekaiser die Damen auf, ihre Arbeit fortzusetzen, nachdem sich die beiden Herren wieder zwei Schritte zurückgezogen hatten. Aron verzichtete auf einen Augenschein aus der Nähe.

»Es ist, als ob man sein eigenes Grab sähe«, flüsterte Aron Peran zu.

* * * *
• • •

»Man wird nun die Nische öffnen, in der mindestens ein Exemplar der kaiserlichen Erkennungsplakette Arons XXVII. aufbewahrt wird«, kommentierte Widmas für das Fernsehen. »Beim Tod eines Kaisers, oder wenn seine Regentschaft aus anderen Gründen endete, wurde zur Kopie immer auch das Original hineingelegt. Falls nur die Kopie hier liegt, muss das Original im Besitz Arons sein. Die Plaketten hat außer einem Goldschmied noch nie jemand zu Gesicht bekommen, auch der Kaiser nicht. Der Goldschmied lebte in der Regel einige Jahrhunderte früher als die Kaiser und Kaiserinnen, für die das jeweilige Plakettenpaar schließlich eingesetzt wurde.«

Die Kuratorin und ein Helfer meißelten sehr vorsichtig die Platte frei. Es dauerte eine kleine Ewigkeit, bis endlich die Abdeckung abgenommen werden konnte. Die Wissenschaftlerin verstaute sie sogleich in einem luftdichten Gefäß. Die Kamera blickte mit ihrem Scheinwerfer in die etwa schuhkartongroße Nische.

»In der Tat ist eine goldene Schatulle darin«, kommentierte Widmas leise und etwas nervös. »Die Schatulle erscheint mir nur wenig staubig – hoffentlich ist dies kein schlechtes Zeichen … in Ordnung! Frau Dr. Elder bestätigt, dass dies so sein müsse, da die Nische durch die Frontplatte luftdicht verschlossen war.«

Nachdem die Kamera, der Professor und der Herr von Daradar einen Blick in die Nische geworfen hatten, nahm die Kuratorin die goldene Schatulle heraus und gemeinsam mit Dr. Elder wurde nun die Versiegelung aufgebohrt. Innen fanden sie ein einziges, genau gleich aussehendes Etui, wie es Aron bei sich trug. »Nun, dann ist es jetzt wohl so weit«, sprach der Vizekaiser feierlich. Er hielt das Etui in die Kamera und drehte es nach allen Seiten. »Ich stelle fest, dass es unversehrt und versiegelt ist«, bestätigte er und reichte es Frau Dr. Elder, die es an von Daradar weitergab, danach erhielt es der Verfassungsrichter, dann die Kuratorin und schließlich ging es via Aron zurück an den Vizekaiser. Die Kuratorin reichte ihm das Skalpell und der Vizekaiser schnitt auf einer Seite die Naht auf; auch die Fadenstücke füllte Dr. Elder sogleich in ein Reagenzglas. Ein rechteckiges Stück Goldblech mit etwa zwei Dutzend zufällig gestanzten Löchern darin und ein kleines Blatt Papier waren in dem Etui.

> *»Ich schwöre feierlich, dass die Inschriften identisch sind und ich ihr Geheimnis mit in mein Grab nehmen werde. Juwelier Renan Wert, im Erntemonat des Jahres 8823. Unterblech 14.«*

Der Vizekaiser hielt zuerst den Zettel in die Kamera und danach das Goldblech mit den Löchern. »Nun, Aron, dann darf ich Sie bitten.«

Aron zog sein Etui hervor, es wurde ebenfalls durch die Runde gereicht und dann unter Widmas' Kamerablick aufgeschnitten. Auch von Arons Etui wurden für eine spätere Radiokarbondatierung Fäden sichergestellt, zusammen mit einem scheinbar identischen schriftlichen Schwur des Juweliers. Gemäß einem ziemlich zerfallenen Zettel im Etui besaß Aron das »Oberblech 14«. Nachdem die Spurensicherung durch Dr. Elder abgeschlossen war, zog Aron das Goldblech mit Zeige- und Mittelfinger heraus. Es war ebenfalls ein rechteckiges Blech mit zwei Dutzend Löchern. Sein Handgelenk zitterte etwas. Er legte sein Blech zu dem anderen in die Hand des Vizekaisers. Eiserne Stille herrschte, die Löcher schienen überhaupt nicht zueinander zu passen!

»Eines um die lange Achse drehen!«, brach Peran die Stille.

Der Vizekaiser tat, was Peran vorschlug, und nun sah es deutlich besser aus. Er hielt die beiden Goldbleche nun übereinander und gegen einen Scheinwerfer – durch alle Löcher drang Licht.

»Es stimmt – der Goldschmied scheint einfach zwei Bleche übereinandergelegt und mit einer Ahle die Löcher durch beide hindurchgestanzt zu haben. Eigentlich fast schon beschämend simpel. Haben Sie das gewusst?«

Die Kuratorin schüttelte den Kopf. Die Bleche gingen nun gemeinsam noch einmal durch die Hände der Experten und dann wieder zurück zum Vizekaiser.

»Hat noch jemand Einwände? Wissenschaft? Presse? Echsianische Botschaft?«

Niemand sagte etwas.

»Nun denn, dann haben wir wohl den Punkt der Umkehr der Beweislast überschritten«, meldete sich der Verfassungsrichter zu Wort. »Nun müssten Zweifler beweisen, dass Aron uns betrügt. Meine Damen und Herren Experten?«

»Die C14-Altersbestimmung und auch sonstige Analysen stehen noch aus, das wird bis morgen dauern«, erklärte Dr. Elder. »Doch im Moment kann ich keine Gegenargumente sehen!«

Der Vizekaiser blickte den Verfassungsrichter und von Daradar fragend an. Der Richter nickte etwas verhalten, was von Daradar ein triumphierendes Lächeln entlockte. Der Vizekaiser blickte nun zu Aron auf.

»Dann frage ich den blonden jungen Mann mit den bemerkenswerten blauen Augen nun hochoffiziell und gemäß den alten Büchern, als Hüter des Thrones von Arganus und Stellvertreter des Kaisers: Seid Ihr der verloren geglaubte Kaiser Aron der Siebenundzwanzigste?«

Eine Kamera hatte sich zu Aron gedreht.

»Ja, edler Vizekaiser und Hüter meines Thrones, der bin ich.«

»Wünscht Ihr, Kaiser Aron XXVII., Euren Platz auf dem Thron von Arganus wieder einzunehmen?«

»Ja, das wünsche ich. Ich bin Euer Kaiser und ich kehre nun zurück. Die Treue und Hingabe des Vizekaisers für Arganus soll belohnt und er bis in alle Zukunft hoch geehrt werden.«

* * * *

Der Vizekaiser blickte zum Verfassungsrichter auf, der sich kurz räusperte, bevor er offiziell den ordnungsgemäßen Vollzug der Wiedererkennungszeremonie feststellte: »Dann gebe ich zu Protokoll, dass der gesetzliche Erkennungsbeweis erbracht wurde. Es wurden moderne wissenschaftliche Beweise erbracht, die wir anstelle der drei den Kaiser wiedererkennenden Augenzeugen anerkennen. Auch ungewöhnliche äußere Umstände, namentlich das Raumschiff, sprechen für Euch.«

»Mein Gesundheitszustand erlaubt es leider nicht, aufzustehen und Euch angemessen zu gratulieren, aber ich habe die Ehre, Sie in der modernen Zeit als Erster offiziell Majestät nennen zu dürfen.«

Der Vizekaiser reichte Aron mit einem etwas künstlichen Lächeln die Hand.

»Ich danke Euch und dem Volk von Arganus und gelobe, die Regierungsgeschäfte behutsam und vorsichtig aufzunehmen. Ich kann doch auf Eure Hilfe zählen, Vizekaiser?«

»Ja, mein Kaiser. Es ist gut, wenn Sie erst einmal die Details der Gegenwartspolitik kennenlernen und ich vorerst die Amtsgeschäfte wie gehabt weiterführe.«

»Eigentlich erlischt das Amt des Vizekaisers im Moment der erfolgreich abgeschlossenen Wiedererkennungszeremonie«, meinte Aron.

»Nun, mein junger Freund, Sie stammen aus einer Zeit, als man elektrisches Licht noch jerilanische Lampen nannte und für Teufelswerk hielt«, entgegnete der Vizekaiser und setzte ein gönnerhaftes Grinsen auf. »Da könnten dem Verfassungsrichter schon gewisse Zweifel kommen, ob Sie angesichts Ihrer siebenhundertjährigen Rückständigkeit überhaupt regierungsfähig sind.«

Der Vizekaiser spielte offenbar auf die Möglichkeit an, einen völlig irren oder todkranken Kaiser auch ohne dessen Zustimmung für amtsunfähig zu erklären. Möglicherweise war dieser Schritt mit dem Verfassungsrichter bereits abgesprochen. Sie hätten dann Nirons Wunsch, die Zeremonie durchzuführen, zwar erfüllt, aber ändern würde sich trotzdem nichts. Solange man die Stärke des Feindes nicht kennt, sollte man eine offene Feldschlacht vermeiden, erinnerte sich Aron an die Kriegsweisheit des Königs Ergus von Zarn.

»Ich bin übrigens nicht Ihr junger Freund, sondern seit ein paar Minuten Ihr Kaiser und erwarte als solcher, dass ich zumindest bei offiziellen Anlässen mit Majestät angesprochen werde! Aber nehmen wir zum Wohle des Arganischen Reichs den Druck aus der Situation. Kraft der mir durch Gnade des Himmlischen Paars verliehenen Macht verlängere ich Ihr vizekaiserliches Mandat bis zum Ende dieses Monats, mein treuer Herkan Verna. Nutzen wir die Frist, um den Übergang der Vizekaiserzeit zur neuen Kaiserzeit politisch verantwortungsvoll und verfassungsrechtlich korrekt zu gestalten.«

»Gut, besprechen wir das also bei einer anderen Gelegenheit!«, lenkte der Vizekaiser ein. Das Wort »Majestät« kam ihm aber nicht über die Lippen.

»Nun möchte ich Ihnen an diesem heiligen Ort unserer Geschichte einen Stein überreichen.« Aron winkte Jan zu sich, er solle ihm den Metallkoffer geben. »In diesem Koffer befindet sich ein Stein aus Norchlag, dem Land, aus dem Aron der Erste stammte. Der Meeresspiegel der Erde ist mittlerweile angestiegen und von Norchlag blieb nur eine kleine Insel übrig, die von seinen Bewohnern heute Helgoland genannt wird.«

Der Vizekaiser begutachtete kurz den etwa wassermelonengroßen roten Sandsteinbrocken, bedankte sich und die Kuratorin nahm ihm den Koffer ab.

»Darf ich die Experten und vielleicht Sie, Herr Dr. Ettenberger, noch in das Studio bitten?«, fragte Widmas.

»Mich?«, fragte Jan erstaunt.

»Erzählen Sie uns von der Ursprungswelt!«

»Wenn es Ihr Publikum interessiert, gerne«, meinte Jan.

»Die Regieassistentin dort hinten weist Sie ein, meine Herren.« Widmas ballte verstohlen die Faust und gab ein leises »Jahh!« von sich.

Die Scheinwerfer erloschen und die Kabel wurden nun wieder aufgerollt. Nur noch im Tonnengewölbe außerhalb des *Raums der Plaketten* brannte Licht. Der Botschafter schob den Vizekaiser hinaus.

* * * *

»Zufrieden mit uns?«, fragte Peran Widmas.

»Ihr drei seid das Spannendste, was seit dem Schmiergeldskandal bei der Aquädukt-Sanierung passiert ist«, frohlockte Widmas.

»Das waren legale Parteispenden, kein Schmiergeld«, protestierte der Vizekaiser.

»Legal gespendet? Dann müssten Sie offenlegen, von wem das Geld stammte«, mischte sich nun auch von Daradar ein.

»Als Vizekaiser muss ich den Namen des Spenders nicht preisgeben. Aron, Sie wollen doch keine Plaudertasche als Vizekaiser, oder etwa doch?« Aron wollte eigentlich noch klarstellen, dass der Kaiser nur in Ausnahmefällen einen Stellvertreter habe, doch der tagespolitische Streit ging schon weiter.

»Und was ist mit der Tüte mit den hunderttausend Deka, die entweder Sie oder die Feuerechse, in Anführungszeichen, ›verlegt‹ haben?«, stichelte Widmas.

»Eine Feuerechse gibt es nicht. Sie heißt für Sie vizekaiserliche Pressesprecherin Frau Geran, die die Spende regulär und in Empfang nahm und an den Schatzmeister der Paaristischen Sozialen Partei PSP weiterleitete.«

»Spende von wem?«, fragten von Daradar und Widmas gleichzeitig.

»Auch zum tausendsten Mal, ich habe gegenüber dem Spender mein Ehrenwort gegeben, ihn nicht zu nennen. Zudem sprechen Sie mit dem Vizekaiser von Arganus und nicht mit einem Provinzbürgermeister. Punkt! Es ist unhöflich, unsere Heimkehrer mit diesem kalten Kaberak zu belästigen«, brauste der Vizekaiser auf.

»Kalter Kaberak ist das also«, grummelte Widmas beleidigt, zog es aber vor, nun nicht mehr nachzubohren und sich mit um den Abbau der Technik zu kümmern. Der Vizekaiser musste von den Museumsmitarbeitern die enge Wendeltreppe hinaufgetragen werden. Oben bei den Kronjuwelen schlug der Vizekaiser vor, durch die Gruft und dann durch den Bunkertunnel zu gehen, dann müssten die Arbeiter ihn nicht noch einmal so viele Stufen hinauftragen. Aron gab sich freundlich und schob den Vizekaiser in das Kreuzgewölbe mit den steinernen Sarkophagen. Künstliches Licht ging an, dies wäre vielleicht die Gelegenheit, das Grab der Kaiserin zu besuchen, dachte Aron. Er ging zielstrebig an den Grabstätten vorbei zu der Stelle, die er kannte, doch das Grab seiner offiziellen Mutter war verändert worden – es war nun ein Doppelgrab Parions und seiner Mutter. *Von seinem Vater sei ja nach der Schlacht nur der Kopf übrig geblieben*, erwähnte Aron makabrerweise, doch der echsianische Botschafter korrigierte ihn, die Gebeine des Parion seien etwa hundert Jahre nach der Schlacht als vertrauensbildende Maßnahme überführt worden.

Damals als Heranwachsender hatte Aron immer das Gefühl gehabt, hier die Präsenz seiner Mutter zu spüren, doch jetzt schien es ihm einfach nur ein Monument unter vielen zu sein. Peran hatte deutlich an Gesichtsfarbe verloren und starrte gleich gegenüber auf die Frontplatte eines Grabes in einer Wand: »Die Zwillingsbrüder Aron XXVII. und Niron XVIII.«

»Es ist leer, nicht mal ein Fingernagel ist drin«, bemerkte von Daradar pietätlos.

»Sind Sie hier eingebrochen?«, wollte der Vizekaiser protestieren.

»Nicht hier streiten!«, mahnte Aron, dem es nun auch zunehmend unheimlich wurde, die eigene Grabplatte zu sehen. Ein Gefühl, die alten Kaiser würden ihn argwöhnisch beobachten, beschlich ihn. Bald glaubte er, ihre kritischen Stimmen zu hören, ob dieses blonde Bürschchen hier nicht viel zu jung war für den jahrtausendealten Kaiserthron. Er versuchte diese Spukgedanken zu verdrängen und schob den Vizekaiser um die nächste Ecke. Nach seiner Erinnerung würde dieser Weg an den Grabstätten des achten Jahrtausends vorbei zu einem Ausgang im Park führen. Doch eine ihm unbckannte Betonmauer versperrte plötzlich den Weg.

»Oh, das … äh … das stammt glaube ich aus der Zeit der Militärdiktatur«, erklärte der Vizekaiser. »Ja, dort wurde Kampfgas aufbewahrt. Alle Gräber, die vor dem Jahr 8000 datieren, wurden damals ins Nationalmuseum verlegt. Da ein paar Gasflaschen leckten, betonierte man damals kurzerhand alles zu.«

* * * *

Der Vizekaiser wies Aron einen Weg, auf dem sie zu einer Stahltür gelangten, die in einen modernen Tunnel von der Breite einer zweispurigen Straße führte. Rechter Hand endete der Tunnel vor einem massiven Tor und links wartete eine schwarze Limousine. Das Tor sei wegen des Giftgases zugeschweißt worden, erklärte der Vizekaiser, als Peran fragte, was dahinter sei. Aron schien der Tunnel etwas zu gut ausgebaut dafür, dass er nur zu einer Gruft und einer vor Jahrhunderten aufgegebenen giftgasverseuchten Bunkeranlage führte.

Der Vizekaiser meinte zum Abschied, Aron solle die ersten paar Tage hier besser nicht gleich für Politik nutzen, sondern einfach einmal Tourist spielen. Er drückte ihm seine und die Visitenkarte eines Hotels in die Hand, erklärte, dort sei für Aron und seine Begleiter reserviert und schon fuhr er davon.

* * * *

Auf dem Weg zurück an den Gräbern und den Kronjuwelen vorbei und hinauf in die Audienzhalle hatte Aron das Gefühl, der Vizekaiser habe die ganze Zeremonie nicht ernst genommen und Kitat erlaubte sich die Nachfrage, ob das tatsächlich alles an offizieller Begrüßung gewesen sei. Der echsianische Botschafter versicherte Kitat, die Stadt des erhabenen Zerat werde ihren verloren geglaubten Prinzen ganz anders empfangen und es dauerte nicht lange, da entschwebte Kitat mit dem Botschafter in einem Gleiter – damit war die Flotte auf dem Hangardeck der *Regulus* nochmals etwas kleiner geworden.

* * * *

Und nun? Die *Regulus* stand quer über der Parkanlage vor dem Palast und davor Aron, Peran und Jan auf der Wiese. Letzterer war zu einer Talksendung am Abend eingeladen worden. Die Leute guckten staunend die *Regulus* an, doch für Aron und seine Begleitung schien sich niemand mehr zu interessieren. Aron drehte sich zu von Daradar um, der als Letzter bei den dreien geblieben war.

»Sie sind doch Mysterienforscher, ich hab eines für Sie«, sprach Aron ihn an. »Was ist hier los, Schara-Dan! Kommt hier etwa jeden Tag ein Kaiser nach 740 Jahren in einem Raumschiff zurück? Oder was ist?«

»Nun, die Zeremonie da unten beweist gar nichts«, erklärte von Daradar. »Wie ich von Widmi, ich meine Herrn Widmas von *Arganus Eins,* gehört habe, hat Niron von Arganus endlich zugegeben, dass er nicht zufällig so heißt: Er war hier in diesem in die Klippe gerammten Kasten namens Kaiserpalast mehr als vierzig Jahre lang der Chef als Ihr direkter Nachfolger. Er hätte damals vor gut 700 Jahren alle Zeit der Welt gehabt, das Gegenstück zu Ihrer Wiedererkennungsplakette zu deponieren. So genau wird die Altersbestimmung der Wissenschaftler nicht sein, sie wird nicht unterscheiden können, ob diese Plakette im Jahr 9261 oder vielleicht erst im Jahr 9270 deponiert wurde.

Springen wir in die Zeit der Militärdiktatur nach dem Zusammenbruch der Demarkation. Warum hätte Niron von Arganus damals nach der Militärdiktatur den Mythos des zwischen den Sternen reisenden Kaisers in die Verfassung der neuen Reichsrepublik schreiben sollen, wenn er nicht genau diesen Moment geplant hätte? Sie sind genetisch sein Zwilling, das ist das Einzige, was ich glaube, aber Sie sind wohl ein um Jahrhunderte jüngerer Klon, Aron. Oder Sie selbst sind Niron von Arganus und der auf der IZB ist ein Klon. Ja, das …«

»Schön, dass Sie schon den Stoff für Ihr nächstes Buch beisammenhaben«, schnitt Aron ironisch und etwas verärgert den Redeschwall des Autors ab. Es lag ihm auf der Zunge, den leeren Sarkophag zu erwähnen, doch der bewies ja auch nichts.

»Wenn alle glauben, wir seien Hochstapler, warum hat dann der Vizekaiser die Zeremonie durchgeführt?«, fragte nun Jan auch etwas frustriert.

»Weil die IZB unsere Steckdose ist: Neunzig Prozent unserer Energie kommt von dort. Und die letzte Überzeugungsarbeit leistete wohl Geld für den Aasgeier im Rollstuhl. Wem sonst als Niron von Arganus hat er sein Ehrenwort gegeben?«

»Und warum wollte er mich dann für unzurechnungsfähig erklären?«

»Und was ist mit dem Raumschiff? Haben wir das zu Hause im Hobbykeller gebastelt?«, hakte Jan nach.

»Aron könnte gleich jetzt mit Ihnen einmal rund um den Roten Mond fliegen«, gab Peran dazu.

Aber auch dafür glaubte von Daradar eine Erklärung zu haben: »Es wird so ein auffälliges Geheimnis um die Technik der IZB gemacht, dass es eigentlich niemanden wirklich verblüfft, wenn so etwas wie Ihre *Regulus* einschwebt.

Wünsche einen schönen Nachmittag, die Herren.«

»Letzter Versuch«, hielt ihn Aron zurück. »Wir haben aus dem Computernetzwerk des Ursprungsplaneten Erde Hunderte von Petabytes Daten: Lexika, Filme, Zeitungen, Bücher. Wäre es der IZB wirklich diesen Fälschungsaufwand wert, nur um mich auf den Thon zu hieven in einem Land, das sowieso schon an ihrer Steckdose hängt?«

Der dickliche Mysterienforscher hatte dafür mal keine Antwort parat. Er dachte einen Moment lang nach und meinte dann: »Das ist wenigstens mal ein Argument. Ich denk drüber nach und melde mich.« Dann ließ er die drei einfach stehen.

* * * *

»Das mit dem Spielzeugladen wäre doch wirklich eine Idee«, fand Peran und die drei grinsten. Aber aufgeben wollte Aron noch nicht, denn zumindest formaljuristisch war er nun der Kaiser, auch wenn man ihm demonstrativ die kalte Schulter zeigte. Hatte er aber etwas anderes erwartet?

Trotzdem war es nun an der Zeit, sich die normalen Jeans anzuziehen und ein wenig die Umgebung zu erkunden. So machten sie sich einige Minuten später auf den Weg, Aron und Peran in ihrem irdischen Turnschuh-Jeanslook und Jan mit Stativ und Kamera. Es sei ja trotz allem ein historischer Moment, meinte Jan, auch wenn er nicht ganz nach Wunsch abgelaufen sei.

Sie gingen hinunter zur Museumskasse, die in einen ehemaligen Geheimgang eingebaut worden war. Früher konnte der Kommandant der Wache, also Perans Vater, durch diesen Gang direkt in den Palast gelangen. Aber wo damals die Häuser der Offiziere gestanden hatten, befand sich nun der Vorplatz zum Museumseingang mit einigen Parkplätzen für Elektroautos, einer Treppe hinunter zur U-Bahn-Linie 4 und einem Imbisswagen. Zuerst ging Aron zur Museumskasse, um sich eine Mitarbeiterkarte geben zu lassen, damit sie drei jederzeit hineinkämen, und danach spazierten sie quer über den Platz zum Imbisswagen.

»Du neuer Kaiser, ich jetzt Palastküche?«, lachte der dicke Knatsch hinter der Theke.

»In etwa«, meinte Aron, »was trinkt die Jugend von heute?«

»Rebellisch oder bürgerlicher Mustersohn?«

»Rebellisch!«, antwortete Peran schnell.

»Energiesaft! Doppelflasche?« Der Knatsch stellte drei Glasflaschen mit einem rosa-blauen Farbmuster und einer gelblichen Flüssigkeit darin auf die Theke.

Arons Gedanken kreisten lieber noch immer um die Wiedererkennungszeremonie. Ob es besser gewesen wäre, wenn das Land hier eine echte Republik wäre? Vielleicht hätte er dann keine politische Macht mehr, aber wäre bestimmt entspannter empfangen worden.

»Scheint in etwa einer irdischen Literflasche zu entsprechen«, analysierte Jan, während Aron grübelte. »Man scheint auf Plastik als Verpackungsmaterial zu verzichten – finde ich gut!«

»Wir werfen möglichst wenig weg. Glasflasche hat Pfand drauf. Könnt in jedem Laden zurückbringen«, erklärte der Knatsch.

Aron wollte bezahlen, doch der Knatsch winkte ab. »Geht aufs Haus. Bist ja Kaiser, wollt Gläser?«

»Wenn schon keiner glaubt, dass ich Kaiser bin, dann kann ich auch aus der Flasche trinken«, lachte Aron ironisch. »Auf gute Nachbarschaft,

Knatsch!« Aron prostete dem Budenbesitzer zu und wollte mit Peran anstoßen.

»Boden, Hals, Boden, so geben junge, modern denkende Leute zu erkennen, die gegen Herkans Spießbürgerland sind«, belehrte ihn der Knatsch. Aron probierte das Anstoß-Ritual mit Peran aus und der meinte nach dem ersten Schluck: »Wow, schmeckt nach Jugend!«

Jan hatte an dem Getränk nur genippt und meinte, er wolle lieber mal ein hiesiges Bier oder bierähnliches Gebräu ausprobieren anstelle von flüssigen Gummibärchen oder was immer das für ein Zeug sei, das Aron und Peran tranken. Er deutete auf Flaschen im Kühlschrank hinter dem Knatsch, die mit »Limpassbräu« beschriftet waren. Der Knatsch fragte, ob dunkel oder hell und stellte Jan dann, da dieser etwas zu zögerlich wählte, einfach eine Flasche Limpass-Weißbräu hin, andere Kunden warteten schon. Leute, die sich das Raumschiff ansehen wollten.

Das Etikett der einfachen Flasche, die in etwa einen halben Liter Inhalt fasste, zeigte einen wilden, bärtigen Krieger, der dem Betrachter zuproste-te. Jan fand das Bier etwas stark, aber ansonsten ganz passabel.

»Ist wohl das, was sich die Leute heutzutage unter einem Zaronen aus meiner Zeit vorstellen«, meinte Aron zu dem Etikett auf der Bierflasche.

»Der kleine freche Zaron, den alle ›das Bierfässchen‹ nannten und der damals immer auf das scheue Prinzchen aufgepasst hat, sah schon irgendwie so aus«, meinte Peran mit einem Grinsen.

Für das »scheue Prinzchen« wäre eigentlich ein Schlag auf Perans Schenkel fällig gewesen, doch Aron war nach der Abfuhr oben im Palast nicht so recht in Stimmung für jungenhafte Neckereien. Hinter dem Knatsch lief ein kleiner Fernseher mit Röhrenbildschirm. Es wurde eine Stadt mit eher niedrig wirkenden, aber dennoch recht großen Häusern mit golden glänzenden Dächern gezeigt. »Live aus der Verbotenen Stadt von Kréeia Echsian« stand darunter und die Kamera schwenkte nun über ein Heer aus prunkvoll gekleideten Echsianern und auf Hochglanz polierten Wachen, die mit traditionellen Spießen strammstanden. Die Kamera schwenkte in den Himmel und zoomte auf einen anfliegenden Gleiter …

* * * *

»Gehen wir ein wenig am Fluss entlang«, schlug Aron vor. Einen rauschenden Empfang für Kitat hätte er jetzt nicht ertragen. Er fühlte sich benutzt und entwürdigt in einem Machtspiel zwischen Niron und dem Vizekaiser. Womöglich hätte er die Situation besser ertragen, wenn Arganus schon vor

Jahrhunderten eine Republik wie Deutschland geworden wäre. Aber dieses Zwischending, halb Kaiser zu sein und halb doch nicht, kränkte ihn. Er erlaubte sich einen Moment, sich so richtig schlecht zu fühlen. Aber andererseits fühlte er auch Trotz in sich. Einfach aufgeben würde er nicht, egal wie viele ihm hier noch die kalte Schulter zeigen würden.

Früher hatte eine schmale Straße zwischen der Klippe, auf der der Palast stand, und dem Fluss hindurchgeführt, heute war sie ein Fahrrad- und Spazierweg, glich aber der alten Straße noch gut genug, um ihn an ihre Jugend zu erinnern, die doch noch gar nicht zu Ende sei, wie Peran bemerkte. Eine Gruppe Fahrradfahrer passierte sie.

»Anscheinend sind gewisse Erfindungen wie das Fahrrad so naheliegend, dass sie früher oder später auftauchen müssen. Die Technik von Arganus und der Erde haben sich ja unabhängig voneinander entwickelt«, meinte Jan. »Die Verwendung von Verbundmaterialien im Radsport steht aber offensichtlich noch aus. Dies hier sind alles Metallrahmen, soweit ich es eben erkennen konnte.«

Aron hörte Jans Analysen nur halb zu, Erinnerungen an seine Kindheit kamen in ihm hoch. Die Felsenklippe trug immer noch den Turm mit der Feuerwache. Der Uferweg führte in einem kurzen Tunnel durch diesen vorstehenden Felsen hindurch. Im Tunnel versperrte ein Gitter den Zutritt zu einer im Felsen zum Schloss hinaufführenden Wendeltreppe. Diese kannte er von früher. Es schien Aron, als könne er einfach seinen kopierten Schlüssel von damals verwenden und sich nach einem verbotenen Inkognito-Ausflug mit Peran wieder zurück in den Palast schleichen.

Das Flusswehr auf der Höhe des kleinen Tunnels gab es auch noch, es trieb eine Pumpe an, die die Springbrunnen im Park mit Wasser versorgte und auch einfache mechanische Hilfen leistete.

> *»Wehr und Hebewerk aus dem 8. Jahrtausend. Restauriert 9870 von der NTF-Kulturstiftung. Führungen (inklusive Feuerwachtturm) von 15 – 29 Uhr jeweils zur ungeraden vollen Stunde, Anmeldung an der Museumskasse«*

war da zu lesen. »Schara-Dan, jetzt reiß ich aber bald all die bescheuerten NTF-Schilder raus!«

»Das würde ich dir aber persönlich nehmen, Aron. Noch immer derselbe Hitzkopf!«, neckte ein recht jung aussehender, nicht besonders großer Radfahrer mit kurzen, roten Haaren. Aron musste zweimal hinschauen, bis er kapierte.

»Erian! Peran, das ist Erian!«, rief er aus. Er drückte den alten Freund an sich und all der Frust schien auf einmal wie weggeweht. »Wenn du wüsstest, was die dem armen Peran auf der Erde angetan haben«, wollte Aron gleich losplappern, bremste sich dann aber. Erian lehnte sein Fahrrad an die Mauer des kurzen Tunnels.

»Stell mir doch erst mal den Astronauten vor!«

»Klar, das ist Doktor Jan Ettenberger aus Deutschland auf der Erde. Er ist Physiker und Astronaut der ESA, das heißt Europäische Weltraumorganisation. Europa ist der Kontinent unserer irdischen Vorfahren. Jan, das ist Erian von Thermus, ehemals König, heute verteilt er überall Messingschildchen.«

»Etwas mehr steckt da schon dahinter. NTF bedeutet Neue Thermus Fluglinien«, berichtete Erian nicht ohne Stolz. »Da scheint sich aber Energie aufgestaut zu haben bei dir, Aron. Beim Nordtor gibt es eine Fahrradstation, da könnt ihr euch welche ausleihen.«

»Gerne«, antwortete Jan. »Sie scheinen ein Rad aus Kohlefaser-Verbundmaterialien zu haben, ansonsten gibt es hier wohl nur welche mit Metallrahmen?«

»Meines stammt von der Internationalen Zaronenbasis. Es gibt durchaus ein signifikantes Technologiegefälle zwischen der IZB und der Reichsrepublik hier, das ist historisch und politisch bedingt«, erklärte Erian. »Allerdings hat die Reichsrepublik im Bereich der Telekommunikationselektronik aufgeholt.«

»Hast inzwischen aber verdammt komplizierte Wörter gelernt!«, neckte Peran und sie lachten alle vier, irgendwie befreit. Sie gingen auf dem schattigem Weg zwischen der Schloss-Klippe und dem Fluss in Richtung Nordtor.

»Verzeih, wenn ich etwas direkt werde«, wandte Aron sich an Erian. »Ich bin Niron begegnet und habe gehört, Ergus löse heute Niron als Chef ab. Wie stehst du zu den beiden?«

»Ich war soeben in Zardias bei der Zeremonie und kam, so schnell es die Etikette erlaubte, zu dir. Wir haben die Feier vom IZB-Kontinent hierher verlegt, offiziell um zu betonen, die Enklave Zardias gehöre ebenfalls dazu, und inoffiziell wegen deiner Landung.«

»Du bist kein General?«, fragte Peran beinahe etwas enttäuscht klingend.

»In Reserve. Ich engagiere mich marktwirtschaftlich und versuche eine Brücke zwischen der IZB und unserer alten Heimat zu bilden, mit empfindlichen Rückschlägen.«

»Wie geht es familiär?«, fragte Peran. »Dir wurde ein Sohn prophezeit, aber der Himmelsfährmann Argan hat ja damals gesagt, wir Alphas seien unfruchtbar?«

»Leider bin ich seit fünfundzwanzig Jahren Witwer. Aber Rot'har von Mittelberg hatte damals, als du auf Treasia von uns abgeschnitten wurdest, den Treasianern einen Gensequenzer geklaut.[17] Sehr kurz zusammengefasst, gelang es uns damit, Nachwuchs zu kriegen.«

»Erst nach siebenhundert Jahren?«, wunderte sich Peran.

»Eben wie gesagt, sehr kurz zusammengefasst. Ich habe eine Tochter Lenia. Und da gibt es noch Thorian«, erklärte Erian. »Er hat eine Band namens Amoénos. Er und seine Rotamoénen behaupten, Musik machen zu können.«

»Klingt nach einer schwierigen Jugend?«

»Oh ja!«, seufzte Erian. »Neben Musiker ist er auch noch Weltverbesserer! Er hat aber auch was Vernünftiges gelernt, nämlich Kampfpilot.«

»Was sind Amoénen und Rotamoénen?«, fragte Peran interessiert.

»Du wirst es morgen Abend erleben«, grinste Erian. »Thorian sagt ja von sich, er sei ein Rotamoén, da dieses Drittel seiner Gene, wie er sich ausdrückt, *megakrass* dominiere.«

---

17 Siehe dazu Kapitel „Der Alarm" im Roman „Die Galaktische Welle" – Die Regulus", MAIN-Verlag 2016, www.main-verlag.de

DER SOHN

Auf einer Felsnase oberhalb von Brückenberg, der nördlichsten Stadt im tausend Kilometer großen Einschlagkrater, in dem sich die Reichsrepublik befindet. 4. Tag im Hitzemonat des Jahres 10'001, 27 Uhr.

* * * *

Der Blick reichte an diesem Tag nicht ganz bis zum Thermus-See hinab, als Thorian auf seinem Lieblingsaussichtspunkt stand, einer Felsnase oberhalb von Brückenberg. Die Luft war zu diesig.

Ihm war es recht gewesen, nicht zu dieser Zeremonie nach Arganus zu fliegen und Nirons Bruder und damit quasi seinen Onkel erst hier kennenzulernen. Außerdem war der Schlüssel der Edaner wohl jetzt und hier auf diesem Mond. Er fürchtete sich vor dem Moment, wenn alle von ihm ein Wunder erwarteten.

* * * *

Vor fünf Jahren war er zum ersten Mal nach dem Attentat in die Erian-Villa in Brückenberg zurückgekehrt. Er riskierte mit der neuen Band *Amoénos* ein paar Keller-Konzerte für ein junges, progressives Publikum, das gegen die Spießbürger-Reichsrepublik war. Da sie von der IZB kamen, erregte das auch bei der Presse eine gewisse Neugier und der berüchtigte Boulevard-Journalist Jaro Ter titelte damals:

> *Amoénos: Nur mit Gehörschutz zu genießen. Band ausgeflippter Vierlinge plus einem rothaarigem langen Lulatsch lässt antiautoritär erzogene Jugendliche ausflippen.*

Mit dem »Lulatsch« war Thorian gemeint. Trotzdem öffnete ihm der Verriss die Tür in die Reichsrepublik, denn das Entsetzen der Spießbürger betrachtete die progressive Jugend als Gütesiegel.

* * * *

Als Donner in den schnell über dem Südhang in die Höhe schießenden Quellwolken grollte und der erste schwere Tropfen auf seine Nase fiel, kehrte Thorian zurück zur Villa. Der einsetzende Regen verbreitete einen würzig-stechenden Geruch. Vor Erians Haus stand bereits ein großer, schwarzer Handwerkerwagen in der Auffahrt. Er trug die Aufschrift der Wärmepumpenwartungsfirma, die Erian beauftragt hatte, nach langer Abwesenheit die Heizung wieder anzuwerfen, aber das Auto sah irgendwie anders aus. Er zögerte, vielleicht war er wegen des Attentats vor fünfundzwanzig Jahren noch misstrauisch gegenüber allem, was ihm nicht logisch erschien.

Aber schon rauschte ein Platzregen herab. Trotzdem entschloss sich Thorian, nicht direkt zum Haus zu rennen. Sich in engen, frechen Jenashosen einnässen zu lassen, hatte was Erotisches, auch wenn es vom Regen kam. Zudem konnte er von der Bergseite her aufs Dach der Villa gelangen. Der drei Schritt hohe Eisenzaun, der seit Erians Rückkehr das Anwesen umfriedete, war für Thorian als Amoén-Alpha kein Hindernis. Ein kräftiger Satz genügte, um berührungsfrei drüber zu springen. Er eilte weiter die abschüssige, schnell glitschig werdende Rasenfläche hinab. Mit einem Klimmzug an der Regenrinne zog er sich auf das Giebeldach. Hoffentlich würde das Erian nicht mitbekommen, dass er hier im Gewitterplatzregen über das Dach eilte. Aber bei seinen Amoénenbrüdern hatte er gelernt, wie man sich schnell und trittfest in den Bäumen bewegen konnte. Nur war das kein Baum, sondern ein schlüpfriges Dach. Schon fiel er auf den Hosenboden und drohte auf der Vorderseite des Hauses runterzurutschen. Er konnte sich gerade noch an seinem Dachfenster festhalten.

Mit einem Trick konnte er das Fenster öffnen und in sein Zimmer springen. Hier erblickte er vor sechsundzwanzig Jahren das Licht dieser Welt. Die Zimmertür stand einen Spaltbreit offen zum Flur. Thorian hatte sie abgeschlossen, bevor er am frühen Nachmittag das Haus verlassen hatte, das wusste er genau. Da Nirons Bruder Aron heute Abend hierherkommen würde, sollte zwar eine Reinigungsfirma vorher noch sauber machen. Thorian mochte es nicht, wenn sich irgendwelche spießigen Leute aus der Reichsrepublik in seinem Zimmer umsahen, daher der Verschluss. Das Schloss an der Zimmertür war nicht sicher. Jeder mit etwas Einbrechertalent konnte es aufkriegen und auf seinem Computerarbeitsplatz stimmte auch etwas nicht. Die Brille für virtuelle Realitäten lag zwar an der richtigen Stelle, aber verkehrt herum. Zudem: hatte Erian nicht die Wartung der Pumpe wegen des Besuchs auf einen späteren Termin umgebucht? Er hatte zwar als Amoén ein halbwegs fotografisches Gedächtnis, aber vielleicht war er wirklich paranoid und sah hinter der kleinsten Ungereimtheit das finstere Werk der Todeskutten. Trotzdem, es konnte ja nicht schaden, den Rechner mit der Diagnose-Gründisc der Amoénen zu starten, die er zwischen den Musikdiscs der Amoénos versteckt hatte. Er legte sie ein und befahl der Software, alle Systemereignisse seit dem Morgen aufzulisten: Der Computer lief offenbar vor zwei Stunden für kurze Zeit. Da war er aber draußen gewesen und – großes Ups! – ein Funknetzwerk nach Reichsrepublik-Telekommunikationsnorm des Jahrs 9995 wurde festgestellt, der Treiber im Betriebssystem war ersetzt worden. Diese Software war nicht mehr das reguläre Betriebssystem!

Aus Sicherheitsgründen durfte es in Erians Haus generell kein Funknetzwerk geben, da der Standard aus dem Jahr 9995 geknackt werden konnte, und zudem waren dieses neue Funknetzwerk der Reichsrepublik und das Modem für die IZB gleichzeitig eingeschaltet. Auch das war gefährlich, da so eine Datenverbindung zwischen den Netzwerken der Reichsrepublik und der IZB hergestellt werden konnte.

Schritte im Gang!

Die Eindringlinge hatten Thorians Nachforschungen im Netzwerk offenbar bereits bemerkt. Die Nachbartür wurde geöffnet: Lenias Zimmer. Thorian nahm die Gründisc mit der Amoénensoftware aus dem Laufwerk, was diese mit einem blinkenden »Hey! Wo ist die Disc abgeblieben!« quittierte. Er schaltete den Computer hart aus, steckte die Disc ein, öffnete die Dachluke und zog sich hoch. Kalter Graupel peitschte ihm ins Gesicht.

»Ein langer Kerl ist eben aufs Dach rauf!« »Haltet ihn auf!«, wurde im Zimmer gerufen. Das mussten Todeskutten sein! All die schrecklichen Erinnerungen und die Todesangst von damals beim Attentat am Kontrollposten kamen in Thorian wieder hoch. Er wollte nur noch hier weg! Fliehen! Schnell!

Er nahm Anlauf und sprang vom Dach über die Vorfahrt hinweg in einen stacheligen Busch. Ah, das tat weh! Aber es blieb keine Zeit. Er rannte, zog sich am Zaun hoch und drüber. Die Berührung auf der Oberseite würde einen stillen Alarm auslösen und Lenia automatisch warnen. Schon sprintete er abwärts auf den nahen Wald zu.

Ein Schuss prallte sirrend von einem Stein neben ihm ab, die Todeskutte, die ihn verfolgte, war körperlich erschreckend gut drauf. Thorian erinnerte sich, dass diese frommen Männer sogenannte Herkaner waren, besonders kräftige Krieger, die in alter Zeit durch Zuchtauswahl perfektioniert worden waren: Liebesheirat war dort nicht gestattet gewesen. Also war die

Todeskutte ihm körperlich wahrscheinlich gar nicht so sehr unterlegen, aber immerhin kannte er sich hier aus und fand den Weg im Wald selbst in der Dunkelheit des Gewittersturms; die Todeskutte dagegen war sicher zum ersten Mal hier. Der Graupel hatte nachgelassen, dafür aber rauschte nun eine Orkanböe durch den steilen Wald, die die Tannen beinahe bis zum Brechen bog. Weiter entfernt hallten Maschinengewehrsalven, vielleicht stoppte gerade die Polizei die anderen Todeskutten, hoffte Thorian.

Blitze zuckten durch die Wolken und kurz darauf pfiff ein neuer Schuss an Thorians Ohr vorbei. Die hartnäckige Todeskutte musste ihn im Licht des Blitzes gesehen haben. Er war zu langsam, zu zögerlich, wurde sich Thorian bewusst. Auf seinen Fersen folgte ihm der zu allem bereite Fanatiker. Vor ihm lag nun sein Aussichtspunkt. Der Regen stoppte abrupt und rauschte nur noch weiter hangaufwärts. Das würde vor allem der Todeskutte helfen, wurde Thorian klar. Er musste seinen hartnäckigen Verfolger jetzt unbedingt abschütteln! Eine knorrige Eiche war der letzte Baum vor dem Aussichtspunkt. Thorian, mit seinen fast schwarzen Amoénen-Jenas, dem längst völlig durchnässten und ebenfalls schwarzen T-Shirt seiner Band, war in der weitgehenden Dunkelheit des Gewitters gut getarnt. Er versuchte mit dem Stamm der Eiche eins zu werden – zum Glück war er als Amoén ein sehr schlanker Typ. Er hörte ein schnell näher kommendes Platschen, die Todeskutte rannte durch die kleinen, schlammigen Pfützen, die sich im Fußweg gebildet hatten, kam immer näher. Ihr Keuchen wurde von einem Donnergrollen hoch in den schweren Wolken über dem Nordinnenrand des Kraters überdeckt.

Jetzt rannte der Fanatiker vorbei und blieb am ziemlich niederen Geländer des Felsvorsprungs kurz stehen. Wieder rumpelte der Donner. Das war die Gelegenheit für Thorian, anzugreifen. Er sprang hin, trat den Kerl energisch über das Geländer, es knackte und krachte, als der Kämpfer in die Büsche unterhalb des Felsvorsprungs fiel.

Unten wurde unverständlich geflucht. Thorian schaute nicht nach, sondern rannte nach rechts weg und auf einem Wildwechsel durch das dornige Gebüsch am Steilhang entlang. Die Todeskutte würde erwarten, dass er weiter dem Wanderweg nach unten folgen würde und nicht parallel zum Hang floh, dachte er. Schüsse pfiffen von unten herauf, die Todeskutte schoss blind wütend einfach in die Richtung, in der sie Thorian vermutete.

Das dornige Gestrüpp zerkratzte seine Arme und eine heimtückische Orkanböe hätte ihn beinahe umgeworfen. Er stolperte weiter und drohte immer wieder seitlich wegzurutschen und den Hang hinabzustürzen. Er nahm sich nun keine Zeit mehr zurückzusehen, ob die Todeskutte ihn verfolgen oder nur noch verfluchen konnte.

Plötzlich begann es überall um ihn herum auf dem Geröll und zwischen den Büschen zu klicken und ein walnussgroßes Hagelkorn traf ihn schmerzhaft auf den Kopf. Ein Blitz erhellte den Hang, die Todeskutte musste ihn für einen Wimpernschlag gesehen haben und sogleich pfiff eine Kugel gefährlich nahe an ihm vorbei. Endlich machte der Hang bei einem Felsen einen Knick, das würde ihn außer Sicht bringen.

* * * *

Hinter dem Knick prallte er beinahe direkt auf eine Art Flugzeug, ein Rohr mit Deltaflügeln und offener Heckklappe hing schwebend am Hang. Ein blonder Typ, so schlank wie Thorian und fast so lang wie er selbst, stand auf der Rampe und zerrte ihn energisch am Arm direkt vom Hang weg in das Flugzeug hinein.

»Hab ihn!«, rief der Blonde. Die Heckklappe schloss sich und das Ding jagte mit unangenehm starker Beschleunigung senkrecht in die Höhe. Im Inneren ging nun Licht an und Thorian erkannte, dass der blonde Typ Niron war, einer seiner drei biologischen Väter – er war gerettet. Seine Knie wurden schwach, es war besser, sich nun zu setzen und außerdem schwankte dieses fliegende Ding ziemlich kräftig in den Turbulenzen des Gewitters.

»Niron, danke! Wo sind Lenia und Erian?«

»Erian ist an Bord der *Regulus*, Lenia wurde vom stillen Alarm gewarnt.«

»Danke!

Dieser Jenaslook steht dir aber sehr viel besser als die Uniform, das solltest du jetzt öfters tragen, Niron. Du hast doch jetzt jede Menge Freizeit, wenn Ergus den Laden schmeißt.«

»Du bist an Bord eines Atmosphärengleiters der *Regulus*. Niron ist mein Zwillingsbruder. Ich bin Aron.«

»Ich bin hier vorn, Spezialrekrut«, rief jemand mit der gleichen Stimme aus dem Cockpit.

»Rekrut?«, fragte Aron amüsiert.

»Wir vom Rotamoénenclan des Flaschenhalstals leiden extrem unter einer heftig juckenden Militärdrill-Allergie und Ergus und Niron ziehen uns damit auf«, erklärte Thorian trotzig. Aron antwortete mit einem breiten Grinsen. Dass ihn Nirons Bruder anscheinend mochte, beruhigte Thorian etwas.

»Also warst du bisher nicht im Militär?«, fragte Aron amüsiert.

»Doch, aber nur ganz vorsichtig«, erklärte er. »Mit Roranar im Ohrstöpsel konnten meine Brüder Beng'har, Gent'har, Nildt'har, Sant'har und ich trotz unserer Militärphobie eine geile Ausbildung zum Kampfpiloten absolvieren. Dazu mussten wir aber vorher durch den Amoénen-Grundwehrdienst. Der Rekrut blieb trotzdem irgendwie an mir hängen, weil ich nach wie vor Militärophobiker bin.«

»Gewöhn dich dran, Aron, so einen Stuss quatschen er und die anderen Flaschen im Halstal meistens«, neckte Niron vom Cockpit aus.

Thorian ignorierte Nirons Neckerei und der Spruch mit den »Flaschen im Halstal« hatte schon längst einen Bart.

»Niron, kommst du mit den Kontrollen klar?«, rief Aron zurück.

»Kein Problem, ist dasselbe Grundprinzip wie in der *Pfeil von Arganus*.«

* * * *
• • •

Den blonden Kerl gegenüber fand er spannend, der hatte so etwas Jugendliches. Aron war bestimmt gut darin, voranzustürmen, wo Engel furchtsam weichen. Da war sich Thorian sicher. Und Niron schien diese Eigenschaft seines Zwillingsbruders in sich wiederzuentdecken. Die Turbulenzen stoppten, als der Gleiter kurz darauf irgendwo aufsetzte. Die Heckklappe öffnete sich. Thorian war neugierig geworden und ging als Erster von Bord. Sie befanden sich in einer großen Halle mit etlichen weiteren solcher Gleiter; einige davon sahen so aus wie der, aus dem er soeben ausgestiegen war, zwei andere waren deutlich größer.

»Krass, das ist ja ungefähr eine halbe Flotte«, staunte Thorian.

»Eben, eine *halbe* Flotte«, antwortete Aron mit wehmütiger Betonung auf »halbe«. Niron in IZB-Kampfuniform war den beiden gefolgt. »Das ist Arons Raumschiff, die *Regulus*.«

»Hast du das den Treasianern geklaut? Muss ja ein Mega-Fight gewesen sein!«, meinte Thorian und interessierte sich nun für eine längliche Kiste in der Ecke, die ihm seltsam vertraut vorkam.

»Deine Familie wartet in der Aussichtskuppel, Thorian«, bemerkte Niron.

»Sie sind ja in Sicherheit, wenn du Erian und Lenia und nicht meine Rotamoénen meinst«, hielt Thorian gelassen dagegen und öffnete die graue Kiste. In ihr lag ein leuchtendes Ding in einer Art von gläsernem Sarg. Es schwebte darin, sah aus wie eine Hantel aus weißlich-bläulichem Licht. Eine seltsame Kraft und eigenartige Gedanken schwebten durch seinen Kopf …

… von fremden Orten, die er nicht verstehen konnte
… von einer Rettungskapsel
… von einer Explosion auf einem fremden Planeten
… von einer Höhle, nein die Rettungskapsel im Gestein
… von einem jungen Menschen, der ihn Äonen später fand …

* * * *

Die Energie der Lichthantel verstärkte sich zu einer Hitze, die seinen ganzen Körper durchdrang und fast unangenehm wurde. Er bemerkte, dass Aron und Niron Abstand hielten und noch weiter hinten beobachtete ihn ein etwas kräftiger gebauter Mann mit kurzem, blondem Haarschnitt. Es sei vielleicht besser, dieses seltsame Ding erst mal ruhen zu lassen, entschloss er sich. »*Das ist der Schlüssel der Edaner*«, murmelt er.

»Die *Regulus* nennt es einen Hochfrequenztransformator«, erklärte Aron, während sie sich auf den Weg zur Aussichtskuppel machten.

»Und was transformiert es?«, fragte Thorian.

Aron griff im Gehen in die Luft und hielt auf einmal eine Art Gitarre in der Hand.

»Das ist eine analoge E-Gitarre der Erde. Eine einfachere Version, ein sogenannter Enkel des Schlüssels der Edaner, ist in die *Regulus* eingebaut. Er transformiert Energien anderer Welträume in Materie und so kann die *Regulus* für mich Gegenstände herzaubern. Aber eigentlich haben alle gedacht, dass du am meisten darüber weißt.«

»Diese Gitarre funktioniert nur analog, denn mit hochintegrierten Computerchips hat der in die *Regulus* eingebaute Niederfrequenztransformator seine Probleme«, erklärte der sportliche Mann mit kurzem Haarschnitt. »Brückendonner heißt deine Band?«

»Nö, das war früher. Die Brückendonner-Typen sind abgestürzt – Amoénos sind jetzt angesagt«, präzisierte Thorian. »Unser größter Erfolg bisher war der Verriss im Mittagsboten.«

»Erfolg?«, fragte der Mann, der sich als Astronaut Jan Ettenberger von der Erde vorstellte. Er fragte etwas formell, ob man zu Thorian noch »du« sagen dürfe und der klärte ihn auf, dass nur homophobe Spießer ihn mit »Herr von Thermus junior« anreden würden.

»Es geht noch schlimmer, zu Arons Zeiten wäre ich Prinz Thorian von Thermus gewesen«, ergänzte er.

»Es ist noch nicht raus, ob *Arons Zeiten* schon vorbei sind«, brummte Aron.

»Aber deine Amoénen-Seite dominiere ja *megakrass*, habe ich gelernt«, grinste Jan, ohne auf Aron einzugehen.

»Klar, und Freunde der Amoénen dürfen uns duzen. Du hast doch nichts gegen Amoénen?«

»Ich habe bestimmt kein Problem mit euch Amoénen. Wie alt bist du, Thorian?«, fragte Jan. »Ich würde dich auf achtzehn bis zwanzig schätzen, aber das kann ja hier auf Arganus täuschen. Wurdest du vielleicht schon vor hundert Jahren geboren?«

Thorian lachte. »Ich schlüpfte im Jahr 9976. Ich bin zu einem Drittel ein Amoén, zu zwei Dritteln ein Alpha. Amoénen werden nicht geboren, sondern schlüpfen aus Pflanzenkapseln. Nach der Zeitrechnung der Erde bin ich 28 Jahre alt.«

»Du hast dich also bereits mit der Erde befasst?«, fragte Jan.

»Nö, aber wir Amoénen haben alle ein neuronales Interface implantiert, mit dem wir bequem online gehen können. Die *Regulus* hat mir Arganus-Jahre in Erdenjahre umgerechnet.«

Aron schaute ihn ziemlich verwundert an.

»Aron, habe ich schon erwähnt, dass du sein Onkel bist?«, rettete ihn Niron vor einer langen Erklärung, warum er über Gedanken mit der *Regulus* reden konnte. Nun sprachen wieder die Zwillinge miteinander und Thorian war dankbar, nicht mehr der Mittelpunkt zu sein. Er hatte gerade eine Begegnung mit Todeskutten oder Geheimdienstlern des Vizekaisers überlebt, zudem kurvten Erinnerungen an die im Gestein steckende Rettungskapsel in seinem Kopf, die er seit seiner Zeit als Schlüpfling verdrängt hatte. Das Gefühl, in absoluter Finsternis eingesperrt zu sein, plagte ihn ebenfalls.

Dieses seltsame leuchtende Ding repräsentierte eine Vergangenheit, von der er kaum mehr etwas wusste und eigentlich auch nichts wissen wollte. Das Leben als Amoén, junger Pilot und die gelegentlichen Auftritte als rebellischer Musiker genügten ihm vollauf. Dafür nervte das dauernde Getue, wie pubertär doch alle Amoénen seien. Vielleicht sollte er nun doch nachsehen, wie es Erian und Lenia ging.

* * * *

Das Schiff verfügte über drei Decks. Das untere Deck mit dem Hangar, ein mittleres Deck, das bis nach vorne zur Brücke gehen sollte, und oben die Aussichtskuppel, mit dem von Aron und Peran bewohnten Quartier. Eine Wendeltreppe führte auf dieses Deck der Quartiere hoch. Linker Hand aber befand sich ein Fenster, das Thorian mindestens hundert Schritt lang schien. Das Schiff schwebte nun über dem Gewitter und die Blitze zuckten wie Nerven durch die blumenkohlartigen Wolken. Jetzt erst hatte er das Gefühl, entkommen zu sein: Die Todeskutte irrte da unten noch irgendwo im Hagel herum und er schwebte hier oben.

Arons Freund Peran, ein kraushaariger junger Mann, der ebenso schlank war wie Aron oder er selbst, machte ihn darauf aufmerksam, dass er bei jedem Schritt eine kleine Pfütze hinterließ und bot ihm an, Kleidung zum Wechseln zu besorgen, während inzwischen die anderen auch hochkommen und in der Aussichtskuppel bestimmt große Politik machen würden.

Peran hatte ihm auch eine elektrische Gitarre mitgebracht. Offenbar gehörte auch noch ein Verstärker dazu. Die würde er bestimmt später mal ausprobieren.

Peran an sich schien schüchtern zu sein und schaute demonstrativ weg, als Thorian im Eingang zum Badezimmer seine nassen Amoénenklamotten auszog und die Jeans-Sachen der Erde ausprobierte. Der weiße Slip schien ihm etwas langweilig, aber Thorian wollte aus Höflichkeit nicht nörgeln und der Stoff der Jeans fühlte sich gut an, sie könnten zu ihm passen, zumal sie auch den »Schiffsjungenhosen«, den Jenas ähnelten. Er glaubte nicht, dass Jan solche, die langen Bein betonenden Hosen anziehen würde. Er selbst musste seine Füße ziemlich strecken, um in die Jeans reinzukommen, so geil eng waren die Hosensäume. Ein schwarzes T-Shirt mit einem Regenbogen aus sechs bunten Streifen gehörten zum Outfit dazu sowie eine blaue Weste aus Baumwollstoff mit Lederschultern. Die Schuhe von der Erde mit dem Stern an der Seite würde man Converse nennen, erklärte ihm Peran.

Arons Freund schaute nun nicht mehr weg. »*Also gibt es wohl noch Hoffnung für den kraushaarigen Kerl*«, dachte sich Thorian und fragte ihn neugierig, wie die Erde denn gewesen sei. Peran hatte jedoch nicht viel von diesem Planeten gesehen.

»Ich wurde von Giennaern entführt«, erzählte Peran. »Das waren die Leute, denen Aron die *Regulus* weggeschnappt hat. Ich war an einem Ort eingesperrt, da arbeiteten Menschen für die Giennaer. Diese Menschen nannten sich selbst Tschetschenen. Sie haben mir Finger abgeschnitten und zugesehen, wie mir diese nachwuchsen wegen der treasianischen Konditionierung. Sie wollten Dinge wissen, von denen ich keine Ahnung hatte. Die taten mir dauernd weh.«

»Weil du für sie ein Fremder aus dem Weltraum warst?«

»Nein, weil ich schwul bin.«

Was hätte Thorian da sagen sollen? Dagegen war sein Gefängnisaufenthalt ja ein Hotelurlaub gewesen. Also drückte er Peran einfach lange, anstatt viel zu sagen.

»Was tust du für die Schwulen hier in der Reichsrepublik?«, fragte Peran. »Der jetzige Vizekaiser führte vor fünfundzwanzig Jahren ein Homopropagandagesetz ein. Er ist ein böser Mann und will Aron rausekeln.«

»Cool, du hast ja bereits den vollen Durchblick«, lobte Thorian. »Seit zehn Jahren müssen alle knapp erwachsenen jungen Männer hier in der Republik einen Bluttest auf Homosexualität machen.«

»Und das können die?«

»Ihre Epigenetik ist zwar nicht so ausgereift wie die der IZB, aber ganz doof sind die Wissenschaftler hier auch nicht. Etwa zwei Prozent werden dann als schwul erkannt und dies wird auch im Personalausweis eingetragen. Die Hälfte wandert dann zur IZB aus.«

»Was machst du?«

»Musik! Man kann das Anti-Homopropaganda-Gesetz mit Kunst umgehen. Die Kunstfreiheit ist ein von der Verfassung garantiertes Grundrecht, das andere nur ein schlichtes, aber gemeines Gesetz. In einem Lied kannst du also gegen das gemeine Gesetz und für Schwulenrechte sein, im Interview danach nicht. So das Urteil des Verfassungsgerichts.«

»Aber nur singen reicht doch nicht!«

»Eben. Deshalb darf sich Aron nicht überreden lassen, die Krone hinzuschmeißen. Das Parlament ist der Rechtsnachfolger des alten Kronrats und während der Sedisvakanz konnte nur der Kronrat, nicht aber der Vizekaiser Gesetze vorschlagen und beschließen.«

»Aber das Homopropaganda-Gesetz ist doch vom Vizekaiser?«

»Ja, weil er in seiner Eigenschaft als Vorsitzender der PSP Gesetze einbringen kann. Als Kaiser kann Aron selbst Gesetze erlassen, die dann nur der Kronrat, sprich heute Parlament, mit Zweidrittelmehrheit stoppen kann.«

* * * *

»Ich weiß nicht, es ist so vieles so anders als damals. Für mich ist das gefühlt eben erst ein paar wenige Jahre her, seit wir von zu Hause aufbrachen.« Peran lächelte gequält.

»Ich könnte als Teilzeit-Aufklärungspilot auf der IZB und auf Amoénia ein homophobiefreies Leben führen, aber die Jungs da unten benötigen unsere Hilfe, Kraushaariger! Und über den Heiligen Staat und seine Todeskutten haben wir gar noch nicht geredet. Die hängen Schwule gleich auf.«

Thorian ließ Peran einen Moment nachdenken und hoffte, er habe ihn nicht überfordert. Er hatte im Bad eine Art Föhn entdeckt, rubbelte seine roten Haare zuerst mit einem Handtuch trocken und stellte dann mit dem Föhn seine Mähne wieder her. Was sollte er dem Kerl nur sagen, der ihn mit diesem melancholisch-sehnsüchtigen Blick beobachtete? Vielleicht wäre doch ein einfacheres Thema besser, als Peran gleich mit der verworrenen Politik der Reichsrepublik vollzulabern.

* * * *

»Was bedeutet die Schrift auf dem Pullover? Kann ich eine Übersetzungsmatrix aus eurem System runterladen?«, fragte Thorian, als er zu Peran an die Arbeitsplätze am Fenster des Quartiers trat. Er hatte zwar bereits einen gewissen Zugang, da sein neuronales Implantat ausreichend kompatibel mit der treasianischen Technik war. Aber man klopfte ja auch bei einer offen stehenden Tür erst an, bevor man eintritt.

»Sicher. Schiff, Thorian Zugriff auf die Datenbank erlauben!«, befahl Peran. Im Arbeitszimmer mit durchgehendem Fenster und einer schwarzglasigen Fensterbank davor befanden sich die Computerarbeitsstationen, wie Thorian bei Berühren des schwarzen Glases der Fensterbank feststellen konnte. Das Display schwenkte schräg nach oben und in 3-D schienen allerlei Symbole in ihm zu schweben.

»Es gibt auch ein neuronales Interface, die leicht graue Fläche rechts neben dem Bildschirm«, erklärte Peran. »Du bist doch ein Alpha wie Aron, Niron und ich?«

»Ein Amoén, also so was Ähnliches. Passt schon!«, kürzte Thorian ab. Die genetischen Details taten ja nichts zur Sache.

Thorian ließ aus seinem Handgelenk den Dorn wachsen, mit dem er normalerweise eine Gedanken- und Gefühlsverbindung mit seinen Artgenossen aufbauen konnte, das würde bequemer sein als das Implantat, von dem er mit der Zeit jeweils Kopfschmerzen bekam. Das Interface fühlte sich gelatineartig weich an und er konnte eindringen wie bei einem Amoénen. Es war unverkennbar, wo Niron und Xenus, der Erschaffer der Amoénen, ihre Technik abgekupfert hatten. Er spürte eine dumpfe

Präsenz, die ihn an ein gutmütiges Lastenkuhtat erinnerte, das musste wohl die Intelligenz des Schiffscomputers sein. Dieser verstand seinen Wunsch, den Schriftzug »Züri-Pride, 12. Juni 2038« auf dem Pullover zu verstehen. Der stilisierte sechsfarbige Regenbogen darüber war das Symbol der Emanzipation der gleichgeschlechtlich Liebenden auf der Erde.

»Um offiziell zu fragen, bist du schwul, Thorian?« Thorian schreckte aus seiner Konzentration auf die Übersetzungsmatrix und die *Regulus* auf.

»Die wissenschaftlich richtige Antwort ist nicht so einfach. Wir Amoénen sind vom Schlüpfen bis zum Tod äußerlich knapp erwachsene junge Männer, doch im Grunde sind wir eine geschlechtslose Spezies wie die Echsianer. So etwas wie weibliche Amoénen gibt es nicht.« Peran schaute ihn mit großen Augen an. »Wir sind auch junge Schwule, also sind wir alle auf deiner Seite, Peran, und ich finde dich total süß«, versuchte Thorian den »jungen« Mann zu beruhigen. »Deshalb machen wir ein Mega-Anti-Homophobie-Protestkonzert auf Amoénia. Amoénia ist unsere Heimatinsel. Meine Fans werden alle kommen.«

»Nur deine Fans? Dann bleibt die Party ja überschaubar«, hörte er Nirons Neckerei über das telepathische Netzwerk des Raumschiffs. Niron mochte ihn zwar, aber so ganz ernst nahm er ihn auch nicht. Er sich selbst ja im Grunde auch nicht.

»Kommt ihr irgendwann auch noch zu uns in die Kuppel, und was war da im Haus los?«, empfing er Erians Gedanken. Thorian veröffentlichte nun die Erinnerung an den Testlauf mit der Amoénensoftware, zum Erschrecken auch von Niron. Für ihn war das ein Angriff auf die Informationstechnik der IZB, es ging offenbar doch um viel mehr als »nur« ein Attentat durch Todeskutten.

Es wurde Zeit, sich mit Peran in der Aussichtskuppel zu zeigen …

* * * *
• • •

Alles hier war ähnlich, aber bedeutend größer als in der *Pfeil von Arganus*, dem treasianischen Raumschiff, das Aron und Niron damals vor 740 Jahren in die Hände gefallen war. Das Leitwerk ragte wie ein Mammutbaum in die Höhe und wurde golden von der gerade untergehenden Sonne beleuchtet. Wie auch die Flügel diente es im interstellaren Raum als Sensorplattform und Kühlfläche. Erian teilte ein Sofa mit Lenia. Jetzt stand er auf und begrüßte zuerst Peran mit einem Händedruck, dann drückte er Thorian an sich. Letzterer setzte sich danach schnell neben Lenia an Erians alten Platz, der ihn daraufhin etwas erstaunt und leicht verärgert ansah, während Peran sich zu Aron in dessen Sessel drängte.

»Dein Sohn braucht jetzt nach dem Todeskutten-Angriff Schwesterchens Liebe«, erklärte Erians Junior.

»Jetzt auf einmal?!«, murmelte der und setzte sich eben neben Niron.

* * * *

»Die Einbrecher manipulierten den IZB-Router?«, fragte Niron.

»Ja, sie wollten eine Verbindung zwischen dem IZB-Netzwerk und demjenigen der Reichsrepublik herstellen.«

»Wieso dann aber der Einbruch in eine Privatvilla und nicht in ein Rechenzentrum?«, fragte Jan.

»Die einzige Schnittstelle gibt es in Zardias. Die Systeme sind jedoch grundsätzlich inkompatibel. Erians Haus ist der einzige andere Ort, an dem die beiden Netze zumindest räumlich nahe beieinander verfügbar sind.«

»Die haben die Routersoftware des Funknetzwerks umgeschrieben«, erwähnte Thorian.

»Eine Übersetzungsmatrix?«, fragte Niron.

»Vielleicht, aber ich hatte nur zwei Minuten, bis die bemerkten, dass sie im Netz nicht mehr alleine waren.«

»Schara-Dan!«, grollte Niron und stand auf. Er zog ein taschenbuchgroßes, dünnes, schwarzes Gerät heraus und drückte seine Handfläche darauf, es blitzte kurz tiefrot.

»Das ist ein Z-Pad, das heißt Zaronen-Pad. Es führt zur Autorisierung einen Venenscan durch«, erklärte er dem neugierig beobachtenden Jan. Jetzt erst ließ sich das Gerät aufklappen. Er ging damit zum Rand der Aussichtskuppel, setzte sich mit gekreuzten Beinen hin, legte sein Z-Pad auf die Knie und stöpselte eine Teleskopantenne an. Dann gab er ein paar kryptische IZB-Codes ein.

Von seiner Kampfpilotenausbildung her kannte Thorian den Adapter an das Zaronen-Pad. Es handelte sich um ein hoch verschlüsselndes Kommandofunkgerät mit schnell wechselnden Frequenzen. Bei normalen Übungen verwendete man das Standard-Satellitentelefonnetz. Der graue Adapter war Ernstfallmaterial. Mit der Farbe Grau wurde auch Kriegsmunition gekennzeichnet. Das alles fühlte sich in Thorians Magengrube nicht gut an.

»Ja, hallo Ergus! Ja, wir haben unseren rothaarigen Spezialrekruten gerettet … Diesen Schlüssel haben sie dabei, Thorian guckte ihn aber recht unklar an … Ich richte es ihm aus! … Nein, er hat sie beim Einbruch in unser Kommunikationsnetz überrascht. Die wollten eine Verbindung zwischen dem binären Netz der Reichsrepublik und unserem halbneuronalem herstellen … Einverstanden, wir schalten unser Netz A ab und gehen auf Kriegs-Kommunikation.«

»Moment! Ich habe das nur ganz kurz am Bildschirm gesehen!«, wollte Thorian bremsen, bevor er an einem Fehlalarm schuld war.

Niron schüttelte den Kopf. »Wir beobachten schon länger den Versuch, Spionagesoftware in unser Netzwerk zu platzieren. Wir riskieren nichts! Zudem könnte mit Arons Ankunft auch das gewisse andere Problem da draußen akut geworden sein … Da sind wir uns ja einig, Ergus! … Dann soll der Vizekaiser eben mit dem guten alten analogen Telefon anrufen … Ich frag mal: Aron, habt ihr damals eigentlich Gahus Computerkerne bergen können?«, wandte sich Niron an Aron.

»Wir hatten damals auf der vor der Vernichtung stehenden Welt Treasia die vom Treasianer Gahu versprochenen Computerkerne eines Basisschiffs gefunden«, antwortete Peran. »Sie wurden auf der Erde analysiert und von Jan und mir nachgebaut.«

»Selbstverständlich haben wir sie so umprogrammiert, dass wir ein Basisschiff fernsteuern könnten«, ergänzte der Astronaut. »Wir haben ein paar Exemplare an Bord. Sie haben die vierhundert Jahre erstaunlich gut überstanden. Wir haben eben nur Space-Proofed-Elektronik verwendet.«

»Ergus, sie sagen, sie könnten ein Basisschiff kapern und dann fernsteuern. Versuchen wir es mit dem Basisschiff, das auf der Verbindungslinie lauert!«

»Langsam, Niron!«, wollte Aron intervenieren.

»Einverstanden, Verteidigungsstatus gelb, Ernstfall!«, telefonierte dieser weiter mit Ergus. »Auch den von Galara prophezeiten Schlüssel haben sie dabei … Nein, dieser Teil der Prophezeiung hat sich noch nicht erfüllt. Thorian schaute ihn vorhin mit so langem Hals an, als wäre es eine entsicherte Handgranate … Richte ich ihm gerne aus. Dann ist das beschlossen! Halte dich auf dem Laufenden!«

* * * *

Das hatte nun doch gruslig geklungen. In der Kuppel hatten alle angestrengt zugehört.

»Ergus hat bestimmt gesagt, geht nicht gibt’s nicht und Erians verwöhntes Söhnchen soll sich zusammenreißen und so«, glaubte Thorian.

»Kleiner Hellseher!«, bestätigte Niron. »Du wirst mithilfe des Schlüssels die Sicherheit meines Bruders garantieren, während er mit Peran und Ettenberger auf dem Basisschiff den Austausch der Computerkerne vornimmt. Aron und Peran waren ja schon einmal an Bord eines Basisschiffs.«

»Spinnst du? Das muss geprobt werden, mit Übungsbesprechung und so …«

»Ich muss Thorian recht geben!«, half ihm Lenia.

»Es gibt eine Erklärung, warum das Basisschiff dort lauert und noch nicht angegriffen hat«, meinte Niron. »Es hat auf dich gewartet, Aron. Im unermesslichen interstellaren Raum bist du so gut wie nicht zu finden, aber hier ist das anders. Unser Zeitfenster, während dessen wir in die Offensive gehen können, ist möglicherweise sehr eng! Ich will das Schiff kapern und danach als Waffe gegen später einfliegende Basisschiffe verwenden. Oder noch besser, wir können mit ihm eine Nachricht an alle anderen Schiffe der Galaktischen Welle senden: Arganus sei unbewohnt.«

»Und was genau soll ich, ein pazifistischer Untergrund-Musiker, dabei für eine Rolle spielen?«, fragte Thorian.

»Amoénia retten!«, antwortete Niron trocken.

* * * *

»Ich geh dann mal schauen, ob der Schlüssel und ich Freunde werden«, seufzte Thorian.

»Brauchst du Hilfe?«, fragte Erian.

Thorian schüttelte den Kopf. »Das Ding da unten ist gefährlich. Damit wurde einst die Galaxis tyrannisiert. Bleibt ihr lieber mal hier oben und quatscht über die gute alte Zeit.«

* * * *

Niron meinte das mit dem Kapern wirklich ernst und glaubte, sie alle befänden sich in großer Gefahr. Irgendwie brauchte er etwas Zeit, das zu verarbeiten. Trotzdem stand er auf, um sich auf den Weg nach unten zu machen. Tief in seinem Inneren hatte er immer geahnt, dass dieser Moment kommen würde, doch es ängstigte ihn. Peran schien ihm irgendwie verloren zu sein. Vielleicht benötigte Arons Freund eine Aufmunterung und er selbst auch, denn er hatte keinen Plan, wie er den Schlüssel einsetzen sollte. Er hatte so vieles vergessen.

»Peran, willst du kurz mal in die Mucke reinhören, die ich mit meiner Band Amoénos mache? Die paar Minuten haben wir bestimmt noch.«

Peran kam gerne mit, obwohl ihm Aron kurz eifersüchtig nachblickte.

* * * *

Erian und Niron besprachen noch einige Details, denen Jan noch nicht so ganz folgen konnte. Die Stimmung an Bord war nicht panisch, man redete in normalem Tonfall miteinander. So wie er es als Astronaut vor einem schwierigen Einsatz schätzte. Für ihn war dies ein Zeichen, die Leute hier verstanden was vom Krisenmanagement.

Die *Regulus* hatte inzwischen die Gewitter am nördlichen Kraterrand hinter sich gelassen. Jan trat an die durchsichtige Wand der Kuppel. Eine Millionenstadt lag rechts außerhalb der Reichweite der Gewitter, das Schiff nahm Kurs auf den dunklen Bereich eines sehr großen Salzsees mit nur ein paar weitläufig verstreuten Ortschaften an seinem Südufer, die in der sonst verlassenen Gegend wie kleine Glühwürmchen aussahen. Die *Regulus* gewann gleichzeitig an Höhe, sodass sich für Jan der Horizont weitete: Gegen Süden war die Siedlungsdichte bedeutend größer und das Schiff passierte wenig später ein dicht besiedeltes Gebiet mit etlichen Lichtern und mehreren befeuerten Pisten, die wie mit dem Lineal gezogene Grenzen eine ansonsten nur dünn besiedelte Ebene zwischen Mittelgebirge und dem östlichen Kraterrand säumten.

»Das ist die IZB-Exklave Zardias«, erklärte Lenia, die neben Jan getreten war. Sie strich ihr langes, rotblondes Haar zurück, lächelte ein wenig aus ihrem leicht mit Sommersprossen bedeckten Gesicht und reichte Jan eine Tasse mit Süßkaberak.

»Wie geht es Ihnen jetzt nach der Beinahe-Entführung, Frau von Thermus?«, fragte Jan.

»Ich wurde ja noch rechtzeitig gewarnt. Aber nennen Sie mich doch Lenia – einverstanden, Jan?«

Jan war einverstanden und trank einen Schluck. Das Getränk schmeckte etwas kräftiger als der synthetische Kaberak, den die *Regulus* einst auf dem Mars materialisiert hatte. Peran hatte echten, frischen Kaberak tagsüber in der Stadt eingekauft. Jan befragte Lenia, was in den Zeiten nach den Radiosendungen geschehen sei, die er damals auf der Erde mitbekommen hatte und die aus jener Zeit stammten, in der aus der Militärbasis Zardias gerade ein eigener Staat wurde. Lenia würde die Zeit wohl nicht selbst erlebt haben, nahm er an, vielleicht könnte sie deshalb sachlicher davon erzählen als Erian und Niron.

»Es folgte eine Zeit der Grausamkeiten, über die heute keiner gerne spricht«, fasste sie knapp zusammen. »Aber Jan, Sie sind der Gast, was hat Sie denn auf die *Regulus* verschlagen?«

»Ich gehörte zu den ersten drei Menschen der Erde, die einen fremden Planeten betreten haben – ich meine in moderner Zeit: Wir wussten damals nichts von Arganus.«

»Der erste Mensch auf einem anderen Planeten«, sagte Lenia anerkennend und wollte nun alles über Jans Marsmission wissen. Er erzählte der jungen Dame gerne vom wissenschaftlichen Teil der Mission, während die *Regulus* bereits den Krater verlassen hatte und über in fahlem Mondlicht schimmernde, vergletscherte Gebirge flog, die sich weiter voraus in eine weiße Hochebene abflachten. Offenbar waren erhebliche Teile des Mondes Arganus eisbedeckt. In solchen antarktisähnlichen Gebieten steckte wohl das Wasser, das dem ausgetrockneten Ozean auf der Vorderseite des Mondes fehlte.

Nun erschienen, wie schmale Bögen, die Ringe des Planeten über dem Horizont. Je weiter die *Regulus* nach Osten flog, desto weiter reichten die grau-silbern schimmernden Ringe in die Höhe und bald folgte zuerst wie ein leuchtender Berg am Horizont, dann gigantisch groß der Planet mit seinen streifenartigen Wolkenbändern, Jupiter nicht unähnlich. Jan konnte ihn mit der gespreizten Hand bei ausgestrecktem Arm knapp abdecken – seine Dominanz am Himmel übertraf die des irdischen Vollmondes um Größenordnungen. Der annähernd voll beleuchtete Gasriese tauchte die Landschaft in ein weiches Licht und eine an die Antarktis erinnernde endlose Eiswüste zog unter ihnen vorüber; diese läge zwölftausend Schritt hoch über Normalnull, dem Wasserspiegel des arganischen Ozeans, bemerkte Lenia und fragte Jan, wie viel das in irdischen Einheiten wäre.

Jan erklärte ihr, die Menschen der Erde würden die Längen in Meter messen und diese Eisflächen würden also achteinhalb tausend Meter über dem arganischen Ozean liegen.

..*.*

Die Bergkette mit rot blinkendem Positionslicht, über die sie soeben hinwegflogen, schien noch deutlich höher zu sein. Das ist eine Forschungsbasis, erklärte Lenia, dort seien die Interkosmosanker der treasianischen

Reiseraumschiffe nachgebaut worden, denn zwei Reiseraumschiffe habe der Fährmann des Himmels zurückgelassen. Aber auch eine Menge großer Radioteleskope stünde dort oben.

Vor ihnen fiel das Gelände nun zu dem ausgetrockneten Ozean ab, während der Gasplanet noch höher stieg. Die Welt Arganus war augenscheinlich eine sehr dünn besiedelte Welt, stellte Jan fest.

»Vielleicht können Sie mir einen Widerspruch auflösen helfen, Lenia. Der Begriff IZB lässt ja auf eine straff hierarchisch geführte Organisation schließen, gilt aber dennoch als fortschrittlichster Staat. Ich selbst bin Demokrat. Kann sich ein Demokrat auf der IZB wohlfühlen?«

»Sie werden in Ihrer Persönlichkeit nicht eingeschränkt. Oder wie meinen Sie das?«, fragte Lenia etwas verlegen.

»So viel ich mitbekommen habe, wechseln sich ein paar wenige Alphas seit Jahrhunderten als Generalkommandanten ab und befinden sich immer in der obersten Führungselite. Für mich klingt das nach Diktatur oder Feudalismus.«

»Demokratie bedeutet für uns Rechtsstaatlichkeit. Jeder wird ernst genommen und soll das auch so empfinden«, mischte sich der General ein und trat zu den beiden an den Kuppelrand. »Wir ziehen einen transparenten, wissenschaftlich abgesicherten Entscheidungsprozess dem Populismus vor. Aber nur im Krisenfall einer unmittelbaren existenziellen Bedrohung diktiert der Generalstab.«

»Nach der Mission werden Sie sich bestimmt gut einleben, Doktor Ettenberger«, fügte Niron nach einem Moment hinzu.

* * * *
• • •

»Ich geh mit Peran nochmals alle Erinnerungen durch, wie wir damals die Computerkerne stahlen. Das Basisschiff hatte sich danach selbst gesprengt. Wir sind nur um Haaresbreite entkommen!«

»Sicher, gute Idee, Aron!«, bestätigte Niron und wandte sich an Jan: »Gerade einem Wissenschaftler und Raumfahrer wie Ihnen wird die IZB viel näher liegen als die Reichsrepublik«, wollte Niron das Gespräch fortsetzen, als in seiner Kampfanzug-Jacke sein Z-Pad piepte.

Ein plötzlich einsetzender Bass, der durch die Wand als schnelles, rhythmisches »Wum-Wum-Wum« zu hören war, ließ sogar Niron zusammenzucken, oder war es doch die Meldung, die er konzentriert auf dem Bildschirm las? Sie war so voller militärischer Codes und Kürzel, dass sich Jan keinen richtigen Reim darauf machen konnte.

»Erian, wir gehen nach vorne auf die Brücke, inklusive dem Musiker«, befahl Niron, deutete auf das vor rhythmischem Sound pulsierende Quartier und ging mit schnellem Schritt nach vorn. Jan folgte dem General, während Lenia sich etwas zurückfallen ließ. Im Gehen bestätigte Niron mit seinem Z-Pad den Empfang und hinter ihnen stoppte der Lärm. Auf der Wendeltreppe hinunter auf das mittlere Deck holte Aron sie im Spurt ein.

»Hey, das ist noch immer mein Schiff, ich gebe hier die Befehle!«, wollte Aron protestieren. Niron blickte seinen Bruder scharf an.

»Wir werden angegriffen. Deine Landung scheint dem Basisschiff nicht verborgen geblieben zu sein. Sie testen uns mit Jägern, wir sind noch dabei, herauszufinden, mit wie vielen genau.«

»Die *Regulus* hat Abwehrmöglichkeiten – ich werde dich beschützen.«

»Danke, aber darum kümmern wir uns selbst«, antwortete Niron bestimmt, aber nicht so emotional wie Aron. »Ergus will, dass du auf Station minus zwanzig minus drei alles auslädst, was du für deine Mission nicht brauchst, alle Daten auf unser Computernetz überspielst und ihr dann das Basisschiff unter eure Kontrolle bringt.«

»Ergus will? Ich bin wieder der Kaiser von Arganus!«, brauste Aron auf.

»Nur weil wir von der IZB das möglich gemacht haben. Du hast ja selbst erlebt, wie kühl der Vizekaiser auf dich reagiert hat. Für viele ist der Kaiserthron von Arganus nur noch ein Artefakt im Museum. Es wird viel Geduld benötigen, dich dort wieder als politische Kraft zu etablieren.« Niron stoppte vor dem Eingang der Brücke und drehte sich zu seinem Bruder um. »Das muss aber jetzt warten, Aron, wir sind im Krieg und müssen handeln, nicht streiten! Deine Kompetenz ist es, Basisschiffe zu manipulieren, hast du gesagt – also tust du das, ist doch logisch!«

»Und worin liegt die Logik, wenn ich einfach blind deinen Befehlen folge, Niron?«

»Aron, bitte! Hast du auf der Erde nicht genau für diesen Moment gearbeitet, um deine Freunde und deine Heimat vor der Welle zu schützen? Und du hast deine Sache gut gemacht, hast uns mit diesem Schiff völlig neue Perspektiven eröffnet.«

Der General ging voran auf die Brücke und fasste seinen Bruder ein paar Schritte lang um die Schulter. Aron schien seinen etwas kindlich-trotzigen Widerstand nun aufzugeben. Niron gab hier den Ton an und gegen siebenhundert Jahre Lebens- und Führungserfahrung kam Aron mit seinen etwa fünfundzwanzig bewusst erlebten Jahren nicht an. Niron ließ seinen Bruder auf dem Sitz des Kapitäns Platz nehmen. Da Jan nicht angewiesen wurde, einen bestimmten Platz einzunehmen, zog er es vor, die Szene zunächst von der Seite zu beobachten. Nach und nach trafen auch alle anderen auf der Brücke ein.

»Wir können vermutlich den Beschuss durch das Basisschiff noch abwehren«, erklärte Niron neben Aron stehend die Lage, »aber unsere im Weltraum stationierten Gammastrahlungsteleskope legen den Angriff einer ganzen Flotte von Basisschiffen nahe, die uns in wenigen Jahren erreichen wird. Sie benutzen das Planetensystem eines Braunen Zwergs, nur sieben Lichtjahre entfernt, als eine Art Werft und Flottenstützpunkt. Unserer Lichtjahre, Doktor Ettenberger, der Braune Zwerg ist somit 73 Billionen Ihrer Kilometer entfernt, um für Sie präzise zu sein.«

Niron war neben dem Kapitänssitz stehen geblieben und stieß nun kumpelhaft an Arons Oberarm. Jan war sich bei dem Stichwort »Erde« plötzlich bewusst geworden, dass er eine ganz entscheidende Frage bisher ausgelassen hatte, weil er sich vor der Antwort fürchtete. Unter ihnen glühte unheimlich eine Kette von Lavaseen von Horizont zu Horizont. Jan war klar, dass die gewaltige Hitze der Gezeitenreibung irgendwo an die Oberfläche musste, wie bei dem Jupitermond Io.

Die Hölle hundert Kilometer unter ihnen an diesem mittelozeanischen Rücken verbreite einen Smog, der sich im ganzen Ozeanbecken ausbreite, erklärte ihm Lenia, die wieder zu ihm ans Fenster getreten war. Die Seen aus geschmolzenem Gestein blieben zurück und eine Landmasse erhob sich nun am Horizont voraus, als schroffe Böschung in mehreren Stufen aus dem Dunst der Tiefebene. Der Kontinent liege etwa zweieinhalbtausend Schritt über Normalnull, erläuterte Lenia, doch diese Konversation über geografische Grundangaben der IZB waren nicht das, was Jan auf der Zunge brannte.

»Weiß man Näheres, was aus der Erde geworden ist?«, brachte er schließlich heraus.

Alle Gespräche auf der Brücke verstummten und auch Aron blickte Niron erwartungsvoll an.

»Nachdem wir Arons Funkspruch empfangen hatten, den er einige Jahre lang auf seinem Weg von der Erde hierher sendete, haben wir mit unseren Radioteleskopen intensiver die Erde abgehört und konnten auch ein paar künstliche Sender nachweisen«, antwortete Niron endlich. »Doch bevor unser Programm mit mehreren, viele Meilen großen, im Weltraum stationierten Radioteleskopen so richtig angelaufen war, verstummten alle

Radiosender innerhalb eines Tages. Ich erinnere mich noch genau daran: Der Amoén Feran arbeitete als Radioastronom, Spezialgebiet Sendungen der Erde. Er rief mich an und berichtete mir, dass soeben offenbar eine Zivilisation von der Galaktischen Welle ausgelöscht worden sei. Seiher sind wir Arganer die letzte verbliebene Welt mit intelligentem Leben in dieser Galaxis.«

* * * *

Es blieb einen Moment still auf der Brücke der *Regulus*.

* * * *

Die Erwähnung vom Ende der Erde war besonders für Jan sehr bedrückend, doch sie mussten nun alle umso mehr diese letzte Zuflucht beschützen.

* * * *

Sie überflogen im Sinkflug den Kontinent. Das Südende dieses eher flachen Landes schloss mit einem bogenförmigen, nicht allzu schroffen Gebirge ab. Diese Berge erinnerten Jan eher an den Bayerischen Wald als an kantigen Fels, und in dem Bogen, den das Gebirge bildete, lag ein ziemlich dicht besiedeltes Gebiet. Dies sei, laut Lenia, die IZB-Stadt mit etwa zwei Millionen Einwohnern. Weiter entfernt, gegen die Ostküste hin, läge die militärische IZB-Zentrale – auch dort würden etwa eine Million Leute leben. Es gäbe aber in dem ganzen etwa 4000 Meilen langen Hoheitsgebiet noch viele weitere Städte, Zentren und Militärbasen. Hinzu kämen noch einige Basen, die über den ganzen Mond Arganus verstreut seien; die größte dieser Basen außerhalb des Kontinents sei Zardias. »Insgesamt besteht die IZB heute aus etwa 4 Millionen Menschen, 25 Millionen Apolloénen, 7 Millionen Knatschen und ebenso viele Echsianern«, schloss Lenia ihren Vortrag.

»Was ist ein Apolloén?«, fragte Jan.

»Ein genetisch aufgewerteter Mensch, Knatsch oder Echsianer.«

»Du hast uns Amoénen vergessen, Schwesterchen!«, protestierte Thorian feixend. Sie musste zugeben, dass es noch etwa zehntausend Amoénen gäbe.

Jan war aufgefallen, dass »normale Menschen« in der IZB anscheinend eine Minderheit waren. Zusammengerechnet hatte die IZB also etwa die Hälfte der Einwohner Deutschlands zu seiner Zeit. Dieser Staat mit den für Jan noch immer undurchschaubaren politischen Strukturen, auf einem vornehmlich wüstenhaften, kaum bewohnbaren Mond, sollte also die letzte Verteidigungslinie der Zivilisation gegen die Galaktische Welle sein?

..*.*

»Auf ein Wort, Doktor Ettenberger.« Jan zuckte etwas zusammen, als ihn der General ansprach.

»Was willst du von Jan?«, fragte Aron etwas misstrauisch.

»Was ist Ihre Einschätzung, Doktor Ettenberger?«, fragte Niron, ohne Arons Zwischenruf zu beachten. »Brauchen Sie noch Tests, muss noch weitere Entwicklungsarbeit geleistet werden?«

»Ich bin der Ansicht, unsere nachgebauten Computerkerne können die echten ersetzen und wir haben auch einen guten Plan. Aron und Peran waren ja schon einmal an Bord eines Basisschiffs. Viele Experten auf der Erde haben uns über Monate bei der Analyse der Original-Computerkerne unterstützt.« Jan versuchte die Taktik so knapp zusammenzufassen, wie Generäle es mögen.

»Dann hatte die Erde dieselben Informationen wie Sie und wurde trotzdem drei Jahrzehnte danach zerstört? Ist da vielleicht ein Fehler in Ihrem Plan?« Niron schaute Jan mit durchdringendem Blick an.

»Unser Plan funktioniert, Niron«, widersprach Aron. »Sie hatten nur ein paar Gleiter, die sie mir mehr oder weniger geklaut haben, nicht die *Regulus*.«

»Die Zeit war wohl zu knapp, um eigene Interkosmosanker nachzubauen«, bestätigte Jan. »Man ging davon aus, dass man noch ein Jahrhundert Zeit hätte.«

»Wir hatten auf der Erde die von Aron von Treasia mitgebrachten Computerkerne eines Basisschiffs analysieren können«, erklärte Jan. »Zudem konnten wir die Programmierung der Computerkerne mit derjenigen eines Jägers vergleichen. Der Jäger fiel dem Militär der Erde fast unbeschädigt in die Hände.«

»Deshalb wissen wir, dass die Jäger vom Basisschiff aus über Funk abgeschaltet werden können. Aber ich habe nicht deine siebenhundertjährige Erfahrung«, ergänzte Aron unsicher.

»Wir Alphas haben alle Respekt vor deiner Leistung, Aron. Du hast Unglaubliches erreicht«, beruhigte Erian den sich offenbar unterlegen fühlenden Aron.

..*.*

»Cool!«, meldete sich Thorian nun zu Wort. »Dann senden wir dieses Signal, der Feind pennt ein, keiner muss in den Krieg und das Millenniums-Konzert auf Amoénia kann wie geplant steigen! Etwas zu kurz für einen Action-Film, aber dafür wird die Party danach umso heftiger.«

»Ich fürchte, deine Freude ist etwas verfrüht«, meinte Aron. Niron blickte Jan fragend an.

»Das Signal muss so etwas wie eine Identifizierungsnummer der Basis oder des Basisschiffs enthalten, von dem es stammt, sonst ignorieren es die Jäger«, erklärte der Astronaut. »Aufgrund dieser Nummer kann ein Basisschiff nur diejenigen Jäger anfunken, die es selbst losgeschickt hat.«

»Also müssen wir an Bord des Basisschiffs, um diesen Code aus den Computerkernen auszulesen?«, folgerte Niron, was Jan bestätigte.

* * * *

Die *Regulus* näherte sich einem großen erloschenen Schildvulkan, eine geheime Basis der IZB sollte sich nach Nirons Angaben dort in seiner Caldera befinden. Kurz darauf überflog die *Regulus* den Rand dieses Vulkankraters, der einige Kilometer im Durchmesser groß war. Diese Gipfelregion des Schildvulkans war mit Gestrüpp bewachsen, sonst zeigten sich die Berghänge als unwirkliche, felsige Landschaft.

Auch der Boden der Caldera selbst war eine karge Ebene mit einigen Hangars und riesigen Betonplätzen darauf. Oben am Kraterrand im Wald konnte Jan kurz eine Art Dorf aus Einfamilienhäusern erkennen, während die *Regulus* sich hinab manövrierte. Vermutlich wohnten dort die Familien der hier stationierten Mannschaft. Auf den großen Flugfeldern schien ein Schwesternschiff der *Regulus* zu stehen, wenn auch nur halb so groß, das musste eines der Reiseraumschiffe des Fährmanns des Himmels sein.

»Das ist die ›*Pfeil von Arganus*‹, schau, Aron!«, freute sich Peran und rannte an die Scheibe.

»Schau dir lieber unsere Rotamoénenschiffe an«, grinste Thorian und ging mit Peran zur Panoramascheibe nach vorn.

Neben der *Pfeil von Arganus* standen in der Tat drei weitere Flugzeuge oder Raumschiffe in der Form pfeilartiger Vierecke. Sie waren grau, nur zwei von ihnen hatten rot angefärbte Spitzen. Ein Jet, etwa von der Form einer amerikanischen FA18 Super Hornet, aber von der Größe eines mittleren Passagierjets und mit Bullaugen an den Seiten, landete gerade auf der Piste neben den Feldern. Die *Regulus* setze parallel zur *Pfeil von Arganus* mit Front gegen die drei anderen Schiffe auf.

* * * *
• • •

»Man teilt uns gerade mit, der Generalkommandant wolle uns sprechen. Wir gehen ihm entgegen, kommt!«, befahl Niron.

Obwohl sie sich beinahe am Äquator des Mondes befanden, blies Jan ein schneidender, trockener Wind entgegen, bei einer Temperatur etwa um den Gefrierpunkt. Der Gasplanet über ihnen tauchte alles in ein weiches Licht, tausendmal heller als in einer Vollmondnacht, aber so hell wie Tageslicht war es trotzdem noch längst nicht.[18]

* * * *
• • •

»Heimatgefühle?«, fragte Jan. Aron, mit der Fernbedienung am Hals, stand direkt neben ihm.

»Weiß nicht«, seufzte Aron leise. »Früher war ich der große Bruder und Niron als Schiffsjunge und Findelkind blickte zu mir auf. Er hat sich verändert. Redet viel mehr und ergreift sofort die Initiative.«

»Er hat auch sieben Jahrhunderte mehr Lebenserfahrung.«

* * * *
• • •

Eine Zweierpatrouille großer schwarzer Jets startete mit einem Donnern, das alles leicht erzittern ließ, während der gelandete Jet nun auf seine Position rollte.

»Krass! Das waren Mesosphärenjäger!«, begeisterte sich Thorian. »Die Angreifer müssen doch schon nahe sein«, fügte er dann etwas ängstlich hinzu und griff nach der Hand seiner Schwester. »Sie werden nur eingesetzt, wenn die Welt untergeht!«

»Es wird keinen Weltuntergang geben!«, beendete Niron trotzig die Diskussion.

---

18 An einem Sommertag beträgt die natürliche Beleuchtungsstärke etwa 100.000 Lux eine Vollmondnacht ist nur 0,2 Lux hell.

DER EINSATZBEFEHL

Auf der internationalen Zaronenbasis. 5. Tag im Hitzemonat des Jahres 10'001

* * * *

Aus dem großen Jet stieg eine Gruppe dunkelblau uniformierter Leute, kaum dass er halbwegs zum Stehen gekommen war. Sie wurden von einem kräftigen und sehr großen Mann mit Millimeter-Haarschnitt angeführt, schritten schnell auf sie zu.

»Ergus?«, rief Aron ungläubig.

»Verflucht! Hätte nie gedacht, dass du es schaffst! Verrückter Kerl!« Die beiden lachten, dann drückte der um einen Kopf größere Muskelmann mit fünf Sternen auf der Schulter Aron an sich. Mit Peran ging es etwas weniger überschwänglich zu. Die Frau mit zwei Sternen auf der Schulter stellte Niron Jan als Thallia von Zarn vor, Ergus' Frau.

»Wenn du wüsstest, was die meinem geliebten Peran auf der Erde angetan haben«, wollte Aron Thallia erzählen, während nun Ergus von Zarn vor Jan stand.

»Sie müssen der Astronaut von der Erde sein! Den offiziellen Empfang holen wir später nach. Knapp und kurz: Können Sie die Basisschiffe kapern?«, fragte der Fünf-Sterne-General Jan beim Händeschütteln.

»Nun, General, das ist so …«

»Ja oder nein!«

»Ja!«

Ein Blitz am Randgebirge ließ Jan zusammenzucken. Zwei grelle Lichter blitzten auf, dann schossen schräg steigend Raketen in die Höhe. Ihre Triebwerke prasselten und knatterten ohrenbetäubend. Es musste sich wohl um festen Treibstoff handeln, die Raketen erinnerten Jan an eine Minuteman IV.

»Sehr gut, Ettenberger, wir schulden Ihnen was! Das waren eben Boden-Weltraum Lenkwaffen«, erklärte Generalkommandant Ergus, als der

Lärm nachgelassen hatte. »Wir stehen unmittelbar vor einem Angriff. Cris'har!«

Ein junger rothaariger Mann trat aus der Eskorte des Generals heraus, schlank und lang, noch etwas dünner als Thorian. Anders als der General trug er keine Kampfuniform, sondern Jenas und eine Lederjacke mit einem Emblem »LW27-A802.« Als ihn der dünne junge Mann anblickte, erschrak Jan. Cris'har hatte so rot pigmentierte wie andere blaue oder braune Augen; bei ihm zeigte sich ein roter Kreis um eine schwarze Pupille doch die Pupille war gar nicht kreisförmig, sondern länglich wie die einer Katze. Jan fühlte sich einen Moment lang an das Auge Saurons aus »Herr der Ringe« erinnert. Cris'har salutierte und Jan versuchte sich möglichst wenig von seinem Erstaunen anmerken zu lassen. Er war hier eben doch auf einer fremden Welt, das hatte er beinahe vergessen.

»Cris'har ist auch ein Rotamoén, wie ich zu einem Drittel«, erklärte Thorian.

»Freut mich«, sagte Jan höflich. »Sagen Sie, Cris'har, sind Sie oder ist Thorian die Ausnahme, was die Augen der Amoénen angeht?«

»Thorian ist in vielem speziell, aber ich bin der einzige mit den Feueraugen.«

* * * *

»Aron hat einige treasianische Gleiter im Hangar seines Raumschiffs – wir sollten sie zur Sicherheit in die Bunker fliegen«, störte Erian das Erkennen.

»Die Gleiter sind in die Operation bei den Basisschiffen eingeplant«, stoppte Aron Erian schnell.

»Aron und Peran fliegen mit dem Astronauten zum Feind und kapern dessen Schiffe, Jäger und Munition«, entschied der Generalkommandant Ergus. »Niron und Erian erfüllen hier Kommandoaufgaben, wir haben bereits Alarmstufe ROT. Ihr nehmt Cris'har und Thorian auf die Kaperfahrt mit und der Blondamoénenkreuzer Auratum der Amoénenstaffel Acht begleitet euch ebenfalls.«

»Sorry, Ergus, aber ich muss das Millenniums-Open-Air vorbereiten«, versuchte Thorian sich zu entschuldigen.

»Das tust du ja, Spezialrekrut, indem du dafür sorgst, dass es überhaupt noch eine Welt gibt, auf der es stattfinden kann. Wurdest du von den Rotamoénen als Pilot und in der Interkosmostheorie ausgebildet oder nicht? Außerdem hat Galara vorhergesagt, du könntest diesen Schlüssel der Edaner bedienen. Also schütze deine Kameraden mit dessen Kräften. Ihr solltet bereits unterwegs sein!«

»Merion hat mich zum Piloten ausgebildet, der ist kein Rotamoén …«, wollte Thorian dagegenhalten, doch der Fünf-Sterne-General steckte seine beiden Zeigefinger in den Mund und pfiff so laut in Richtung der drei anderen Raumschiffe, dass es Jan in den Ohren schmerzte. Jemand stieg aus dem Schiff, das keine rot gefärbte Spitze hatte.

Laute Sirenen mit einem tiefen Dauerton heulten auf. Draußen in der Wüste zwischen den Bergen und dem Flughafen, nur wenige Kilometer entfernt, gab es eine Explosion und dann gleich noch eine. Neben den Explosionsstellen schossen sogleich Flammen heraus und Raketen stiegen träge, immer schneller werdend, aus dem Boden.

»Die sind ja größer als die Tharsis-Rakete, die mich zum Mars brachte«, staunte Jan, doch das tiefe, im ganzen Körper spürbare Donnern der aus den Bunkern steigenden Raketen erstickte jedes Gespräch. Sie sahen wie aufeinandergestapelte Bündel aus kleineren Raketen aus und machten einen Höllenlärm. Thorian und Lenia hielten sich hinter Aron und Peran an der Hand, Thorian hatte eindeutig Tränen in den Augen. Der Lärm und das Vibrieren vergingen nur zögerlich, während die Raketen an Höhe gewannen.

»Das sind ältere interplanetare Abfangraketen«, erklärte Niron. »Die oberste Stufe arbeitet nuklear und kann bei einer Brennschlussgeschwindigkeit von zwanzig Meilen pro Sekunde entweder sechs Weltraum-Weltraum-Lenkwaffen oder eine Wolke aus einer Billion Sandkörner aussetzen.« Bei den enormen Geschwindigkeiten im Weltraum konnte selbst ein Sandkorn großen Schaden anrichten.

»Die Jäger sollen nach treasianischen Angaben mit tausend Kilometern pro Sekunde im freien Weltraum unterwegs sein. Ist ihr Zielerfassungssystem einer Weltraum-Weltraum-Lenkwaffe denn schnell genug?«, warf Jan ein.

»Ettenberger, hier verwenden wir arganische Einheiten!

Wenn sie sich dem Zielplaneten nähern, müssen sie ihre Geschwindigkeit drosseln, sonst würden sie schon an den äußeren Schichten der Atmosphäre einfach zerschellen, das …« Ergus wurde aber von einem Anruf unterbrochen. Er hörte kurz zu, quittierte mit einem »Verflucht, von Zardias aus! … Lockt es über die offene See und dann sollen sie das Ding abschießen! Senkrechtstarterstaffel Z89 – ausführen!« Ergus unterbrach den Anruf. »Eine Sonde der Galaktischen Welle wurde an der Küste zwischen der Hauptstadt Arganus und Vierstraßen gesichtet«, erklärte er. »Aber ihr steht noch immer hier herum!«

»Als Kaiser sollte ich im Moment der Gefahr bei meinem Volk sein!«, wandte Aron erneut ein, doch der Generalkommandant ließ das nicht gelten. Jeder müsse nach seinen Qualifikationen und nicht nach historischen Gesichtspunkten eingesetzt werden, meinte er. Da Aron dem nichts entgegenzusetzen hatte, schloss der Generalkommandant seine Befehlsausgabe ab, indem er ihnen Leutnant Merion Remas als Verbindungsoffizier zuteilte und Funkstille bis zur Erfolgsmeldung anordnete.

»Ausführen!« Ergus salutierte und alle bis auf Thorian und Aron salutierten ebenfalls. Sogar Jan hatte reflexartig die Hand zur Schläfe gehoben.

Der Generalkommandant machte sich auf den Weg in Richtung der Hangars am Rand des Flugfeldes, Aron erhielt von Niron noch einen kurzen Klaps auf den Rücken. »Wir sind froh, dass du hier bist«, sagte er noch und schon folgten alle, die nicht für den Einsatz vorgesehen waren, dem etwas unheimlichen Krieger Ergus. Jan und Aron schauten ihm beide ziemlich konsterniert nach.

»Sie sind eben alle nervös und versuchen sich mit dem militärischen Gehabe einzureden, sie hätten alles im Griff. Gehen wir mal gucken, Cris'har!«, meinte Thorian und schritt mit seinem Rotamoénen-Kollegen voran die Treppe der *Regulus* hinauf.

Jan blickte nochmals in den Himmel. Die großen Raketen waren nur noch ein heller Stern im Osten, dort dämmerte bereits der Morgen.

»Wir sollten tun, was Ergus uns aufgetragen hat«, mahnte Peran, während Aron noch immer der Gruppe nachschaute, die zum Hangar lief. Jan hatte eigentlich erwartet, dass Aron wegen Ergus' Abfuhr einen Wutanfall bekommen würde, doch der drehte sich nur zur Treppe um und folgte mit Peran den beiden Amoénen.

»Man nennt mich Merion.« Der jung wirkende, schwarzhaarige Offizier streckte Jan die Hand entgegen. »Ich bin im Team des Generals Ergus, das sich mit den Basisschiffen der Galaktischen Welle befasst, also die treasianischen Aufzeichnungen analysiert.«

»Ich bin Jan von der Erde. Bist du Thorians Freund, wenn ich so frech fragen darf?« Merion und Jan betraten als Letzte die Treppe hinauf zur Schleuse.

»Wegen der Amoénenbegrüßung vorhin?«, grinste Merion breit. »Nein, ich bin ein Apolloén und Vater einer erwachsenen Tochter und Zwillingen.

Jungs, die jetzt gerade mitten in der Pubertät stecken und Thorians Fans sind. Hast du jemanden auf der Erde zurücklassen müssen?«

»Sie hieß Hannelore, doch unsere Beziehung hatte den Zenit längst überschritten, als ich auf die Reise hierher ging«, erzählte Jan. Nach dem zackigen General war die Lockerheit Merions ein unerwarteter Kontrast. Jan hatte das Gefühl, diese Welt immer weniger zu verstehen.

In der Schleuse bemerkte er, dass Tränen über Arons Wangen liefen, aber er dachte, es sei wohl besser, es Peran zu überlassen, Aron darüber hinwegzutrösten, dass ihn Ergus so hart hatte spüren lassen, dass nicht der Kaiser von Arganus, sondern der IZB-Generalkommandant hier den Ton angab. Die *Regulus* hatte bereits mit dem Steigflug begonnen, als sie die Brücke erreichten. Sie beschleunigte mit der Nase voran, sodass es schien, als müssten sie zu den Pilotensitzen bergauf gehen.

»Thorian, Gruß von Legan, er hat mir einen Datenstick mit der Steuerungssoftware mitgegeben«, sagte Merion und warf Thorian ein kleines, längliches Ding zu.

»Was macht die?«, fragte Aron, der sich wieder etwas gefangen hatte.

»Hast vielleicht schon mal bemerkt, dass der Gang vorbei am Antrieb irgendwie durchhängt, wenn du mit geschlossenen Augen an der vorderen Galerie entlanggehst?«

»Künstliche Schwerkraft!«

»Jo! Wir können versuchen, sie an Bord der *Regulus* überall zum Laufen zu bringen. Dann hast du immer das Gefühl, du stehst auf festem Boden, egal ob du im Weltraum schwebst, beschleunigst oder heftig bremst«, bestätigte Thorian und ging mit Cris'har und Merion gleich zu einem der Konferenztische hinten auf der Brücke. Jan folgte den dreien, während Aron und Peran bei den Pilotensitzen blieben.

Thorian und Cris'har aktivierten so routiniert die Terminals, als würden sie schon lange zur Besatzung der *Regulus* gehören, nur bei Merion ging es etwas langsamer voran, doch für Jans Empfinden noch immer eigentlich unmöglich schnell. Apolloén zu sein, bedeutete also auch eine bestimmte Form von genetischer Konditionierung, wurde ihm klar.

»Die Kontrollen und Systeme hier unterscheiden sich vom Aufbau her kaum von denen der treasianischen Reiseraumschiffe«, bemerkte Merion Jans Verwunderung. Aron und Peran studierten aus der vordersten Pilotensitzreihe taktische Daten, während die *Regulus* den beiden Raketen über eine tief unter ihnen liegende, bräunlich-graue, eintönige Wolkenschicht in Richtung Sonnenaufgang nachfolgte.

Cris'hars rote, katzenähnliche Augen irritierten Jan, als sie mit schnellen Pupillenbewegungen den Schriftzeichen folgten.

»Ihr könnt aufhören, die halbneuronalen Knoten zu scannen«, sagte Merion nach ein paar Minuten. »Man muss nichts rekonfigurieren, es ist alles vorbereitet.«

»Nach den Plänen gibt es einen Interkosmosanker ganz vorne im Bug der *Regulus*, der hilft gleichmäßige künstliche Schwerkraft zu erzeugen, aber das blöde Ding gibt keine Antwort«, ärgerte sich Cris'har.

Jan erinnerte sich an den Netzwerk-Hub, an dem die Kabel zusammenliefen, und Peran schien dieselbe Idee zu haben. Der Zugang zu diesem Hub lag unter einer Abdeckung im Boden des kurzen Zugangs zur Brücke. Sie ließen die recht massive Abdeckung vom Schiff einfach dematerialisieren.

»Ups!« Cris'har wunderte sich, als sich die Abdeckung quasi in Luft auflöste.

»Ein Niederfrequenztransformator – auch Enkel des Schlüssels der Edaner genannt –, der kann einfachere Dinge erzeugen und wieder in Energie auflösen«, erklärte Aron.

»Die Energie geht in irgendeinen Parallelraum oder zurück in das Chaos, aus dem das Universum durch einen Quantensprung entstanden ist«, erklärte Jan und blickte auf einen flachen, schwarzen Kasten. Rechts in der freigelegten Vertiefung führten so etwas wie rote Ethernetkabel weg. Etwa die Hälfte der Steckplätze in dem Hub war mit diesen roten Kabeln besetzt; es handelte sich offenbar um ein Standardbauteil. Das führe nicht viel weiter, meinte Jan, denn es sei ja reine Spekulation, dass es an einer fehlenden Verkabelung liege. Er wollte gerade vorschlagen, für dieses Mal ohne künstliche Schwerkraft zu beschleunigen, aber in diesem Moment zog Peran aus der linken Seite der Vertiefung ein freies rotes Kabelende heraus.

»Es wurde wohl einst von den Treasianern irgendwie in die Wand reingefummelt, wohl um es Unbefugten nicht zu leicht zu machen, die volle Leistungsfähigkeit des Raumschiffs zu nutzen.«

»Apropos – wie befugt seid ihr eigentlich?«, fragte Thorian frech, während Peran das gefundene Kabelende in den Hub einsteckte.

»Einigermaßen«, meinte Aron, der die Szene aus etwas Entfernung beobachtete. Jan konnte sich auch eine simple Schlamperei eines Wartungsteams als Ursache vorstellen. Die *Regulus* war ja einst so etwas wie eine Basis auf dem Planeten Giennaus gewesen.

»Das Schiff meldet mir über meine Implantate, es funktioniere. Mann, Aron! Jetzt haben wir so was wie Trägheitsdämpfer wie bei Captain Picard!«, freute sich Peran.

»Bei wem?«, fragten die beiden Amoénen gleichzeitig.

»Fernsehserie der Erde«, erklärte Jan. »*Regulus*, wie groß ist nun unsere maximale Beschleunigung des Schiffs, bei der wir an Bord normale Schwerkraft haben?«

»Im Langstreckenflug sind in irdischen Einheiten 10g empfehlenswert, über wenige Tage ist das Doppelte möglich.«

»Ich melde der Staffel, wir können nun mit dem Dreißigfachen der normalen Fallbeschleunigung auf Arganus losfliegen, ohne gleich so flach wie ein Blatt Papier zu werden«, meinte Aron und hob nun endlich wieder etwas die Mundwinkel.

* * * *

»Das habe ich im Astronautentraining gelernt: Bei einer Panne immer zuerst die allersimpelsten Dinge checken, wie beispielsweise einen vergessenen Stecker. Gut gemacht, Peran!«, lobte Jan.

* * * *

Sie hatten inzwischen den oberen Rand der Atmosphäre erreicht und die Sonne stieg gerade in einem kurzen rötlichen Farbspiel über den deutlich gekrümmten Horizont. Die Schiffe der Staffel flankierten die *Regulus* und leuchteten im Sonnenlicht auf. Jan spürte eine Art Schwanken, als wäre die *Regulus* ein Schiff auf hoher See; nicht stark, aber in den Füßen dennoch spürbar. Die Geschwindigkeit der *Regulus* nahm wie angekündigt alle sieben Sekunden um eine arganische Meile pro Sekunde zu.

Die neu entwickelte künstliche Schwerkraft wirkte etwas unregelmäßig. Auf dem Weg zu den Pilotensitzen hatte Jan, als er kurz die Augen schloss, das Gefühl, über eine Welle zu gehen statt über eine ebene Fläche, und die drei Stufen hinunter zu den Pilotensitzen schienen aufwärts zu führen, obwohl Jans Augen etwas anderes sagten. Hatten die Treasianer deshalb diese künstliche Schwerkraft abgeschaltet? Wollten sie später die Fehler beheben und der Angriff der Galaktischen Welle auf ihre Heimat hatte sie daran gehindert, ihre Reparatur abzuschließen? In etwas ruhigeren Zeiten würden die Amoénen das sicher noch verbessern können, aber zuerst mussten sie alle eine schwierigere Aufgabe erfüllen. Eine, auf die viele gemeinsam hingearbeitet hatten. Es verblieb die beklemmende Frage, warum die Erde zerstört worden war, obwohl sie ebenfalls in der Lage gewesen wäre, diese Mission durchzuführen. Mit einem Mal war Jan sich gar nicht mehr so sicher, ob der Grund dafür wirklich nur das Fehlen selbst entwickelter Interkosmosanker gewesen sein konnte.

DER PLAN

An Bord der Regulus, 600.000 Kilometer vom Mond Arganus entfernt, hoch über den Wolken des Riesenplaneten Derana mit Kurs auf das feindliche Basisschiff. 5. Tag im Hitzemonat des Jahres 10.001.

* * * *

Die *Regulus* und das sie begleitende Raumschiff Auratum der Amoénen überholten bald die Abfangraketen. Ihr Kurs würde die beiden Schiffe in relativ geringer Höhe über die Tag-Nacht-Grenze des Riesenplaneten Derana führen. Durch die Fenster war der Gasriese zu sehen, der seine Phase und scheinbare Größe nur ganz langsam änderte.

»Jetzt beschleunigen wir wie noch nie und man hat trotzdem das Gefühl, zu stehen«, staunte Aron am Panoramafenster der Brücke.

»Der Weltraum ist eben größer als unsere kleine Murmel, die wir Heimat nennen«, gab Jan zu bedenken, der neben ihm stand.

»Wir haben voraus eine Sechserstaffel Jäger der Galaktischen Welle entdeckt. Sie haben ihre Kapsel für den Langstreckenflug bereits verlassen«, meldete Peran nervös angespannt.

»Danke, das weiß man in der IZB-Kommandozentrale bereits. Für die wurden die Abfangraketen gestartet, wir haben eine andere Mission«, meinte Merion, der Verbindungsoffizier der IZB. Aron ging trotzdem schnell auf seinen Kommandantensitz zurück.

Jan konnte deutlich erkennen, dass diese Passivität Aron nicht sonderlich gefiel. Der junge Kaiser auf dem Kommandantensitz hinter den neun Pilotensitzen hatte den linken Fuß auf das rechte Knie gelegt und fummelte nervös am Aufschlag seiner wadenengen Jeans.

Sie überflogen die Ringe des Planeten. Sie schienen Jan wie eine Schicht aus unzähligen glitzernden Sternchen vor der Nachtseite des Gasriesen, auf die sie nun doch merklich schnell zuflogen. Jan dachte sich, Aron hätte damals, wie er, an Bord des internationalen Raumschiffs Odyssee mitreisen sollen, wenn er diese Geschwindigkeit noch als langsam betrachtete: Die Reise von der Erde zum Mars hatte damals mehrere Monate gedauert. Die nun mit künstlicher Schwerkraft ausgestattete *Regulus* würde für dieselbe Strecke nur wenige Stunden benötigen. Und ohne dieses Trägheitsdämpfer-Upgrade hatten sie für die Rückreise vom Mars zur Erde immerhin ein paar Tage gebraucht.

* * * *

Gewaltige Blitze, die sich netzartig über Hunderte von Kilometern fortpflanzten, zeichneten die Wettersysteme Deranas auf der Tagseite zuckend nach. Ständig blitzte es auf dieser gigantischen Welt, die vorwiegend aus den Gasen Wasserstoff und Helium bestand. Auf dem Planeten war jede der kleineren Verwirbelungen an den Grenzen seiner Wolkenbänder so groß wie der Mond Arganus. Diese unergründlich tiefen Wolkenschichten zeigten sich auf der stetig zu einer immer schmaleren Sichel schrumpfenden Tagseite als buntes Gemisch von Rot über Braun, Weiß bis Bläulich. Die Idee, einfach durch das Gas des Planeten Derana zu fliegen, läge zwar nahe, wäre aber dennoch nicht empfehlenswert. Doch leider würde der exorbitante Druck der Gase schon in hohen Höhen von tausend Kilometern selbst Wasserstoff zu einer Art Metall zusammenpressen.

»Auratum, wir sind nun im Schatten unseres Gasriesen Derana, beschleunigen mit dem 30-fachen der Schwerkraft auf Arganus und ändern unseren Kurs in Richtung des Basisschiffs«, meldete Aron.

»Auratum bestätigt. Wir halten mit«, antwortete jemand über Funk.

»So muss die Hölle von oben aussehen«, meinte Cris'har beim Anblick der heftigen Gewitter an der Grenze eines Atmosphärenbandes unter ihnen. »Ja, ich kann jetzt gut verstehen, warum Jan auf so Weltraumzeug steht.«

»Merion, Cris'har, vielleicht braucht Thorian im Frachtraum Unterstützung. Jemand, der sich interessiert und ihm hilft«, schlug Jan vor.

Der lange, dünne Rotamoén Cris'har blickte erst enttäuscht zurück und wollte sich eigentlich nicht vom Anblick der Gewitter auf dem Gasplaneten lösen. Aber er folgte der Empfehlung dann doch und ging mit Merion zusammen von der Brücke.

»Peran kann die *Regulus* auch allein überwachen«, meinte Jan. »Aron, wir sollten die Zeit bis zum Ziel nutzen, um noch mal alles mit den falschen Computerkernen zu checken.«

»Gerne! Hoffentlich findet Thorian bald einen Weg, wie er uns mit dem Schlüssel der Edaner unterstützen kann.«

..*.*

Thorian hatte keinen Plan, nicht den geringsten, was er mit dieser Hantel aus Plasma anfangen sollte, durch deren Mittelteil man irgendwie bis in die Unendlichkeit sehen konnte. Er zuckte zusammen, jemand berührte ihn an der Schulter. Es war Cris'har, Merion hielt respektvollen Abstand. Die Strahlung des Schlüssels der Edaner verursachte bei allen anderen Kopfschmerzen, nur bei den Amoénen nicht. Cris'har blickte mit der unbekümmerten Neugier eines Schlüpflings auf dieses Ding, das wohl doch und irgendwie wieder nicht zum Universum zu gehören schien. Er streckte die Hand aus, die im Verbindungsstück zwischen den Hanteln einfach zu verschwinden schien. »Woa! Ist das krass, Alter! Autsch!« Er zog sie wieder zurück. Zu Thorians Erstaunen war Cris'har noch in einem Stück.

»Zeig mir doch mal dein Leben vor dem Schlüpfen! Das wäre cool«, bat Cris'har Thorian.

Ob es so was wie Wiedergeburt gab, wurde von etlichen klugen Leuten angezweifelt. Thorian glaubte nicht, dass dies der richtige Zeitpunkt dafür war, darüber zu diskutieren, ob diese Erinnerungen nur Fantasie oder doch Botschaften einer früheren Existenz waren. Aber eine kleine Ablenkung konnte nicht schaden. Sie fassten sich also gegenseitig an den Unterarm und verbanden sich. Cris'har war weniger an Thorians Gefangenschaft in der Rettungskapsel interessiert, sondern wie die Begegnung mit Simon verlief, als er den jungen Menschen dazu gebracht hatte, ein »Kind« des Schlüssels der Edaner zu zeugen. Thorian hatte damals nicht viel darüber nachgedacht, sondern hatte es einfach gewollt. Cris'har gefiel das, denn was wünschte sich ein Amoén mehr, als frei einfach das zu tun, wonach ihm gerade der Sinn stand. Er hatte jetzt Lust darauf, mit der freien Hand nochmals in die Energie zu fassen. Sie taten es gemeinsam und drangen ein wenig in die Dimensionen außerhalb von Raum und Zeit vor. Dort wanden sich gleißende Fäden und Schleifen aus Energie. Einen kleinen, schnell schwingenden Ring musste man mit seinem Willen herausziehen, um ein »Kind« zu zeugen, das wusste Thorian noch, dann musste er diese Schwingung verlangsamen, damit sein Nervensystem sie auf Dauer ertragen konnte.

..*.*

»Hey! Thorian! Komm zu dir!« Jemand tätschelte ihm mit der flachen Hand an die Wange. Er blickte erst an die gleichmäßig schwach leuchtende Decke des Hangars, dann in Merions Gesicht. Er richtete sich auf. Seine Hand kribbelte, er hielt ein hantelförmiges Ding in der Hand, das von leuchtenden Adern durchzogen war. Der Behälter des Schlüssels der Edaner war wieder geschlossen.

»Cris'har?«, fragte Thorian.

Der Schlüpfling saß mit gekreuzten Beinen ein paar Schritte entfernt und steckte eine Hand in einen Eimer mit Eiswasser.

»Ich wusste ja, du bist zäh«, meinte Cris'har zu Thorian. »Ich habe meine Hand gegrillt, die wird mindestens einen Tag zum Heilen brauchen.«

»Ihr beide seid dabei fast umgekommen!«, tadelte Merion. »Taugt das Ding in deiner Hand wenigstens zu etwas?«

»Es liegt von der Stärke etwa bei demjenigen, das ich mit dem Jungen auf der Erde gezeugt habe«, antwortete Thorian, seiner nicht ganz sicher, aber die Leute von der IZB liebten ja knappe, präzise Antworten.

»Kannst du damit einen Gleiter mit einer Hülle aus gefrorener Luft umgeben?«, fragte Aron. Thorian hatte gar nicht gemerkt, dass der inzwischen auch in den Hangar gekommen war.

»Wie genau sieht dein Plan aus, Aron?«, fragte Merion.

»Der bordeigene Niederfrequenztransformator wird die *Regulus* mit einer Schicht aus Trockeneis umgeben. Wir schalten ihre Interkosmosanker aus. Dann sieht es so aus, als wären wir ein Kometenkern und das Basisschiff wird uns ignorieren; natürlich nur, wenn wir vorbeidriften und nicht vorbeisausen. Wir werden dann das Basisschiff entern und deren Bordcomputer durch unsere auf der Erde nachgemachten ersetzen. Danach können wir das Basisschiff fernsteuern. Jan, zeigen wir mal den Gästen unsere Kopien der Computerkerne.«

»Aron, wir docken an dem uns begleitenden Amoénenkreuzer Auratum an, dann werfen wir gemeinsam mit den Amoénen dort an Bord mal einen Blick auf deine Software in den nachgemachten Computerkernen.«

Eigentlich hätte Jan erwartet, dass Aron nicht ganz so schnell einwilligen würde, doch seine Neugier auf die Fähigkeiten der Amoénen war offensichtlich zu groß. Aron ging, gefolgt von Thorian und Cris'har, auf die Brücke. Dort öffneten sie an der Rückwand mehrere übergroße und mit Schaumstoff ausgekleidete Schubladen. In passenden Aussparungen im Schaumstoff befanden sich viele metallische Koffer. Er habe die nachgemachten Computerkerne von einer Elektronikfirma auf der Erde herstellen lassen, erklärte Aron den beiden Amoénen und öffnete darüber eine zweite Schublade auf Bauchhöhe. Dort gab es drei leere Aussparungen im Schaumstoff, neben etlichen weiteren Computerkernen. Aron schaute entsetzt mit immer größer werdenden Augen zu Peran.

»Hatte ich schon erwähnt, dass wir Amoénen mit Niron vor ein paar Wochen dir entgegengeflogen sind und bei dir an Bord waren?«, fragte Thorian. »Weißt du, Niron hat ein Schiff, die Avessant, die hat einen selbst gebastelten Trägheitsdämpfer und kann irre beschleunigen und bremsen, was die *Regulus* bis zu der Reparatur ja noch nicht konnte mit ihrem ausgesteckten Trägheitsdämpfer-Kabel.«

»Stopp! Schara-Dan, Thorian!«, brauste Aron auf. »Ein Original-Computerkern und zwei von meinen nachgemachten fehlen!«

»Wir haben sie uns nur ausgeborgt, als wir an Bord waren. Die Informatik-Amoénen sind zwar clever, aber nur wenige Stunden reichen selbst ihnen nicht, um eine so komplexe Software wie diejenige eines Basisschiffs zu überblicken. Krieg dich wieder ein. Wir haben ja einen Zettel zurückgelassen«, entschuldigte sich Thorian und reichte Aron ein gelbes Papier. Aron riss es ihm energisch aus der Hand und gab gleichzeitig der Schublade einen Stoß, sodass sie wieder in der Wand verschwand.

»Niron kannte das Passwort, das wir vor 740 Jahren von Gahu bekommen haben. Außerdem ist er dein eineiiger Zwillingsbruder. Deshalb hielt ihn die *Regulus* für dich«, vermutete Peran.

»Unser Amoénen-Clan hat sich mit deiner Software beschäftigt. Du solltest es dir ansehen«, schlug Thorian vor.

»Warum wusstet ihr, wann ich auf Arganus eintreffen würde?«, fragte Aron noch immer ärgerlich.

»Erstens von deiner Rede, die du die *Regulus* senden ließest, in den Jahren nach deiner Abreise von der Erde. Die haben Amoénen im Jahre 9722 zum ersten Mal bemerkt. Andererseits hatte unser Raumschiff *Pfeil von Arganus* seit einem guten Jahr über den Transponder einen minimalen Funkkontakt mit der *Regulus*«, erklärte Thorian.

»Warum habt ihr mich nicht geweckt?«, fragte Aron, der sich wieder etwas beruhigt hatte.

»Da war Nirons Sache mit der Verfassung der Reichsrepublik und so. Wenn du zuerst auf der IZB gelandet wärst und dann erst bei den Spießern, wäre deine Rückkehr von der Erde total unglaubwürdig gewesen.«

* * * *

»Wir müssen die Diskussion über diesen ungebetenen Besuch auf der *Regulus* später führen und sollten nun auf der Auratum die Software der Computerkerne des Basisschiffs durchgehen«, schlug Jan vor.

»Die Amoénen auf der Auratum platzen beinahe vor Neugier auf dich und Peran und auch ein wenig auf dich, Jan«, bemerkte Thorian lächelnd.

* * * *

So ganz einleuchtend erschien Jan die Begründung nicht, aber eigentlich wunderte er sich mehr über die Fähigkeiten der Raumschiffe der Arganer, die offensichtlich in der Lage gewesen waren, die *Regulus* schon ein paar Wochen vor deren Ankunft auf Arganus zu besuchen und sofort wieder zurückzukehren. Aron und Thorian schauten einander einen Moment lang an, dann schien alles wieder in Ordnung zu sein und Aron hob sogar wieder seine Mundwinkel. Das war wohl der gleiche Effekt, der es ihm selbst erlaubte, einer hübschen jungen Frau leichter zu verzeihen als einem alten hässlichen Mann, vermutete Jan. Er ging mit Thorian zusammen voran zur Luftschleuse und öffnete die Innentür. Die Kontrolle an der Außentür leuchtete grün, die Amoénen hatten bereits angedockt. Auch Jan war nicht wenig neugierig, vor allem auf das Schiff. Anders als die *Regulus*, die in grauer Vergangenheit von den Treasianern gebaut worden war und die er noch längst nicht vollständig verstanden hatte, waren die Amoénenschiffe von Menschen entwickelt worden. Kaum hatte er das gedacht, überkamen ihn bereits wieder Zweifel, wie zutreffend der Begriff »Mensch« bei den Amoénen und Alphas war, auch wenn sie wie Menschen aussahen. Er erinnerte sich, dass ihm in der Ausbildung zur Marsmission, die ja auch die dort gelandete *Regulus* untersuchen sollte, eine Psychologin den Rat gegeben hatte, er solle, wenn es an Bord sehr verwirrend würde, mit der Neugier und Unbefangenheit eines Kindes herangehen.

Die Schleuse ging auf. Aber was da wartete, schien keine Raumschiffbesatzung zu sein, sondern eher eine Schar rothaariger und blonder Erstsemester-Studenten.

»Kommt rein«, rief Thorian und das ließen sie sich nicht zweimal sagen. Die jungen Kerle, die mit »Tag!« und »Hallo!« an Jan vorbeigingen, waren zwar alle gleich groß und gleich dünn und sie trugen alle dieselbe lederartige Jacke mit dem Truppenemblem, aber einer hatte schulterlange Haare wie ein Hippie, der andere eine Art Irokesenschnitt und wieder ein anderer einfach ein paar lange wilde Strähnen über der Schulter. Auch trugen sie Turnschuhe und Sneakers mit individuellen und sehr bunten Mustern und die Farben ihrer Jenas reichten von Schwarz über Blau bis hin zu einem Weinrot. Nur die wadenenge Röhrenform schien durchgehend Mode zu sein. Aron und Peran mussten Beng'har, Merki'har, Deran'har und wie sie alle hießen, fest drücken. Die Endung »har« war offenbar typisch für Rotamoénen. Die Blondamoénen hießen Luran, Dafian, Vogan und ähnlich, ihre Namen endeten alle auf »an«. Schon wurde laut durcheinander gequasselt.

»Fragt, bevor ihr etwas anfasst oder einschaltet«, rief ein Amoén mit schwarzen und frech aufgestellten Haaren ihnen nach. Er trug eine leicht glänzende, schwarze Hose. Die Rotamoénen hatten alle neugierig blickende Lausbubengesichter mit ein paar Sommersprossen, doch der Schwarzhaarige hatte sehr sanfte, weibliche Gesichtszüge. Nur einer aus der frechen Truppe antwortete auf die Mahnung mit einem »Keine Sorge!«.

»Ich bin Xenus, bitte, willkommen an Bord, Jan.«

Jan bedankte sich und ging gerne in die andere etwas kleinere Schleuse hinüber, die in einen Korridor mit wellenartigen, blau-rot-blauen Mustern an der Wand führte. Merion folgte Jan, im Moment sei es ihm doch ein wenig zu »amoénisch« auf der *Regulus*, erklärte er.

»Xenus, darf ich was Persönliches fragen?«, begann Jan. »In einer berühmten Fernsehserie der Erde namens *Raumschiff Voyager* war ein Hauptcharakter ein Wesen, das nur 10 Jahre alt werden konnte. Trifft das in gewisser Weise auch auf die Amoénen zu?«

»Oh, Sie denken das, weil alle wie Heranwachsende auf Sie wirken? Nein, die Amoénen schlüpfen so, wie sie eben sind, und altern biologisch gar nicht. Theoretisch könnten sie ewig leben. Thorians Familie gehört zu den jüngsten. Ich selbst bin ein halbes Jahrtausend alt. Erinnern Sie mich nicht daran.«

»Ich bin 31 und Thorian und seine Brüder Mitte zwanzig«, ergänzte Merion, der nun zurückblieb.

Sie gingen weiter in das Raumschiff hinein und Jan erzählte den beiden scheinbar jungen Männern, wie er Aron und Peran auf dem Mars kennengelernt hatte[19]. Dabei trat Xenus am Boden beinahe auf ein Z-Pad und nahm den Taschencomputer vorsichtshalber an sich. »Die Amoénen haben viele Stärken, aber Ordnungsliebe gehört nicht dazu«, feixte er.

»Jan, für Sie muss doch diese Welt neu und widersprüchlich sein, besonders wegen der Amoénen«, fragte Xenus im Gehen.

---

[19] Siehe Kapitel „Die Arganer“ im Roman „Die Galaktische Welle – Die Regulus“, MAIN-Verlag, 2016. www.main-verlag.de

»Ich muss gestehen, ich bin noch nicht dazu gekommen, all die Eindrücke zu verarbeiten, die seit der Landung auf mich einprasseln.«

Sie stoppten bei einem Quartier, in dem Xenus das Z-Pad auf einem Regal ablegte. In gewisser Weise seien alle Amoénen seine Kinder, erklärte Xenus in so ernsthaftem Tonfall, dass Jan annahm, Xenus meine das ernst und nicht scherzhaft.

In der Welt der Amoénen und Alphas konnte man offenbar vom Aussehen nicht auf das Alter schließen, sondern musste auf indirekte Dinge achten, wie zum Beispiel Lebenserfahrung. Das empfand er als ziemlich verwirrend. Er nutzte die Gelegenheit, einen kurzen Blick in das Quartier zu werfen. Ein ungewöhnlich großes Bett stand im Raum. Eine ganze Schar Amoénen würde wohl hier zusammen schlafen, vermutete er. Eine Jenasjacke hatte jemand darauf vergessen, da und dort lagen Sneakers auf dem Boden herum. An einer Wand hing ein lebensgroßes 3-D-Bandposter mit Thorian, der breitbeinig scheinbar vor der Wand stand, mit selbstbewusstem, beinahe dämonischem Blick und seiner dreihalsigen E-Gitarre in der Hand; vier langhaarige Typen waren im Hintergrund wie in der Wand versenkt zu erkennen, unter ihnen Cris'har mit seinen markanten, unheimlichen Augen am Schlagzeug. Der 3-D-Effekt war perfekt und sehr detailliert, sogar das drahtdünne Mikrofon vor Thorians Mund zeigte noch Details. Jan hatte das Gefühl, man könne an dem langen, rothaarigen Star vorbei auf die Bühne gehen und selbst mal bei Cris'har auf die Trommel hauen. Er seufzte innerlich, deswegen war er aber wohl nicht gerade hier.

Xenus erklärte das ungewöhnlich große Bett damit, dass die Amoénen im Schlaf untereinander eine neuronale Verbindung eingingen und dann ihr Geist wie zu einem Lebewesen verschmelzen würde. Jan stach nun die gegenüberliegende Wand ins Auge. Sie war ein einziger holografischer Bildschirm. Als Xenus sie einschaltete, erschien nicht eine Disco-Szene oder dergleichen »Jugendliches«, sondern ein komplexes dreidimensionales Flussdiagramm der Programmierung des Basisschiffs. Es war alles bereits ins Arganische übersetzt worden. Das Flussdiagram zoomte nun auf den Ausschnitt, an dem die Amoénen offenbar zuletzt gearbeitet hatten. Es handelte sich um ein Unterprogramm, das die Kommunikation mit einem bestimmten Typ Datenknoten regelte. Eine Befehlsverzweigung hatten sie rot eingekreist und »Feedback zur Selbstzerstörung?!« war daneben geschrieben.

Jan hatte das Gefühl, eine Starkstromleitung angefasst zu haben, und blickte zu Xenus: »Das ist nicht euer Ernst!«

»Die Jungs haben sich damit auseinandergesetzt. Ich bin nur hier, weil ich es nicht übers Herz gebracht habe, sie allein auf diese Mission gehen zu lassen«, erklärte Xenus. »Wenn sich die Familie zu einem Geist verbindet, können sie Zusammenhänge erkennen, die dem Individuum verborgen bleibt.«

Aus dem ursprünglich vorgesehenen »kurzen Blick« war zwischenzeitlich eine ganze Führung durch das Quartier der Amoénen geworden. Man musste sich wieder seiner Mission zuwenden und weitergehen.

* * * *

Sie erreichten kurz darauf den Bug des Raumschiffs. Xenus nannte diesen Raum das Aussichtsdeck. Durch das Panoramafenster konnte er hinten rechts die Spitze der *Regulus* entdecken, voraus nur den scheinbar unbeweglichen Sternenhimmel.

Xenus wollte nun dieses Aussichtsdeck wieder verlassen, um Jan die Brücke zu zeigen. Jan dachte im Gehen durch einen Korridor immer wieder an das Flussdiagramm der Amoénen. Wenn Aron und er diese versteckte Verbindung zur Selbstzerstörung damals in Zürich übersehen hatten, könnte das vielleicht der entscheidende Rückschlag gewesen sein, der schlussendlich für die Erde in die Katastrophe geführt hatte. Seine Professionalität als Astronaut gebot ihm aber, realistisch zu bleiben. Während seines Aufenthalts in Zürich und bestimmt noch lange nach seiner überstürzten Abreise mit der *Regulus* halfen Tausende von Spezialisten, die Software des Basisschiffs weiter zu analysieren. Zudem hatte Aron ja auch alle Erkenntnisse der Treasianer über die Basisschiffe mit diesen Spezialisten geteilt. Die Verantwortung für den Untergang der Erde lastete somit immerhin nicht nur auf seinen Schultern, doch das tröstete ihn nicht wirklich.

Auf der Brücke der Auratum überwachten an mehreren holografischen Bildschirmen dünne, blonde junge Männer – wohl Blondamoénen – die Funktion des Schiffs. Die Beschleunigung von über 200 m/s^2 erforderte die ganze Aufmerksamkeit der Crew. Diese Schar erinnerte Jan abermals an Studenten im ersten Semester, doch geradeso gut könnten sie alle durchschnittlich hundert Jahre alt sein. Der Kommandant stellte sich als Kapitän Legan vom Klippental vor und war mit seinem leicht gewellten Haar und strahlend blauen Augen beinahe einen Tick zu schön, um real zu sein. Jan fühlte sich an die nervigen Schönlinge aus den »Strand-Spaß-Mädchen«-Fernsehserien wie »Baywatch« mit Hasselhoff erinnert. Er sei nicht, wie Merion, ein Apolloén, sondern auch ein Blondamoén, betonte der Kapitän. So ganz durchschaute Jan noch nicht, was der Unterschied war, einmal abgesehen vom kollektiven Schlafen.

An einem bogenförmigen Pult, ebenfalls ein einziger Bildschirm, überwachte ein Knatsch die wichtigsten Parameter der Interkosmosanker. Dieser Knatsch war nicht pummelig wie die Knatsche, die Jan bei seinem kurzen Aufenthalt in der Stadt Arganus gesehen hatte, er besaß dieselbe langbeinige, schlanke Körperform wie alle anderen hier. Aber ob das nun einfach nur ein junger Knatsch war oder auch hier etwas Genetisches dahintersteckte, war im Moment nicht so wichtig.

»Blicken wir nach vorn«, sagte Jan. »So wie es aussieht, werde ich mit Thorian an Bord eines Basisschiffs gehen. Zugegeben, auf der Erde war man *entweder* Rockstar – ich meine Roranar-Star – *oder* Astronaut.« Jans erntete verständnisvolles Grinsen auf der Brücke.

»Thorian hat es mal wie folgt ausgedrückt«, begann Legan zu erzählen. »Ein Roranar-Konzert sei das perfekt durchgeplante Chaos, er müsse aber auch improvisieren können, wenn was schiefgehe. Er ist zu zwei Dritteln ein Alpha und hat wohl die schnellste Auffassungsgabe von allen hier auf der Mission.«

Merion betrat die Brücke und winkte Jan zu sich.

»Seit dem Abflug von der Erde bin ich selbst ein Alpha. Es ist aber auch wichtig, dass man nicht in Panik gerät, wenn es brenzlig wird«, schloss Jan das Gespräch mit Legan ab.

»Legan, Xenus, mit eurer Erlaubnis, ich denke, Jan und ich werden auf der *Regulus* erwartet, um mit den Informatik-Amoénen und Aron über die Diagramme zu sprechen«, drängte Merion.

»Sie, Legan, halten Ihren Kreuzer bereit, falls Sie uns während der Mission auf dem Basisschiff plötzlich retten müssen?«

»Selbstverständlich!«, versicherte der Kommandant der Auratum.

* * * *

Merion und Jan gingen wieder zurück auf die *Regulus*. Auf der Brücke waren die holografischen Projektoren voll ausgelastet. Das dreidimensionale, kompliziert vernetzte Flussdiagramm der Basisschiff-Software schien den ganzen, sehr großen Raum der Brücke auszufüllen.

»›Houston, wir haben ein Problem‹, würdest du wohl sagen, Jan«, grinste Aron ihm entgegen.

»Das Feedback?«, fragte Jan.

»Nein, das erledigt sich mit unserem Patch für eure Software auf den Fake-Computerkernen«, meinte Thorian. »Beng'har, erklär es!«

Beng'har hatte dieselbe Mähne wie Thorian, sein persönliches Merkmal war ein glitzerndes Piercing mit vielen kleinen Diamanten über dem linken Auge. Er blickte zuerst seine Brüder an und dann Jan. Dieser nickte dem jungen Mann aufmunternd zu, wie er es gegenüber seinen Studenten vor den mündlichen Prüfungen gemacht hatte.

Beng'har zeigte auf ein im Raum schwebendes transparentes Modell des ellipsoiden Basisschiffs, in dem die drei Computerräume rot markiert waren. »Unser Feind hat eine simple Intelligenz, ein einfaches neuronales Netz wird simuliert. Es ist dadurch zwar langsam im Denken, aber dennoch nicht blöd. Aron wollte einfach den Einsatz kopieren, den er vor 740 unserer Jahre mit dem Treasianer Gahu gemacht hat. Leute, das ist zu heiß! Das Basisschiff könnte davon wissen.«

»Treasia ist zu weit weg, Kein Funksignal von meinem Einsatz vor 740 Jahren kann es bereits bis hierher geschafft haben«, meinte Aron.

»Von der viel näheren Erde aber schon«, erwiderte Beng'har. »Womöglich haben die Leute auf der Erde Arons Einsatz kopiert und unser Basisschiff hat deshalb von dieser Taktik erfahren.«

»Also willst du etwas anderes versuchen?«, fragte Jan. »Etwas, an das die Galaktische Welle noch nicht gedacht hat?«

»Genau, wir nehmen einen anderen Weg zu den Computerräumen«, schlug Beng'har vor. »Wir bohren uns mithilfe der Transformatoren durch die Hülle des Basisschiffs, schweben durch die Munitionskammer herab und brechen direkt in den darunter liegenden Computerraum ein. Zwei Teams machen das gleichzeitig, dann haben wir zwei von drei Computerräumen unter unserer Kontrolle und damit das ganze Schiff.«

»Der in die *Regulus* eingebaute Niederfrequenztransformator kann nicht mit Antimaterie umgehen. Wir können die auf dem Weg liegende gefährliche Antimaterie nicht wegräumen. Für Thorians neuen Transformator wird wohl dasselbe gelten. Das lässt sich nicht ändern«, erklärte Aron den Rotamoénen zu deren Enttäuschung, und auch, dass leider auf dem Weg von der Außenhülle zu den Computerkernen jede Menge ungeschützter Antimateriezylinder lagerten. Eine einzige Berührung würde genügen, um eine wirklich alles vernichtende Explosion auszulösen.

Beng'har wollte trotzdem noch nicht aufgeben. Er meinte, nach treasianischen Informationen sollte zwischen den einzelnen frei im Raum schwebenden Zylindern genug Platz sein, um durch die Lagerhalle schweben zu können.

Diese tonnenschweren Anti-Eisen-Zylinder benutzte das Basisschiff, um die zu zerstörenden Planetenoberflächen zu beschießen.

Die lebhafte rothaarige Schar gleich großer und gleich dünner »Erstsemester« hatte die Zeit zur Analyse gut genutzt. Etwas seltsam erschien es Jan noch immer, dass diese verspielten Amoénen sich einen solch verwegenen Plan hatten ausdenken können.

»Sie haben gute Vorbereitung geleistet und theoretische Analysen erarbeitet. Als Astronaut ist es mein Beruf, fremde Dinge zu studieren, zu bewerten und abzuwägen, und ich denke, wir sollten die Mission wagen«, meinte Jan.

»Hätten wir nicht auch die Möglichkeit, das Basisschiff aus sicherer Entfernung einfach abzuschießen?«, warf Xenus ein.

»Das Basisschiff hat Tausende von Tonnen Antimaterie an Bord. Es befindet sich zwar am Rand unseres Sonnensystems, trotzdem liegt es immer noch zu nahe an Arganus. Wenn es hochgeht, fügt der Blitz aus harter Gammastrahlung unserer Welt erheblichen Schaden zu«, befürchtete Merion.

»Wie das Massensterben am Ende des Ordoviziums[20]«, vermutete Jan.

»Die Jäger greifen bereits unsere Heimat an. Wir müssen sie stoppen«, beendete Thorian das Hin und Her.

Der Austausch der Computerkerne schien die einzige Möglichkeit zu sein, hier gewinnen zu können. Also trug jetzt selbst Xenus diese Entscheidung mit, in Ermangelung einer besseren Alternative, obwohl er seine Amoénen nur sehr ungern an einer so gefährlichen Mission teilnehmen ließ.

Nun mussten sie an Bord des Amoénenschiffs den Einsatz trainieren.

Ein 3-D-Saal befand sich an Bord dieses Schiffs. Alle vier Wände und die Decke bestanden aus einer Art 3-D-Bildschirm. Im ersten Moment dachte Jan, die Amoénen hätten so etwas wie das Holodeck aus Star Treck erfunden, doch hier konnte er die virtuellen Dinge nicht anfassen. Die Amoénen hatten aber einige Gegenstände im Stil von Filmkulissen und Requisiten nachgebaut. Die Proben fanden im Raumanzug und in einer von den »Trägheitsdämpfern« künstlich erzeugten Schwerelosigkeit statt. Die Auratum musste ja trotz der Übungen weiterhin beschleunigen und nach einem Tag wieder abbremsen, um möglichst schnell ans Ziel zu gelangen.

---

20 Ob das Massensterben auf der Erde vor 443 Millionen Jahren tatsächlich von einem Gammablitz (siehe Wikipedia) ausgelöst wurde, ist unter Experten umstritten.

Am Anfang endete die Simulation oft in einem weißen Lichtblitz und der gefühllosen Computeransage, das Basisschiff habe sich eben gesprengt, weil Jan dies oder jenes nicht genau im Zeitplan gemacht habe, oder die interne Abwehr des Basisschiffs habe ihn erschossen. Obwohl die Raumanzüge der Arganer, die sie bei den Treasianern abgekupfert hatten, bequemer waren als die irdischen, war die Arbeit in der Schwerelosigkeit kräftezehrend und zudem musste Jan immer wieder mit Thorian die Pläne abstimmen, wie sie die auf der Erde hergestellten Computerkerne am effizientesten und sichersten einbauen könnten.

Jetzt war Zeit für eine Ruhepause. Das gehörte für Jan selbstverständlich zur professionellen Vorbereitung auf einen schwierigen Einsatz.

DAS ENTERKOMMANDO

Viereinhalb Milliarden Kilometer vom Mond Arganus entfernt. Dies würde im Sonnensystem der Erde dem Abstand zwischen der Sonne und dem Neptun (dem äußersten Planeten) entsprechen. 7. Tag im Hitzemonat des Jahres 10.001.

* * * *

Es war an der Zeit, die Notbeleuchtung im lang gezogenen Frachtraum des Planetengleiters ging an. Aron wand sich mit einem leisen Seufzen aus dem Schlafsack, der an der Wand des Gleiters befestigt war. Unter anderen Umständen wäre der Schlaf in der Schwerelosigkeit durchaus angenehm gewesen. Alle für das Enterkommando vorgesehenen Leute hatten sich auf die Planetengleiter im Hangar der *Regulus* verteilt, damit alle nicht unbedingt notwendigen Systeme abgeschaltet werden konnten. Keinerlei Elektrosmog, Wärmestrahlung, künstliche Schwerkraft oder sonstige Emissionen sollten den Eindruck eines kalten Kometenkerns verfälschen. Auf dem Nachbarbett rüttelte er seinen Partner Peran wach und auch die Amoénen streckten sich. Jan checkte bereits seinen Raumanzug und die Restlichtbrille.

Bereitstellung der Ausrüstung und Anziehen der Raumanzüge ging fast wortlos vor sich. Bei den Simulationen war alles Notwendige bereits gesagt worden. Merion schwebte ins Cockpit des Gleiters, er würde von dort den Einsatz mit den wenigen auf der Oberfläche ihres künstlichen Kometen angebrachten Außenkameras überwachen – mehr Elektronik trauten sie sich nicht einzusetzen; das Basisschiff könnte das bemerken.

* * * *

Ein Basisschiff besaß drei Computerräume zu je acht Computerkernen. Diese drei Bordcomputer liefen wie redundante Autopiloten in einem Flugzeug parallel. Bei einem Konflikt in der Berechnung der Steuerung oder Taktik galt die Mehrheitsentscheidung, jedenfalls waren die Treasianer damals vor sieben Jahrhunderten dieser Ansicht gewesen. Also plante der

Trupp, zwei der drei Bordcomputer gleichzeitig zu ersetzen, um so die Kontrolle über das feindliche Schiff zu erlangen. Die Amoénen gingen davon aus, dass die Mehrheitsentscheidung unter den drei mal acht Computerkernen entscheidend war. Stimmenzähler musste ein sogenannter Watchdog sein, wie sie die Programmierexperten der Erde nannten. Doch wie dieser »Wachhund« aufgebaut war, hatten auch die Treasianer nicht herausgefunden. Die Leute auf der Erde hatten spekuliert, es handle sich um eine sehr einfache, aber robuste logische Schaltung, die nur prüfte, ob ein Befehl über die Systeme des Schiffs über die Mehrheit der Computerkerne verfügte. Genaues wusste keiner und so konnte das Enterkommando durchaus auf unvorhergesehene Schwierigkeiten stoßen. Der Gedanke, dass die Erde im Grunde über dieselben Informationen verfügt hatte und dennoch zerstört worden war, war trotz des Patchs der Amoénen sehr beunruhigend für alle. Doch musste man diese eine Chance nutzen, mehr über den Feind zu erfahren. Es gab keine zweite.

* * * *

Thorian hatte seinen und den Transformator der *Regulus* eingesetzt, um die *Regulus* mit einer hohlen Halbkugel aus gefrorener Luft und stark verschmutztem Trockeneis, ähnlich wie einen Kometenkern, zu tarnen. Diese Tarnung musste nicht perfekt sein. Es genügte für die Sensoren des Basisschiffs, wenn die Halbkugel dem Abstand zur Sonne entsprechend kalt und inaktiv erschein. Dann würde sie von den Bordcomputern in die Kategorie »natürlicher Himmelskörper« eingeordnet.

Dass Erians prophezeiter Sohn vom Schlüssel der Edaner kaum Ahnung davon hatte, beunruhigte Aron. Doch immerhin verfügte Thorian jetzt über einen Transformator, mit dem er an Bord des Basisschiffs seine Entergruppe gegen Unvorhergesehenes schützen konnte.

* * * *

Seit sie sich als Kometenkern verkleidet hatten, ließ Aron das Schiff auf einem Kurs driften, der sie in die Nähe des Basisschiffs bringen würde. Es hatte mehrere Stunden gedauert, um glaubwürdig zu wirken. Falls das Basisschiff Verdacht schöpfen würde, es handle sich nicht um ein natürliches Objekt, würde es seine Position verlassen oder gar das Feuer eröffnen.

Nochmals umarmte er Peran innig, bevor sie in die die Raumanzüge stiegen. Er fühlte wieder das beklemmende Gefühl von damals, sich selbst nicht wiederzuerkennen. Denn eigentlich war er nur ein junger Prinz aus einer Zeit, als im Kaiserreich Elektrizität noch ein verbotener teuflischer Zauber aus Jerilania war. Er hatte auch Angst um Peran und sich, aber die durfte er als junger Krieger nicht zeigen.

* * * *

Das Rendezvous stand unmittelbar bevor. Sie schwebten als erste Gruppe in Raumanzügen mit den Koffern aus dem geöffneten Hangardeck in einen wenige Meter langen Gang in der Schicht aus gefrorenen Gasen.

Jan, Thorian und das Computergenie Cris'har würden als zweite Gruppe gleichzeitig die vordere Luftschleuse benutzen, um von Bord zu gehen, an einem entfernteren Punkt des Basisschiffs einzudringen.

Der Gang endete in einer kleinen Kammer, der Bereitschaftskammer aus massiveren Platten des kalten Materials. Von hier konnte Aron kurz einen Blick hinaus riskieren. Ihre große Sonne und auch die beiden Roten Zwerge waren nur noch blendend helle Sterne, ihr spärliches Licht warf harte Schatten auf der Oberfläche des künstlichen Kometen, der so deutlich die Form der beinahe fünfhundert Meter langen *Regulus* aufwies. Doch so intelligent schienen die Basisschiffe nicht zu sein, um dieses Manöver zu durchschauen. Das hatten schon die Treasianer vor sieben Jahrhunderten herausgefunden.

Da, direkt vor ihren Visieren, schwebte es, etwa eine Meile entfernt; ein gigantisches schwarzes Ellipsoid, ausgedacht von einem unbekannten, gewiss kranken Geist, der wohl schon seit sehr vielen Millionen Jahren tot war. Nur ein leichter Glanz auf seiner metallischen Oberfläche und die verdeckten Sterne verrieten seine Konturen, das Schiff selbst war in der Schwärze des Raums kaum zu erkennen.

Aron drehte sich zu einem tellergroßen bräunlichen Bauteil an der Oberkante der Bereitschaftskammer. Es empfing Signale eines kleinen Lasers am Raumanzug-Helm und leitete sie entlang der Oberfläche des »Kometen« weiter; diese optische Art der Verständigung würde dem Basisschiff verborgen bleiben. Er meldete Thorians Gruppe, dass sie beide bereit seien und nun zum Basisschiff, zum Punkt senkrecht über dem Computerraum Nummer eins, hinüber schweben würden. Dann drehte er sich wieder zurück, blickte über Perans Schulter in Richtung des Basisschiffs. Peran hatte bereits eine kleine Handsteuerung bereit gemacht; mit Treibstoff aus einer Stickstoff-Gasflasche konnte er ein paar Steuerdüsen bedienen.

DAS BASISSCHIFF

In unmittelbarer Nähe eines kilometergroßen Basisschiffs der Galaktischen Welle. Die Vernichtungsmaschine war seit Jahrhunderttausenden in der Galaxis unterwegs. 7. Tag im Hitzemonat des Jahres 10.001.

* * * *

Jetzt mussten beide Gruppen einen strengen Zeitplan einhalten, um dann zwei der drei Bordcomputer zeitgleich auszutauschen und so das Basisschiff unter Kontrolle zu bringen. Um auch den dritten Bordcomputer zu acht Computerkernen durch eigene Module zu ersetzen, hatten sie zu wenige dabei. Beim Start von der Erde hatten sie vierundzwanzig nachgebaute und funktionstüchtige CPUs an Bord gehabt, einer der Mikroprozessoren hatte die Reise nicht überstanden und zwei befanden sich auf Arganus. Umzukehren, um diese abzuholen, hätte zu viel Zeit gekostet, sie nachbauen ebenso. Der Transformator der *Regulus* war leider nicht in der Lage, hochintegrierte Schaltungen funktionstüchtig zu kopieren. Wahrscheinlich hätte der Schlüssel der Edaner über diese Fähigkeit verfügt, doch Thorian konnte ihn und sein »Kind« noch nicht wirklich steuern. Nur sehr einfache Dinge konnte er bis jetzt erscheinen und wieder verschwinden lassen.

Jede der beiden Gruppen, die an Bord des Basisschiffs gehen wollten, hatte zehn Computerkerne dabei.

Der Countdown lief lautlos.

* * * *

In einer Art Schrank aus von Ruß durchsetzten Trockeneisplatten ohne Rückwand schwebte Thorians Einsatzgruppe nun langsam in Richtung des Basisschiffs. Hoffentlich hielten dessen Sensoren ihre Bereitschaftskammer für einen vom vermeintlichen Kometen abgeplatzten, harmlosen Splitter aus gefrorenem Dreck.

Warum dauerte das lautlose Schweben zum feindlichen Schiff nur so nervig lange? Ein Blick auf die Uhr zeigte ihm, Aron und Peran sollten jetzt die Außenhülle des Basisschiffs erreichen.

* * * *
• • •

Nach einigen Minuten, die Aron beinahe endlos vorgekommen waren, hatten sie endlich den vorgesehenen Punkt auf halbem Weg vom Äquator des Basisschiffs zu seinem Pol erreicht.

Er richtete den an seinem Helm befestigten Laser auf einen Empfänger an der als Kometenkern getarnten *Regulus* aus. Herkömmlicher Funk war nicht möglich, da diesen das Basisschiff bemerken würde.

Er teilte ihr über »Laserfunk« mit, dass sie angekommen seien. Arons Einstiegspunkt lag gerade noch nahe genug zur *Regulus*, dass sie ihn mit ihrem Transformator unterstützen konnte. Thorian befand sich eine halbe Meile weiter weg von den beiden und dem Raumschiff. Er würde das »Kind des Transformators« verwenden, um Gegenstände erscheinen und verschwinden zu lassen. Die Bestätigung traf ein, dass die andere Gruppe wie vorgesehen unterwegs zum Punkt zwei sei. Jetzt musste der Zeitplan genau eingehalten werden, ein direkter Kontakt zu Thorians Gruppe war nicht mehr möglich. Über Laser bat er die *Regulus*, ein Stück der Außenhülle des Basisschiffs zu dematerialisieren. Sogleich fehlte ein rundes Loch in der armdicken, aus mehreren Schichten bestehenden Außenhülle, eine weitere Schale befand sich einen Schritt tiefer. Kabel verliefen entlang dieser inneren Hülle und führten in regelmäßigen Abständen zu kleinen Kästchen. Das mussten die Steuerungen für die Magnete, die geladenen Platten und für Vergleichbares sein, mit denen das Basisschiff die Antimaterie in der Schwebe hielt. In der Kammer hinter dieser zweiten Hülle befand sich Munition aus Antimaterie-Eisenstücken.

Er ließ die *Regulus* auch in die innere Hülle ein Loch stanzen, exakt so, dass keines der Kästchen verschwinden würde. Denn das würde das Basisschiff bestimmt als Ausfallmeldung bemerken, oder schlimmer, die Anti-Eisen-Stücke würden nicht mehr durch die Kraftfelder auf ihren Positionen festgehalten.

Der Raum darunter war vollkommen dunkel. Während Peran eine sich selbst lenkende Harpune bereit machte, legte Aron sich an die Öffnung. Zuerst glaubte er im Inneren so etwas wie kleine Blitze zu sehen, doch er bemerkte bald, dass dies in seinen Augen geschah. Sie wurden zahlreicher und jetzt piepste auch noch ein Strahlenalarm nervös in seinem Helm.

Peran riss Aron vom Loch weg und zurück in den Schank aus gefrorener Luft. Er zog einen Schreibblock aus seiner Beintasche. Mit Bleistift schrieb er: *Aron! Wir überleben den Abstieg durch die Munitionskammer nicht!*

Wir sind Alphas! Geht schon!, antwortete Aron auf dem Notizblock.

Der Alarm ist speziell auf unsere robusten Körper eingestellt worden! Abbruch! Es ist Selbstmord! Abbruch!, schrieb Peran.

Aron schickte der *Regulus* via Laser den Befehl, Thorian zurückkehren zu lassen. Doch schon einen Moment später erhielt er die Antwort, die zweite Gruppe sei vom Lasersender aus gesehen hinter dem Basisschiff verschwunden. Somit konnte er Thorian nicht mehr warnen. Aron fühlte Panik in sich aufsteigen. Er wusste nicht mehr, was er tun sollte. Der Plan war schiefgegangen, so extrem, dass wohl Jan, Thorian und der Amoén Cris'har sterben würden, wenn sie die extreme Strahlung nicht bemerkten. Aber wie sollte es danach weitergehen? Der Tod von Erians Sohn war in Galaras Prophezeiungen nicht vorgesehen gewesen. Er fühlte sich hilflos und überfordert, konnte er wenigstens Peran retten?

* * * *

Thorian hatte inzwischen mit seiner Gruppe den vorgesehenen Punkt erreicht. Jan drehte im letzten Moment die offene Seite des Schanks aus gefrorenen Gasen zur Oberfläche des Basisschiffs. Thorian vergewisserte sich anhand der Navigation am Raumanzug, ob sie am richtigen Ort seien. Vorsichtig ließ er Schicht für Schicht der Außenhülle verschwinden, ohne etwas von der Verkabelung zu beschädigen. Endlich hatten sie einen Eingang in die Antimaterie-Munitionskammer Nummer Zwei geschaffen, die über dem Computerraum mit gleicher Nummer lag. Ein tiefer, pechschwarzer Raum sah ihm entgegen. Im schwachen blauen Licht seines Raumanzugs sah er eine der grau metallisch glänzenden Spindeln, halb so hoch wie er selbst: Anti-Eisen. Unheimlich gruselig fand Thorian den Anblick.

Die kleinen Blitze in seinen Augen mussten von extrem energiereichen Photonen[21], sogenannter harter Gammastrahlung, verursacht werden. Diese Photonen entstanden paarweise, wenn ein verirrtes normales Atom auf eines der Anti-Eisenstücke traf. Thorian schaltete seinen blauen Schein-

---

[21] Ein Photon ist ein Lichtteilchen. Das Licht (und alle anderen Arten von elektromagnetischer Strahlung) kann als Schauer von einzelnen Teilchen aufgefasst werden. Die Energiemenge, die jedes einzelne Teilchen transportiert, bestimmt die Farbe des Lichts und im Allgemeinen auch die Art der elektromagnetischen Strahlung von energiearmen Radiowellen bis hin zur energiereichen Gammastrahlung.

werfer an seinem Helm zu. Nun konnte er mehrere der metallisch grau glänzenden Körper von der Länge seiner optischen Gitarre erkennen. Sie waren eher spindelförmig als zylindrisch. Der nächstgelegene schwebte nur eine Unterarmlänge entfernt innerhalb des Lochs, dahinter ein weiterer und dann wieder einer – sie erschienen als Kette frei zwischen Führungsschienen. Viele solcher Ketten schwebten parallel in der riesigen dunklen Halle, deren Boden Thorian nur erahnen konnte. Man sah den Spindeln nicht an, dass es sich nicht um normales Metall handelte. Antimaterie – das Spiegelbild der normalen Materie – gehorcht bis auf winzige Unterschiede derselben Atomphysik und Chemie wie die Materie, wusste Thorian. Würde auch nur der Bleistift in seiner Beintasche dort hineingelangen und an eine Spindel schlagen, würde sofort alles explodieren. Keine leichte Sache, hier ruhig zu bleiben. So musste sich der Superagent fühlen, wenn er sich entscheiden musste, entweder den roten oder den blauen Draht an einer Zeitbombe durchzuschneiden.

Jan tippte ihn an und hielt ihm sein Messgerät unter die Nase. Die harte Gammastrahlung nahm bedrohlich zu, bald würde sie selbst für Alphas unerträglich werden. Cris'har zeigte mit einer Bewegung seines Arms an, dass er annahm, Dämpfe von der Wand aus gefrorener Luft würden in das Munitionslager eindringen. Auch geringste Mengen »Luft«, die im Labor noch als hervorragendes Vakuum gelten würden, konnten als herumschwirrende Atome mit den Spindeln kollidieren und dort zerstrahlen. Jan nicke und deutete mit seinen beiden Händen an, den Kasten aus gefrorener Luft wegzustoßen. Thorian und er drückten den Schrank weg. Sie legten sich flach auf die Schiffshülle, um von keinen Wärmesensoren erfasst zu werden. Thorian und Cris'har montierten die selbstlenkende Harpune. Mit ihr schossen sie ein an ihr befestigtes Seil bis zum Boden der Halle zwischen der brisanten Munition hindurch, danach spannten und verankerten sie das Seil und hängten die drei Koffer mit ihren zehn Computerkernen daran. Die Strahlung war inzwischen zurückgegangen und hielt sich jetzt in der Mitte des gelben Bereichs – auch das war noch alles andere als gesund. Je schneller sie mit ihrer Arbeit fertig würden, desto besser.

..*.*

Sie durften nur mit dem schwachen blauen Licht am Helm in die Finsternis dieses hoch brisanten Munitionslagers scheinen. Mit normalem, weißem Licht bestünde das Risiko, dass das Basisschiff auf sie aufmerksam wurde. Als alle durch die Schiffshülle waren, verschloss Thorian das Loch wieder mithilfe des »Kinds«. Denn auch von der nicht allzu weit entfernten *Regulus* würden andauernd Gasatome abdampfen und der hier wehende Sonnenwind trug bestimmt ebenfalls seinen Teil bei.

Um sich im Dunkeln zwischen diesen Ketten aus Antimaterie-Spindeln am Seil entlang in die Tiefen des Schiffs zu ziehen, brauchte man Nerven wie Drahtseile, das wurde Thorian jetzt auch klar.

Jan tippte Thorian an und zeigte ihm sein Universalmessgerät, den »Tricorder«, der gelb blinkte – die Gammastrahlung wollte nicht zurückgehen. Ihre Raumanzüge waren zwar sehr dicht, aber eben nicht perfekt. Ein paar Sauerstoffatome fanden immer ihren Weg ins Freie. Kleine Verunreinigungen sorgten für weiteres Gas. Unter normalen Umständen würden diese minimalsten Mengen niemanden kümmern, doch hier wurde wirklich jedes einzelne Atom in die gefährliche Strahlung verwandelt.

Thorian schob die drei an der Schnur eingeklinkten Koffer vorsichtig vor sich her, während er sich an ihr entlang durch die schwerelose Dunkelheit hangelte, immer tiefer in das Schiff hinein. Das blaue Licht am Raumanzug ließ ihn zumindest wenige Meter weit etwas in dieser unheimlichen Finsternis erkennen. Nur eine ausgestreckte Hand entfernt schwebte, von magnetischen und elektrischen Feldern gehalten, die Antimaterie-Munition, die dazu bestimmt war, eine Zivilisation auszulöschen. Die Distanz bis zum Boden entsprach dem Fahrstuhlschacht eines mittleren Wolkenkratzers und es dauerte unerträglich lange, bis sie endlich dort ankamen. Hier musste Thorian mit seinem Transformator nun ein Loch schneiden, um in einen der drei Computerräume eindringen zu können, und hoffen, dass die treasianischen Vermessungen korrekt waren. Vor allem durfte er nicht daran denken, dass eine Unachtsamkeit genügte und alles wäre vorbei. Die unregelmäßigen kleinen Blitze, die die harte Gammastrahlung auf seiner Netzhaut verursachte, trugen nicht gerade zu seiner Beruhigung bei. Zudem musste er sich darauf verlassen, dass Aron und Peran ebenfalls ihren Job machten.

Endlich erreichten sie den Boden des Munitionslagers. Nachdem Thorian den Boden mit seinem Transformator geöffnet hatte, riskierte er als Erster mit einer minimalen Lichtquelle und Restlichtverstärker einen Blick unter den Boden. Sie hatten wie geplant eine Kreuzung von Kabelschächten getroffen und nach unten führte ebenfalls ein Schacht weiter.

Dieser nach unten führende Schacht war eng, sie mussten sich regelrecht hineinzwängen, aber wenigstens bestand er ausschließlich aus normaler Materie. Thorian schloss hinter ihnen den Zugang zur Munitionskammer mit einem dicken Bleiblech, das er mit dem Transformator hatte erscheinen lassen. Er empfand es als große Erleichterung, endlich aus diesem unheimlichen Munitionslager heraus zu sein. Trotzdem hasste er enge Räume – eine perfekte Voraussetzung für so eine Aktion. Nach etwa zehn Metern Vorwärtszwängen erreichten sie einen etwa zimmergroßen Raum. Sieben kleine, grüne LEDs waren ringsum an den Wänden verteilt; zu jedem dieser Lämpchen gehörte ein Computerkern in der Wand. Die grünen Kontrolllämpchen war das erste eigene Licht des ansonsten stockdunklen Basisschiffs. Eigentlich sollten acht dieser Lämpchen leuchten, einer der Rechner war offenbar ausgefallen – für das Basisschiff spielte das allerdings keine große Rolle, denn bereits ein einzelner dieser Rechner könnte alle notwendigen Steuerungen ausführen. Thorian fragte sich, wozu ein Roboter wie dieses Basisschiff überhaupt Kontrolllämpchen benötigte. War dies ein Hinweis auf biologische Erschaffer? Eine Frage, die er jetzt wohl kaum würde beantworten können.

* * * *

Cris'har schaltete das normale Licht an seinem Helm ein. Soweit sie wussten, gab es hier drinnen in diesem engen Raum keine Bewegungsmelder oder dergleichen. Der Kabelschacht führte noch weiter nach »unten«, wenn die Begriffe oben und unten in der Schwerelosigkeit überhaupt einen Sinn machten. Zur Seite hin führte senkrecht zu ihrem Kabelschacht ein schlitzförmiger Gang und endete ein paar Meter weiter an einer Abdeckung. Damals auf dem anderen Basisschiff waren Aron und Peran mit dem treasianischen Major von dort her eingedrungen.

Einen Moment lang dachte Thorian daran, vorerst nur den kaputten Rechner auszutauschen, doch eine Variation des Plans in letzter Sekunde könnte gefährlich sein. Außerdem war Jan bereits dabei, die acht neuen Computerkerne aus den Koffern auszupacken und Cris'har half ihm, sie mit einer Batterie zu verbinden, denn es war nicht möglich, sie einfach mal so austauschen. Ein Watchdog, irgendwo noch tiefer im Schiff verborgen, würde die Manipulation erkennen, wenn die Befehle der Bordcomputer nicht mit der Identifizierungsnummer des Basisschiffs versehen wären.

Es blieben ihnen noch zwölf Minuten, bis sie gleichzeitig mit Arons Gruppe den Austausch vornehmen mussten. Eine Funkverbindung mit dem anderen Team war natürlich auch im Schiff nicht möglich.

Thorians Aufgabe war es, nun einen der Original-Kerne herauszuziehen. Das würde der Watchdog hoffentlich nur als Ausfall werten. Dreimal holte er tief Luft und zog daran. Er benötigte dazu unerwartet viel Kraft. Das lange, schachtelartige Modul löste sich doch noch mit einem Ruck. Einen Moment blieb er wie erstarrt schweben. Reagierte das Basisschiff auf diese Veränderung? Er lebte noch, also lautete die Antwort wohl Nein. Die Arbeit musste weitergehen. Er verband den eben herausgezogenen Kern mit Jans Batterie und über eine Schnittstelle mit seinem mitgebrachten Z-Pad. Beng'har und Cris'har hatten eine Applikation programmiert, die die Identifizierungsnummer des Basisschiffs auslas. Die Vorarbeit, die Aron und die Experten auf der Erde geleistet hatten, hatte den Amoénen sehr geholfen. Die Nummer wurde zum Glück angezeigt. Nun mussten Jan und Cris'har sie über eine numerische Tastatur auf den LCD-Displays der nachgemachten Computerkerne eintippen. Jan prüfte bei jedem Kern, dass sich keiner vertippt hatte. Alles okay! Der Astronaut trennte die gefälschten Computerkerne wieder von der Batterie. Sie waren drei Minuten zu früh fertig. Dieser Countdown schien für Thorian ewig zu dauern. Wenn Aron einen Fehler machte, was dann? Zudem hasste er immer noch enge Räume. Das wäre aber wohl der dümmste Moment für Klaustrophobie.

Jan klopfte ihm leicht auf die Schulter. Es ging los. Die verbliebenen vier Originalkerne und die beiden defekten zogen sie nacheinander in einem Ruck aus ihren Halterungen und ersetzten sie rasch mit den gefälschten, so wie sie es geübt hatten.

Hatte der Watchdog den Austausch als Angriff erkannt oder nur für eine kurze Netzwerkstörung gehalten? Thorian stöpselte sein Z-Pad bei einem der neuen Kerne ein. Er konnte sich jetzt im Netzwerk des Basisschiffs umsehen. Die anderen beiden Computerräume hatten den Anzeigen zufolge ebenfalls einige Probleme: In einem Raum waren drei und im anderen fünf der Computerkerne tot oder anders gezählt, überhaupt arbeiteten nur noch acht der feindlichen Kerne. *Möglicherweise war dieses Schiff schon sehr viel länger unterwegs als jenes, das damals Aron und Peran im Auftrag der Treasianer enterten*, überlegte Thorian.

Aber Aron schien Verspätung zu haben. Das war so nicht geplant gewesen und hätte böse ins Auge gehen können, wenn das Schiff in einem besseren Zustand gewesen wäre. Doch er hatte jetzt Zugriff auf das Basisschiff – das war geil! Ein enthusiastisches Gefühl des Triumphs löste die Beklemmung ab: Sie waren auf der Zielgeraden und hatte die Nasen vorn! Er testete das Verhalten des Basisschiffs, indem er den Rückkehrbefehl an die Jäger aussandte. Der würde von diesen nur befolgt, solange sie sich noch in der Reise- und noch nicht in der Angriffsphase befanden. Der Befehl wurde zur Antenne durchgelassen, obwohl er nur von acht der sechzehn funktionstüchtigen Kerne kam. Also zählte der Watchdog nicht Computerräume, und es genügte, wenn der Befehl von genau der Hälfte der Computerkerne erteilt wurde. So ein Patt wirkte auf Thorian nicht besonders vertrauenserweckend. Wenn einer der nachgemachten Computer von der Erde ausfallen würde, dann hätte die Galaktische Welle wieder die Oberhand.

Und was war aus Aron und Peran geworden? Er konnte kein Funksignal absetzen. Die vielen Metallwände verhinderten das. Zudem könne ein unbekannter Sender in dieser Situation einen Alarm auslösen.

Aber die Außentore des röhrenförmigen Tunnelsystems konnte er öffnen. Das würde ein Zeichen sein, dass sie das Schiff unter Kontrolle hatten; mehr oder weniger. Doch würde Aron dies bemerken? Darauf verlassen mochte er sich nicht. Außerdem begann ihn dieser enge Spalt hier verrückt zu machen. Das einzige Geräusch in der beklemmenden Stille des Vakuums hier im Schiff war das leise, ewig gleiche Surren und Rauschen der Lebenserhaltung seines Raumanzugs.

Es half nichts, er musste wissen, was mit Aron und Peran los war, aber wie würde er zum Computerraum Nummer eins gelangen? Durch die Antimaterie-Munitionskammern wollte er nicht nochmals kriechen. Vielleicht war die Strahlung inzwischen zurückgegangen, weil er die Löcher wieder verschlossen hatte. Doch das Risiko, aus Unachtsamkeit die Antimaterie zu berühren, war ihm zu groß. Spindeln mit seinem Transformator einfach verschwinden zu lassen, traute er sich nicht. Er hatte im Grunde so gut wie keine Ahnung, wie dieses unvorstellbar fortschrittliche Gerät funktionieren könnte.

In den Gängen des Schiffs waren Wärmesensoren angebracht und fliegende Roboter lauerten auf Eindringlinge. Um sich trotzdem auf einem Basisschiff bewegen zu können, hatten die Treasianer ihre Raumanzüge mit einer kalten Tarnschicht umgeben. Doch er beherrschte den neuen Transformator noch nicht sicher genug, um so etwas Komplexes erscheinen zu lassen. Einfach gefrorene Luft zu verwenden, wie vorhin bei der Annäherung an das Basisschiff, erschien ihm auch nicht empfehlenswert. Das »Eis« würde langsam verdampfen, diese extrem dünne Atmosphäre in die Munitionskammern gelangen und auf dem ganzen Schiff das sowieso schon bedenkliche Strahlungsniveau auf eine tödliche Intensität erhöhen. Es blieb ihnen nichts anderes übrig, als mit ihren Computerkernen die internen Infrarotsensoren auf dem Weg zum Raum eins abzuschalten. Cris'har und Jan müssten hierbleiben, um zu reagieren, falls die feindlichen Computerkerne die internen Sensoren wieder einschalten wollten.

* * * *
• • •

Thorian nahm die beiden bereits auf die Identifizierungsnummer des Basisschiffs vorprogrammierten überzähligen beiden Computerkerne mit und ließ die dünne Blechwand zum Gang verschwinden.

Ein schwarzes Ellipsoid von der Größe eines Autos schwebte mitten im röhrenförmigen Gang. Thorian konzentrierte sich auf seinen Transformator und ließ das schwebende Ding einfach verschwinden. Das immerhin hatte er inzwischen einigermaßen drauf.

Vielleicht würde eine geile Mucke helfen, die drückende Klaustrophobie zu überwinden. Das Album »Licht am Ende des Tunnels« vom »Zaronar« hatte er in den Speicher des Raumanzugs geladen. »Zaronar« war zu Beginn des vergangenen Jahrhunderts aktiv gewesen und für Thorian das Vorbild aller modernen Roranar-Bands. Nun vibrierten die Bässe der Zaronen-Band in seinem Helm, halfen ihm, seine Angst und die Beklemmung wenigstens teilweise beiseitezuschieben. Er zog es vor, sich von den Wänden abzustoßen, um im Gang vorwärts zu fliegen. Die Steuerdüsen des Raumanzugs würden ebenfalls Gase freisetzen, die wiederum in die Antimaterie-Munitionskammern eindringen und das Strahlungsproblem noch verschärfen könnten. Der Gang verlief kreisförmig um den Mittelpunkt des Schiffs. Das in den Raumanzug integrierte Trägheitsnavigationssystem leitete ihn zum Computerraum Nummer eins. Er ließ dort das vor dem Raum wachende Ellipsoid dematerialisieren, ebenso die Abdeckung zum Computerraum. Es war derjenige Bordcomputer mit nur noch zwei funktionierenden Kernen. Er zog zwei der beschädigten raus und steckte die beiden mitgebrachten eigenen in die Öffnungen. Erst danach entfernte er die beiden noch funktionierenden Originale. Nach den übereinstimmenden Analysen von Jan und den Amoénen würde der Totalausfall eines ganzen Computerraums die Selbstzerstörung auslösen. Das war Aron damals beinahe zum Verhängnis geworden.

Und dieses Mal? Aron und Peran sollten längst in diesem Computerraum sein. Wo waren die beiden abgeblieben? Er schwebte hoch zur Decke und zwängte sich durch den Kabelschacht bis zum Boden der Munitionskammer eins. Er öffnete sich mithilfe des Transformators einen Durchgang, ohne die Datenleitungen und Energieversorgung zu kappen.

Kaum hatte er die oberste Metallplatte entfernt, piepste nervös ein neuer Strahlenalarm in seinem Helm. Dieses Munitionslager befand sich näher an der als Kometenkern getarnten Regulus und es schwirrten deshalb offenbar ungleich mehr Gasatome durch diesen Bereich als in derjenigen, die Thorian genutzt hatte, um ins Basisschiff einzubrechen. Verdammt, Aron und Peran hätten selbst als Alphas den Abstieg durch die hochgefährliche Strahlung nicht überlebt! Er richtete sein blaues Scheinwerferlicht gegen oben. Vielleicht warteten Aron und Peran oben auf der Schiffshülle? Doch es blieb dunkel. Er musste seinen Transformator einsetzen, um das Loch im Boden der Munitionskammer wieder mit einer armdicken Bleiplatte zu verschießen, um sich nicht selbst zu gefährden. Der Strahlenalarm ging dadurch wenigstens auf Niveau Gelb zurück. Er kroch zurück in den Computerraum eins, stöpselte dort sein Z-Pad am nachgemachten Kern ein und schickte via Netzwerk des Basisschiffs eine Textnachricht an Cris'har.

Hi Rotamoén! Aron und Peran sind wegen tödlicher Strahlung in ihrem Munitionslager nicht an Bord gekommen. Benutze die Sensoren des Basisschiffs. Wo ist die *Regulus*?

Es dauerte für Thorian unerträglich lange, bis eine Antwort eintraf:

Hi! Die Regulus entfernt sich! Was sollen wir machen? – Jan fürchtet, Aron und Peran könnten auf der Außenhülle des Basisschiffs warten, bis die Strahlung nachlässt. Das bedeutete, sie dürften mit dem Basisschiff keine Kursänderung vornehmen. Sonst könnte es die beiden von der Hülle wegreißen und sie würden für immer unauffindbar im Weltraum verschwinden.

Sein Flug durch den röhrenartigen Gang hatte nicht zu einem Alarm geführt. Die irdischen Kerne hatten offenbar die originalen überstimmt, keine Abwehrmaßnahmen zu ergreifen.

Cris'har, die Amoénenfrequenz 324 sollte man auch an Sende- und Empfangsanlage des Basisschiffs einstellen können?

OK, gehe auf die Kommandozeileneingabe und tippe: amplitudenmod_basisschiff f=324, q=IR_Raumanzug.

Das klang nach einem typischen Amoénenhack. Zudem dauerte das Tippen auf dem Display mit einem Raumanzug-Zeigefinger sehr lange.

Danach scrollten ein paar Statusmeldungen und Befehle an das Netzwerk des Basisschiffs über den Screen. Endlich meldete das Z-Pad, der Kanal sei offen.

»*Regulus*, hier ist Thorian von Thermus an Bord des Basisschiffs. Bitte zu Aron von Arganus durchstellen. Danke!«

Es rauschte. Thorian zählte innerlich die Zeit, nach zwölf Sekunden kam die Antwort. Das bedeutete wohl, die *Regulus* befand sich bereits über eine Million Meilen entfernt.

»Hier ist die *Regulus*. Es wurde mir strikte Funkstille befohlen, bis die Kontrolle über das Basisschiff hergestellt ist.«

»Also, Schiffchen! Die Kontrolle ist hergestellt. Sonst könnte ich ja nicht senden, oder?!«

»Das deckt sich mit meiner Analyse!«, antwortete die *Regulus* kühl.

»Aron? Hier ist Thorian.«

»Hier ist Beng'har! Aron und Peran konnten nicht ins Basisschiff rein wegen der Strahlung!«, hörte er sofort in seinem Helm. »Ich bin an Bord eines noch mit gefrorener Luft getarnten Planetengleiters. Wir haben Aron überreden können, die *Regulus* auf einen sicheren Abstand zu bringen. Das gefrorene Gas um meinen Gleiter ist in gut einer Stunde alle. Ihr müsst sofort raus aus dem Höllending! Ich hole euch ab.«

»Keine Panik, Alter! Wir Amoénen kontrollieren jetzt das Schiff provisorisch. Ich brauch aber Arons Kerne, damit wir alle Originale ersetzen können. Er soll damit rüberkommen. Ich habe die normalen Außentore geöffnet. Ihr könnt dort reinkommen, ohne gefrorene Luft bitte. Wir treffen uns beim Computerraum zwei.«

* * * *

Thorian zog das Verbindungskabel wieder raus. Er wollte nicht zu lange funken, solange er nur eine knappe Mehrheit im »Parlament« der Computerkerne hatte. Zudem fühlte er sich wirklich nicht gut in der dunklen Enge des Computerraums. Der Gang war wenigstens so breit wie ein Straßentunnel. Er fühlte sich auch nicht wirklich als Sieger oder so cool wie der Superagent aus den Actionfilmen. Der übereilt gefasste Plan, nicht durch die großen Gänge, sondern durch die Munitionskammern einzudringen, wäre beinahe fatal ausgegangen. Sie hatten einfach nur Glück gehabt, vorerst. Es war Zeit, zu einem der Außentore zu schweben und dort auf die *Regulus* zu warten.

* * * *

Dort angekommen sah er sich nach der *Regulus* um. Arons Raumschiff war wie erwartet nicht mehr zu sehen.

»Hier Thorian – ist noch wer da?«, sprach er in den Helmfunk, der eigentlich auch von der *Regulus* empfangen werden müsste. Die Funkverzögerung schien ihm nicht geringer zu sein als vorhin.

»Hier ist Merion. Wir sind etwas auf Abstand gegangen. Alles klar?«

»Jo, wir würden aber gerne noch die Computerkerne einbauen, die Aron dabeihatte.«

»Hier ist Xenus, mit dem Funkspruch haben wir auch eine Telemetrie von deinem Raumanzug erhalten. Ihr habt zu viel Strahlung abbekommen, um da nochmals reinzugehen.«

»Erst holen wir euch ab und ihr fliegt mit der *Regulus* nach Hause. Inzwischen werden die Informatik-Amoénen den Rest des Jobs erledigen«, hörte er wieder Merion. »Gratuliere, Thorian. Du hast einen Ernstfall-Einsatz erfolgreich bestanden. Beng'har wird euch in Kürze erreichen.«

»Danke, er soll aber seine Kometenkern-Tarnung zuerst noch abschütteln.«

»Ich hab mitgehört«, bestätigte Beng'har.

* * * *

Offensichtlich traute man dem Erfolg noch nicht so richtig. Endlich konnte er den Gleiter als schnell näher kommenden Lichtpunkt erkennen und kurz darauf ging das kleine Raumschiff beim Außentor längsseits, ohne dass das Basisschiff eine Reaktion zeigte. In seiner Magengrube wurmte es ihn, dass Aron nicht mit dem Gleiter hierhergekommen war, um seinen Teil des Jobs zu Ende zu bringen. Doch in seinem Verstand musste er einsehen, dass Aron auch der Kaiser von Arganus war, obwohl viele in der Reichsrepublik – insbesondere der Vizekaiser – das noch nicht wahrhaben wollten. Er selbst war eben nur der geringe Thorian und würde wohl später an Arons Stelle die restlichen Computerkerne ersetzen müssen.

* * * *

Beng'har nahm sie durch die Heckklappe an Bord auf und startete sogleich zu einem Rendezvous mit der *Regulus*. Thorian war nicht wenig stolz auf sich, die Mission glücklich überstanden zu haben. Doch die Prophezeiung der Galara sprach davon, nur der Schlüssel der Edaner könne dauerhaft die Rettung vor der Galaktischen Welle bringen und nicht das Kapern eines einzelnen Basisschiffs. Im Moment konnte er mit diesem übernatürlichen Gerät nur ein paar Löcher schlagen und wieder stopfen. Da sollte er schnell Fortschritte machen, sonst würde der nächste, wohl weitaus stärkere Angriff der Galaktischen Welle den Mond Arganus vernichten.

FORTSETZUNG FOLGT

MAIN Verlag

Roland Brodbeck

Die Galaktische Welle
Die Regulus

ISBN: 978-3-95949-099-3

Auf der Suche nach dem geheimnisvollen Schlüssel der Edaner werden Aron und Peran von ihrer Heimat Arganus abgeschnitten. Das Raumschiff Regulus ist die einzige Chance für sie, je wieder nach Hause zu kommen. Ihr Weg führt auch an dem Planeten Erde vorbei, auf dem sich der Schlüssel befinden könnte. Sollen sie es riskieren, mit dieser anscheinend homophoben Zivilisation Kontakt aufzunehmen?